HANSERS BIBLIOTHEK DER ERZÄHLER

Günter Kunert

Auf Abwegen und andere Verirrungen

Carl Hanser Verlag

ISBN 3-446-15123-0

Satz: Fotosatz Weihrauch Würzburg
Druck und Bindung: Franz Spiegel Buch GmbH Ulm
Printed in Germany

*Auf
Abwegen
und
andere
Verirrungen*

Alltägliche Geschichte einer Berliner Straße

Fertiggebaut ist sie im Oktober neunzehnhundertundzwei: Da fängt ihr Leben an, bedächtig und fast farblos, unter dem Schein fauchender Gaslaternen, unter dem Patronat einer noch wenig verhangenen Sonne; erst später nimmt der Rauch mehr und mehr zu.

Ihre eigentliche Geschichte aber setzt ruckhaft ein: Im Januar neunzehnhundertdreiunddreißig mit Herrn D. Platzker, der kein Herr ist, eher ein Mensch und durch seinen Namen keineswegs charakterisiert und keineswegs durch seinen Beruf, den er mit »Technologe« angibt.

Alles weitere wird dadurch bestimmt, daß D. Platzker nicht auf das Ende wartet; auf das einer Ansprache, die ein anderer hält, Volksbesitzer von Beruf, ein Anti-Mensch eher, der im Gegensatz zu Platzker durch seinen Namen hinlänglich gekennzeichnet wird. Man weiß, wer gemeint ist.

In dieser Ansprache ist lautstark, doch sehr indirekt auch von D. Platzker die Rede und zwar drohender Art. Und während noch die gigantischen blutrünstigen Worte aus dem schnurrbartgeschmückten Mund hervorkollern, steckt indes daheim Platzker seine Zahnbürste zu sich, etwas kleine Münze aus Mangel an großer und zuletzt des Menschen wichtigstes irdisches Teil: den Paß.

Den Hut ins Gesicht gezogen, tritt er auf die Straße, fertiggebaut im Oktober Nullzwo. Er sieht, wie sie so daliegt: arm, aber erfüllt von reichen Versprechungen, hundert anderen ähnlich und ganz einmalig, und er bringt es nicht über sich, sie einer Zukunft zu überlassen, dunkel wie das Innere eines Sarges. Er nimmt sie mit einem, mit dem erwähnten Ruck einfach auf. Rollt sie zusammen, als hätte er einen dünnen Läufer vor sich, knickt die Rolle in der Mitte zusammen und verbirgt sie unter dem Mantel. Immerhin: Er ist Technologe. Leider gehen ihm einige Einwohner dabei verloren, unter ihnen die Greisin aus dem Tabakwarenladen, spurlos, und alle Vögel über den Dächern, mitten im Flug und Gekreisch.

Als er über die Grenze fährt, ruht die Straße unter seinem Sitz; bei der Grenzkontrolle beachtet man sie nicht weiter, sucht nach Wertvollerem, zieht Platzker den Mantel aus und lugt ihm unter den Hut und entlarvt vor seinem Namen das D Punkt als David und Ausreisegrund. Man hindert ihn jedoch nicht, sein Heil vor dem Unheil in der Flucht zu suchen. Außerdem: Jeder Goliath ist am mächtigsten allein.

Hinter der Grenze verlangsamt sich das Tempo der Reise; sie erstreckt sich und dehnt sich, reicht bald über Europa hinaus, um fern irgendwo zu verklingen. So fern, daß genaue Kenntnis der äußeren Umstände von Platzkers dortiger Existenz überhaupt nicht gewonnen werden kann. Nicht einmal ihm selber wird je ganz klar werden, wohin er geraten ist und was ihn wirklich umgibt. Das rührt daher, daß man ihn rasch interniert, als deutschen Spion oder als antideutschen oder als beides zusammen, wodurch er den Kontakt zu den ihn umgebenden ethnologischen Besonderheiten verliert, bevor er ihn geschlossen haben kann.

Zum anderen rührt seine Umweltsfremdheit natürlich von der Straße her, die er gleich nach seiner Ankunft im Lager hervorholt, eines eisigen Tages, um sich zusätzlich zum Mantel in sie einzuhüllen, was ihm nur zu gut gelingt. Er entdeckt ihre präventive Wirkung gegen Unbill unangenehmster Sorte; das macht ihre absonderliche Schönheit, diese unerklärliche anziehende gefährliche Schönheit des Häßlichen. Von ihr ist David Platzker vollauf in Anspruch genommen. Nichts erreicht ihn, wenn er sich in den Zierat der Häuserfronten vertieft, in die scheinbar gleichgültigen Mienen der falschen Amoretten, der zementenen Kariatyden, in den Ausdruck der gipsernen Fratzen, die von Tag zu Tag vieldeutiger werden und immer ähnlicher den grauen Gesichtern der Straßenbewohner. Bei trübem Wetter verschließen sich die Züge der Lebenden und der Stuckgeformten, als dächten sie darüber nach, was sie so weit fortgeführt aus der heimatlichen Stadt. Bricht aber Sonne durch und streift ein wandernder Lichtfinger über sie alle hin, leuchten sie auf wie die Hoffnung selber. Dann werden in den Fenstern Gardinen beiseite gezogen, lassen sich vollbusige Gestalten sehen, die die Betten aufschütteln; oder in halbdunklen Zimmern, deren weinrote Tapeten ahnbar sind, deuten sich Bewegungen nackter Leiber an.

Unverändert verkünden die Plakate an den Litfaßsäulen Jahr um Jahr das gleiche; unverändert die Männer, die immerwährende blau-emaillierte Blechkanne in der Hand, auf dem Weg zur Arbeit oder von ihr her. Unverändert die Brüste der Mädchen, die unentwegt Mädchen bleiben. Pünktlich erhellen sich abends die verhangenen Scheiben. Mit sausendem Geräusch springen zu ihrer Stunde die Lampen auf dem Bürgersteig an, um ein mäßiges Licht zu verstreuen.

In solchen Augenblicken wirft Platzker sich selber auf seinen Strohsack und die Straße unter die Pritsche, von wo er sie immer wieder vorholt.

Nur so ist zu verstehen, daß er nicht genau weiß, wieviel Zeit er in dem Hörselberg des Lagers verbracht hat, als ihm das Ende jenes Mannes mitgeteilt wird, dessentwegen er fortging; dazu das Ende des Krieges und damit vor allem das seiner Internierung. Er sitzt bereits im Schiff, beziehungsweise Zug, beziehungsweise in der Vorortbahn, als ihm überhaupt erst bewußt wird, er sei gleich daheim.

In den Resten seiner Stadt wandert er umher, und es dauert und dauert, bis er den Bezirk findet, in dem er gewohnt hatte. Er beabsichtigt, die Straße dort wieder hinzulegen, woher er sie einst genommen: Schließlich gehört sie ihm nicht. Außerdem mangelt es der Stadt an unzerstörten Straßen, und man würde diese zurückgebrachte gut gebrauchen können.

An gewissen Überbleibseln in der Nähe der Frankfurter Allee, an denen er sich orientiert, erkennt er exakt die Stelle, wo die Straße hingehört. Als ihn niemand beobachtet, nimmt er sie hervor, rollt sie vorsichtig auf und breitet sie zwischen dem brandigen Ziegelwerk der Umgebung aus. Sie will sich aber nicht einfügen, wie er sie auch zurechtrückt und hinpreßt. Sie paßt nicht mehr.

Platzker hat keine Ahnung, was er mit der Straße anfangen soll; er war doch nur zeitweilig eine Art Kustos für sie gewesen. Er fühlt sich nicht berechtigt, sie zu behalten. Und weil er ein Mensch und als solcher in Unglaublichkeiten befangen ist, glaubt er, gäbe er sie nun unbeschadet und gerettet zurück, leiste er möglicherweise einen Beitrag zu dem, was so schön nebelhaft und verschwommen »Verständigung« genannt wird; vielleicht dankt man ihm, Platzker, einmal dafür.

Schweren Herzens läßt er die Straße liegen, wo sie liegt, und läuft in sein Hotel zurück. Nachts kann er nicht schlafen. Leere umfängt ihn, eintönige Dunkelheit. Einsamkeit. Die Straße fehlt ihm.

Am nächsten Morgen, nachdem er nachts einen schwerwiegenden Entschluß gefaßt hat, geht er ganz früh zur Frankfurter Allee und trifft wieder auf die Überbleibsel, die die Stelle markieren. Vom zerlöcherten Putz schreien Kreideschriften: WO IST ERNA? WIR LEBEN NOCH! DIE KINDER SIND...

Trümmerschutt wölbt sich auf, Eisenträger stechen daraus hervor, unkenntliches Gestänge, daran farblose Fetzen flattern. Platzker hält nach seiner

Straße Umschau, bis er merkt, daß er längst in ihr steht. Die Fensterrahmen sind leer, keine nackten, keine vollbusigen, sondern gar keine Gestalten regen sich dahinter. Einzig und allein der gestaltlose Himmel steht reglos hinter den offenen Rechtecken.

David Platzker bewegt sich sacht aus der Straße zurück, die er oder die ihn einstmals besessen. Genau das ist nicht mehr festzustellen. Beim Weggehen stößt sein Fuß gegen eine blau-emaillierte Kanne, die fortrollt, während aus ihr eine Flüssigkeit rinnt, die wie frisches Blut aussieht.

Da geht es in die Keller hinab. Über eine Treppe, deren Steine einander Lebwohl sagen, weh, daß wir scheiden müssen. Von Stufe zu Stufe wird das Tageslicht zögernder, bis es sich nicht tiefer wagt. Unten steht reglos die Flut der Finsternis. In ihr zucken hier und da schattenhafte Tiere umher, fast ohne Laut.

Zwei undeutliche Gestalten tauchen in die Dunkelheit des weitläufigen Kellersystems ein. Hinter dem dürftigen Lichtstrahl einer sterbenden Taschenlampe tappen sie her, ein Junge, ein Mädchen, siebzehnjährig beide, durch die zugige Leere eines einstigen Luftschutzkellers. Hier haust niemand mehr als ein kleines Frösteln, sprungbereit, über jeden herzufallen, der den Abstieg wagt. Die Hausbewohner haben sich längst wieder in ihre demolierten Wohnungen begeben und ihre Habseligkeiten aus den Koffern in Schränke, Truhen, Kommoden verstaut, die sich nicht mehr richtig öffnen und schließen wollen, worin sie nun den Mündern ihrer Eigentümer gleichen. Luftdruck und häufiges Beben des Bodens, darauf die Stadt gestanden, tektonische Ereignisse, verursacht von Flugzeugen aus, fügten den Möbeln unauffällige Schäden zu, durch die sie über Nacht gealtert sind. Keiner der Mieter vermißt in seinen Zimmern, was er hier unten zurückgelassen: Schweißtropfen, Firnis der Angst, ungezählte Atemzüge, ein Stück Leben, etwas Einmaliges, das keiner keinem wiedergibt. Keine Unruhe treibt in die Keller zur Suche nach etwas Verlorenem, was sich der genauen Benennung geschickt entzieht. Gar nichts wird als Verlust empfunden, was doch unwiederbringlich dahin ist. Die Katastrophe ist ergebnislos verlaufen.

Ergebnislos verläuft auch ein rasches Rundumleuchten; dieser Raum entspricht nicht der Absicht, die uns hierhergeführt: keine Bank, keine Lagerstatt mehr, die sich zu zweit beleben ließe, knarrende harte Wiege vielleicht eines Keims von neuem Leben, das speziell aus Ruinen erblühen soll.

Weiter und weiter geht es mit den beiden, mit dem Jungen, mit dem Mädchen durch Lücken und Durchbrüche, welche Keller mit Kellern verbinden, hinter denen Keller warten, Keller und Aberkeller. Auf dem Zement und Ziegelboden begann die Zeit eine Schicht abzulagern, die unter jedem Schritt unwillig knirscht. Manchmal scheint eine Kellerdecke niedriger zu hängen unter der Last des zusammengestürzten Hauses oberhalb. Über den beiden minderjährigen Köpfen, erfüllt vom gleichen schamlosen gierigen Gedanken, besteht das Wohnviertel nur noch aus Haufen heftig zersplitterten Mauerwerks, aus Luftkuben, von Fassadenfragmenten freundlich gestützt.

Der vorangetragene Lichtschein öffnet ihnen die Dunkelheit, die sich hinter ihrem Rücken erneut zusammenschließt und dichter als vorher. Wenige Worte umflattern sie, nichtssagende unbedeutende Fledermäuse, die ein Gefühl dafür haben, nichts anzustoßen, was nicht berührt werden soll:

Ob jetzt das Leben für uns richtig anfängt?

Ja, jetzt fängt es sicher an.

Ein ganz neues? Bestimmt?

Bestimmt ein ganz neues. Bestimmt.

Gleich Tauchern am Meeresgrund, treiben sie durch die unterirdischen Räume, immer neue Wände und Mauerlöcher schieben sich in den Lichtkreis: Teile eines aufgerissenen versunkenen Schiffes, das seinen Namen an keiner der Wände zeigt, und von dem doch gewiß ist, wie es heißt. Das sind keine Keller mehr, sind bröckelnde Eingeweide eines gedörrten Leichnams, Katakomben, von Verwesungsgeruch durchzogen, Geruch von ausgelöschtem Brand, Kot und stockigem

Schwamm, Gehäuse, bemalt mit der Abkürzung LSR, Luftschutzraum, talismanhaftes Signet, hat aber nicht geschützt gegen das, was aus der Luft herunterfiel und krachend und sengend die Verkrochenen in unleserliche Chiffren ihrerselbst umwandelte. Ja, jetzt fängt das wirkliche richtige Leben an.

Bestimmt.

Der Lauf der beiden, des Jungen, des Mädchens, durch die engen Gänge beschleunigt sich. Die Lampe wird umhergeschwenkt. Abweisend starren Quadern die Quartierbegehrenden an. Aus einer fremdartig erscheinenden Mauer blickt nahe am Boden eine Säulenrundung, ein Stück kannelierter Schaft auf zersplitterter Basis. Schon so lange sind die vier Füße gelaufen, daß sie jetzt Müdigkeit verspüren; so viele Gelasse durchlaufen, wer weiß, wie fern man schon den heimatlichen Trümmern ist. An ein Zurück gar nicht zu denken, schon der Versuch würde nur tiefer in die gemörtelte Wirrnis führen, Vorwärtseilen aber bringt keine größere Sicherheit, im Gegenteil, denn inmitten eines gewölbten Gangs endet alles Gemauerte, und fugenloses rauhes Gestein begleitet das Pärchen. Sprechen ist längst eingestellt worden; die Begierde, die »Absicht« hat sich aufgelöst zu feuchter Kälte und rinnt an dem erbarmungslosen Gneis herunter. Hatten wir nicht gelernt, unsere Stadt sei auf Sand gebaut, auf spree- und havelwassergesättigtem Morast, auf Torfmull, auf Sumpf?

Plötzlich steht das Paar stocksteif; der Lampenstrahl trifft eine Ratte, die auf ihren grauen Keulen sitzt. Mit einem Salto rückwärts verschwindet sie in der Finsternis. Keine Bewegung. Eingepreßter Atem. Sacht nähert sich der eisige Anhauch von den Wänden, Hände eines selbstsicheren trainierten Mörders.

»Hörst du nichts?«

»Nein. Du?«

»Ich höre was.«

Ein nur angedeutetes Geräusch. Ganz leise. Ganz zart. Wie ein Rieseln etwa oder wie ein Rascheln, das auch ein Rauschen sein könnte, wäßrig, flüssig, kilometerfern; ein Verrinnen von Unerklärlichem. Daß sich fern von hier ein Fluß unter der städtischen Oberfläche streckenweise fortbewegte, mochte wohl sein, ungewisser schon, ob es einer der ölbedeckten, schmutzversetzten heimischen war, oder ein anderer, dem man sich besser nicht näherte, da die Fähre auf ihm nur in einer Richtung ging; möglich auch, Wind hat sich in einem Kellerausstieg verfangen, rauscht und zirpt, damit zwei Siebzehnjährige aus der Unterwelt herausfinden.

Lauschen, ob nicht jemand uns ruft, hallend, aber unverständlich: Orfüß! Oirdüke! Wir sind nicht gemeint, wir leben, wir fangen erst an, richtig und wirklich: Ohren wachsen in die Finsternis hinein, weiten sich zu grauen Schalen von Flugzeugortungsgeräten wie die, deren Rudimente auf Hochbunkern verwittern, Betonburgen, die nichts mehr hüten als zahllose Hügelchen von Exkrementen unterschiedlichster Nationalität, ununterscheidbar jetzt, was Kascha, was corned beef.

Lauschen. Schnüffeln. Witterung von nicht Geheurem. Unter den Nackenhaaren ein Ziehen, das zwingt, hinauszujagen, fort ans Licht des ausglühenden Sommertages, falls es den draußen noch gibt, wenn eine Tür zu ihm hinführt, hinaus unter das wunderlich intakte Blaue des Himmels, wo Stein Stein ist und nicht zugeklappter Verschluß einer Falle.

Aber die Panik erlischt, da einem etwas gegen den Oberarm gedrückt wird, ein kleiner harter Punkt samt allem, was er krönt, die weiche Glocke, die bei jedem Schritt schwingt und doch klanglos bleibt; animalische Wärme des Mädchenkörpers durchdringt die Bekleidungsgrenze, kleines Feuer in Menschengestalt, tröstlich wie jede Flamme im Dunkel. Möglich, es ist der Wind, es ist ein Ausstieg für die Verirrten, es ist alles gut.

Weitergehen in Richtung des schwachen Geräusches. Und dabei reden. Reden und reden beruhigt, normalisiert die Lage; reden, nicht über die Absicht, die hat uns bis hierher gebracht in ihrer großen Güte.

Ja, das wird ein anderes Leben, das jetzt anfängt.

Nicht zurückschauen, immer voran.

Bestimmt und gewiß.

Er will ja nicht ihre Gunst verlieren, ehe sie ihm diese hoffentlich gewährt. Stets, wenn er sie traf, stellte er sich vor, wie er sie und natürlich auch wie sie ihn. Dicht vor dem Ziel beginnt er das Unvorhergesehene zu fürchten: plötzlicher Kellereinsturz und gemeinsame Verschüttung, bevor sie ihn und er sie. Überraschende Erkrankung ihrerseits, vielleicht verfrühtes Einsetzen der Menstruation, oder Erregung eines geheimen Ärgernisses, das ihr die Lust und Laune nähme, sich des nur gemeinsam Möglichen zu unterziehen – falls sich dafür in diesem Keller aller Keller noch ein Plätzchen fände, dienlicher als blanker Fels, als nackter Zement.

Während glitzernder Quarz hinter stumpfen alltäglichen Verputz zurücktritt, verstärkt sich das Geräusch, ähnelt es jetzt der Erregtheit eines Bienenschwarms, von Knistern und Kratzen untermalt oder übertönt, aber immer noch nicht genau zu orten.

Im Hintergrund einer seitlich eingestürzten Kellerflucht hängt Dämmerung. Über tönern klirrende Brocken hinweg steigen der Junge, das Mädchen, die Lust, die Angst, vier Beine und vierunddreißig Jahre. Sie gelangen vor eine gedämpfte wäßrige Helligkeit, die von einer Kellertreppe herunter zu fließen scheint. Das Mädchen beugt sich vor, stützt sich auf Gemäuertorsi und verdreht den Kopf, um hinauf, hinausblicken zu können: da oben hatte vor einem Jahr ein Haus gestanden, wo jetzt nichts ist außer mürrischer staubiger Luft und dem Gelb der Sonne, der Erddunst rötet es schon. Ihr Kleid zieht sich durch die fast artistische Verbeugung weit über die Knie hinauf und entblößt in deren Kehlen freundliche Grübchen, die lächeln den Jungen an, und der Junge lächelt zurück.

Und dann ist da ein schmaler Mauerdurchbruch, den man bisher übersehen: eine Öffnung, nicht hoch genug, um ungebeugt durchzugehen, Nadelöhr, Rhombus, Spalt, mörtelgraue Vagina, hinter welcher der Lichtstrahl Holzkisten entdeckt und inhaltslose aufgestapelte Zuckersäcke, eine lauernde Lagerstatt, wie geschaffen für regsame Zweisamkeit. Ein kurzes Zögern: man betritt den Schoß der Zerstörung. Ist angelangt.

Hier ist das unerklärliche Getön lauter als vordem, doch die Kisten sind leer. Hingegen die Säcke weich, auch wenn sie nach Moder riechen, aber wer hört, riecht, sieht, denkt, so er eine pochende Halsschlagader unter der Hand fühlt wie eben. Wie sehr erst schlägt das Herz. Über dem Kleiderstoff fühlt man es kaum, es liegt zu tief drinnen. Man muß schon das Kleidoberteil aufknöpfen, damit sich die Hand mit Taschenspielergeste hineinschlängeln kann. Aber selbst dann noch wölbt sich genügend natürliches Polster vor der Muskelpumpe und schirmt den heftiger werdenden Betrieb ab. Die Hand merkt wenig. Will auch gar nicht mehr. Ist mit der Äußerlichkeit äußerst zufrieden und hat genug damit zu tun. So fängt das Leben an.

Vor dem zweiten Teil der Vorstellung wird das trübe Taschenlampengeleucht eingestellt. Ein hohler großer Hut stülpt sich mit einem Schlag über die beiden. Augenblickliche Blindheit, durchflattert von hellgrünen Netzhautflecken. Während des Kusses, der bereits in der Horizontalen abgegeben und empfangen wird, fängt ein Rücken und Rucken an, ein Seufzen und Atmen, Laute, die sich den ungedeuteten beimischen, die vermutlich aus dem schwarzen Nebenan hinter der Mauer kommen, dringlicher, bissiger, krätziger, wilder.

So beginnt das Leben. Auf und ab. Hin und her.

Weder die eingetrockneten Toten in ihren Trümmerpyramiden noch Stadtkommandant Bersarin wissen, was da unten durch die Wand will, was da kratzt und scharrt; weder des Mädchens Mutter, die langsam durch Methylalkohol erblindet, weiß es, noch des Jungen Vater im Gefangenenlager von Karaganda, noch Professor Einstein, der doch alles wußte, ahnten, was sich geräuschvoll durch den Mörtel beißt, befeuert von wahnsinniger Gier nach der zuckenden und ächzenden Nahrung auf dem Zuckersackpfühl nebenan.

Dann: ein Moment überraschender Stille. Abruptes Ende des Nagens und Schabens, dessen Aufhören der Junge erst wahrnimmt, als er ein Zappeln zwischen seinen Schulterblättern spürt und den winzigen scharfen Biß im Genick. Lähmung für die Dauer einer Sekunde aus Gummiband, das sich vom Keller bis ans Firmament dehnt und darüber hinaus. Wenig später, als des Mädchens Schreien einsetzt, kommt man zu der Erkenntnis, daß man Hände und Füße besitzt und eine Leiblichkeit, die aus einer wachsenden Bißanzahl blutet. Aufrichten und merken, wie die kleinen Pfoten am Körper abrutschen. Die kleinen Zähne aber halten fest. Es wird eingeschlagen auf die quiekende Dekoration, bis sie abfällt, dabei Gebrüll nach dem Mädchen, wie war ihr Name, vergessen, vergessen, und Kampf mit Armen und Beinen gegen die hungrigen Massen, deren unaufhaltsamer Strom sich durch die Wand ergießt, hinter der sie verschüttet gewesen und aufbewahrt, bis sie sich durchgefressen haben. Gleich Lava brechen sie hervor. Überschwemmen Kisten und Säcke und Mädchen, deren schrille Stimme nur noch ganz gedämpft zu vernehmen ist. Beinahe auf den kleinen Leibern ausrutschend, erreicht der Junge die Kellertreppe: im letzten Lichtschimmer sieht er, wie rechts und links von ihm zwei schwarze eilige Bäche die Stufen hinaufrinnen und sich weiter oben zu einem Strom vereinigen. Er rennt los. Hintretend, wo es sich eben hintritt. Kein Blick mehr, nur hinauf, nach oben, verfolgt von ungezählten Füßchen: jetzt fängt es an, das Leben, bestimmt, sicher, gewiß.

Über Stock und Stein, lächerlich, ohne Hosen, stolpert er in die Ruinenlandschaft, begleitet von wenigen Wesen nur noch, ihre Menge hat sich verlaufen, ist hierhin und dorthin entschlüpft, wo sie Futter gewittert, und zuletzt ist der Junge allein.

Er wendet sich um. Die Welt hat die Farbe des sonnenverlassenen Azur angenommen, denn nichts anderes ist der bläuliche Dunst, der jegliches überzieht, der Wegbereiter der Nacht. Aus dem Kellerausstieg da hinten, aus der lichterlosen Pforte, die noch für kurze Zeit sichtbar bleibt, kommt nichts mehr, nur Schweigen. Damit fängt das Leben an: mit Tod. Mit einem immer wiederkehrenden Abschied.

Legende vom Schal

1

Stand, steht, ragt auf und erhebt sich und den Anspruch noch bewohnbar zu sein: das Haus. Als einziges der Straße hat es deren Zerstörung überdauert. Vielleicht, daß im Steinschutt, vielfach zermahlen von Bomben, künftigen Archäologen mehr bleibe als die Enttäuschung. Vielleicht des abgeplatzten Jugendstiles wegen, dessen Reste die geschundene Fassade in eine ungewisse Zukunft trägt.

Mag sein, das versehrte Bauwerk (rohes rotes Backsteinfleisch kaum noch von bleicher Stuckhaut bedeckt) stand und steht da, um die Erinnerung an eine europäische Hauptstadt über ihr Ende, über ihre Trümmer hinweg aufrechtzuerhalten.

Zeitweilig erscheint es heil: sobald seine Konturen sich mit dem mächtigen Hintergrund solidarisieren. Sobald Abendstunden den Himmel aufblasen, daß er sich bis an die Sterne dehnt und zu zerreißen droht. Wenn Lichtflecke durch die zerrütteten Mauern, durch Drahtglas, Ölpapier, Scheibenreste nach außen treten, nun da es mit der Helligkeit weder Bomber anlockt noch Standgerichte, die für kleinste Erleuchtungen in der allgemeinen Verdunkelung den Tod verhängten. Manchmal gleicht es einer Burg.

2

Für einen der Hausbewohner gleicht es manchmal einer Burg, einer Festung, von der man verborgen wird, geschützt und gefangengehalten, ohne zu ahnen, welcher der drei Aspekte der wahre ist. Trotzdem geht man Schritt für Schritt darauf zu; als

Hausbewohner mit tagermüdeten Beinen, als Sohn mit wartenden Eltern, als reisiger Ritter, unter dem Arm die Beute, eingewickeltes Brot, handkleines Speckstück und die fette Schwarte mit vergilbten Reproduktionen, textfreie Kunstgeschichte und Fundsache aus einer Ruine. Damit der Feste entgegen.

Während des zügigen Gehens sendet der minderjährige Ritter einen imaginären Botschafter voraus, der in den Gedanken seines Herrn schon die Wohnungstür öffnet, die Zimmertür, das Einwickelpapier. Im zagen Schein einer Glühbirne, die von der Decke baumelt wie ein Erhängter, der nicht sterben will, und die statt Helligkeit schwiemeliges Halbduster verbreitet, Tiefseeatmosphäre, darin sich zwei Gesichter langsam dem Eintretenden zuwenden: Zierfische zur Glasscheibe hin. Ein sechster Sinn ahnt das Futter.

Und exakt seinem fiktiven Botschafterbericht entsprechend empfängt den heimgekehrten Sohn die bekannte Bewegung, der gedoppelte gierige Blick, der nach dem Auspacken die Nahrungsmittel noch einmal entblößt. Und immer wieder befällt ihn das gleiche stumme Lachen, brachiale Heiterkeit: denn Vater und Mutter, die du ehren sollst, werfen sich übers Fressen, brummen und knurren und grunzen aus Hunger, Ohnmacht, aus einem barmenden Haß heraus auf jenen wöchentlich siebenmal erneuerten Tag, der die Welt verkehrt, und Kinder in Alte und Alte in kindische Wesen, die mummelnd happen pappen schnappen.

Ein voller Mund fragt nicht, woher das geräucherte Detail eines Schweineleichnams stammt; woher die zu Ware und Währung verbackene einstige Kulturpflanze; woher jenes umfängliche Buch da, für dessen Inhalt sich heutzutage kein denkender Magen interessiert.

Ohnehin herrscht Gewißheit, Gestohlenes zu verzehren. Wozu noch moralische Aufwände, die unnützerweise die Kalorienverbrennung beschleunigen. Man muß mit sich haushalten. Der schwache Glaube muß genügen, was man runterschlingt, rühre aus einem der alliierten Versorgungszüge her, die täglich in der Stadt anlangen. Das erleichtert die Verdauung und fördert die Vorstellung, die wie eine verkümmernde Zimmerlinde gehegte: der Kampf geht weiter: Unsere Herzen kapitulieren nie. Solange noch eines einzigen Hauses einziger Sohn den Nachschub des Feindes bedroht.

3

Früher bzw. kürzlich vor einem Jahrtausend funktionierte die Verdauung flott; das bewirkte das kleine Abzeichen im Rockaufschlag des Vaters, Lehrervater, Steißklopfervater, der wegen eben dieses fingernagelgroßen Dingeldings degradiert wurde: zum Steinklopfervater. Durch einen Gegner, der sich gegenwärtig noch für siegreich hält.

Die Mutter, wegen Beteiligung am Vater, gezwungen Geld zu verdienen, verdient es durch Kleiderflickerei, Hosenbundreduktionen auf Niederlagenmaß, also kaum. Steinklopfervater, Nähnadelmutter könnten verhungern wie Dutzende stündlich, besäßen sie nicht einen unersetzlichen Wertgegenstand: Hildebert, raubender Ritter, Futtermeister, Berufssohn. Er funktioniert. Nur sein unpassender Vorname ist zu »Berti« verkürzt worden; Mangel und Knappheit und »demokratische Erneuerung« erreichen schon die Namen; Deutschland, was für ein -land wird aus dir werden, wenn dein Präfix demontiert und geschleift ist?

4

Tierchen ruft er sie stimmstumm. Seine Tierchen nennt er sie wortlos. Was er für sie empfindet, bleibt ungenannt: er kennt wohl das Wort dafür, das zweisilbig-labbrige mit dem schrillen Vokal nach dem ersten Buchstaben; schwammiger Begriff für vieles; auch für das, was sich höchst lächerlich auf Leinwänden begibt oder hinter unehelicher Haustür; auch für das, was man in sommerlich besonnten Ruinen geschäftsmäßig betrieben sieht, falls man sich einmal in der steinernen Welt verirrt.

Besser ungenannt, womit er die beiden unsichtbar umgibt; eine scharfe Untersuchung des zarten Paravents zwischen Steinklopfernähnadelpaar und der Welt kann das empfindliche unangreifbare Material unheilbar lädieren.

Lehre des Steinklopfervaters: Zunge und Mund sind beim Essen nützlich, schädlich beim Reden. Das Reden hat zum größten Sachschaden aller Zeiten geführt. Die Zunge ist ein Dolch im eigenen Mund. Man verletzt sich und andere, Berti, handle danach.

Aber und wieder Aber: daß der Belehrer durch Schweigen verlieren wird, was er zu besitzen meint, sagt ihm kein Prophet. Denn das Schweigen hat seine Zeit und das Reden auch; wer das verwechselt, zur Unzeit spricht, zur Unzeit verstummt, sich gleich vor die Ketten des nächsten erreichbaren Panzers betten kann.

5

Nach Brot und Speck schiebt sich Steinklopfervater das Kunstkonvolut unter die Nase; Leda nebst Schwan bietet sich dar und die quellige Fülle Rubensscher Weiber; scheinschwangere Bäuche mittelalterlicher frouwen, eine Hand schirmend vor die Stelle gehalten, die durch diese Geste den Blick erst recht anzieht.

Gemeinsam und familiär lehnt man sich über die raschelnden Seiten, schaut man gemeinsam ins aufgeklappte Abendland, das steife gotische Gewänder trägt und schmale Hände fromm faltet, mit kostbaren Kleidern prunkt, mit Kron' und Schwert, wahnverzückt die Augen zu einem Christus erhoben, der elegant und manieristisch seine dekorativen Wunden offenbart, eher Schmuck als tatsächlich zerfetztes Fleisch, wie es noch vor wenigen Monaten vor der Haustür gelegen, splittergetroffen, stinkend, ungöttlich in großen rotbraunen Pfützen und nicht vergeßbar.

In zackiger Fraktur steht unter jeder Reproduktion der Name des Malers; einer kehrt ständig wieder, und der ist durch die Jahrhunderte sogar bis in Bertis Ohr gedrungen: Rembrandt. Befindet sich auch unter einem Bild, das einen sehr alten Mann abkonterfeit, langbärtig, zerfurchten Angesichts über einen Folianten geneigt, den eine Kerze beleuchtet. Ein Käppchen krönt den Hinterkopf. Um die Schultern schlingt sich eine Art weißer Schal, den an beiden Enden schwarze Querstreifen durchwirken. Das Bild ist »Rabbiner« betitelt.

Auch wenn der hilfsbereite Zeigefinger die Zeichen der Schrift nachtastet, entrunzelt kein Wissen die Stirn des Jungen. Aus Nichtverstehen meldet sich die Frage, auf die ein undeutbarer Blick antwortet. Zweite verzögerte Antwort: »Ein Jude!« Weitere Eindringlichkeiten werden mit dem Zusammenfegen der restlichen Brosamen auf dem grauen Tischtuch erwidert. Eine affenartige Bewegung stopft mit den Krümeln das väterliche Maul, während bereits aufgestanden wird, um ins Bett zu gehen. Denn morgen sind viele Steine zu beklopfen, abzuputzen, aufzustapeln, jeden Morgen fällt eine ehemalige Metropole um weitere Mauern in ihren Urzustand zurück. Das macht Arbeit. Sofortiges Aufspringen der Mutter belohnt den Entschluß des Vaters. Nun sie dem Hinausschreitenden folgt, raunt sie dem Sohn zu, wie müde der Vater sei, wie schonungsbedürftig. Dazu stößt sie einen abgründigen Seufzer aus, der im Wohnzimmer haften bleibt: Kontrapunkt des kalten Muffs einer Behausung, von der zweifelhaft ist, ob sie jemals jemanden freundlich umfangen hat.

6

Das Schweigen hat gesiegt. Der Verlust ist noch nicht absehbar. Der Rückzug führt ins Bett.

Das des Jungen wartet auf ihn in einer engen Kammer; dort wird sogleich eine abgewetzte Diele aus dem Boden gelöst: Guten Abend, meine Pistole, geputzt und aus einer zerbombten Kaserne entwendet, um hier zu meinen Füßen zu ruhen. Fünfzigmal Guten Abend, ihr Patronen. Guten Abend dir, du Bündel Papiergeld, du Dreitausendmarkpack, du bekommst Zuwachs.

Und zwei schmutzige Hundertmarkscheine kommen aus der Jackentasche hervor und werden zärtlich auf die anderen gedrückt; ein Gummiring schließt sie alle zusammen.

Später unter der geflickten Bettdecke ist der eisige Augenblick des Schweigens gänzlich vergessen, wie die ihn schuf, die Frage. Heiter denkt es sich den bunten Plänen hinterdrein, die allabendlich aus den Dielen vorkriechen, hinauf ins Bett.

Den Tierchen, den sogenannten Erzeugern, die im Leben nichts weiter gemacht als einen Sohn, wird dieser ein Weihnachten richten, alle vorherigen zu übertrumpfen. Unter einer eigenhändig zappzarappten Festtanne wird Kaffee liegen, Bohnenkaffee. Und wirkliche Butter. Und wahrhaftiges Weißbrot. Dazu sanftbleiches Milchpulver, gelbleuchtender Eipuder, gekrönt von zwei Strickjakken mit Original-Hirschhorn-Knöpfen.

Das Schweigen ist vergessen; nicht vergessen, daß auch der Nachgeborene sich selber ein Geschenk zugedacht hat, nach dem er längst giert, das er an den hohen Figuren amerikanischer Soldaten bewundert, dort zwischen Kopf und Kragen prangend, weich, wollig, flauschig, khakifarbig, herrlich: einen Schal. Einen Schal von besondrer Sorte. Einen solchen für Bertis dünnen frierenden Hals.

7

Die Kaffeebohnen entfliehen ameisengleich, verfolgt vom Schal. Milchpulver schneit auf das sich schlangenhaft windende Kleidungsstück, nachdem die Lampe ausgeschaltet ist. Jedes Bein schon eng angewinkelt zur Schlafstellung. Nach der Flucht des Kaffees und des Schals beginnt der Fall in ein bodenloses schwarzes Gewässer. Kopf voran. Umkugeln, daß sich die Füße nach unten richten. Dunkel. Dunkel. Fortwährend. Der Sturz verlangsamt sich zum Flug, der plötzlich auf dem federnden Grund des Traumsees endet.

Kaum gelandet, flammt überraschend eine Kerze auf, die gleiche, die den Folianten beleuchtet. Und auch der Foliant selber ist da, und auch der Greis, der davorsitzt und Berti den Rücken weist, behängt mit dem weißen schmalen Schultertuch mit den schwarzen Querstreifen. Eine Buchseite raschelt beim Umwenden.

Auf Zehenspitzen schwebt Berti näher, getragen von atemloser Neugier auf das, was der Foliant birgt, welcher den alten Mann derartig fesselt, daß er nicht aufblickt, als sich Berti ihm über die Schulter beugt.

Sofort erkennt er: Die Seiten enthalten nichts. Leere weiße Blätter wendet der alte Mann sorgsam um und um. Kein Buchstabe, keine Hieroglyphe, kein sonstwie gearteter Schnörkel taucht auf. Alle sind fort. Spurlos.

Unbedruckte Einsamkeit tut sich auf und schließt sich wieder: Nachlaß der verschwundenen Schrift.

Die nichtssagende Kahlheit der Bogen blendet mit der Zeit die Augen, entzündet eine Betrübnis, die als unwiederbringlich etwas betrauert, was sie niemals verloren hat, weil sie gar nicht weiß, was es denn eigentlich gewesen sei: Der Gegenstand zunehmender Trauer verharrt im Ungewissen. Er ist das Wichtigste gewesen, was man im Leben besessen, aber was ist das Wichtigste, das er war?

Je stärker die kalkigen Seiten erstrahlen, desto größer wird der Schmerz in den Augen; selbst durch emporgeschlagene Hände dringt Grelligkeit; Berti nimmt sie vom Gesicht und blinzelt und blinzelt in die Sonne. Durch das gestückelte Glas des Fensters trifft ein Strahl genau das Kopfkissen.

Die Abwesenheit Bertis, die nur Minuten zu dauern schien, hat der Tag benutzt, um wiederzukommen und über der ruinierten Stadt seine ewige Lampe anzuknipsen.

8

Allein im Schweigen. Allein in der Wohnung, umgeben von einer tauben, betäubenden Stille, auf die wieder und wieder gehorcht werden muß. Verbissene Ahnung, sie sei mehr als wattige Geräuschlosigkeit. Sei das Eigentliche, in dem es sich lebte: das Zeitliche, das Uhren nicht zu erkennen geben, und das man einmal »segnen« würde, wenn man es verließ.

Brust und Hals werden träge gewaschen mit einer Seife, leicht wie Kork und nicht schäumend, indessen Bilder und Gedanken aufspringen, Hasen aus dem Kopfkohl, kurz verfolgt, gleich verschwunden.

Der Körper behängt sich mit Kleidung, kämmt sich anschließend die Haare und empfindet auf einmal ein Gefühl der Unsterblichkeit. Das hält vor bis zum Frühstück, bis zu dem Brotkanten, den

Berti im Herumschlendern durch die Zimmer verspeist.

Der Tag ist nicht Bertis Element, ist das der Tierchen, ist das derer, die matt und fühllos Schlange stehen, Trümmer wegschippen, Panzersperren abtragen, rostige Maschinen aus nicht mehr vorhandenen Fabriken zerren, durch ein Versehen des größten Antischweigers aller Zeiten am Leben geblieben. Unvollstreckt ihr Urteil.

Sein Reich, die Nacht, komme, weil sie finden läßt, was der Tag versteckt und versperrt. Der Tag ist unmoralisch, er schützt den Besitz.

9

Schweigen und Stille, Berti angähnend, daß er zurückgähnen muß, zerspringen unter dem unerwarteten Flurglockenschlag. Das Eigentliche geht unter dem kleinen Hämmerchen kaputt, das auf die metallene Schale losrattert.

Lautlos durch den Korridor. Knarrende Dielenbretter werden umgangen. Der Auslug, der Spion, das blechverdeckte Löchelchen ist erreicht und wird mit dem rechten Auge besetzt: Draußen ein Oberkörper. Graues Jackett. Aber, sieh an, den Jackettausschnitt füllt das Traumgebilde, das Selbstgeschenk, der ersehnte Schal. Sein Schal. Den zu bewundern keine Ruhe ist, denn oben zu Häupten schlägt die Klingel erneut an.

10

Dem außereuropäischen Teil der Menschheit fehlt, wahrscheinlich wegen des häufigen Mangels an Wohnkästen mit Türen und Klingeln, eine bestimmte Erfahrung, die auf dem hiesigen Kontinent in den letzten fünfzig Jahren ununterbrochen gemacht worden ist: Ein Klingeln Klopfen Pochen zu ungewöhnlicher Tageszeit bedeutet Ungutes, wenn nicht sehr Schlechtes, falls nicht sogar das Allerschlimmste.

Der Riegel ist bereits weggerückt, schon klafft die Tür einen Spalt, als Berti klar wird, er begeht einen Fehler, der nicht korrigierbar ist. Und doch kann er nicht einhalten im Tun.

Im Treppenhaus regt sich eine kaum kenntliche Gestalt, die noch einmal anhaltend den Klingelknopf betätigt; eine Stimme, die beschädigt klingt wie aus einem zerbrochenen Trichter heraus, meint: »Es ist noch dieselbe Klingel!«

Doch da hat die Bewegung schon eingesetzt, und zwar auf Berti zu, der unwillkürlich zurückweicht und den Weg freigibt, den die Gestalt mit großer Selbstverständlichkeit einschlägt: dieser führt den Korridor hinunter (unter Umgehung der knarrenden Dielen, oder wurden sie doch betreten und schwiegen nur, weil sie die Gestalt wiedererkannten?) und vorbei an der Klosettür, die ein Milchglasfenster durchbricht; vorbei an der Flurgarderobe, in der ein verblichener Filzhut ins Schwingen gerät, getroffen von Luftwellen oder von Angst, wer denn da gekommen ist.

Wer ist da gekommen, dem Berti zum Wohnzimmer folgt, worin der verschwunden ist; ein Schatten, fremd oder nicht fremd hier, das ist die Frage. Mit mulmigen Kniekehlen hinter dem sonderbaren Gast her; würde, wäre der ein Kriminalbeamter, sein dummes alltägliches Versteck nicht sofort entdeckt werden? Und dann?

Ein kalter Luftzug oder Sonstwasanhauch trifft unangenehm das schwitzige Gesicht, das vorsichtig ins Wohnzimmer gehalten wird.

Vor der schwarzgebeizten Kredenz, und von ihrem Holz nicht gleich unterscheidbar, reglos und zu diesem Geschirrsarkophag gewandt steht Dasda da.

Dasda fängt an die Stimmbänder zu regen, Zäpfchen und Rachen arbeiten und pressen Satzstück um Satzstück hervor, Glieder einer Kette, die wächst und besagt, man verlange nichts zurück: keine Klingel, keine Kredenz, nichts, wegen der Durchreise, auf der man sich befindet: Nach Argentinien, nach Buenos Aires, frei von Kredenzen, von diesem Möbel mit der Butzenscheibentür, dahinter noch das gleiche Weinglas steht, jetzt ergriffen nicht zum ersten Mal, zum ersten Mal einstmals zu Pesach, das ist ein Fest, da Elias kommt und verkündet, der Messias erscheint. Aber der Messias besteht aus Asche. Auch Elias. Auch die aus dem Glas getrunken, und bloß das Glas hat gedauert, obwohl es sehr zerbrechlich ist, und warum ist es nicht kaputt, sondern die es benutzten?

Doch das ist nur der Anfang und am Schluß, der die eiserne Wahrheit enthält, wird gewiß: Steinklopfervater selber hat die Gestalt da, nämlich bei der Polizei, nichtigen Grundes, eines kritischen Wortes wegen, dafür die Wohnung zum Lohn, bevor der Hahn dreimal krähte, mit der Kredenz dazu, Tassen, Tellern, Gläsern, dem Glas, das eine zitternde Hand ins Fach zurückstellt.

»Nur abgewischt hat man es. Wegen der Spuren. Damit es keiner weiß. Die hier kann man nicht abwischen ...« und eine gemächliche Geste zieht das Wollige, Mollige, Weiche, Wärmende vom Hals und entblößt eine handlange glänzend rote Narbe vom Ohr zur Kehle: »Mit dem Spaten macht man das. Zum Andenken an die Heimat.«

Und der Schlüssel im Kredenztürchen dreht sich abschließend, doch als Berti den Blick zu dem Möbel erhebt, ist die Gestalt längst fort, verweht, gegangen, unter Vermeidung der knarrenden Dielen oder von diesen lautlos getragen. Die eigenen Füße bringt man nicht vom Fleck, gefesselt von der Kette und dem Anblick dessen, was auf dem schwarzen Holz liegt, das Ziel der Sehnsucht: der Schal.

Unerwartet hat sich ein Wunsch erfüllt. Bloß der Preis dafür ist zu hoch.

11

Wände, was immer sie beobachten, verharren ungerührt, denn dazu sind sie gemacht. Das ist ihr Schicksal. Schrank, Tisch und Bett bekümmert kein Fünfzehnjähriger, der eine Diele aus dem Boden hebt; geduldig und hölzern stehen sie um den Jungen herum.

Gleichgültig läßt sich die Pistole aus ihrem Versteck zerren; gleichgültig nimmt sie den Blick auf, der in ihre Mündung fährt, in die kleine Öffnung, aus der der Tod kommt, so schnell, daß keine Zeit zum Sterben ist. Aus nächster Nähe in den Lauf geschaut, wirkt er wie ein Tunnel, voll Finsternis, an dessen Ende sich ein Mann mit einem Boot vermuten läßt, wartend und Realität dessen auf dem Kunstbuchbild, unter dem »Charon« steht. Er fährt auf einem Fluß, dessen Wasser sind Tränen. Dieser Fluß trocknet nie aus; er hat zu viele Quellen.

Bettgestell und Wände, Tisch und Schrank ignorieren diese Art Quelle, wie sie lauthals in der engen Kammer fließt; mit der Zeit versiegt sie, ohne ein Projektil zu verwenden, wie alles versiegt.

Der Bootspassagier kommt nicht. Die Fensterflügel fliegen auf, nachdem einige rasche Griffe die Waffe in ihre Bestandteile zerlegten, und eine weitere Handbewegung streut die Stahlstücke in die Ruinenlandschaft, die bis an die Grundmauern des einzigen Hauses reicht. Es klappert beim Aufschlag, rutscht in Spalten, verschwindet im Schutt. Und hinausgesät die Patronen, wo schon Unkraut über die verbrannten Steine kriecht.

Fahr ab, Charon.

12

Nach der Lähmung zunehmende Kraft; das kriegen die Geldscheine zu spüren. Sie werden zerrissen. Mittendurch. Zerfetzt. Zerstückelt. Zerkleinert. Ein Hügelchen Geldexkrement häuft sich zu Füßen des Christkindes, das sein Fest liquidiert, bis nichts mehr an Hirschhornknöpfe erinnert. Bis draußen das Wohnungstürschloß schnappt, bis ein vager Schritt vernehmlich wird, zur Kammertür her, an die ein Knöchel unsicher pocht. Mehrmals. Berti reagiert auf das Geräusch wie die Wände, wie Tisch, Bett und Schrank; der Knöchel kapituliert und das Tappen und Schlürfen zieht sich ins Gehäuse, in die Untiefen der gemauerten Höhle zurück. Charon ist weit.

13

Wir sind zwei: der Schal und ich. Ich und Berti. Er hält ihn auf den Knien und streicht sacht darüber hin. Wir sind zwei. Wir gehören zusammen. Ein verblichenes Stoffrechteck ist an einer Schmalseite aufgenäht, geziert mit dem kopierstiftig-verwischten Namen: E. Löwy.

Aber hier kann der Schal nicht bleiben. Hier nicht. Hier ist kein Platz für ihn.

In das tonlose Horchen und Lauern klingen die Stiefel des Jungen; polternde Sohlen, aufplatzende Kammertür, stämmiges Trampeln durch den Flur, feste auf die knarrenden Dielen, auf zum Fortissimo, zum Furioso, das in der Wucht gipfelt, mit der Wohnungstür und Rahmen vereint werden. Der Sargdeckel ist zu. Nun nehme das Begräbnis seinen Lauf.

14

Außerhalb des Hauses umarmt eine große Dämmerung, was von der Stadt übrig ist.

Nicht geheures Dunkel schwelt aus den Trümmergrüften, wallt aus den gebäudebefreiten Kellerfenstern, hinter denen sich Schuttbäuche aufwölben, die eines fernen Tages vertrocknete Leichen gebären werden. Aus den toten Eingängen niedergebrannter Behausungen tritt Finsternis, zart und zäh, aus den geschwärzten Ziegeln herausgequetscht: die Neige der Zivilisation, Bodensatz deutscher Geschichte, der jetzt hochkommt.

In der Toreinfahrt, darin die Rabenfarbe bereits alles Sichtliche unterschlägt, bewegt sich Berti tastend an dem Mann vorbei, der sein Vater ist, und der sich an der gegenüberliegenden Wand vorbeifühlt an jenem, der sein Sohn war. Jeder klammert sich an seine Gedanken, an leitende Seile, die einander nicht kreuzen.

Endgültig gelangt Berti hinaus ins Freie, das oben wenige Sterne decken, mit ihrem Strahlen und Zwinkern Betrunkene nachahmend.

Nüchtern wie nie aber, wer aus dem Haus kommt, aus dem Zwergenpalast nach langer Verzauberung. Erst wo die Straße auf einen freien Platz mündet, dreht sich Berti um, der Ritter zur Burg, und schaut hinter sich: Da stand, steht, ragt auf und erhebt sich und den Anspruch noch bewohnbar zu sein: das Haus, das bedauernswerte, da es die andern überlebte.

Wäre es mit Stumpf und Stiel, Kredenz und Glas, zerstört, hätte man es behalten können und für immer. So nicht. So kann man nur die Beine unter sich in Marsch setzen. Zu den Sternen, wären diese nicht eine Erfindung der Astronomen.

15

Wenn später die zerrissenen Geldscheine gefunden werden, findet sich selbstverständlich Sorgfalt, die sie zusammenklebt. Sorgfalt bereitet Ermahnungen vor, die nie gebraucht werden. Sorgfältig wird gewartet, bis sich die Vorsätze in einem Lamento auflösen: »Ein Leben lang hat man sich bemüht, ein anständiger Mensch zu sein und zu bleiben. Recht und Moral zu achten. Und der Sohn, dein Sohn, (nein, dein Sohn) wird zum Verbrecher. Woher sonst soviel Geld? Verbrecher. Und doppelt Verbrecher, wer den Pfennig nicht ehrt und ihn zerstört. Früher herrschte wenigstens Zucht und Sitte. Und Ordnung, Ordnung! Man hat sich bemüht. Ein Leben lang. Das ist der Dank.«

16

Tage vergehen, bis der Weg zur Polizei gewagt wird, Tage vergehen bis man erfährt: Kein Jugendlicher seines Namens ist aufgegriffen worden oder tot aufgefunden. Weder auf der Kains- noch auf der Abelseite ist er eingetragen.

Zuerst wallfahrtet die Steinklopfervatersfrau jede Woche zum Polizeirevier, bald nur noch jeden Monat. Dann ist das geklebte Geld verbraucht; Hunger überkommt aufs neue die beiden, und die mühseligen, nutzlosen Gänge werden eingestellt. Statt dessen wird des Sohnes Bett verkauft, Tisch, Schrank, Stuhl, was gleichgültig, nichtssagend und hölzern herumsteht. Das Buch mit den Reproduktionen will man vorerst behalten, als eine Art prophylaktisches Grabmal, doch der ungefüllte Magen ist ein dynamisches Ding, brutaler als ein Gemüt, das treibt den willigen Geist aus und das schwache Fleisch in eine jener »Kunsthandlungen« hinein, wie sie plötzlich an jeder Ecke ihre anrüchigen Pforten öffnen. Dort begutachtet ein eilfertiger Brillenträger das Buch, durchblättert es und weist bedauernd auf Papierreste zwischen Holbein und Breughel, zerfaserte Zipfel, Rudimente eines herausgerissenen Bildes. So ein Buch, meine Dame, gute Frau, Mütterchen, kaufen wir nicht an. Haben Sie keine Ohrringe? Brillanten? Porzellan? Silberwaren?

17

Welches Bild zusammen mit dem Sohn vor einem Jahr, bald zweien, dann dreien, verschwunden ist, klärt sich nie; das Buch dämmert auf der Kredenz vor sich hin, bedeckt sich mit Staub und Vergänglichkeit. Bei den beiden, deren Blick es selten genug streift, weckt es Zweifel, ob der Sohn überhaupt geboren, ob er nicht eher ein anhaltender eindringlicher Traum gewesen sei. Zu Zeiten erleichtert sie dieser Gedanke, der nicht besprochen werden kann, da man die Unterhaltung über Söhne und dergleichen für alle Zukunft eingestellt hat.

18

Etwas länger als sie alle zusammen, als die zwei, die drei, eigentlich: die vier, währt die Existenz des Wolligen, Wärmenden, Khakifarbenen, das, verhüllt von Packpapier, im Hauptpostamt von Buenos Aires, Argentinien, ruht, adressiert an E. Löwy, den kein Briefträger in irgendeiner Straße aufstöbern kann. Bis einige Kalender abgelaufen sind und die Post das winzige Plätzchen im Regal für andere unbestellbare Sendungen braucht; da wird das Paket aufgerissen, mißbilligend eine Handvoll Gewebe begutachtet, das von Motten zerlöchert ist. Ein Zettel wird ausgeschrieben und das unansehnliche

Lappenknäuel erreicht die Verbrennungsanlage des Amtes, von wo es sofort wieder als Rauch aufsteigt: quirlend, feinflockig und überaus unbedeutend.

Lieferung frei Haus

1

Im Straßenbild: keine merkliche Veränderung. Vielleicht rollten mehr Lastwagen als sonst durch die Stadt. Doch das fiel höchstens perfekten Verkehrspolizisten auf. Keineswegs auf fiel, jedenfalls nicht zuerst, daß nach allabendlichem Aufkommen der Dunkelheit wie auch im Dämmer einsamer Morgen diese Lastwagen, die bis dahin scheinbar zahllos durch die Straßen gekurvt, plötzlich vor dem oder jenem Haus stehenblieben, um etwas Kastenförmiges, Kistenartiges, Hölzern-Kubisches aus sich zu entlassen, womit Fahrer und Gehilfen gewöhnlich überaus eilig im Haustor verschwanden.

Manchmal schleppten sie an oder sogar über die zehn Stücke in einen Wohnblock, so daß sich sehr späte oder sehr frühe Passanten wunderten, was da wohl wohin getragen würde und zu welchem Zweck. Zu denen, die eines Morgens erstaunt einen derartigen Vorgang beobachteten, gehörte Friedrich W. Schmall. Er kehrte vom Nachtdienst heim und sah sofort den Wagen, aus dem langgestreckte Kästen in sein Haus geschafft wurden.

Auf der Treppe versuchte er von den Trägern etwas über ihre Lasten zu erfahren, aber sie bliesen ihm nur keuchend ihren Atem ins Gesicht und stießen unverständliche Laute der Anstrengung aus.

Im ersten Stockwerk, dem unter seinem, bemerkte Schmall eine offene Wohnungstür, hinter der sich bereits viele solcher Kisten türmten; weiterhin erhielt er im Vorbeigehen einen undeutlichen Eindruck von dem Gesicht des Wohnungsinhabers, das einer bleichen, großen Blase ähnelte, schweißnaß, mit zwei schwarzen Knöpfen besetzt: schreckensstarren Pupillen.

2

Am hellen Tage, als Schmall nach Brot hinunterlief, erhob sich vor ihm auf den Stufen die Portiersfrau und versperrte den weiteren Weg. Während sie die wassertriefenden Hände an der Schürze trocknete, fragte sie flüsternd, ob er schon wisse? Schmall wußte nichts. Aus ihrem Mund, den sie angstvoll fast an sein Ohr drückte, hauchte es: »Herr Helmbrecht hat Leichen bekommen. Stücker zwölf.«

Damit schlagartig den unglaublichen Anschein bestätigend, den die Kisten erweckt hatten. Aber warum und weshalb Herr Helmbrecht sich sorgfältig verpackte tote Leute in die Wohnung liefern ließ, konnte Schmall nicht begreifen. Auch darüber klärte ihn die Portiersfrau auf:

»Nicht doch, nicht bringen lassen. Er *mußte* sie nehmen. Es sind die, die er selber umgebracht hat. Ich weiß es!«

Hastig kniete sie sich wieder hin, den Kopf über den filzigen Scheuerlappen gebeugt, zu keinem Gespräch mehr bereit, taub für Schmall, der nach einer Weile echolosen Fragens die Achseln zuckte und weiter abwärts stieg, von Hunger getrieben.

3

In der Bäckerei bediente ihn die Frau des Bäckermeisters; ihr fülliger Leib, sonst von ihm lüstern gemustert, wirkte heute spannungsleer und krank. Gerötet die früher lebhaften Augen und verweint, erneut wäßrig glitzernd, als sie ihm auf seine unvorsichtige Frage Auskunft gab: Ihr Mann habe des Nachts einen schweren Anfall erlitten, einen Herzinfarkt, und als Grund bezeichnete sie stockend eine Greisin: »Die hat mein Mann mit dem Wagen umgefahren. Jahre ist das nun her – Jahre! Er wurde freigesprochen, weil die Straße regenglatt war. Und jetzt bringen sie uns den Leichnam.«

Ihre Stimme hob sich zu nie gekannter Schrillheit:

»Wegen Überfüllung der Friedhöfe. Und wegen der Verantwortlichkeit für Rentnerin Elsa Niedermaiers Ableben, welche erst recht nach demselben zum Tragen zu kommen hat, wie amtlicherseits verfügt wurde. Hier ist der Frachtzettel!« Sie schwenkte schluchzend ein Papier.

Friedrich W. Schmall schaute betreten auf die wulstigen und geborstenen Lippen der vielen Brötchen, die ihm kein tröstendes, mitfühlendes Wort soufflieren wollten. Sogar: Im Grunde seines Herzens (da, wo es am tiefsten ist) räkelte sich gemeine Zufriedenheit: Recht geschieht dem Bäcker! Fast hätte Schmall gelacht. In seiner Kehle meldete sich ein hüpfendes Glucksen: Recht geschieht ihm, dem Nahrungsgewinnler!

Rasch ging er aus dem Laden. Beschwingt lief er zurück. In seine Straße einbiegend, erblickte er einen himmelblau lackierten Kühlwagen, der brummend anfuhr.

Schmall stand still, und der Wagen zog dicht an ihm vorbei. Er erkannte im Halbdunkel des Fahrerhauses nur wenige Einzelheiten: apoplektische Wangen, unnatürlich glänzende Augen, einen kurzen, glimmenden Zigarrenstummel in einem fröhlich aufgewölbten Mundwinkel; schattiges Sichregen, das weiterglitt und verschwand.

4

Leute hatten sich vor dem Nebenhaus angesammelt, die Köpfe ins Genick gebogen, interessiert an einem bestimmten Fenster. Schmall erfuhr, dorthinauf wären vierzig Kisten getragen worden. Jemand sagte:

»Seine Wohnung muß gerammelt voll sein!«
Ein anderer:
»Kein Platz mehr da oben. Der Oberpostsekretär sitzt schon im Klosett.« Ein älterer Mann murmelte so leise, daß es keiner der Umstehenden außer Schmall vernehmen konnte:
»Das hat er sicher nicht gedacht, als er sie erschoß. Eigenhändig übrigens. Sie hatten genug vom Krieg, aber nicht der Oberpostsekretär. Damals war er das auch noch gar nicht ...«
Schmall fragte leise vor sich hin:
»Was wird er jetzt tun?« Der andere hob schmetterlingsleicht die Schultern und sagte in normaler Lautstärke:
»Man weiß nicht genau, was die Belieferten machen. Ein Mann ist gestern festgenommen worden, als er Leichenteile in eine Mülltonne stopfte. Es handelte sich dabei um Teile einer Frau, und er hatte sie eines Hauses wegen geheiratet.«
»Er hat sie umgebracht?!«
»Nicht so, wie Sie denken ...« Der ältere Mann grüßte höflich und wandte sich fort. Die Leute liefen auseinander, weil ja doch nichts geschah. Schmall betrat sein Haus, darüber grübelnd, wie die Lieferanten eigentlich die Verantwortlichkeit der Empfänger feststellen mochten. Und wie hoch mußte der Schuldanteil sein, damit eine Leiche auf diesen entfiel?
Eine bisher unbekannte Art von ausgleichender Gerechtigkeit war hierbei am Werk, die Schmall bedrückte. Wenn nun Irrtümer unterliefen, die ohne weiteres möglich waren, denn die Gerechtigkeit bringt immer Irrtümer mit sich, und ein völlig Unschuldiger durch eine fehlgeleitete Fracht zu Tode erschreckt würde – wer wohl bekäme dessen entschlummerte Physis?
Unzufrieden schlang Schmall seine belegten Brote hinunter, suchte möglichst bald den ungemütlichen Gedanken zu entkommen, sich hinzuflüchten

zu seiner Braut, deren freundliches Antlitz ihm heute ersehnenswerter erschien denn je.

5

Unterwegs kaufte er Blumen für sie. Als er ihre Straße erreichte, stand im Westen ein Rest von violettem Geleucht über den Dachsilhouetten. Die Straße selbst lag schon in sichtverschlingender Finsternis. Mit schnellen Schritten war Schmall in dem Gebäude, vor dem ein Lieferwagen parkte: modischer, blecherner Katafalk, bedrohlich funkelnd im ungenügenden Licht weniger Laternen.

Friedrich W. war bereits die halbe Treppe hinaufgelangt, als er über sich das schwere Atmen der Träger wahrnahm, dazu einen Geruch, gemischt aus Moderduft, Desinfektionsmitteln und einer Ingredienz, die ihm großes Unbehagen bereitete. So rasch wie möglich wollte er daher an den Aufwärtsstampfenden vorbei, jedoch versperrten die ihm geschickt den Weg nach oben, so daß Schmall hinter ihnen und einer ziemlich kleinen Kiste hersteigen mußte – Stufe um Stufe.

Endlich erreichten sie das Stockwerk, wo seine Braut Felicia Wirwark wohnte. Bevor Friedrich sich zur Wohnungstür durchdrängen konnte, um Fräulein Wirwarks Klingelknopf zu drücken, war ihm einer der Männer zuvorgekommen.

Friedrich W. Schmall erschrak. Ein widerwärtiges Empfinden fuhr in ihn, verbreitete sich durch seinen ganzen Körper wie eine plötzliche Schwäche. Vorsichtig wich er zurück. Tastete mit dem Fuß nach Stufen unter sich. Zwei, drei Schritte: Zwei, drei Stufen abwärts.

Ohne von Felicia bemerkt zu werden, erblickte er in der aufschwingenden Tür ihr Gesicht, das verfiel, als sie erkannte, was man ihr brachte. Ihre Augen und Nasenlöcher und ihr aufgesperrter

Mund waren tiefe Schatten und sehr ähnlich den hartverschminkten lebenden Masken in uralten Stummfilmen. Dieses aus der Wirklichkeit herausgeschnittene Bild behielt Friedrich bei sich, während er unbemerkt die Treppe hinabschlich.

6

Dieses Bild: Wenige Tage später von Sehnsucht zerstört. So rannte Schmall vom Nachtdienst zu Felicia, die ihm empfing, als sei nichts gewesen: Heiter wie immer umarmte sie ihn herzlich und legte seinen Hut sanft auf die Spiegelgarderobe. Nachdem sie sich ihm wieder zugewendet, stutzte sie und betrachtete ihn eingehend. Besorgt, er könne krank sein, führte sie ihn ins Wohnzimmer und versprach, sofort Tee zu bereiten. Aber Schmall sah sich nur suchend um und fragte heiser:

»Wo hast du es?«

»Was, wo?« Sie hob die rechte Augenbraue. Friedrich hielt Felicia fest, daß sie nicht aus dem Zimmer konnte:

»Der Sarg. Der kleine Sarg, der vorgestern kam!«

Felicia, von einer Blutwelle dunkelrot gefärbt:

»Schäm dich, schäm dich ...«, und blickte ihn nicht an.

Schmall zu der Frau, die sich aus seinen Händen zu drehen suchte:

»Gut: Du hattest ein Kind. Ich mache dir keinen Vorwurf. Aber warum hast du mir nichts gesagt? Ich will dir nur helfen. Du mußt doch leiden ...« Felicia stieß ihn mit einem Ruck fort und rief verlegen:

»Wir wollen nicht Kino spielen!« Und als Friedrich dringlich aufs neue nach dem Kind fragte, hob sie trotzig den Kopf:

»Ich habe es in der Heizung verbrannt, wenn du es unbedingt wissen willst!« Sie zuckte die Achseln.

»Es ist so lange her. Soll ich aus meiner Wohnung

ein Mausoleum machen? Ich habe doch dich . . .« Sie näherte sich ihm, wollte sich an ihn drücken, doch Schmall schob sie von sich.

Sie beobachtete ihn von unten herauf mit einem undeutbaren Schimmer der Iris und ging gleich in die Küche, den Tee aufzubrühen. Während sie laut und ungeniert mit dem Geschirr klapperte, entwich Friedrich lautlos aus der Wohnung. Er, der einzige Unschuldige unter lauter Schuldigen.

7

Wieder einen Tag weiter fiel ihm vor seiner Haustür ein dunkelgrüner Kombiwagen auf, der keine Aufschrift trug. Ohne das Gefährt zu beachten, betrat er sein Haus und bewegte er sich die Treppe hinauf, sich am Geländer hochziehend vor Müdigkeit. Mürrisches Gemurmel scholl ihm entgegen, als er um den Treppenabsatz bog, der zu seiner Wohnung führte.

Vor der Tür, an der ein Schildchen mit seinem Namen haftete, warteten die Träger, eine schlanke Kiste zwischen sich.

Sie hatten seinen Schritt gehört und wiesen ihm jetzt ihre Gesichter, aus deren Unbeweglichkeit ihn die Augen reglos anglotzten. Er stieg unaufhaltsam weiter, hinein in diesen geballten Blick. Gleichgültig erscheinend, hob er die Füße, in der festen Absicht, an seiner Wohnungstür vorbeizugehen. Er mühte sich, einem zufälligen Besucher zu gleichen, wie er ihn sich vorstellte. Er wirkte wohl nicht überzeugend fremd, denn als er fast an der Tür vorüber war, stoppte ihn der Fahrer mit der Frage, ob er wisse, wo Friedrich Schmall sei.

Den eigenen Namen in solchem Zusammenhang zu vernehmen, verstörte Friedrich W. Er war sich doch seiner Unschuld bewußt. Hier und jetzt ereignete sich also der von ihm befürchtete Irrtum.

Was sollte er um Himmels willen mit einer unbekannten Leiche in der Wohnung? So setzte er an, ein glaubhaftes Kopfschütteln zu produzieren, da zog einer der Träger die Klappe vom Kopfteil der Kiste herunter, und als sich der urplötzlich neugierig gewordene Schmall vorbeugte, erkannte er unter sich, eingenagelt, Felicia Wirwark.

Nach einer von den kleineren Ewigkeiten richtete er sich wieder auf, holte den Schlüssel hervor und schloß seine Wohnungstür auf, durch die er mählich verschwand. Schweigend nahmen die Träger die Kiste auf und folgten Schmall. Der Fahrer rollte die Liste auf und hakte einen Namen ab, voller Zufriedenheit nickend.

Fahrt mit der S-Bahn

1

Außen sind sie von einem schwärzlich gebrochenen Weinrot bis zur Scheibenhöhe; von da bis zum pechfarbenen Dach von unsauberem Ocker. Preßluft öffnet und schließt die Türen, und man steigt ergeben in sie, wie in ein lange erwartetes Verderben. Mit ihnen rolle ich von Bahnhof zu Bahnhof, nichtsahnend und nicht aufmerksamer als sonst. Und weiß nicht: es hat sich ein Fenster aufgetan als eine Wunde. Und wartet. Und auf mich.

2

Obwohl an der Brandmauer oft genug vorbeigefahren, bemerkte ich ein Fenster nie. Vielleicht entwuchs es auch erst später den düsteren Ziegeln; vielleicht auch saß ich nur immer auf dem falschen Platz. Oder es rüttelte mich, der ich auf Rädern schwankend dahindämmerte, eines Tages der überalterte Wagen gemeinsam mit den ausgefahrenen Schienen überraschend wach. Vielleicht.

3

Nur die Namen unterscheiden die Stationen, deren Gleichartigkeit die Leute einfärbt, daß sie sich auf einmal kaum noch unterscheiden lassen. Und weil sie das wissen, halten sie während der Fahrt die Blicke hinter Zeitungen verborgen, oder senken sie auf den Boden, der sich ständig fortbewegt. Man weiß, wie man selber ausschaut, wie man geworden ist, und man erspart sich, in den lebenden

Spiegel gegenüber zu glotzen, der bloß während der Fahrt einer ist.

4

Auf dem Grund verflossener Ströme, von dem aus kaum der Stadt Dächer sichtbar sind, poltern wir dahin. Oder wir bringen in Höhe des zweiten Stockwerks in den Straßen alle Scheiben zum Klirren. Hoch durch die Alleen oder sie kreuzend. Einblicke. Unerwartete Einsichten. Der Kanal: rot vom Licht der sinkenden Sonne für die Uneingeweihten; für uns aber, die wissen und wissen, ist es von Blut. Das hat sich untrennbar mit dem immer wiederkehrenden Wasser vermischt, damals, als es aus dem zerschlagenen Leichnam Rosa Luxemburgs lief. Und an manchen Tagen erinnert sich unter seiner Ölschicht er, der da schweigend durch die Stadt zieht. Wir weniger. Wir sozusagen gar nicht. Wir betrachten hingegeben unsere Stiefelspitzen. Wir zählen die Tropfen an der Scheibe. Wir fahren und fahren. Und ahnen nicht, daß hinter einem unerwarteten Fenster ein Licht aufgegangen ist. Und daß alles andere nur noch eine Frage der Zeit ist und der Perspektive.

5

Hinter Häusern entlang. Lärm des Fahrens, zurückgeworfen auf die Reisenden. Unvorsichtig nähern sich die Brandmauern dem aufgebockten Gleiskörper, daß der Fahrgast fürchten muß, sogleich schaffe es ihn in Wohnungen, Räume, Säle, durch Badezimmer, Aborte, Kammern und lade ihn unversehens in einem Hinterzimmer aus, von wo kein Zug ihn je wieder abholen würde. Brandmauern, Brandmauern. Sie rücken gegen mein Gesicht an, das ich an die verfleckte, betränte Scheibe lege, und zeigen mir ihre verlöschenden Inschriften, bevor sie sich hinter meinen Rücken zurückziehen. Manche künden von der Zeit, da ein Anzeiger sich humanitär aufs LOCAL beschränkte, wie abblätternde Buchstaben verraten. Ganz vereinsamte Lettern kommen mir hilflos entgegen und entschwinden unenträtselt mit der rhythmischen Bewegung, die mich trägt und schaukelt, und ohne sie zu verstehen, verstehe ich sie: die Überlebenden verschwundener vielsagender Schriften, unfähig, ein eigenes sinnvolles Dasein zu führen. Veteranen einer geschlagenen begrabenen vergessenen Armee.

6

In Hinterhöfe von Fabriken, darinnen nichts mehr produziert wird als einförmige Tage, schaut man hinab, wenn man hinabschaut, als in unbekannte Abgründe dieser Stadt, dahinein unsere Brüder gestürzt sind, diese drohenden Gestänge verrosteten Metalls, unsere Schwestern, die Autowracks; wo unsere Väter ausruhen, die behauenen Steine, unsere Mütter, die lädierten Granitfiguren.

Von hier oben, und von Augenwinkel zu Augenwinkel, machen sie den Eindruck langen Bekanntseins mit ihnen; als hätten wir in den Höfen da unten während unserer Kindheit zwischen ihnen und mit ihnen gespielt, da sie und wir, wir allesamt etwas weniger mitgenommen waren.

7

Zwischen zwei Bahnhöfen dann. Eines Abends.

8

Aber eines Abends zwischen zwei Bahnhöfen geschieht es, daß ich mit voller Wucht in ein erleuchtetes Fenster hineinsehe. Das scheint nachträglich in eine rabenfederfinstre Brandmauer geschnitten, und es strahlt als einzige Unterbrechung der Fläche aus der Fläche heraus, da ich an diesem Abend zwischen zwei Bahnhöfen daran vorbeifahre.

Sehr kurz der Augenblick des Einblicks.

Aber ich renne sofort durch den langen, fast leeren Waggon gegen die Fahrtrichtung an, um wenigstens einen Zeitbruchteil länger zu sehen, was ich gesehen habe. Die Geschwindigkeit ist zu hoch. Derweil ich renne und renne, halten meine Augen nur die Ecke einer dunkel gebeizten, glänzenden Anrichte fest, auf der ein Körbchen aus weißem Porzellan steht, Weidengeflecht nachahmend und gefüllt mit rotfleckigen Äpfeln.

Im Zimmer selber, das so schnell an mir vorbeigeschossen und das so freundlich erhellt war von einer Deckenlampe, innen mit orangefarbener, außen mit grüner Seide bespannt, da hatte kein anderer am Tisch gesessen als ich selbst: fröhlich lachend, einen Apfel in der Hand, ein lustiges Wort im Mund, das sah ich genau, halb hingewendet zu jemand neben mir, einem Freund, der eigentlich tot war und von mir vergessen. Mehrere Gestalten hatten sich im Zimmer befunden, die ich aus dem schwindenden Eindruck auf meiner Netzhaut zu identifizieren versuche, als sich die Fahrt verlangsamt und in einem jener Bahnhöfe zur Ruhe kommt, die so wenig erwähnenswerte Wahrzeichen unserer Lage sind.

Ich eile über die Fläche aus festgetretenem Zement, zerstampften Zigarettenresten, Papierfetzen, Schmutz, seit Bau des Bahnhofes ausharrend und bewahrt für die Stunde der Archäologen, die noch längst nicht geboren sind. Schnell über die Fläche und in den Zug, der auf der gegenüberliegenden Seite zurückfährt. Die Wange ans Fensterglas gepreßt, sehe ich zitternd die schwarze Brandmauer mit dem rechteckigen Lichtfleck näher kommen. Immer näher. Näher. Und bin schon heran und bemerke als erstes, daß ich inzwischen den Apfel aufgegessen habe. Vorbei.

Unter den Anwesenden fanden sich ausschließlich bekannte Gesichter, kein Fremder war dabeigewesen. Nur waren viele von ihnen seit je verschollen oder verbrannt oder erschlagen oder weggewandert oder zu Greisen geworden; dort aber waren sie alle versammelt. In jenem Zimmer stand die Tür hinter meinem vertrauensvollen Rücken offen und ließ ein weiteres Zimmer sehen, ebenfalls erleuchtet, in dem sich ebenfalls Menschen bewegten, etwas undeutlicher zwar, doch mir genau so bekannt wie die anderen. Eine Stimmung ruhiger, gelassener Heiterkeit herrschte in beiden Räumen, und mit dem Licht zusammen brach eine ungewöhnliche Friedlichkeit aus dem Fenster hervor, wie ich sie niemals kennengelernt hatte.

Die ganze scheppernde Wagenkette ist schon an der Brandmauer vorüber, doch ich habe das Bild klar vor mir, das sacht vergehende, wie ein mehr und mehr vergilbendes Foto aus einem Familienalbum, das aufgenommen worden war, als es noch Spaß machte, sich Erinnerungen zuzulegen.

10

Tagelang und abendelang suchte ich das Haus, das seine Schmalseite den Zügen zukehrt. Oft stand ich inmitten von Gerümpel in Höfen und lauerte, ob über mir die Wagen heran- und vorbeirumpeln würden; mag sein, ich war einfach unfähig, es zu entdecken, mag andererseits sein, es ist so gelegen, daß ich es beim besten Willen nicht erreichen konnte, so bleibt: ich gelangte nie hin.

Den Zug auf freier Strecke anzuhalten gilt mir zu gefährlich und auch zu unsicher, denn zwischen Gleiskörper und Hauswand ist eine Kluft von mehreren Metern, unüberwindlich für mich.

So kann ich nichts anderes tun, als so oft wie möglich mit der S-Bahn zu fahren. Einmal jede Woche bin ich unterwegs auf der Strecke, hin und her und hin, und jedesmal beim Vorbeihuschen nehme ich auf, was das Zimmer mir bietet, wo wir alle heiter und wahrhaft bei uns und zusammen sind, Lebende und Tote, und wo wir uns über lauter lautere Nichtigkeiten unterhalten.

11

Wieder und wieder weiß ich, trägt mich der Zug vom Fenster fort: Könnte ich ein einziges Mal dort eintreten und mich vereinigen mit mir, der ich das apfelvolle Porzellankörbchen nie leeressen kann, so wäre alles ungeschehen, was die Wagenladungen von Worten niemals zudecken werden.

Einmal im richtigen Moment eintreten, und ich wäre erlöst. Und die ganze Stadt dazu.

Die Waage

Alles ist einfach. Weil alles in zwei Teile zerfällt, was unsere Eltern noch nicht wußten, und eine Waage bildet; die unsichere Hand zeichnet sie mit Kopierstift auf feuchten Bierfilz. Schau her, Döskopp: Das ist die Welt, ein Strich teilt sie in Hälften, so und so, und jetzt ist es eine Waage. Eine Seite selbstverständlich schwerer als die andere, welche ist klar: Wo wir draufsitzen. Weil wir draufsitzen.

Prost – auf den Orden, dessen rotemaillierter Trägerbalken seit heute vormittag im rechten Rockaufschlag steckt: Für vorbildliche Planerfüllung. Das kannten unsere Eltern nicht, die beiden zerbröselnden Restbestände daheim unter ihren einsinkenden Hügeln, verwildert seit langem, weil der Totenkult lächerlich ist. Wir sind doch keine alten Ägypter.

Moderne Menschen, Mitstreiter im Kampf der Kämpfe, entkamen der Dunstglocke des Aberglaubens beizeiten; ihr Weihrauch steigt aus gemütlichen Zigarren, und das Weihwasser serviert eine barmherzige Schwester, die alles andere als eine Nonne ist: Man überzeuge sich davon nach Lokalschluß.

Noch eine Lage Bier.

Noch eine Runde Lebenslust aus der Flasche mit dem russischen Etikett. Hört mal her, unsere Erzeugerskelette, als sie noch keine waren, existierten auf belächelnswert altertümliche Weise in der Lautlosigkeit ihres hölzernen Zimmers, wo sie sich jeden Abend gegenübersaßen, über ein Buch geneigt, über ein zurückgebliebenes gewiß, über stumpfsinniges Strick- oder Häkelzeug, über ein handwerkliches Irgendwas, daran Mühe wenden, sie verschwenden hieß; saßen da und spürten nicht das mächtige Mahlwerk, das System, darin sie staken und zerrieben wurden unter dem goldenen Schimmer ihrer Petroleumlampe, ausgeliefert Kursschwankungen der Börse, Viren, Bazillen, Generalstäben, Zeitungen, Götzen, Göttern, Uranos, dessen Vergewaltigung, dessen Notzucht der Erde sie ungestört hinnahmen.

Wir nicht. Wir arbeiten an der Abschaffung der Nacht. An der Einführung der Vernunft. Wir sind nicht so blind wie die Maulwürfe, die nichts taten, als uns zeugen und gebären, um rasch wieder unter dem Boden zu verschwinden, auf dem wir es uns anders einrichten: besser.

Unter einem fremden Blick trinken sie, die geräuschvollen, die ihres Daseins sicheren Gäste, fünf insgesamt, aber spüren ihn nicht, da er über sie hinweggeht aus Augen, die zu hoch an der Wand hängen und Herrn Dr. Marx gehören, aber zu schlecht gezeichnet sind, als daß er viel sehen könnte. Und sähe er was, was sollte er sagen mit dieser gegen seinen Mund gepreßten Glasscheibe, mit der Pappwand am Hinterkopf, eingezwängt in vier Goldleisten. Auch wurden ihm weder Stimmbänder noch Gemüt durch jene Flüssigkeit aus der russischen Buddel gelockert, so daß er sich nach mehr als achtzigjährigem Schweigen umständlich und langfristig räuspern müßte, um wenigstens »Cheers« zu sagen oder eine andere Nettigkeit zu seinen Nachfahren, die inzwischen fast alle Probleme gelöst, fast alle Fragen geklärt haben. Er vernimmt schweigend, wie einfach es heute sei: Konsonanz, Akkord, Homophonie, Gleichklang, Einstimmigkeit; die von ihm aufgedeckten klassischen Antagonismen abgeschafft, beseitigt! Heute, lieber Genosse Karl, zerfallen wir in Gesellschaftsnützliche und Nichtnützliche, wobei einem durch ein bißchen emailliertes Blech bestätigt ward, man gehöre der Kategorie an, der man sich ohnehin zuzählte.

Es ist eine Waage: In der einen Schale steigt die menschliche Spreu nach oben, zu leicht befunden, in der anderen sitzen wir; wir hier um unseren Stammtisch, goldrichtig, schwergewichtig, zukunftsträchtig. Sitzen und reden, bis die zweizeigrige Pflichtmahnerin spricht: Vergiß nicht deinen Dienst. Keine Lage, keine Runde mehr, sondern zahlen.

Durch das fliegenbekackte Glas nimmt Karl Heinrich undeutlich wahr, wie die fünf sich erheben; vier bewegen sich mit forciert forschen Schritten auf den Ausgang zu, indes der fünfte, der mit blinkender Knopflochfüllung, einen elfenbeinfarbenen Sturzhelm vom Wandhaken hebt, der bediensteten Anti-Nonne einen Geldschein zusteckt, seinen Schenkel an ihr nachgiebiges Fleisch preßt, flüstert, was Dr. Marx nicht verstehen, sich aber denken kann, um endlich eilig den anderen hinauszufolgen.

Gleich darauf wird draußen ein Motor angefacht, Dröhnen und Heulen, abklingen, leiser werden, wegknattern über die Landstraße, die jetzt von dem vorwärts rasenden Scheinwerfer des Motorrades zu einem weißen Tunnel verwandelt wird, über den sich das Gebirge überflüssiger Nacht wölbt. Dahin auf der Maschine, die Geschwindigkeit und Lebensgefühl produziert. Auch vom Motorrad aus betrachtet ist alles einfach, weil es immer vorangeht, immer voran. Wer fährt, befindet sich stets in Übereinstimmung mit der Straße, gleich welcher, sie bringt einen ja an ein Ziel, wie man glauben darf. Vorerst jedoch und jedenfalls hin zu den Schornsteinbäumen am Horizont, deren Wipfel glutgefärbt wehend und dampfend sich über die Landschaft verbreiten. Da hinten am Horizont stellen sie her, was durch dünnen Draht zu jedermann gelangt, Licht leuchten und Maschinen laufen läßt, und wovon man nicht genau weiß, was ist das eigentlich, das da aus den Steckdosen fließt. Ein unzeitgemäßes Mirakel.

Sich stark fühlen, fünfundzwanzig PS stark, stark, weil die rauchenden Türme mit der blutig leuchtenden Krone der Gegenwart den dringlich erwarten, der auf zwei Rädern durch den selbstgefertigten Lichttunnel auf sie zurennt, nicht rechts, nicht links schauend: stark aus dieser Gewißheit, die die Drehzahl unter dem Hintern erhöht.

Die Essen steigen unaufhaltsam. Lichter verkünden hinter der nächsten Kurve: Gleich bist du angelangt. Du kommst noch zurecht. Den du ablöst, der kann sich auf dich verlassen. Alle können es, die heute nacht Kaffee kochen, eitrige Blinddärme entfernen, in Kinos hocken, Kräne unter Flutlicht umherschwenken. Du bist gleich, gleich, gleich da.

Da geschieht, daß eine Gestalt im Scheinwerferlicht auftaucht: plötzlich und unerwartet. Als würfe sie einer dem Fahrer vors Motorrad, um ihm den wichtigsten Weg zu verlegen: den zur Pflichterfüllung. Zu spät erkennt die mottenhafte Figur den Heranrasenden, der seinerseits zu spät die Bremse betätigt, vor sich sekundenlang eine schreckstarre Maske, durchbrochen von drei schwarzen Löchern: Auge, Auge, Mund, aus denen sich das Nichts vorarbeitet. Es erfolgt der Zusammenprall, der Aufschluß gibt, wie weich, wie nachgiebig, sackartig ein Körper wirkt, fährt man mit dem Motorrad in ihn hinein. Nach der als zeitlupengleich empfundenen Kollision, liegt eine schlappe, beutelige Sache da, hutlos, weißhaarig, stößt Lallen aus und stinkt nach Bier und Schnaps. Alt und besoffen, wenn man das ist, gilt es, sich vor Straßen zu hüten, und seien sie noch so nächtlich vereinsamt wie diese hier – was hastig festgestellt wird. Man ist allein. Allein mit der Barriere, die den Weg versperrt, die der Zufall aufgerichtet hat. An Schicksal wird nicht geglaubt. Jeder schmiedet seines selber, und das vordere Schutzblech kann man ausbeulen. Der Abzulösende wartet. Es warten die Generatoren, die Turbinen, die Schornsteine, die Einwohner darauf, daß alles seinen Gang gehe. Da heißt es, sich entscheiden. Abwägen. Auf der Waage, die jeder in sich trägt: Da verschiebt man betrügerisch die Gewichte vor sich selber; da tritt man auf den Anlasser, da schwingt man sich auf den kunstledernen Sattel und betritt die Zentrale, da der Wartende schon die Mütze aufsetzt und unruhig das Zifferblatt über der Schalttafel mustert.

Und die Nacht beginnt wie sonst in dem ausgedehnten Raum und im Angesicht pendelnder oder schwach bebender Zeiger, indem Kaffee gekocht wird: Heißer Trank, erbarme dich meiner. In der braunen Brühe, die Wohlbehagen durch die Adern pumpt, ertrinkt, versäuft, versackt, was sich als Schemen hinter der Scheibe eines Voltmeters wälzt. Schwamm drüber, Kaffee drüber.

Kontrolle, Spannung nachregeln. Telefon: Keine besonderen Vorkommnisse, kein Staub, kein Schmutz auf dem glänzenden Linoleum, keine schnapsstinkende, keine greisenhafte Spreu aus der oberen Schale.

Stunde um Stunde, Zigarette um Zigarette wird die Zeit von ihrem eigenen Fortschritt dahingerafft und verschwindet spurlos; Hand um Hand wird in der Toilette gewaschen, das Gesicht dazu, das über dem Waschbecken im Spiegel schwebt: spurenlos.

Später steigt die Sonne aus dem Gummiarabikum, aus dem Kleister hinter den städtischen Dächern, so zäh nämlich, so zögernd, als halte etwas sie davon ab, an den Tag zu bringen, was geschehen ist. Dann erscheint ihr Gefunkel über den Schindeln, Helligkeit, Klarheit, der Tag, die Ablösung: Keine besonderen Vorkommnisse. Man gibt einander die Hand, der eine nimmt seine Mütze ab, der andere setzt die seinige auf und geht hinaus: So einfach ist alles. Die Gespenster, die Geister, Spukbolde, Widergänger sind verbannt in die Turbinen, wo ihr Jaulen, ihr Zischen und Toben die Schaufelräder rasend macht.

Draußen umfängt eine milde Luft den müden Mann, aber sie ist nicht allein: Während der Morgendämmerung sind vor der Tür zwei Polizisten aus dem Rasen gewachsen, sie reißen ihre blinkenden Wurzelstiefel los, zeigen, daß sie gehen können, und zwar dem entgegen, dessen Motorrad sie an der Gebäudemauer gefunden haben: Zwischen Vorderrad und Scheinwerfer die Deformation, an der heute nacht ein alter Mann verstorben ist.

Wo Warten für den Normalstand menschlicher Existenz gehalten wird, in der Stätte des Unbehagens, des staatsbürgerlichen Traumas, sitzt stets ein Uniformierter schreibend hinter einer Schranke, harrt eine unbequeme Bank verdächtiger Gesäße und hängt er an der Wand: der Bärtige. Jennys Gatte, dessen Kinder nicht über den Schatten des Vaters zu springen vermochten. Fluch der Sprößlinge bedeutender Persönlichkeiten; hängt still an der Wand, zwar nicht Fleisch, aber doch Farbe und Karton gewordene Wirklichkeit des alten Märchens vom Hasen und Igel, der immer schon da ist, wo man auch eintrifft. Selbst wenn der Hase den Gashebel am Motorrad ganz aufdreht, er kommt doch zu spät und weiß es nicht.

Warten. Ein Protokoll wurde bereits aufgenommen, eine Aussage gemacht, eine Sachlichkeit als angenehm empfunden. Warten.

Geräusch der von Amtsfingern unbeholfen benutzten Schreibmaschine stört nicht die Gelassenheit des Wartenden; nicht stört der leere und gleichzeitig konzentrierte Ausdruck des Schöpfers einer Theorie, die zur materiellen Gewalt wird, falls oder wenn sie die Massen ergreift. Gemächlich wird eine Zigarette entzündet und das verwunderte Stocken der Schreibmaschine ignoriert; polizeilicherseits bevorzugt man anderes Verhalten: Unruhe, Unsicherheit, Angst, Reue, Verzweiflung, keine Selbstsicherheit.

Warten.

Während Akten in unverständlicher Zeremonie von Tür zu Tür getragen werden, schweigend und bedrohlich. Warten: Zwei Aktenträger raunen sich eine Bemerkung oder einen Befehl zu, Türen klappen: Warten.

Unbegreifliches Zeitverschleudern: Man gab alles zu Protokoll, sagte alles aus, verheimlichte nichts, im Gegenteil: Man hat außer dem äußeren Vorgang den inneren erklärt, hat die Waage dargestellt, freilich ohne Kopierstift und Bierfilz, bloß mit Worten, jedoch eindringlich und nachdrücklich genug. Daß da etwas abzuwägen war auf dem holprigen Pflaster im unsicheren Schein überalterter Laternen, nach dem Nutz oder Nichtnutz, das war hier die Frage. Nützlich was für wen. Nicht umsonst gelernt. Alles im Zusammenhang sehen. Gelernt: Alles dialektisch betrachten. Gelernt: Einzelinteressen treten zurück, du bist mein Zeuge da oben an der Wand: Sprich für den Nachgeborenen und gib zu Protokoll.

Die Lippen, von Unmengen Bart getarnt, werden auf einmal sichtbar, ein Beben öffnet sie. Die Maschine klappert. Akten wandern hin und her. Erst war die Erde eine Scheibe, nun eine Kugel, aber das bleibt nicht so. Kein Gedanke an Tod nach dem geringfügigen Zusammenprall, nach dem trunkenen Lallen am Boden, nach dem Blick auf die Waagschale, die sich unter der manipulierten Last von Schornsteinen, Turbinen, Menschenmassen, jener Kugel gar tief, tief senkte, so daß die andere Schale völlig aus dem Blickfeld stieg.

Hinter der Scheibe zwischen vier eichenen Leisten haben die Lippen zu arbeiten begonnen, bilden ganz deutlich Sprache, wie der Wartende erkennt, die er nicht hört. Hebt sich also von der Bank, kreuzt den Raum und gelangt unter das Löwenhaupt, das zu ihm spricht. Die Schreibmaschine schweigt vor Betroffenheit endgültig.

Befände sich nicht die Glasscheibe dazwischen, die Worte wären vernehmlich. Aber würden sie von den Worten abweichen, die man von ihm längst kennt? Man weiß doch alles von ihm, beinahe zu viel schon, und was Neues ließe sich nach achtzig Jahren von dem alten Mann kaum erfahren. Man darf sich daher beruhigt von dem Bild abwenden, welches ein personifiziertes Gespenst zeigt, das in Europa, das auf allen Kontinenten, das in Großhirnrinden umgeht, immer das gleiche und immer ein anderes zugleich.

Geruhsames Abwenden in das Angesicht zweier Polizisten, deren Stimme kein Glas eindämmt, die einem in den Ohren dröhnt, o Jericho: Sie müssen hierbleiben, hierbleiben, hierbleiben.

Aber wieso und warum und weshalb denn hierbleiben in der unrichtigen Hälfte, auf der falschen Seite, durch die man zum Staub erhoben wird: Nein, nicht hierbleiben. Eure Gewichte sind falsch geeicht. Nicht hierbleiben, nicht hier!

Es bedarf einiger Mühe, den Protestierenden in eine jener kahlen Kammern zu schaffen, in der sich keine Porträts befinden. Hier kann sich der Hase für allein ans Ziel gekommen halten.

Die Alternative

Ein Ort, an dem die Stühle fehlen, so daß der Aufenthalt an den runden Stehtischen bereits nach kurzer Zeit anstrengt und man von einem müden Bein aufs andere tritt, hält eine bestimmte Sorte Menschen nicht davon ab, stundenlang, manchmal bis tief in die Nacht, solche Unbequemlichkeit zu ertragen. Jedoch handelt es sich um eine Minderheit, unauffällig angesichts flutender Massen, für die dieser Platz, der Münchener Hauptbahnhof, gebaut wurde. Ständiges Gewimmel vor Abfahrt oder Ankunft von Zügen, da durstige Reisende eilig ein Bier am Ausschank trinken, einen Kaffee, einen Schnaps, tarnt jene, die keineswegs zu reisen beabsichtigen. Kennzeichen des Orts ist die Anonymität. Und kein anderer wie er legitimiert den Aufenthalt und verdeckt die Motive dafür.

Erst zum späten Abend hin, wenn der Betrieb abklingt, die Zugfolge der Vorortbahnen sich dehnt, die langgestreckte Betonfläche vor den Bahnsteigzugängen ihre Belebtheit verliert, werden gewisse Personen sichtbar, von denen man nicht weiß, ob sie diese Sichtbarkeit suchen oder fürchten. Denn das kalte und bunte Licht von Werbeworten, Firmennamen, von Kiosken, Schaufenstern, Automaten, Zeitungsständen überbetont ihre Schäbigkeit. Ihre eigentümliche Haltung signalisiert ihren Status: meist irgendwo angelehnt, wie von andauernder Schwäche ergriffen, oder über irgend etwas gebeugt, Bank, Zeitung, Glas, Tisch, Papierkorb, wie krank oder betrunken oder beides zugleich, auf etwas wartend, was nie eintreffen wird, was vielleicht auch längst eingetroffen ist, ohne das erhoffte Ergebnis bewirkt zu haben.

An dem Tisch, auf den ich meinen gläsernen Humpen abstellte, dunkles bayerisches Bier, das, um einem zu schmecken, eine positive Einstellung zu seinem Ursprungsland voraussetzt, befand sich einer von denen, für die der Bahnhof von besonderer Bedeutung schien. Das halbleere Glas unruhig rückend, ließ er erkennen, daß ihm die Entscheidung, ob er es austrinken solle oder nicht, wirklich schwerfiel. Kaum hatte ich von meinem Glas gekostet, fragte er unvermittelt, ob ich möglicherweise nach Berlin führe. Meine Erklärung, ich beabsichtige, überhaupt nirgendwohin zu reisen, geschweige denn in diese potentielle Nekropole, wo man besser sterben könne als sonstwo, und sei nur auf dem Heimweg durch die Halle des Durstes wegen, hatte er gar nicht kapiert. Oder bloß ein Wort. Denn bei dem hakte er ein: Nach Hause, ja, wie gerne ginge er ebenfalls dahin. Er habe jedoch in dieser Hinsicht Probleme.

Jetzt pumpt er dich an: der erste Gedanke. Und im Vollzug mechanischen Schlußfolgerns: Aha, ein Obdachloser. Doch dem widersprach sein durchschnittlich normaler Anzug, dunkle Krawatte, sauberer Hemdkragen, das vor nicht allzulanger Zeit geschnittene Haar. Das zweite »Aha« deklarierte ihn zum Ehekrüppel: Vermutlich nach dem üblichen Krach dem trauten Heim entflohen, für die Nacht ohne Unterkunft und wahrscheinlich dabei, seine Probleme mit Alkohol zu kurieren.

Aber ich irrte mich. Denn er zog, kaum daß ich meinen Verdacht angedeutet hatte, mit ernster Miene und einer fast taschenspielerischen Geste, deren Routine mir erst später, nach dem Auftauchen der Polizei, klar wurde, eine Fahrkarte heraus und den Berechtigungsschein für den Schlafwagen: die Rückfahrkarte nach Neu-Ruppin! Ob ich eigentlich wisse, wo das läge, und als bei mir die Klappe »Fontane« fiel: Genau von da komme er her. Jawohl, *direktemang* aus der Mark Brandenburg! Sein Blick belebte sich und wurde eindringlich, so daß mit weiteren Erläuterungen zu rechnen war. Bloß das nicht; abwehrend und doch verbindlich das Glas heben, trinken, um Zeitmangel und Desinteresse zu bekunden, unübersehbares Zeichen mangelnder Kommunikationsbereitschaft, jedoch absichtlich mißverstanden, wie ich vermutete, weil er trotz meines zusätzlichen hastigen Blickes auf die Armbanduhr sogleich zu sprechen anhub. Ungeachtet der Hinterlassenschaft verschwundener Getränke, nasser Kreise nämlich, ohne auf verstreute Asche Obacht zu geben, auf schmierige bräunliche Flecken von Senf, beugte er sich über die Platte: Ich weiß nicht, ob ich zurückfahre!

Meine Reaktion mußte ihn enttäuschen. Weder beglückwünschte ich ihn zum Entschluß, dem »totalitären System in der Zone« den Rücken zu kehren, um künftig unsere »freiheitlich demokratische Grundordnung« zu genießen, noch ermahnte ich ihn, die Folgen für seine Familie zu bedenken (daß er zumindest eine Frau hatte, verriet der Ehering), ich hob bloß aufs neue mein Glas, diesmal mit leichtem Schwung in seine Richtung, mochte er es verstehen, wie er wollte, und meinte etwas wie: Na, dann Prost! Für weltanschaulich entschiedenere Aussagen sind meine Erfahrungen ungeeignet und meine Menschenkenntnis ein Hemmnis. An einem Bierausschank, und sei es in der rastlosen Ungemütlichkeit einer Bahnhofsatmosphäre, hört man nichts häufiger als intime Bekenntnisse. Was vernimmt man da nicht alles! Nie durchgeführte Scheidungspläne, unseriöse Selbstmordabsichten, fragwürdige Betrugsvorhaben, phantastische Projekte vom Reichwerden und Glücklichsein. Alkohol und gegenseitige Fremdheit, zwei Garantien für Folgenlosigkeit, provozieren geradezu den Austausch individueller Geheimnisse. Als neue Schicksalsvariante nun, daß einer, hergeschickt zu geschäftlichen Verhandlungen, zum Verhökern volkseigener Oberhemden, die Gelegenheit wahrnimmt, auf die er immer schon, wie er sagt, gewartet hat, die Umwelten zu wechseln.

Und der Grund, wenn man fragen darf?

Die Angst.

Welche Angst?

Keine besondere. Die, die immer da ist. Vor jedem falschen Wort, das man sagen könnte. Das hieße natürlich: vor jedem richtigen. Vor jeder unbedachten Handlung. Das erfordert immer Maske, immer Mimikry. Parole: Bloß nicht auffallen! Wer auffällt, fällt immer politisch auf. Weil alles politisch gewertet wird. Verfolgungswahn; kennt man ja aus der Geschichte. Oder aus dem Märchen. Des Kaisers neue Kleider; weil's in mein Fach fällt, Herrenoberbekleidung. Der dauernde Versuch, einem einzureden, wir wären anstatt nackt exquisit bekleidet. Mal kommt der Moment, wo man das Frieren nicht mehr aushält, man will bloß was Warmes zum Drüberziehen, was Bequemes, aber die sagen: Du trägst doch bereits einen eleganten Wintermantel, Freundchen, oder?!

Oder was?

Oder sie ziehen dir dein nacktes Fell ab.

Flatternde Finger gefährden die Fahrkarte: Zerreißen droht. Jetzt müßte selbst der Stumpfeste wenigstens rhetorische Einwände erheben: Daß auch hier nicht alles Gold und so weiter sei, und wie die Zukunft, die persönliche, und das Geschick der drüben Zurückgelassenen sich gestalten solle, ob alles erwogen worden, die Gewichte, genau bezeichnet, auf die Schalen des Für und Wider gelegt und dann erst die Konsequenz gezogen oder wie?

Seine Frau, technische Zeichnerin übrigens, hätte keine Chance mehr in ihrem Beruf, würde vielleicht sogar rausgeschmissen, falls sie an staatlich wichtigen Konstruktionsunterlagen arbeite: Ist doch alles geheim bei uns. Das Wasserklosett noch mal erfinden, aber so tun als wär's die Atombombe. Kinder? Gott sei Dank keine. Konnten beide Gehälter für uns verbraten. Lebensmittel sind ja unwahrscheinlich billig, davon macht ihr im Westen euch ja gar keine Vorstellung! Krankenversicherung, Medikamente, Arztkosten: kostet doch praktisch nischt! Und die Mieten! Über die Mieten würden Sie erblassen, bester Herr. Fünfunddreißig Mark und sechzig Pfennige, jawohl, und sechzig Pfennige für zwei Zimmer! Sicherung auf Lebenszeit. Falls man sich nichts politisch zuschulden kommen läßt. Klauen kann man, klauen ist 'n sozialistisches Kavaliersdelikt. Alle klauen. Geht ja auch gar nicht anders, wenn's nichts zu kaufen gibt. Demonstration von Reue reicht aus: Ehrengericht, bei kleineren Mengen, versteht sich. Wo's noch nicht volksschädigend ist. Aber was ist eigentlich volksschädigend? Das ist so'n Wort, das man benutzen, aber nicht drüber nachdenken soll. Sonst fallen einem gleich die Planer und Leiter ein. Oder noch ganz andere. Wenn man deren Namen in solchem Zusammenhang ausspricht, da kommt's wie im Märchen, ein anderes Märchen, der Flaschengeist, riesig, holt dich. Wer an sowas denkt, kriegt es schon mit der Angst. Und daran denken tun eben alle, alle.

Die Fahrkarten verschwanden wieder, durch die gleiche flinke Bewegung, mit der sie vorher ans Neonlicht gezaubert worden waren, damit die Hände frei wurden, den schweren Schädel zu stützen:

Man ist innerlich ganz zerrissen, fuhr er fort, und: Sie können das überhaupt nicht nachempfinden, ihr alle könnt das nicht. Man möchte weg und doch dableiben. Und sobald man hier ist, will man wieder heim. Man kann sich doch nicht auch noch selber durchschneiden ...

Damit schien der Höhepunkt seines Lamentos erreicht, der Abstieg kündigte sich durch Räuspern an, unartikulierte Töne wie von fern her, räumlich und zeitlich, als mache sich eine vergessene legendäre Gestalt über Jahrhunderte hinweg bemerkbar.

Nein, keine Tränen, aber nahe daran. Sinnlos jeder Ratschlag, ganz egal, welche Alternative er anböte, er stärkte doch nur den Widerspruch:

Zwei deutsche Seelen, ach, in einer Brust. Fatal für einen einsamen Mann, der zuviel Bier zu sich genommen hat.

Mir hingegen blieb die Spekulation, ob die Einladung zu »oana Moaß«, einem weiteren Liter schwach seditativen Gesöffs, als Kränkung aufgefaßt würde, als Versuch eines Unbeteiligten, Außenstehenden, sich freizukaufen angesichts einer historisch ausweglosen Situation. Es kam jedoch zu der Einladung gar nicht mehr. Ehe ich noch auf möglichst wenig verletzende Weise mein Angebot machen konnte, immerhin eine spezielle Form des Trostes, und völlig frei von der peinlichen Überlegenheit, die gegenüber fremdem Unglück sich einzustellen pflegt, selbst wenn man sich dagegen wehrt, waren auf ihrem Patrouillengang durch den Bahnhof die beiden Polizisten auch zu uns gelangt. Immer schwingt in der Forderung nach dem Ausweis Verdacht mit. Man fragt sich beunruhigt, wodurch man den wohl hervorgerufen haben mag. Sieht man aus wie ein verkappter Terrorist? Wie ein Ausländer ohne Aufenthaltsgenehmigung? Oder etwa, was angetan war, das Selbstwertgefühl steil abfallen zu lassen: Wie ein Penner? Ausgewaschene Jeans und Jeansjacken haben längst ihre Gesellschaftsfähigkeit bewiesen, aber möglicherweise verband sich der Aufenthaltsort mit solcher Kleidung zu einer vollkommen neuen Bedeutung, die mir nicht bewußt wurde, bei Polizisten jedoch eine Art Pawlowschen Reflex auslöste. Es lag nahe, »Wie bei Ihnen im Osten!« zu meinem Gesprächspartner zu sagen und dadurch seine Entscheidung noch mehr zu erschweren, doch ehe ich ihm das antun konnte, wurde er zu meinem Erstaunen von den beiden Beamten fast wie ein alter Bekannter begrüßt:

»Na, wieder auf der Flucht?!«

Er grüßte zurück, die Stirn hochrot, wobei er eilfertig seinen Ausweis präsentierte.

»Hat er Ihnen auch erzählt, daß er nicht mehr nach drüben zurück will?!« Und als ich stumm nickte, lachte der eine laut und schlug dem Verlegenen vertraulich auf die Schulter:

»Das erzählt er schon seit Jahren! Jeder hat eben seinen Vogel!«

Gleichgültig formelles Fingertippen an die lackglänzenden Mützenschirme verkündeten unseren Freispruch. Und während beide gravitätisch davonwandelten, als ergingen sie sich in einem Tuskulum, das noch dazu ihnen gehörte, schluckte mein Gegenüber den Rest seines Bieres hinunter, übermäßig den Kopf zurückgebogen, der Adamsapfel auf- und niedersteigend, die Lider zusammengekniffen. Klar, daß er mich nicht anzuschauen wagte, und wenn ich auch sonst nichts für ihn zu tun vermochte, so konnte ich zumindest auf seine Beschämung Rücksicht nehmen, von der er zu dieser verrenkten Reglosigkeit verdammt wurde. Ohne selber auszutrinken, wandte ich mich ab und ging fort. Zuerst mit zögerndem Schritt, bald mit wachsender Festigkeit, nahezu normal wie immer. Nur am Ausgang drehte ich mich noch einmal um: Inzwischen hatte er, wie ich erkannte, auch mein Glas ergriffen und sog die bräunliche Flüssigkeit in sich hinein, die Augen rund und starr wie ein Fisch, den man eben geangelt hat und der nun auf dem Sand liegt und unmerklich stirbt.

Schwimmer

Plötzlich und überraschend: restloses Ausfallen von Scham- und Achselhaar. Beim Hin- und Hergehen auf dem weißgekachelten Boden erstauntes Stutzen vor schwarzem Gekräusel, winzigem Geschnörkel, rätselhaft, woher das einem vor die Füße kommt, wie vom Himmel gefallen, doch diese Spekulation schließt die riffelglasgedeckte Schwimmhalle aus, bis ein Gekitzel zwischen den Beinen die kratzbereite Hand in die Hosentasche zu juckenden Teilen fahren läßt. Ungläubiges Tasten konstatiert Fremdartigkeit.

Unter dröhnendem, von grellen Quieksern kontrastiertem Getöse durch die Schwimmhalle, hier und da von einem Jungen bewundernd angeblickt: »Uwe Zoschke, der Langstreckenschwimmer ...«, hastet der solchermaßen flüsternd Apostrophierte zur Herrentoilette. Einriegeln. Hosen runter: alle Haare weg. Kahl wie'n Kind. Nun zusätzlich ein Kribbeln beidseits des Brustkorbes verspürend, fährt die Hand unters Hemd, unter die Achsel: kahl, alles weg.

Besorgter Blick in den Spiegel, dessen Quecksilberauflage von fäkalischen Dämpfen zersetzt ist: Zunge raus, weit, am Rachenraumhorizont zittert das Zäpfchen, frisch und rot wie immer. Bloß nicht krank werden jetzt nahe vor dem Ziel: Ozean heißt es, Pazifik und Atlantik, Küste der Welt, Strand der Erde, Ufer der fünf Kontinente: Synonyme unübersehbarer Weite.

Aber der medizinische Betreuer der Mannschaft muß verständigt werden. Untersucht er am Montag die Schwimmer vor dem Start zum internen Wettbewerb, vor Ausscheid und Entscheidung, wer von ihnen nach Mexiko darf, merkt er es ja doch.

Dann: entschlossener Griff ins Haupthaar, in blonde Strähnen. Probeweises Ziehen, gesteigert zu

Zerren, das die Kopfhaut mit anhebt: Nee, die sitzen fest.

Nach Abklopfen, Abhorchen, Musterung von Auge, Mund, Zunge, bitte, äääh; nach zwanzig Kniebeugen Blutdruckmessung mit nachfolgendem Kopfschütteln: Nichts zu finden.

Fährst du gern nach Mexiko, Uwe?

Für Mexiko (oder Cote d'Azur, Adria, Biskaya) änderte ich meinen Lebensplan, aber jetzt nicke ich nur: Leseratte, zur Nacht unter der Bettdecke mit Buch und Taschenlampe erwischt und fruchtlos verprügelt, sah ich mich nur als Bibliothekar oder Buchhändler: Welche Lust, sich in die unaufhörliche Gegenwart alles bisherigen Lebens zu stürzen, jederzeit parat in Nonpareille, Cicero, Antiqua, sogar Fraktur; Abenteuer jeglicher Art; der ganze gigantische Planet zwischen zwei leinenbezogenen Pappdeckeln. Aber die Verführung wandelte sich: das Surrogat hinterließ den wachsenden Zwang, die nachlassende Befriedigung durch angewandte Realität zu erreichen: Sehr gern nach Mexiko, Herr Doktor!

In den Bereich einer Röntgenstrahlung gekommen? Oder einer Kernstrahlung vielleicht? Erneute Kontrolle der Haut, als hätt' ich heimlich und unachtsam ein AKW besucht. Der Beste der Mannschaft fühlt sich völlig gesund und ist sicher, am Montag, wenn von den Fünfzehn die fünf Passagiere für den Linienflug über den Atlantik ermittelt werden, erster unter der Handvoll Gleicher zu sein. Was als Bibliothekar (oder Buchhändler) nie gelungen wäre; dieser staubverhafteten Tätigkeit steht der Weg zur nächsten Kreisstadt offen, der Personenzug ins altbekannt Uninteressante, wo keine schwarzen nacktbrüstigen Frauen die Straßen verschönen, keine Skyline aus der Küste emporwuchert, wo Gassen und Plätze Namen mehr oder weniger literaturwürdiger Gestalten tragen, statt Zauberworte wie Riverside Drive oder Tananarive.

Die Blutprobe erweist sich als negativ: keine verdächtige Vermehrung von Leukozyten. Erneutes doktorales Kopfwackeln: Kapitulation vor der Glatzigkeit diskreter Stellen.

Mich stört's nicht, Herr Doktor; mich auch nicht, Uwe, wenn's deine Frau nicht stört? Doppelgekicher.

Stört sie auch nicht, respektive hat sie nicht gestört, würde sie also fernerhin kaum, wäre nicht ein weiterer Umstand eingetreten, der dem Doktor verschwiegen wird: Mexiko kann nicht aufs Spiel gesetzt werden.

Nein: es handelt sich gar nicht um die Hautverfärbung des Unterleibes zu stumpfem Weiß, ins Grünliche spielend, dem wiederholte Überdosis Höhensonne nichts ausmacht, sondern um eine unbegreifliche Veränderung der Epidermis. Und nicht der Meisterschwimmer merkte es, wohl aber auf ziemlich schmerzhafte Weise das eheliche plurale Wesen, Puzzle aus Beischläferin Köchin Gesellschafterin Beichtmater, spätabends nämlich, da der Amateurtriton, aufgekratzt, heiter infolge der negativ verlaufenen Untersuchung, die daumenbreite hölzerne Kluft zwischen den Betten überquert, seine Nereide polypengleich zu umschlingen.

Nein Uwe nächsten Montag ist der Wettkampf Uwe du darfst nicht Uwe ach Uwe nicht doch nicht nicht . . .

Gefühl besonderer Härte, mit Eigenstolz und zunehmendem Vergnügen wahrgenommen, Ansporn des Sporns, doch Fortfall jeder Rücksicht verwandelt die bekannten hastigen Atemzüge der ortsgebundenen Dauerläuferin zu lautem Protest, zum unerwarteten abrupten Abbruch gewohnter Beziehung.

Später im Bad, nachdem der Schwimmer allein ans Ziel gebracht wurde, zu trüber Eruption als handfestem Ergebnis, drückt der nackte Hintern den kalten Wannenrand, wird eingehend das

Instrument weiblicher Widerlust gemustert: aus lächerlich entlaubter Umgebung hängt ein Tannenzapfen, der noch nicht aufgegangen ist, um seine Sporen auszustreuen. Die Fingerkuppen prüfen immer wieder die enorme Rauheit, die verletzende Schärfe sonst samtweichen Häutchens. Das kann man dem Sportarzt nicht zeigen!

Nicht vor Mexiko jedenfalls. Die vorsichtig fingernde Furcht gipfelt in grundloser Hoffnung, der einst jenseits des großen Teiches residierende allbeherrschende Gott, El Sol von den Eroberern genannt, würde die Oberfläche, die Außenseite des in friedlicher Absicht kommenden Wettkämpfers segnen und heilen. Doch graue Gedanken zerknicken den Strohhalm: vielleicht wirkt die dort stärkere ultraviolette Strahlung noch schädlicher? Nach der Ankunft in Mexiko City werde ich es dem Arzt sagen. Solange: Trikot statt Badehose. Der Montag wird schon eine glaubhafte Lüge bescheren. Bis dahin gilt es nur, das aufquellende Mißbehagen zwischen Bauchnabel und Brustbein herunterzudrükken, es nicht in die Kehle steigen zu lassen, damit die übelkeiterregende Angst sich nicht lauthals verrät.

Montag ist wie immer ein Montag, kein Ausnahmedatum: außer für den Schwimmer. Belacht im Trikot; geraunt die Erklärung, zwiefach in Nierenhöhe Spuren ehelich angetrauter Fingernägel zu tragen, peinliche Stigmata der vom Trainingsplan zu Sünde gestempelten Sünde. Augenzwinkern: Man versteht einander, ist kein Mönch, kein Eunuch, kein Kastrat, kein Kind von Traurigkeit eben.

Auf die Plätze: Startschuß: Hinein.

Warmes wallendes wirbelndes atmendes Lichtgrün: in dein Leuchten sei ich eingebettet. Glück, das ist das Glück. Kein objektiv erreichbarer Zustand, keine erkämpfbare Neufassung der alten schimmernden Perle im Galaxiskollier, kein erlösender Freispruch im historischen Prozeß: Glück ist Nervensache. Ist die zuinnerst gespürte Kraft eigener Schläge. Das Wunder eleganter Beinarbeit. Tauchen und wirbeln im Glück. Im Glück schwimmen: trefflich exakt formuliert. Schatten ziehen irgendwo ihre Bahn, gleichgültige fremdartige Tiefseebewohner, stören nicht weiter: schwimmen und schwimmen lassen in einem Meer glücksträchtiger Amnesie.

Bis zum Auftauchen. Da ist das Rennen gelaufen oder auch geschwommen. Da stehen sie am Bekkenrand: sogenannte Kameraden, von Staunen ausgehöhlte Gesichter. Apoplektisch der Trainer, beide Fäuste verzweifelt in die schwammige Brust gepreßt. Der Arzt kniet bereits über seiner offenen schwarzen Tasche, eifrig suchend, womit er den Schwimmer behandeln könnte. Auf den Sitzreihen, auf der kleinen Tribüne, angestrahlt von der Helle des Riffelglasdaches, ein wisperndes murrendes Publikum, das auf seinen gefeierten Favoriten starrt, der im Zentrum des grüngekachelten Bekkens auf der Oberfläche schaukelt: lächelnd, gelöst, selig.

Untersuchung, sofort in der Mannschaftskabine vorgenommen. Reflexe: auf einer gedachten Linie geradeaus: kein Kunststück. Das gummigepolsterte Hämmerchen läßt die Unterschenkel hüpfen: in Ordnung. Blutprobe zwecks späterer Analyse.

Alkohol, Uwe?

Gestern zum Abendbrot ein Glas Bier.

Irgendwelche Tabletten gestern abend oder heute morgen geschluckt? (Uwes Lider werden hochgezogen: keine Verengung der Pupillen.) Nun sag bloß mal, Junge, warum um alles in der Welt bist du vom Start weg nicht in deiner Bahn geblieben? Mensch, du bist rumgekurvt wie ein besoffener Delphin!

Wehleidiges hilfloses Zucken der Schultern, der

prallgewölbten, noch mit einzelnen Wassertropfen geschmückten: Nun weine man nicht, Uwe, ist alles halb so schlimm. Aber mit Mexiko ist es Essig, schade ...

Spätere eingehende Diagnostik, als die Zeitungen bereits die Ankunft der Schwimmer in Mexiko City zeigen (Blumensträuße, Stewardeßküsse), ergibt keinen neuen Befund. Letzte Möglichkeit, Wasser, wer weiß wie eingedrungen, habe das Gleichgewichtsorgan gestört, erweist sich als unzutreffend: was jedoch zutrifft, entzieht sich Stethoskop und Harnanalyse.

Hier am Nacken, Uwe, hast du 'ne schuppige Stelle, warte, ich verschreibe dir eine Salbe; danke, Herr Doktor; und froh, draußen zu sein, ohne das Hemd gelüftet haben zu müssen, denn da drunter sieht's schlimmer aus: Schuppen überall, regelmäßiges Muster, perlmutten glänzend, pastellener Regenbogen, dreht sich der Leib vor dem Spiegel im Bad: Größe jeder einzelnen ungefähr Forellenmaß.

Uwe hat im Handbuch für Ichthyologie nachgeschlagen und sich danach entschlossen, den Arztbesuch nicht zu wiederholen. Beschwerden zeigen sich keine – außer einer gewissen Trägheit, einer Verlangsamung des Lebensrhythmus, veranlaßt möglicherweise von dem jetzt überwundenen Schmerz, Mexiko (Acapulco Florida Ägäis) nicht erreicht zu haben. Und die kleine Landjungfrau, das Menschenweib im Nebenbett, hat feierlich geschworen: Keinen Arzt zu rufen! Kein Wort auszuplaudern: Zwar tränenreich, aber immerhin: hat geschworen. Nächtliche Komplikationen unterbleiben fortan; der Exschwimmer findet kein Interesse mehr an dem fleischduftenden blaßrosa Säugetier, das sich abends in durchscheinenden Stoff hüllt und im Schlaf unruhig sich regt. Davon wird der Blutdruck des ehemaligen Sportlers nicht beeinflußt.

Einmal ist an sie, die unschuldig Vernachlässigte, die Einladung ergangen, gemeinsam die Badewanne zu besteigen, was pikiert und in Unkenntnis ichthyologischer Tatsachen abgelehnt ward, worauf kein ähnliches Angebot mehr gemacht wurde. Nach dem Grund fragt sie nicht. Besser, man fragt nichts. Auch von seiner einstigen Mannschaft fragt ihn keiner nach seinen Gedanken, trifft einer ihn zufällig. Allgemein wird angenommen, er habe sich vor dem Wettkampf gedopt und wegen seiner beschämenden Unfairneß, die mit Versagen bestraft wurde (so was wie ausgleichende Gerechtigkeit), den Leistungssport aufgesteckt.

Auch die Post, bei der er angestellt ist, nimmt Rücksicht und fragt nicht, wohin er eigentlich gehe, wenn er sich von seinem Schreibtisch in der Verwaltung erhebt und abwesend sagt: Er müsse sofort zum Training! Man weiß ja, er fährt niemals zum Sportklub. In keiner der städtischen Schwimmhallen und Badeanstalten wird er je wieder gesehen. Man weiß nicht, daß er unter Vorsichtsmaßregeln wie Wagenwechsel, plötzliches Aufspringen auf den schon rollenden Waggon, die Vorortbahn benutzt und vom Zielbahnhof noch ein Stück Strecke die Straßenbahn, Richtung Waldsee, bevor Unterholz, Gebüsch, Erlenreihen, Gruppen von Krüppelkiefern, und nicht zuletzt das schlanke geliebte Schilf, ihn vor zufälligen Blicken verbergen.

An der einsamsten Stelle einsamer Seen steigt er ins Wasser, schuppig, plump, plumpsend, um mit machtvollen Schlägen rasch das offene Wasser zu erreichen, um für lange Zeit ins Dämmer hinabzutauchen: Glück – aber ein gedämpftes empfindend, weil die Sehnsucht, Wesenszug seines Wesens, nach ozeanischen Weiten unerfüllt ist: nach wie vor.

Ein Glück für die daheim harrende Frau des prustenden kraulenden Postangestellten, daß alle Seen rings um die Stadt keinen Abfluß in einen Strom haben, der ins Meer mündet. Sonst würde sie ganz sicher eines Abends vergebens mit dem Essen auf den warten, der Energie und Ehrgeiz verloren hat, sich über das Element zu erheben, dem er unmerklich verfallen ist.

Niagara

Wohl dem der eine Tonne hat/Er danke Gott und sei zufrieden! Trefflicher Text zum Vorsichhinsummen: Wohl dem, wohl dem, wohl mir. Denn man denkt keinesfalls dabei an Diogenes oder andere tote Ausländer, vielmehr und vielzumeist an sich selber: Wohl mir, der eine Tonne hat! Nicht etwa als Wohngehäuse, als Unterkunft, Unterschlupf, Zeltersatz, Hundehütte für abgeschlaffte alte Kyniker. Sondern als ein Behältnis besondrer Art. Für einen ganz besonderen Zweck. Georg weiß genau, für welchen. Der Zweck seiner Tonne ist ein prinzipiell anderer als gemeinhin vermutet. Aber nur Georg kannte diesen Zweck, weil er ihn sich selber ausgedacht hat. Nein, Georg, nicht lügen: Du hast die Idee von einem Toten. Und du weißt nicht einmal mehr, wie er heißt. Blasse Bilderinnerung: Er trug einen Schnurrbart, eine altertümliche Sturzhaube, zusammengestückelt aus lauter kleinen Lederkissen, fest unter dem Kinn mit einem Band verschnürt, dazu gekleidet in eine gleichartig gesteppte Jacke und stak bis zum unsichtbaren Bauchnabel in diesem Ding, das dir deinen Einfall bescherte: in einer Tonne. Unter diesem seltsamen Anblick stand zu lesen, daß der Ledergepolsterte die Niagara-Fälle hinabzufahren gedachte: »Die Wassermasse, welche in einer Stunde hinabstürzt, wird auf dreißig Millionen Kubikmeter geschätzt.«

Das sind Zahlen, die einem nichts sagen. Georg las sie mechanisch und gedankenlos. Wo der erläuternde Text den Namen des Waghalsigen genannt haben würde, endete die vergilbte Zeitungsseite in einem brüchigen Falz, von dem alles Weiterführende abgetrennt worden war, durch Erosion oder eine vermutlich ebenfalls längst verstorbene Hand, die mit dem Stück Papier die Schublade säuberlich ausgefüllt hatte, in die nun Georg seine Socken legte.

Auf der anderen Seite standen die Wahlergebnisse im Freistaat Danzig und ein Rede-Rest des Reichspräsidenten Hindenburg, der seine lieben Danziger für ihre Heimattreue lobte. Danzig! Hindenburg! Heimattreue! Lauter leere Worte, unter denen Georg sich absolut nichts vorstellen konnte.

»Siebenundvierzig Meter tief fällt das Gewässer über eine vorragende Felskante und verliert sich im letzten unteren Drittel in weißem Nebel.«

Ein Held? Ein Verrückter? Ein Arbeitsloser, den man für die Sensation engagiert hatte und der sich, im Falle seines Überlebens, für eine Weile Sorgenfreiheit versprach? Auf jeden Fall und unleugbar ein Abgesandter des Schicksals, der Georg aus der Vergangenheit eine Botschaft überbrachte, auf die der Nachgeborene lange gewartet zu haben schien. Inständig und krampfhaft, so kam es Georg vor, habe er jahrelang in den Himmel gestarrt, auf den Wind gelauscht, die Vögel beobachtet und aufs Wasser gesehen, allem, was dahinzog, wegzog, wegziehen durfte, sehnsüchtig zugetan und dennoch am Fleck verharrend. Zwangsläufig. Zwangsweise. Lebenszwänglich. Jeder Urlaub ging darüber hin, in einem Zustand, nicht unähnlich der Trance, den der Horizont bewirkte, hinter dem, wie man schmerzhaft wußte, sich die unerreichbare Welt befand. Er hypnotisierte die Kimm, als könne sich sein Blick krümmen und über die schnurgerade Begrenzung hinaussehen, doch seine Anstrengungen brachten nicht mehr hervor als ein Küstenwachboot, das ihm den Traum durchkreuzte.

Von dem fernen grauen Fahrzeug mit den bedrohlichen Geschützaufbauten kam er sich persönlich verfolgt vor, obschon er gar nicht, wie so oft vorgestellt, in einem Schlauchboot, auf einer Luftmatratze, auf einem improvisierten Floß in die ersehnte Freiheit hinaustrieb. Durch das Wasser zog sich eine Grenze von der gleichen Gefährlichkeit und Unüberwindlichkeit wie die aus Beton in seinem Wohnort. Aber nur hier am Strand vermochte seine Fantasie ihm auszumalen, wie er auf der anderen Seite des Gewässers ankäme, begeistert begrüßt von zufälligen Urlaubern, denen er kühner und heroenhafter erschien als ihm selber der Reisende von den Niagarafällen. Der hatte vielleicht ein paar Knochenbrüche riskiert, bei ihm, Georg, ging es um sein ganzes ferneres Leben oder was davon noch übrig war. Während der stumpfe Trichter der Sandburg ihn verbarg und auch seine Gedanken und Überlegungen vor fremder Neugier schützte, sah er sich selber aufgerichtet in der soeben dort drüben gelandeten Tonne stehen und den ihn umringenden Neugierigen die Motive seines Weltenwechsels erläutern. Die hatten doch keine Ahnung, was es hieß, innerhalb eines ummauerten Bezirkes zum Aufenthalt gezwungen zu sein. Eine Existenz in einer abgeriegelten Versuchsanordnung zu führen, deren Endergebnis bereits vorlag, ohne daß man darüber reden durfte. Er strebte hinaus und er strebte über sich hinaus. Er wollte endlich seine Hand an den Granit der bretonischen Küste legen, an die Kreide von Dover, an den grauen erstarrten Tuff von Capri. Hier rann ihm nur Sand durch die Hand, billiges Sinnbild seines Lebens. Farblos und in einem verengten dünnen Strahl ständig abwärts, um sich wieder mit dem anderen Sand zu vermengen. Ein Spiel mit der Vergänglichkeit, das Georg bedrückte. Aber andere bessere Spiele bot ihm seine Umwelt nicht an.

Georg fühlte sich undankbar, da er damals das Porträt jenes inzwischen bestimmt längst verstorbenen Tonnenartisten zusammengeknüllt und im Aschenbecher verbrannt hatte. Später war ihm eingefallen, er habe es behandelt wie einen Kassiber. Aber die latenten Befürchtungen, unwillkürlich Zeichen streng verbotene Absichten erkennen zu lassen, führten auf Dauer zu einem Verhalten, das sich dem Verfolgungswahn näherte. Die Zimmerwirtin hätte, so spekuliert Georg, den brüchigen Zeitungsausschnitt finden und seine Pläne, sobald er sie zu realisieren anfinge, erraten können. Wenn er nämlich mit einer Tonne, vorausgesetzt er erlangte irgendwo ein brauchbares Stück, nach Hause käme, brauchte seine Wirtin kaum größere Geistesgaben, um von dem Zeitungsbild auf sein Vorhaben zu schließen. Und es handelte sich noch dazu um ein Vorhaben, von dem bereits nur zu wissen schon strafbar war. Trotzdem tat Georg das Autodafé leid. Es war mehr als ein Fetzen verarbeiteter Zellulose, was er dem Feuer übereignete. Es war ja etwas wie eine persönliche Nachricht an ihn gewesen, in einer Schublade sechzig Jahre lang aufbewahrt, ohne daß während dieser Zeit, während weltumstürzender Ereignisse jemand sich daran vergriffen hätte. Als sei sie nur für ihn und sonst niemand bestimmt: Daran zu glauben, stärkte seinen Unternehmungsgeist, als er daranging, sich eine Tonne zu beschaffen.

Eine Kleinanzeige in der Tagespresse in der Rubrik ANKAUF: »Suche gut erhaltenes Bierfaß max. Größe« würde keinem auffallen. Ja, wenn Georg inseriert hätte, suche seetüchtiges Auswandererschiff für eine Person oder gar: Suche Fluchtfahrzeug – das hätte jeden stutzig gemacht, vorausgesetzt, daß eine derartige Anzeige überhaupt zur Veröffentlichung angenommen worden wäre: eine Unmöglichkeit, die unter zahllosen anderen Versagungen noch die allergeringste Rolle spielte.

Bevor er jedoch seinen Wunsch den verkaufswilligen Tonnenbesitzern gedruckt unterbreitete, hatte er sich eingehend mit seinem eigenen schlanken Körper befaßt. Mittels Metermaß rechnete er auf komplizierte Weise seinen Rauminhalt aus, um die Tonnengröße zu bestimmen. Wie er sich selber in solchem hölzernen Behälter unterbringen würde, beschäftigte ihn ausgiebig. Sorgfältig hatte er das gelbe, in Zentimeter unterteilte Band um den Brustkorb gespannt, um die Hüften, den Bauch, das Becken, das Gesäß, Schenkel und Waden. Jede Zahl genau notiert und mit dem Taschenrechner sich selber zum Würfel verwandelt; nicht zum Würfel, zum Zylinder, mühselig, denn in Geometrie hatte Georg stets eine drei minus gehabt. Doch das rechnerische Ergebnis hob seine Laune: Ein Faß passender Größe müßte sich ohne weiteres auftreiben lassen.

Während er auf das Erscheinen seiner Anzeige und danach ungeduldig auf Angebote wartete, begann er, seinen Körper auf die vermutlich höchst unbequeme Lage in dem erhofften Gegenstand vorzubereiten. Er wollte nicht erst im letzten Moment, sozusagen »vor der Abreise«, mit dem Üben anfangen. Seine Ungeduld wuchs und würde, sobald sein »Schiff« einträfe, ihm keine ruhige Minute mehr lassen. Nachdem er sich abends in seinem Zimmer eingeschlossen hatte, dichtete er sein »Trainingscamp« gegen mögliche Feindeinsicht ab, indem er über die Gardinen noch die Vorhänge zog und sie mit Sicherheitsnadeln aneinanderheftete, als könnten unverhofft eintretende meteorologische Ereignisse sie auseinanderwehen lassen. Außerdem ließ er den Fernseher weiterlaufen, damit seine Wirtin ihn bei seiner gewohnten abendlichen Beschäftigung vermute. Dann öffnete er die Tür der Anrichte und kroch hinein. Natürlich war dieser Hohlraum keinem Faß vergleichbar, aber er zwang Georg, eine Haltung einzunehmen, die für einen Fötus natürlich war, nicht für einen erwachsenen Menschen. Georg schob sich mit den Beinen voran in das Möbel, spürte die Seitenwand unter seinen nackten Fußsohlen und zog, auf der Seite liegend, die Knie an, so daß sie immer mehr seinen Magenbereich bedrohten. Er neigte den Kopf und beugte ihn nach vorn, behindert von seinen beiden Armen, von denen er nicht wußte, wie und wo er sie noch unterbringen sollte. Anfangs versuchte er, sie über der Brust eng zu kreuzen, dann streckte er sie und schob die Unterarme unter die Oberschenkel. Sogleich schlief der rechte Arm ein, und Georg würde doch beide Arme brauchen, um den Deckel von innen mit aller Kraft in die runde, gegen Wassereinbruch abzudichtende Nut zu ziehen. Es kam manchmal vor, daß Georg, in seiner unbequemen Stellung aus der offenen Tür der Anrichte lugend, die er aus Angst, ohnmächtig zu werden, nicht zu schließen wagte, den schmerzhaften Druck des Holzes nach einer Weile nicht mehr spürte, weil seine Probleme ihn ablenkten: Die Tonne, wie er bald gemerkt hatte, war noch das kleinste. Viel schwieriger schien ihm, den Platz ausfindig zu machen, von wo er seine Wasserfahrt antreten mußte. Daß es nur der streckenweise zur Grenze erklärte Strom sein konnte, der zwischen den zu Staaten gewordenen Landesteilen floß und sich somit als Transportmittel eignete, war Georg längst klar. Es gab da eine ungenaue, strittige Markierung, über die sich die Beteiligten nicht hatten einigen können. Einerseits reklamierte man die Mitte des Stromes als Trennlinie, andererseits das hiesige Ufer, von dem Georg hoffte, daß es abschüssig genug sei, um als Abrollbahn für sein Gefährt zu dienen. Aber auch wieder nicht zu steil, damit es nicht beschädigt werde, denn dann wäre die Reise noch vor Beginn beendet. Für immer vermutlich.

An einem der freien Wochenenden hatte Georg jene Gegend aufgesucht, die, fern der entscheidenden Linie, sich den Anschein eines zivilen Ausflugszieles gab, eines harmlosen Details heimatlicher Natur, von deren Willfährigkeit im marinen wie submarinen Bereich Georg sich eigenäugig überzeugen wollte. Sacht, kaum merklich, zog es grau und schmutzig zwischen den noch inländischen Ufern dahin. An der Oberfläche trieb Abfall langsam an Georg vorbei, was ihm erlaubte, die Strömungsgeschwindigkeit zu messen. Schließlich mußte man wissen, wann man den Deckel zu öffnen und an Land, das *richtige* Land, zu schwimmen hatte. Georg war mit seinen Erkundungen recht zufrieden. Es fehlte nichts weiter als die Tonne, um das Unternehmen zu starten, für das er sich immer neue und großartigere Namen ausdachte: »Exodus« etwa oder »Arche Noah«, »Mission Gelobtes Land«, »Go West« und »Ausbruch«.

Aber was ihm auf Postkarten oder in Briefen angeboten wurde, erwies sich bei der meist sofort vorgenommenen Besichtigung als unbrauchbar. Bestenfalls ein Liliputaner wäre für diese Behälter gewachsen gewesen. Zwei oder drei Beschreibungen erweckten Hoffnung, doch als Georg an Ort und Stelle die Fässer überprüfte, entsprachen die schriftlichen Behauptungen nicht im mindesten dem Zustand der realen Objekte: Bandeisen waren verrostet, das Holz der nach außen gebauchten Eichenbretter teils angefault, teils gerissen und morsch: keine Reparatur hätte sie je seetüchtig werden lassen. Seine Erwartung, von Mal zu Mal gesteigert durch seine zunehmende Geschicklichkeit, seinen Körper in der Anrichte zu verstauen, wurde von Mal zu Mal enttäuscht. Und jedesmal verloren die Imaginationen des gänzlich anderen Daseins nach der Landung an Farbe und Intensität, sie vergrauten und überzogen sich mit einer Patina aus Trübsinn und Depression. Als er schon gar nicht mehr damit rechnete und mit dem Gedanken umging, auf eine endgültige Weise zu verschwinden, ohne irgendwo anzukommen, hatte er Erfolg. Der Umschlag in ausgeblichenem Hellblau, die Nachricht darin dementsprechend: ein karierter DIN A 4 Bogen, mit zittriger Schrift und in Kopierstiftviolett, als habe ein Seismograph während eines mittleren Erdbebens die Zeilen verfaßt. Aber der Anbieter bezog sich auf seine einstmalige Berufstätigkeit (Bierkutscher), was Georg in eine teils euphorische, teils ängstliche Stimmung versetzte: Er fürchtete die erneute Enttäuschung. Aber die ehemalige Profession des Faßeigentümers versprach Erfüllung, garantierte zumindest eine Chance. Ein solcher Mann, vermutete Georg, meldete sich nicht, wenn eine außergewöhnliche (max.) Tonne gesucht wird, falls er nicht auch tatsächlich eine derartige anzubieten hat.

Am gleichen Tage und nach wiederholtem, Herzklopfen schaffendem Lesen der wenigen Sätze fuhr Georg zu der angegebenen Adresse. Ein altes, noch vom Kriege beschädigtes Mietshaus, eine Ansammlung dämmriger Hinterhöfe erwartete ihn, und erst nach Durchschreiten des letzten Hofes, da er bereits an eine Mystifikation glauben wollte, stieß er auf den Namen des Briefschreibers in einer Reihe verschrammter, zum Teil demolierter Blechbriefkästen in einem düsteren Hausflur.

Jener Mensch, der auf Georgs Klingeln sogleich die Tür der Parterrewohnung öffnete, als habe er nur auf Georgs Erscheinen gewartet, stimmte mit dessen Vorstellungen von einem Bierkutscher nicht im geringsten überein. Denn die Gestalt war hager, leicht vornübergeneigt, die Augen hinter einer dunklen Brille versteckt, mit sorgfältig gebürstetem weißem Haar und einer derart leisen Stimme ausgestattet, daß Georg sich ständig vorbeugen mußte, um den anderen zu verstehen. Zum Eintreten aufgefordert, trat er also ein, und wurde von einem undefinierbaren Geruch, den er auch gar nicht zu definieren wünschte, überwältigt und folgte dem alten Mann flach atmend ins Wohnzimmer. Kram aller Art lag umher, ein buntes Chaos aus Kleidung, Geschirr, alten Schuhkartons, Büchern, Sofakissen, Fahrradschläuchen, Blechdosen, das einen gewissen Kontrast zu der gepflegten Figur des Greises bildete. Vielleicht bedingte der Kosmos aus unbrauchbarem Zeug, Abfall fast, die Sorgfalt und Ordentlichkeit, die den Alten auszeichnete. Mitten auf dem abgetretenen Wohnzimmerteppich war der Tisch zur Seite geschoben und an seine Stelle eine Tonne gerückt worden, die genau Georgs Format entsprach. Nähertretend registrierte, ja bewunderte Georg ihren erstaunlichen Erhaltungszustand. Doch ehe er den noch loben konnte, bemerkte er ein Messingschild über dem Spundloch: »Unserem Kollegen zum dreißigsten Dienstjubiläum« – und wußte nun, warum das Faß die Zeiten unbeschadet überdauert hatte.

Randvoll sei es gewesen, damals, erklärte der Alte, doch nachdem man es gemeinsam geleert habe, hätte er es nicht übers Herz gebracht, es zu verheizen oder wegzuschenken. Ein Erinnerungsstück an bessere Zeiten. Aber jetzt seien die Zeiten eben schlecht, insbesondere für Rentner, denen es hinten und vorne fehle, er meine an Geld, und da könne man keine Rücksicht auf Gefühle nehmen, auch wenn es die eigenen seien. Geld und Gefühle – wie Feuer und Wasser verhielten sich die beiden.

Und nach diesem Vergleich nickte er dermaßen zufrieden und überzeugt vor sich hin, daß Georg schwante, der alte Mann habe die Sentenz unzählige Male wiederholt. Sie enthielt die Quintessenz seiner Lebenserfahrung und er freute sich stets aufs neue, diese wesentliche Einsicht anderen vermitteln zu können. Da er niemals Widerspruch gehört hatte, mußte sie ihm allgemeingültig erscheinen: eine feststehende Wahrheit in diesen windigen Zeiten.

Georg zeigte sich bereit, das Faß sofort zu bezahlen, bat aber darum, es noch einige Tage in der Obhut seines bisherigen Besitzers belassen zu dürfen: Er müsse erst den Abtransport organisieren. Nämlich sich von einem Freund, der gerade in Urlaub sei, den Dachgepäckträger fürs Auto leihen, um das Monstrum abtransportieren zu können. Georg redete fahrig vor sich hin, obgleich er gar keinen Freund besaß und irgendeinen Betriebskollegen um den Dachträger bitten wollte. Aber die

Atmosphäre in dieser verwilderten Wohnung trieb zum verwilderten Drauflossprechen an. Immer vor sich hinredend, maß er mit dem gelben Bandmaß die Rundung, kontrollierte den mittleren Umfang, dann die Höhe, längst überzeugt, das entsprechende Volumen erwischt zu haben. Ungefragt erklärte er, aus dem Faß einen Sitz für den Partykeller zimmern zu wollen – eine Möglichkeit, aufkeimendem Verdacht zu begegnen. Bisher hatte er diese Idee noch nirgendwo anbringen können, jetzt redete er gestenreich davon: Hier oben werde er, schauen Sie mal her, einen Winkel heraussägen, und zwar so, daß eine Sitzplatte eingepaßt und der übrigbleibende Bogen als Rückenlehne dienen kann, verstehen Sie, natürlich Schaumstoff, und das Holz wird gefirnißt und fertig sei der einer urgemütlichen Stimmung angemessene Sitzplatz!

Nachdem er dem alten Mann die wenigen kleinen Scheine auf die verhornte Handfläche wie auf einen hingestreckten Teller gelegt hatte, forderte er den hölzernen Zapfhahn: den wolle er schon mal mitnehmen, ja, danke, und an einem der nächsten Abende käme er vorbei, zwischen sechzehn und achtzehn Uhr selbstverständlich, und hole das gute Stück ab.

Den Zapfhahn benötigte er nämlich für zusätzliche Vorbereitungen. Er mußte den Durchmesser des Spundlochs kennen, um dafür einen Stopfen anzufertigen, in dessen zentrale Bohrung ein Schlauch gehörte, wasserdicht eingeklebt natürlich. Wenn er nach Einbruch der Dunkelheit an abfallender Strandstelle das abgedichtete Gehäuse bestiegen haben würde, um, die Rundung nutzend, sich über den Sand in den Fluß rollen zu lassen, dann hing sein Leben von dieser Nabelschnur ab, von dem Schnorchel, dessen äußeres Ende eine deckelförmige Styroporscheibe auf der Wasseroberfläche zu halten hatte. Um diese Styroporscheibe gegen Sicht zu tarnen, kaufte Georg in einem

Blumengeschäft einen Strauß aus Plastikrosen; er behielt davon nur den mattgrünen Farn und warf die falschen Blüten in einen Abfallbehälter an einer Straßenbahnhaltestelle. Seine Wirtin sollte sie nicht im gemeinsamen Mülleimer entdecken – auch das galt es zu beachten! Keine Spur legen! Es könnten Fragen aufkommen, für die er nicht vorbereitet war und auf die er sich auch keine Erwiderung ausdenken wollte, da ihn die Planung des Unternehmens derart beschäftigte, daß er seinen Kopf nicht überbelasten mochte. Und Notizen durfte er sich ja keine machen.

Der Tonnendeckel selber bereitete ihm ohnehin genügend Kopfzerbrechen. Bis ihm die beste Lösung schien, die runde Platte mit einem fest angeschraubten Handgriff zu versehen, den Rand mit Dichtungsmasse zu bestreichen und nach dem Einsteigen die Platte von innen anzupressen und mit aller Kraft festzuhalten. Das wäre die letzte Tätigkeit auf der »Rampe«, ehe er mit seiner »Raumkapsel«, wie er sein Fahrzeug ironisch betitelte, zu der großen Reise ohne Wiederkehr starten würde. Ein Gefühl der Angst meldete sich dann und wann für Augenblicke, wurde jedoch von einer gleichzeitig aufwallenden Freude neutralisiert: und zwar immer, wenn er an die Landung dachte, an das Betreten des neuen Kontinents, was leider bei völliger Dunkelheit geschehen müßte. (Überprüfen: Mondaufgänge der nächsten vier Wochen!) Außer dem betauten Gras würde ihn niemand empfangen, dazu das unheimliche und undeutbare Geräusch eines nächtlichen Waldes, durch den er sich schon tappen sah, bis er zuguterletzt den ersten Ort erreichte, Hundegebell, Menschenleere, dunkle Fenster, um sich bei der Polizei zu melden. Am nächsten Morgen jedoch würde es am Uferstreifen von Reportern wimmeln, von Journalisten, Kameraleuten, Neugierigen, und Georg würde ihnen allen demonstrieren, wie er sich in sein Rettungsboot begeben hatte (Rettung vor Tod durch Langeweile!), Deckel drauf, und wieder raus: Sehen Sie, meine Herrschaften, Einfälle muß man haben, will man sein Leben meistern! Wahrscheinlich bekäme er sofort verschiedene Angebote von Filmagenturen: Diese spannende Geschichte für ein breites Publikum zu inszenieren, bot sich doch jedem nur einigermaßen tüchtigen Filmfritzen an! Obwohl sich Georg nach solchen Anfällen visueller Vorwegnahme seiner Landung alles weitere Spintisieren untersagte, sah er sich bereits über den Sunset Boulevard in Hollywood gehen, in Begleitung meist weiblicher Stars. Er mußte sich zur Fortsetzung seiner Planungsarbeiten zwingen, sollte sein Traum nicht Traum bleiben. Ich bin ja schon gar nicht mehr hier, sprach er zu sich, ich muß aufpassen, ich muß mich auf die technischen Vorbereitungen konzentrieren! Dichtungsmasse beschaffen! Den anschraubbaren Handgriff! Doch aufs neue stieg er an Land, schüttelte Hände, viele Hände, sprach in Mikrofone, durch die seine Ansprache um die Erde ging, ringsherum. Seine Lippen bewegten sich, wie er bemerkte, als ob er die Worte schon übe.

Anders wurden die Bilder im Fernseher. Die Bildschirmvisionen rückten näher, so daß Georg meinte, schon ihre Wirklichkeit greifen zu können. Er genoß auf eine veränderte Weise die Berichte aus unbekannten Gegenden. Auf dem Bett, das Kopfkissen im Nacken zusammengeknüllt, starrte er in die Landschaft der Provence, zwischen deren sanfte Hügel er den morgigen Georg stellte. Er betrat, ohne sich zu rühren, Avignon, den Papstpalast, die durch ein Kinderlied berühmt gewordene Brücke: Nur drei Bögen noch schoben sich in die Rhone hinaus. Der Fluß selber bewegte sich so träge wie jener, der ihn bald mitnähme. Als Verkehrsweg kaum noch von Bedeutung, meinte der Apparat, und zwar ganz im Gegensatz zu früher, da er nicht nur landwirtschaftliche Erzeugnisse von Nord nach Süd trug, sondern erschreckende Frachten mit dem Bestimmungsziel Arles.

Gleich zeigte die Totale einen Friedhof, und die erläuternde Stimme sprach vom heiligen Trophim, der diesen Gottesacker im frühen Mittelalter gesegnet und geweiht und damit einen ungeheuerlichen Ansturm auf dieses bißchen Erde ausgelöst habe. Jeder, der was auf sein Christentum hielt, wollte nirgendwo sonst begraben sein: Dem Sog des Seligwerdenwollens entsprach der Trend zu diesem ummauerten Flecken. Das fromme Europa pökelte seine Toten ein, preßte die entseelten Leiber in verpichte Fässer und ein Goldstück in jeden verstummten Mund. Salz über den Verschiedenen, Deckel drauf und ab in den Strom, der kostenlos die Beförderung übernahm.

Jahrhundertelang standen an den Ufern von Arles die Leichenfischer, lange Stangen mit Widerhaken in den Fäusten, die die Toten herausangelten, ihnen oft genug nur die Kiefer aufbrachen, um die Münze zu entnehmen und sie um ihre Heilserwartung prellten, indem sie sie einfach weitertreiben ließen, bis sie verfault oder von Fischen vertilgt waren. Viele gelangten in ihren schwimmenden Särgen gar nicht erst bis in die Nähe der sakralen Krume. Der Druck des Gases sprengte Dauben, Felskanten zerschlugen das Holz, das Wurzelwerk der Ufer hielt die Reisenden in die Ewigkeit oder Spurlosigkeit fest, bis sie sich in eine Legende verwandelten, in einen wüsten Traum, durch den schmetternde Schläge hallten. Die Schläge brachen die schützende Hülle auseinander, die eisernen Reifen barsten, und Georg empfing den Stich des spitzen Hakens von einem Leichenfischer in den Nacken. Das Fleisch riß auf. Obgleich er wußte, daß er tot war, rief er um Hilfe, brachte aber keinen Laut aus seinem toten Mund hervor. Ein Winseln vernahm er in seinem Brustkorb, wo das Leben noch nicht ganz erloschen schien. Vor seinen Augen glänzte und flimmerte das Wasser, die Schläge hielten an und ein Rufen ertönte, wie von jenseits des Stromes, und befahl Georg, auf der Stelle seinen Fernseher leise zu stellen. Aber es bedurfte einer unendlichen Weile, eben der Zeit, die man zur Auferstehung benötigt, bis Georgs zitternde Finger den Schalter ertastet und den Ton abgedreht hatten.

Wahrscheinlich ließ sich der Schmerz auf die Knüllkante des Kissens im Genick zurückführen. Ungünstige Position der Halswirbel. Bei einer probeweisen Bewegung kehrte der Schmerz wieder. Verlegen – das war's. Da half nur Wärme. Am besten ein getragener Wollstrumpf, das wußte man noch aus der Kindheit: nichts wirkte sicherer.

Als Georg ins Bett schlüpfte, hatte er sich einen seiner Strümpfe um den Hals gezurrt und mit einer Sicherheitsnadel befestigt, die er, bevor er sie vorsichtig durch das Gewebe stach, mißtrauisch beäugte: Hoffentlich ging sie nicht mitten in der Nacht auf und versetzte ihn in erneute Panik. Doch Georg schlief traumlos bis zum Morgen; bis seine Wirtin, rücksichtsvoller als gestern abend, an seine Tür pochte und ihn zum Frühstück beorderte.

Während er in der engen Küche rasch sein Brötchen verzehrte und einen viel zu dünnen Tee trank, beschäftigte sie sich schon mit Küchenarbeit, was seine morgendliche Eile steigerte: Er merkte, wie sehr er störte. Ehe er aufgewischt und weggespült wurde, wollte er die Wohnung verlassen haben. Heute jedoch hielt sie ihn zurück, nicht nur, um von ihm die strikte Einhaltung der Zimmerlautstärke zu verlangen, sondern um ihm mitzuteilen, daß sie seinem Wunsch entsprochen habe. Welchem Wunsch? Georg schien sich schon gar nicht mehr an seine Wünsche erinnern zu können und blickte sie ratlos an.

Sie habe eine Ecke im Keller freigeräumt, damit er, worum er gebeten, in Ruhe handwerkeln könne. Eine Tonne zu einem Sessel umbauen. Oder was sonst wolle er verfertigen? Der Platz stünde ihm jetzt zur Verfügung. Aber nur bis zweiundzwanzig Uhr!

Georg bedankte sich: Der Tonnensessel sei bloß eine Schnapsidee gewesen, so könne man das bezeichnen. Als Sitzgelegenheit sei eine durchgesägte Tonne sowieso viel zu unbequem. Damit aber ihre Mühe nicht umsonst gewesen sei, wolle er etwas anderes basteln, was, wisse er noch nicht. Er müsse erst darüber nachdenken, vielleicht falle ihm etwas Besseres ein. Man werde ja allerorten darauf hingewiesen, sich schöpferisch zu betätigen. Und die Schöpferkraft des Menschen, wie sie vermutlich in der Zeitung gelesen habe, beginne erst in der neuen Zeit, in unserer gegenwärtigen Epoche aufzublühen. Und er sei zum Mitblühen fest entschlossen.

Lovestory – made in DDR

Nur beiläufig, anders kann von solcher Affäre nicht die Rede sein. Das Wort »Liebe« sollte dabei besser unterbleiben: es ist viel zu groß für die mittelmäßigen Gefühle, deren sporadisches Auftreten an einen wiederkehrenden Infekt gemahnt. Aufrichtiger ist es, nur nebeneinander im Bett zu liegen, nicht wahr, Kläre (sie heißt nicht Kläre), ohne Beteuerungen und Versicherungen, auch wenn man ein paar Stunden vordem daran noch gar nicht gedacht hatte, oder was meinst du?!

Auf solche Fragen hin muß man sich erst einmal eine Zigarette anzünden, zwecks Zeitgewinn, nachdenklich, aber unbesorgt, Funken könnten die kraß geblümte Steppdecke oder die beim Griff zur Schachtel seitwärts entblößte Brust dauerhaft tätowieren. Nach den ersten Zügen ist Kläre der gleichen Meinung, betont noch, daß darin ein Fortschritt gegenüber früher bestehe, daß Menschen heutzutage ohne Hemmnisse zueinander fänden, nur wenn es sich bei Intimitäten um die »Verlängerung des Angestelltenverhältnisses in die Privatsphäre« handele, da könne sie tückisch werden; sowas sei doch wohl zu »billig«!

Während er vorhin seine Frage in Richtung Zimmerdecke gestellt hatte, zwingt ihn die Antwort zu einem verstohlenen Seitenblick: War das ironisch gemeint? Aber daß er seine Vorgesetztenstellung mißbraucht hätte, kann er guten Gewissens abstreiten:

»Du glaubst doch nicht, daß ich das nötig habe, Kläre?! Im Gegenteil: ich bin gegen geschlechtliche Beziehungen innerhalb derselben Abteilung, ob ich da Abteilungsleiter bin oder nicht...« Aber wie nun doch geschehen ist, was er unbeholfen und strikt ablehnte, das will ihm nicht mehr so recht einfallen. Vor vierzehn Tagen wurde Kläre ihm als Sekretärin

»zugeteilt«, ein kleineres Wunder, denn dieser Beruf starb ja aus. Im System des organisierten Mangels waren Sekretärinnen knapper als öffentlich geäußerte Wahrheiten, und alle jene, die er bisher erlebt hatte, eher mufflig-abweisend oder besitzergreifend-gluckenhaft: ironisch keine bis zu diesem Tag vor zwei Wochen. Vielleicht hatte ihn gerade das angezogen: Sachlichkeit mit Witz. Sie hatten auch beide gleich in der Kantine zusammen gegessen: Fischfilet mit Gemüse, eine ungewöhnliche Einleitung für eine Romanze, die keine war. Daß man sie ihm in die Materialbeschaffung schickte, ließ sich als glückliche Fügung ansehen. Darum beneideten ihn andere Abteilungsleiter, die oft genug ihre Briefe im Zwei-Finger-Verfahren selber tippen mußten. Er war eigentlich ein Glückspilz. Und er tastete unmerklich mit der Rechten zur Bettkante hin, um lautlos mit dem Knöchel des Ringfingers ans Holz zu pochen: Bloß nichts beschreien! Ja, Sekretärinnen waren so selten geworden wie Störche auf dem Lande! Aus welcher Assoziation dieser Vergleich herrührte, wurde ihm klar, kaum daß er ihm eingefallen war: Eine ganze Weile bereits, fast gleich nach dem Vorgang, an dessen folgenreichem Prinzip die Menschheit zugrunde zu gehen drohte, überlegte er, wie sie selber diese Folgen verhüte. Vorher hatte er natürlich nicht daran gedacht, es wäre ihm aber auch zu nüchtern, zu geschäftsmäßig vorgekommen, sich im Moment, da »seine Leidenschaft entflammte«, wie es in langweiligen Büchern hieß, deren Lektüre er aufgegeben hatte, sie mir nichts dir nichts zu fragen: Etwa ob sie die Pille nähme oder gar jene, volksmündlich als »Todesschleife« bezeichnete Plastikspirale in sich trüge. Das hätte doch wohl kaum dieser Stunde entsprochen, zumindest nicht seiner Vorstellung davon. Er kannte Kläre nicht gut genug, und wie man wußte, waren Frauen beim ersten Mal ganz besonders empfindlich. Er fürchtete, daß eine solche Erkundigung, selbst wenn er sie so formulierte, daß darin Besorgnis um sie, nicht um sich, mitklänge, schwerlich eine glaubwürdige Dankbarkeit ausdrücken würde.

Da sie neben ihm auf dem Rücken lag, halbbedeckt, körpernah, so daß er ihre Haut wie die abgekühlte weiche Hülle eines für die Freizeit auf dem Wasser hergestellten Gegenstandes, eines Gummitieres etwa, mit Fremdheit registrierte, stieg aus ihrem andeutungsweise geöffneten Mund Tabakrauch in unregelmäßigen Intervallen: wie indianische Rauchzeichen, deren Bedeutung er nicht begriff.

»Natürlich nehme ich sie, du Dummerchen!« und mit diesem scheinbar neckenden Diminutiv unterbrach sie seine hypothetischen Erwägungen über unerwünschte Nachkommenschaften und konstituierte zugleich damit endgültig ihre Überlegenheit, Resultat einer Selbstsicherheit, deren Ausdruck darin bestand, unbekümmert um ihre Nacktheit aufzustehen. Auch sie nicht mehr die jüngste, wie man, bevor sie die Beine über die Kante hinausschwang, im Moment ihres Dasitzens erkannte, die Brüste vom Bauch gestützt, eine massive Person, keineswegs bewußt schamlos, und auch der ihm zugedrehte Hintern, dem er nachschaute, da er seiner Besitzerin durch die Schlafzimmertür folgte, schien nur zu verkünden: Nichts Menschliches ist mir fremd!

Er indes schob seine bleichen Schenkel verlegen unter der Decke vor, den Rücken zur Tür, und griff zur Unterhose auf dem Vorleger, die er, obschon von niemand beobachtet, das Gesäß hastig lüpfend, im Aufstehen überstreifte, nicht frei von Empfindungen der Peinlichkeit, da er sich derart entblößt in fremder Umgebung befand, und doppelt beschämt, daß er sich nicht von diesen Empfindungen freimachen konnte. Keine Souveränität, mein Lieber! Schon fing er an, sich zu ärgern, was sein

Ankleiden beschleunigte. Er durfte hören, wie draußen im Bad jemand, von dem ihm bereits Einzelheiten zu entfallen begannen, fröhlich sang und mit Wasser plätscherte. Wie war ihre Augenfarbe? Die Form der Hände? Wer war sie denn überhaupt? Eine Frau über Vierzig, die seine Briefe schrieb und die, wie er merkte, seine grammatikalischen Schnitzer korrigierte, ohne es merken zu lassen. Mit besserer Schulbildung säße er auch nicht auf dem verlorenen Posten der Materialbeschaffung. Für ihre Diskretion war er ihr immerhin dankbar. Und hatte, da er ihre Einladung zum Abendbrot angenommen, ja, so war es gewesen, nun stand das klar fest, nicht nur mit einem opulenten Mahl gerechnet, sondern auch mit dem, was wirklich eingetreten war: Seine Hoffnung hatte sich ohne weiteres erfüllt. Er hatte also recht behalten. Vielleicht war er in Deutsch nicht besonders gut, in Psychologie war er nicht schlecht. Das förderte auch die Materialbeschaffung, denn man wußte genau, wie man mit unwilligen Zulieferern zu verhandeln und wann man ihnen Zuwendungen zu machen hatte. Bevor er sie jedoch *verließ*, was für eine unheildrohende Bezeichnung für seinen Weggang, durchlebte er die Befürchtung, sie würde möglicherweise verbale Bekundungen seiner Zuneigung, falls da eine war, einfordern, gar die Gretchenfrage stellen, die zwar in Filmen oder im Fernsehen stets natürlich klang, außerhalb der Fiktion jedoch nie des inquisitorischen Untertones entbehrt, und im Moment des Aussprechens jede Realität zu einer mißlungenen Amateuraufführung entwirklichte.

Doch Kläre, die nicht Kläre hieß, die irgendwann in der nun deutlichen Ewigkeit der vergangenen zwei Wochen ihm den tatsächlichen Namen genannt hatte, Erika oder Annemarie, Überbleibsel elterlicher Konformität mit einem sogenannten Zeitgeist, akzeptierte freundlich sein zurückhaltendes Abschiednehmen. Er wagte nicht einmal, sie zu küssen, in der Besorgnis, sie möchte es als Aufforderung mißverstehen, zu guter Letzt doch sein Gefühl für sie auszukundschaften.

Bis morgen also, bis morgen früh im Büro! Bis morgen abend bei mir: Du wirst sehen, auch Junggesellen können kochen! Ich bin berühmt für mein Kesselgoulasch, original ungarisches Rezept, aus dem Urlaub am Plattensee mitgebracht ... Lauter nichtssagende Wortbänder, mit denen er sie umwickelt, fesselt, zur Bewegungslosigkeit zwingt, um die Gefahr, von der er nicht einmal weiß, ob sie existiert, von sich abzuhalten. Sie lächelt zu allem, doch mit unübersehbar vergrößerten, darum dunkleren Pupillen im Dämmerlicht des Korridors, was ihrem gelassenen Gesichtsausdruck widerspricht. Dieser Gegensatz beschäftigte ihn noch auf der Straße, noch auf der Heimfahrt und sogar nach dem Betreten der eigenen vier Wände und wurde ihm immer rätselhafter. Dadurch, daß sein Gedächtnis gegen seinen Willen andauernd diesen eigentümlichen Ausdruck reproduzierte, verurteilte es ihn zu Spekulationen, welche, sollten sie einen Grad von Wahrscheinlichkeit besitzen, eigentlich Stolz in ihm hervorrufen müßten. Jeder Versuch, ihre Miene zu deuten, endete in der Schlußfolgerung (da die Augen eines Menschen nicht lügen; das lernt man im Elternhaus: Sieh mich an, Heinz, ohne Zwinkern!), daß ihr Blick erklärte, was ihr Mund sorglich, eventuell nur rücksichtsvoll und bis auf weiteres verschwieg und was im Alltag unaussprechlich geworden ist. Über dieser unabweislichen Schlußfolgerung schlief der Abteilungsleiter beunruhigt ein.

Vor dem Waschen, Rasieren, Zähneputzen ergeht wie nahezu jeden Morgen die Feststellung, daß man eigentlich nicht wie jemand wirke, der die ganze Nacht hindurch geschlafen habe, sondern so, als sei man unbemerkt durch eine Walze gezogen worden, so zerknittert schaut man aus dem Spiegel und zugleich auch verquollen: bekanntlich soll der Schlaf das Aussehen fördern, na, bei mir wär's sowieso vergeblich! Ohne Resignation gemeint, ganz sachlich: dafür ist man alt genug, während unter der schabenden Klinge der gewohnte Anblick sich wiederherstellt, zusammen mit der ebenfalls üblichen, heute aber gesteigerten Befriedigung. Warum sollte eine Frau an diesen wenig auffälligen, doch soliden Proportionen denn nicht Gefallen finden? Ein vertrauenerweckendes Antlitz, Zuverlässigkeit anzeigend, Seriosität. Das schüttere Haar unterstrich eher noch diesen Eindruck, von dem er annahm, daß er Kläre zu alldem, was sich gestern abend zwischen ihnen begeben, bewogen habe. Schließlich hätte sie ihn das merken lassen können; beim Abschied war sie doch sehr zurückhaltend gewesen, ein »liebes Wort«, wie er es jetzt und im Gegensatz zu seinem gestrigen Ich nannte, wäre ihm schon erwünscht gewesen – immerhin hatte sich auch ohnedies sein Selbstbewußtsein in den letzten zwölf Stunden ungewöhnlich entfaltet.

Und schon nachdem er in seinen Kleinwagen mit der Pappkarosserie gestiegen war, der vorgerundete Leib, verdickt durch Anzug und Mantel, wollte sich kaum zwischen Lenkrad und Rückenlehne unterbringen lassen, merkte er nicht, daß seine Person, die er in günstigen Augenblicken für eine Persönlichkeit hielt, von ihm selber unbemerkt sich als ausschließlich auf Lob und Tadel geeicht erwies. Wo ihm weder das eine noch das andere widerfuhr, entstand innere Unsicherheit. Sein Bemühen um Verständnis führte aber bloß dazu, daß sein Erinnerungsvermögen heimlich just Vergangenes verfälschte, damit es in sein alternatives Schema paßte, damit es kapiert und abgeheftet werden konnte. Klar: Sie mag mich und hat nur aus Scheu nichts davon sagen wollen! Doch, und das widersprach der mühsam gewonnenen Erklärung, für einen scheuen Menschen war sie ziemlich schnell entkleidet und gar nicht zaghaft gewesen?! Versteh' einer die Frauen, hatte sein Vater bereits festgestellt und die stehende Redewendung seinem Sohne als Ausweg vorm Nachdenken vererbt.

Im Büro blieb keine Zeit mehr für derartige Probleme, weil es darum ging, daß die Papierzuteilung schon wieder gekürzt worden war (um 20 Prozent – Wahnsinn!), was den Produktionsplan zu einem Chaos zu verwandeln und die Exportaufträge unerfüllbar zu machen drohte. Auf irgendeine Weise mußte mit dem vorhandenen Papier »jongliert« werden, damit es für die vorgesehenen Zwecke ausreichte: Dieser »Fakt«, wie man ein unausweichliches Desaster bezeichnete, reduzierte Kläre auf ihre berufliche Funktion, so daß es zwischen den vielen dringlichen Briefen, die zu schreiben waren, nur für ein kurzes »Also heute abend bei mir!« langte.

In der Mittagspause, er erschien verspätet und entdeckte erst nach einigem Suchen einen Platz, bemerkte er Kläre an der entgegengesetzten Seite des Saales, nahe der Tür, redend und zwar beinahe ungestüm, wie er es nie vermutet hätte, mit einem Kollegen, dem unklare, nie den anvisierten Tatbestand exakt beschreibende Gerüchte zwielichtige Tätigkeiten zuordneten. Freilich konnte solch Hörensagen auf einem Irrtum beruhen; sowas kam vor, und der Betroffene wurde den Makel, von dem er selber oft nichts ahnte, niemals wieder los. Heinz hatte schon häufiger überlegt, ob solche Flüsterparolen nicht planmäßig ausgestreut würden, teils um eine höhere Anzahl ehrenamtlicher Mitarbeiter, als real vorhanden, vorzutäuschen, teils um durch künstlich erzeugtes Mißtrauen gegenüber Einzelpersonen Kontakte mit diesen zu verhindern. Er stellte sich vor, er selber sei das Opfer einer allgemeinen falschen Annahme, und das ängstige ihn. Jedes Abstreiten gliche einem zusätzlichen Eingeständnis, genau das zu tun, wogegen man sich verwahre. Es entstünde um einen herum ein Vakuum, in dem man keine Luft mehr kriegte. Die fehlende Beziehung zu dieser oder jener Seite, zwischen denen eine unsichtbare Grenze verlief, bedeutete unerträgliche Isolation. So war durchaus glaubwürdig, daß man potentielle Spitzel mittels der Gerüchte in eine solche Isolation trieb, ehe man sie anwarb – vermutlich waren sie dann auch noch froh, wieder einer Gruppe anzugehören. Was Kläre aber mit jenem besagten Kollegen zwischen Kantinentür und Angel diskutieren mochte, das dürfte vermutlich etwas ganz Nichtiges sein, über Essensmarken oder Ferienschecks, doch als sie später mit Block und Bleistift erneut vor seinem Schreibtisch saß, war ihm gewiß, daß er sie nicht danach fragen konnte. Er hätte sie, die eben erst eingestellt worden war, über die Rolle ihres Gesprächspartners, besser: über die ihm zugetraute Rolle aufklären müssen. Das widerstand ihm. Eben weil es – im Falle wirklicher Unschuld – einem Urteilsspruch gleichgekommen wäre. Es war unmöglich, einfach zu sagen: »Du, paß da auf, dem gehören seine Ohren nicht alleine!«

Als er kurz vor Dienstschluß noch einmal den Gang überquerte, die letzten abgetippen Briefe aus Kläres Zimmer zu holen, er wollte sie nicht zu sich rufen, fand er den Raum leer. Mitten auf dem Tisch lag, als einziges Zeichen individueller Belebtheit des kargen und zweckbestimmten Raumes, ihre Handtasche, der Bügelverschluß offen, wie ein lauerndes Froschmaul ohne Frosch dahinter, ein aufgerissener, irgendwem wegamputierter schweigender Rachen, der darauf zu warten schien, daß man in ihm hineingriff. Er stand da und ahnte, daß dies der Moment wäre, vielleicht der erste und einzige, sich Gewißheit zu verschaffen, aber Gewißheit worüber? Er hatte doch Kläre gar nichts unterstellt, oder hatte er doch, ohne sich dessen bewußt zu sein? Das Eingeständnis, er habe fortwährend eine geheime Verwunderung unterdrückt, daß ausgerechnet er ohne weitere Umstände zu einer Sekretärin und darüber hinaus zu einer Teilhaberin öder Abende oder Nächte gekommen sei, verursachte eine unangenehme Hitzewelle über den ganzen Körper. Hastig, um nicht ertappt zu werden, ging er hinaus, den Gang entlang, und erst, als er seine Klinke niederdrückte, stellte er fest, daß er immer noch sein Taschentuch in der Hand hielt, mit dem er sich die Stirn abgewischt hatte. Nachdem er wieder hinter seinem Schreibtisch hockte, kam er sich lächerlich vor: Was für eine maßlose Reaktion angesichts der Handtasche, die, weil wie auffordernd dargeboten, für die Harmlosigkeit ihrer Besitzerin sprach. Falls es sich nicht um eine ganz besonders ausgeklügelte Raffinesse handelte, um ihn absolut in Sicherheit zu wiegen. Sogleich zieh er sich der Idiotie; wer sollte sich für ihn denn interessieren? Du hütest keine Geheimnisse, du führst Buch über Material, das du sorgsam einteilst und verteilst – bloß keine Gespenster sehen! Dein Gewissen, oder wie man diese Blackbox nennt, ist rein, chemisch rein, soviel du darin auch kramst, und es ist doch undenkbar, daß es sich um diesen Brief aus Köln handeln kann, Köln, das erinnerst du noch, von einem derart fernen Verwandten, daß du seine Existenz vergessen und darum in keinem Fragebogen angegeben hast. Irgendwann einmal nach Kriegsende hatte man ihn getroffen, und nun schlug diesem Mann, Regierungsdirektor oder was er sich schimpfte, sein gesamtdeutsches Herz und das schrieb verbrüdernde Zeilen. Den Wisch hatte er gleich nach Empfang weggeworfen, und nun scheint ihm das eine Fehlhandlung gewesen zu sein. Als wenn er ein Unrecht habe vertuschen wollen, indem er das Indiz beseitigte. Oder was wäre ihm sonst anzulasten? Und woher überhaupt sollte jemand von dem Brief Kenntnis haben?

Eine Frage, so beantwortbar wie die, wer das siebentorige Theben erbaut hatte. Die gestisch-mimische Begleitung des unhörbar und höhnisch wiederholten »Woher wohl?!« besteht aus einem unwillkürlichen Schulterzucken, Anheben der Hände, Hochziehen der Augenbrauen: so fordern Regisseure ihren Schauspielern die Darstellung hilflosen Bescheidwissens ab und haben recht mit diesem Verlangen.

Fünf Uhr: Da wird nicht mehr weitergegrübelt, das zahlt einem doch keiner, und abbummeln kann man es auch nicht.

Anstelle des versprochenen warmen Abendessens servierte er belegte Brote, durch verspätetes Heimkommen sei er zum Kochen nicht mehr in der Lage gewesen.

»Wenn alle Frauen so handeln würden...«, kommentierte Kläre das frugale Abendbrot, ohne jedoch zu erläutern, welche Folgen derart unhausfrauliches Verhalten nach sich zöge. Möglicherweise würden dann alle Ehemänner verhungern oder sich scheiden lassen, was sie sowieso taten, und solche Sprüche heben einem nicht die Laune. Mit einem Riesling mußte man nachhelfen, und es dauerte unverhältnismäßig lange, bis etwas von der früheren Ausgeglichenheit zurückkehrte. Der Einladung, sich zu ihr auf die Couch zu begeben, gehorcht er widerspruchslos; es ist ihm schon während der vorhergehenden Konversation mitgeteilt worden, daß sie gerade heute extra einen neuen Büstenhalter für ihn angelegt habe: »Triumph«, du weißt ja: Krönt die Figur! Import! Sehr teuer! Und so strengt er sich an, die ihm zuteil gewordene Ehre zu würdigen, mußte den Gegenstand auch befühlen, Machart und Material begutachten und hören, daß man hierorts so was wohl kaum in hundert Jahren zuwege brächte. Das klang nicht sehr optimistisch, was die Zukunft betraf, aber durfte die Herstellung von Büstenhaltern als Kriterium für eine Gesellschaftsordnung gelten? Dachte sie, daß er wie sie dächte? Strebte sie Gemeinsamkeit über das Vergnügen hinaus an? Konnte man denn einander noch näherkommen als man es schon war?

»Hat dich jemals einer gefragt, Heinz, was du dir wünschst, was du brauchst, um zu leben ... um richtig zu leben ...« Gewissensforschung, begleitet von diesem abgeblendeten Blick, den er nun kennt und der die Erkundigung zu intensivieren scheint. Aber wenn der so Angesprochene es recht bedenkt, so rührt sich nichts an Gewissen in ihm. Was wäre das, das sich empören müßte, da es solange unterdrückt und gefesselt, doch nur ein Reflex, von Jugend an abgeschliffen, so daß an seiner Stelle kaum die Spur einstigen Vorhandenseins merkbar wird.

Mit Handgreiflichkeiten weicht er der Frage und möglicherweise nachfolgenden aus, die Ablenkung gelingt und während seine Finger mechanisch auf den glatten Rundungen unkontrollierte Bewegungen vollführen, starrt er mit unpassender Aufmerksamkeit auf zerdrückte Haarbüschel seitlich ihrer linken Schläfe, strohiger Sesselfüllung nicht unähnlich, über einem gestreckten Ohr, wie er es so überdeutlich nie vordem bemerkt hatte und dessen Anblick ihn eigenartig berührt. Als handele es sich um ein Ding aus Wachs, wie man es einmal im Hygiene-Museum betrachtet hatte, wo noch vieles mehr, was Mann und Frau betraf, zur allgemeinen Besichtigung ausgestellt war.

Zugleich spürte er ihre Hand an sich tätig, aber so, als sei es nicht er, dem die zunehmend ungeduldigere Manipulation galt. Er nämlich war ausgetauscht und durch ein Falsifikat ersetzt worden, das den Erwartungen entsprechend agieren wollte, was selbstverständlich, da es sich um kein Original handelte, mißlang. Heinz selber hingegen hatte Angst, Kläre möge die Vertauschung bemerken und sie entsprechend deuten. Im Bemühen, seine Vermutungen von sich fortzuschieben, unterstützte er den falschen Heinz bei dessen Absicht, sich enthemmt zu gebärden. Was entstand, war die untalentierte Vorspiegelung körperlicher Erregung, vom Körper selbst widerlegt. Es war unmöglich, sich von dem Bild zu lösen, daß er mit der klaffenden Handtasche und zwischen ihre Blechbügel kopulieren müßte, die, obschon zahnlos, ihr fallenartiges Aussehen beibehielt.

Ich will ein Tier sein! Wo ein Wille ist, ist auch ein Weg! Doch solche Redensarten stammen selten von Praktikern des Lebens, kommen aus den Studierstuben von Leuten, die nie in eine aussichtslose Situation gerieten. Sollte er beichten, was die Physis schon eingestanden hatte? Seine einzige Hoffnung war, daß dieses wortlose Geständnis mißverstanden werde. Der stummen Teilhaberin seines Versagens bot er Gründe an, die glaublich erscheinen konnten. Überarbeitung, Ärger wegen der neuerlichen Materialkürzung, Kopfschmerz hätten die Hemmung verursacht. Doch indem er seine Erklärungen detaillierter ausführte, merkte er, wie die Frau neben ihm, ohne sich zu regen, immer weiter von ihm fortrückte. Er ahnte, so werde sie niemals wieder neben ihm liegen. Sein Geschwätz dehnte nur die Minuten, bis sie aufstehen, sich anziehen und gehen würde. Sobald die Wohnungstür zuklappte, und das nahm er sich jetzt schon vor, beabsichtigte er, aus dem Tiefkühlfach die angebrochene Wodkaflasche zu holen, um sich dem Grübeln zu entziehen, das gleichermaßen fruchtlos wie zermürbend war. Zwar würde er morgen im Büro etwas müde und etwas trocken im Mund sein, doch für solche Fälle hielt die Kantine »Bitter Lemon« bereit. Seine Sekretärin besorgte ihm sicher gern ein paar Flaschen, bevor sie daran ging, seine fehlerhaften Briefe korrigierend in die Maschine zu schreiben: keine Rede mehr von verwirkten Möglichkeiten, alles verliefe künftig korrekt, und wahrscheinlich verstünde er bald nicht mehr, warum ihn der Anblick ihrer Handtasche einst irritiert hatte.

Vermißtenmeldung

Bis der Fotoapparat für unabsehbare Zeit seinen amtlichen Archivplatz gefunden hatte, mußte er durch manche Hände gegangen sein. Durch wessen, ließ sich nicht mehr eruieren. Bevor er ins Kriminallabor gelangte, war er jedenfalls im Besitz einer jüngeren Frau gewesen: Besitz nur im sprachlichen, nicht im rechtlichen Sinne gemeint. Nervös, etwas furchtsam sogar, wie alle, die zum ersten Male den direkten Kontakt mit der Polizei erleben, hatte sie die Kamera abgeliefert: Musterbeispiel dafür, daß gerade die völlig Schuldlosen sich besonders ängstlich zeigen, vielleicht weil die fehlende Erfahrung mit den Vertretern der staatlichen Macht diese bedrohlicher erscheinen läßt. Die Fantasie malt sich Schreckbilder aus, die Farben nimmt sie aus dem, was sie gehört oder gelesen oder zugeraunt bekommen hat. Aber man muß sich fragen, ob von solchen Vorstellungen nicht auch eine heilsame, abschreckende Wirkung ausgeht. So traurig die Geschichte der Justizirrtümer sein mag, uns, der Polizei, ist sie von Nutzen, da sie unsere »Kundschaft« verunsichert. Diese innere Unsicherheit der Bürger ist ein wesentlicher Bestandteil der Macht und dient der Verbrechensaufklärung. Dennoch: ein Versagen ist keineswegs ausgeschlossen. Wie bei dieser Kamera, deren ursprünglicher Eigentümer sich nicht mehr auffinden ließ, obwohl das Gerät, besser noch: der Inhalt, auf ein Verbrechen hinwies.

Die Überbringerin der Kamera gab zu Protokoll, sie habe sie ihrem Sprößling, einem Zehnjährigen, weggenommen, nachdem sie zwischen seinem Spielkram auf das Objekt gestoßen war. Ganz eigentümlich wäre ihr zumute gewesen, wie sie da zwischen Matchbox-Autos und lädierten Bestandteilen einer Modelleisenbahn zufällig das offenkundig wertvolle Stück entdeckt habe. Ihr erster impulsiver

Gedanke: Der Junge, verführt durch schlechte Beispiele, habe der Gelegenheit, die bekanntlich Diebe mache, nicht widerstehen können. Oder habe sich einer kriminellen Mutprobe unterzogen – heutzutage wisse man ja gar nichts mehr über sein Eigenfleischundblut, das sei einem schon fremd, kaum daß es auf der Welt wäre. Gar nicht mehr so recht kindlich seien die Kinder, aber ob das von der verfrühten Pubertät käme, vom Fernsehen oder vom Allgemeinzustand der Welt, wer wolle das entscheiden. Ein Geständnis habe sie jedenfalls dem Sohn nicht entlocken können, nur seine Version, wie er zu der Kamera gekommen sei, und sie selber könne nicht mehr tun, als diese hier wiederholen und zu Protokoll geben. Nämlich, daß der Junge mit anderen Kindern auf einem unbebauten Grundstück gespielt und in dem dort wuchernden Unkraut den Apparat gefunden habe. Wie alle Kinder hielt er es für selbstverständlich, daß man auch behielt, was man aufstöberte. Das Unrechtsbewußtsein ist bei dieser Altersstufe noch schwach entwickelt, obgleich die Schule sich bemüht, selbst den Allerjüngsten jene Hemmungen einzupflanzen, von denen unsere Ordnung abhängt ...

Akzeptierte man die Fundgeschichte, und das mußte man wohl, da keine Diebstahlsmeldung in dieser Hinsicht vorlag, stellte sich naturgemäß die Frage, wie der Apparat zwischen die Brennesseln des verlassenen Grundstücks geraten war. Die logische Antwort hieß: Jemand mußte ihn dort deponiert haben. Denn daß man einen derart teuren Gegenstand einfach wegwarf oder unbedacht verlor, ohne sich weiter darum zu kümmern, sprach gegen alle Logik. Etwas stimmte mit dem Apparat nicht, diesem sprachlosen Ding aus Aluminium, geschliffenen Linsen, Stellschrauben, Kunststoff, das seine Geschichte hatte und sie uns verhehlte. Aber ganz zu schweigen vermochte es doch nicht: Da war die Gehäusenummer, und die verriet, daß der

Apparat gar nicht über den normalen Ladenhandel verkauft worden, sondern durch eine Berufsorganisation an einen Berufsfotografen gelangt war. Nur ließ sich diesem der Apparat nicht mehr zustellen, da über den Mann seit drei Monaten eine Vermißtenmeldung vorlag. Dadurch wurde der Fund noch mysteriöser. War der Verschwundene Opfer eines Raubüberfalls geworden, wäre vermutlich die Kamera Teil der Beute gewesen. Blieb die Möglichkeit, der Gesuchte habe das Land verlassen. Aber das wurde in der Meldung ausdrücklich als »unwahrscheinlich« bezeichnet: Verdachtsmomente anderer Dienststellen lägen nicht vor, die finanzielle Lage des Vermißten sei »außerordentlich gut« gewesen und er selber nie aktenkundig geworden. Einziger Grund für weitere Nachforschungen war, daß das spurlose Verschwinden von Personen amtlicherseits nicht hingenommen werden kann, falls es nicht amtlicherseits angeordnet worden ist: dergleichen ist zur Zeit nicht der Fall, jedenfalls nicht im Bereich unserer Dienststelle.

Ja, und dann war da noch der Film. Der Film in der Kamera war fast verknipst: Von sechsunddreißig Aufnahmen waren dreißig belichtet. Und diese Aufnahmen erhielten durch die Vermißtenmeldung eine ganz andere Bedeutung, als wir sie ihnen ursprünglich gegeben hatten.

Anfangs schien es sich um eine Fotoserie zum Thema »Laubenkolonie« zu handeln, die der Vermißte wohl für eine illustrierte Zeitschrift oder einen Bildband aufnehmen wollte. Das erste Bild des Filmstreifens zeigte sogar das Schild (»Neue Scholle«) über dem Zugang zu den Kleingärten. Dann folgten schmale Wege, kahle Sandstreifen, perspektivisch verkürzt, rechts und links von Zäunen unterschiedlicher Machart und Qualität begleitet. Durchblicke durch Gitterwerk: Geometrische Visionen, verrätselte Dinglichkeiten. Voyeurismus durch Rhomben hölzerner Eingrenzungen auf karge

Rabatten, eingefaßt von konkaven Flaschenböden. Die schwungvolle Neigung eines altertümlichen Pumpenschwengels, aber stumpf von Rost. Mit blinden Augen, den grauen Vollbart sorgfältig gelockt, die Zipfelmütze aus der Stirn geschoben, Pfeife im Mundwinkel, griente ein Gartenzwerg wie ein Kleingärtner, der eine ortsgemäße Unsterblichkeit errungen hat, ins Kameraobjektiv. Räderlos und ohne Türen das Wrack eines alten Personenkraftwagens, durch dessen Heckfenster man auf das weißliche Lenkrad sah, ein Knochenkreis aus dem Antedeluvium, der Rest eines Fabelwesens. Dann: Eine Schaukel, deren Sitz aus einem glattgefahrenen Lastwagenreifen bestand. Ferner ein Karrenrad, sorgfältig als Fenster ins Gemäuer eingelassen, die Nabe umgeben vom Strahlenkranz der Speichen. Das nächste Bild zeigte einen alten Mann, eher einen Greis, in der Rechten eine Zange, krumme Nägel aus Brettern ziehend, ein schielendes Lugen über den oberen Brillenrand, das Brillengestell unter der Schläfe mit Hansaplast umwickelt: »Ein Original« – man ahnte die Bildunterschrift im voraus.

Anschließend eine Weißdornhecke, aber nur als Hintergrund. Davor ein Liegestuhl, und in dem Liegestuhl, das Profil durch ein aufgeklapptes, in Gesichtshöhe gehaltenes Buch verdeckt, ein schlanker Körper schwer schätzbaren Alters. Selbst unter einer starken Lupe gab er es nicht zu erkennen. Eine vorzeitig entwickelte Vierzehnjährige? Eine physisch zurückgebliebene Achtzehnjährige? Nie vordem waren Körper so uneindeutig wie heute, wo Modebewußtsein sie mager hält, verfrühtes Wachstum sie aufschießen läßt. Einerseits wirken diese Kinder älter, andererseits schiebt ihre sportliche Betätigung die Anzeichen des Alterns weiter hinaus. Auf dem folgenden Foto erschien sie erneut, nur vor einer anderen Kulisse: Aufgeschichtetes Brennholz, die glatt gesägten Enden aufgehackter

Stämme, wie eine merkwürdige naturfrevlerische Tapete. Offenkundig in einem Schuppen fotografiert, einseitig durch ein auf dem Bild fehlendes Fenster beleuchtet. Dazu ein Klappstuhl von der Art, wie sie einstmals zu Legionen die Gartenrestaurants bevölkerten.

Ein Indiz für die Jugendlichkeit der Fotografierten: sie verbarg so gut es ging auf allen weiteren Aufnahmen ihr Gesicht oder ließ doch so wenig von sich erkennen, daß es schien, sie scheue eine mögliche Identifizierung. Das Wiedererkanntwerden fürchtend, muß sie gewußt haben, daß es sich um keine zufälligen Amateurfotos gehandelt hat; sie hat ganz bestimmt mit einer größeren Öffentlichkeit gerechnet, der sie sich ziemlich freizügig präsentierte. Ihre Züge sind von einem alten Strohhut, der sich vermutlich im Schuppen befand, überschattet; nur das Haar und eine Wange bis zur Kinnspitze, mehr gibt sie vom Gesicht nicht preis, wohingegen sie ihre Nacktheit darbietet, als handele es sich dabei um eine Nebensache, um etwas derart Generelles, das für sich zu behalten nicht lohnt. Beim Betrachten der Bilder meint man, die beschwörende, überredende Stimme des Fotografen zu hören, dem der Zufall ein brauchbares Sujet vor die Linse befördert hat. Vielleicht hat er sie auch gleich an Ort und Stelle für diese Posen bezahlt, von deren Veröffentlichung in einer Illustrierten sie kaum überzeugt gewesen sein konnte.

Betrachtet man sie durch die Lupe, empfindet man ein Beteiligtsein, das einem die Intention des Vermißten nahebringt: man spürt die Verlockung. Vermutlich blieb das jugendliche Modell davon nicht unberührt. Vorstellbar und nachvollziehbar wird einem dieser heiße Sommertag, der eine andere Hitzigkeit begünstigt; die Verlassenheit der Laubenkolonie an einem Werktag, die brütende Stille, die Langeweile, die überraschende Unterbrechung der Eintönigkeit: diese Stunde als Kupplerin. Sie verscheucht die Hemmungen und die gewohnten Umstände und verwandelt die geschichtliche Zeit in die immergleiche Ewigkeit, die unter jener bereitliegt. Nur so ist zu erklären, wie die Stellungen nach der ersten, beinahe noch komischen Aufnahme, wo die Nackte stramm steht wie ein Grenadier, ihrer Leiblichkeit sichtlich nicht bewußt, die Züge vom schützenden Strohhut gedeckt, immer gewagter werden. Der Fotograf inszeniert Klischees. Sein Modell unterdrückt die fohlenhafte Unbeholfenheit natürlicher Gebärden, zieht den kleinen Bauch ein und atmet tief, um den Brustkorb zu erweitern und zu heben, damit die winzigen Brüste hervorgehoben erscheinen. Sie steht auf einem Bein, den Fuß des anderen auf der verdreckten Sitzfläche des unbenutzbar gewordenen Gartenstuhls, sich dem Objektiv zudrehend, eine statuarische Windung, durch die eine Straffung der Haut vom Hals bis zum Unterleib bewirkt wird: Weder das Fernsehen noch der Allgemeinzustand der Welt lassen sich für solche Bildergier verantwortlich machen.

Auf dem Gartenstuhl sitzend, aber verkehrt herum: die Unterarme verschränkt auf die Rückenlehne gestützt, eine Hand mit gespreizten Fingern vorm Gesicht, auf eigenen Wunsch oder dramaturgischer Absicht zufolge, so daß nur ein Pupillenreflex hinter diesem nicht ganz sauberen Fächer aufleuchtet, die schmalen Schenkel von den einstmals weiß lackierten Eisenstreben wie bei einer Tortur exzessiv auseinander gehebelt. Diese gynäkologische Haltung erscheint dreimal hintereinander, mit nahezu erkennungsdienstlicher Akribie: von vorn, von der Seite, von hinten. Diese letzte Aufnahme, auf der die lange, von den Wirbeln des Rückgrats punktierte Linie als Senkrechte das fotografierte Mädchen in der Mitte teilt, ist verwackelt, verrissen sogar. Als habe in dem Moment, da der Vermißte den Auslöser betätigte, eine heftige Bewegung stattgefunden, ein konvulsivischer Ruck.

Kommt man hier dem Rätsel des Verschwindens auf die Spur?

Das letzte Foto verweist auf einen schockartig sich ereignenden Vorfall, beweist aber gar nichts. Bis zu dieser Aufnahme war die Hand des Fotografen absolut ruhig, obwohl die Lichtverhältnisse im Schuppen eine längere Belichtungszeit erforderten. Dennoch: Keine Unschärfe.

Selbst als nüchterner, realistisch denkender Mensch ist man geneigt, angesichts der Fotos ein Geheimnis zu vermuten. Aber welcher Art wäre das wohl?

Bestünde es nicht eigentlich nur in der undurchdringlichen Beziehungslosigkeit der beiden Menschen, in einer unerwartet sich auffaltenden Dimension des Fantasmas, die eine ganz besondere Weise des sich Begegnens bestimmte? Leistete der Zufall der Gunst des Augenblicks Vorschub, die möglicherweise gar keine Gunst war, wie man nach Betrachten des letzten Bildes meinen möchte, sondern vielmehr das Gegenteil? Im Klartext erscheint die Geschichte, als habe der durch die Kleingärten streunende Fotograf das Mädchen entdeckt und sie um die Gefälligkeit gebeten, ihm ein paar Aufnahmen zu gestatten. Sicher entdeckte er sie in dem Garten der Eltern; wahrscheinlich hängt der Holzschuppen mit einer Laube oder einem jener putzigen Häuschen zusammen, an dessen Verschönerung die Besitzer ihr Leben lang arbeiten. Sie hat, ermutigt durch die Abwesenheit der Eltern, dem Fotografiertwerden zugestimmt. Das Außerordentliche geschieht immer beiläufig und wie nebenher, und erst danach wird einem klar, was sich mit einem selber begeben hat, entgegen jeder Norm, denn die Abenteuer ereignen sich nie nach den Buchstaben des StGB. Wie soll man dem Gesetz Geltung verschaffen, es durchsetzen, bewahren, wenn schon bei der unverhofften Begegnung zweier Menschen alles Verbriefte und Besiegelte sich machtlos gegen Drüsenfunktionen und Hormonausschüttungen zeigt? Das muß einen sehr nachdenklich stimmen, wenn man seine Aufgabe ernst nimmt. Sogar resignativ. Fast ein bißchen hoffnungslos: Es geht also doch bloß mit dem Flammenschwert!

Was ist mit dem Fotografen weiter geschehen, was mit dem Mädchen?

Der Regelmechanismus aller Fleischlichkeit birgt in sich etwas, das keine physikalische Untersuchungsmethode zu erkennen vermag. Möglicherweise widerfuhr dem Fotografen zum allerersten Male höchste Erfüllung, eine nie vordem erfahrene, und er hat sich gemeinsam mit seiner jugendlichen Partnerin aus dem vorstädtischen Staube gemacht, andernorts ein anderes, ein »neues« Leben anzufangen. Bloß: Wie in einem Gemeinwesen gleich dem unseren seine Identität ändern? Aus der alten Haut schlüpft man noch relativ leicht, doch für die neue benötigt man eine ganze Fabrik: Dokumente, Ausweise, Pässe, Urkunden, Mitgliedsbücher und so weiter und so fort: Unser Netz ist dicht. So einfach schlüpft man nicht grußlos und auf Nimmerwiedersehen durch die Maschen ins Irgendwo.

Ohnehin spricht das letzte Foto gegen solche Hypothese, spricht vielmehr von Ertapptwordensein durch einen Dritten, spricht von unerwarteter Überraschung in flagranti, spricht von einem Vorgang, der die spätere Vermißtmeldung ausgelöst hat. Ahnt man nicht Flucht, unter Hinterlassung der Kamera, weggeworfen oder in Panik verloren?

Denkbar, daß der Überraschte mit dem unsichtbaren Dritten aneinandergeraten ist. Ein empörter Vater? Ein blindwütiger Freund des Mädchens? Das letzte Foto läßt auf einen unverhofften Stoß oder Hieb schließen. Der Boden des Schuppens besteht, wie man am unteren Bildrand deutlich erkennt, nur aus festgetretener Erde, leicht zu lockern und aufzugraben und ebenso leicht wieder über dem zu glätten, was es geheimzuhalten gilt. Eigentlich brauchte man bloß den Schuppen zu finden, den gestampften Sand zu entfernen und hat den Fall geklärt – vorausgesetzt, die Schlußfolgerungen stimmen. Immerhin sind sie bedrängend genug, die Suche in Gang zu setzen. Und da im Einzugsbereich der Kamera-Fundstelle nur ein Laubengelände existiert, erscheint das Unternehmen auch aussichtsreich, jedenfalls bis zu dem Moment, da man mit dem Funkwagen vor der »Neuen Scholle« auftauchte und nichts anderes mehr erblickte als planierten Baugrund.

Planungsleiter wie Bauführer, geschäftige, kaum zuhörende Gestalten, von Bauarbeitern in der Baracke umwimmelt, verneinen jede Chance, noch Spuren oder Indizien einer »kriminellen Handlung« aufstöbern zu können. Unter den Greifern der Bagger, unter den Raupenketten der Baumaschinen, unter den überdimensionalen Reifen der Kipper hat sich das Gelände in eine Schlammwüste verwandelt. Kein Anzeichen von Leben, geschweige denn von Tod.

Daß irgendwo auf dem Grunde des geplanten Neubauviertels noch einer im Erdreich liegt oder, pietätvoller ausgedrückt, ruht, mag ja sein, aber mehr als das Versprechen, bei Fortsetzung der Ausschachtungsarbeiten die Augen offenzuhalten, bringt man nicht in seine Dienststelle mit zurück. Ein mageres Ergebnis. So bleibt nichts weiter zu tun übrig, als Kamera und Film der Asservatenkammer anzuvertrauen, wo ein Karton und eine Regalecke das Vermächtnis einer Person aufnehmen, die jetzt schon wie nie gewesen erscheint. Ein Schicksal? Nicht mal das. Eine Existenz, vergleichbar einem schwach aufflammenden Streichholz, dessen Schein die pure menschliche Substanz derart kurz beleuchtet, daß nicht mehr als ihre biologische Bestimmung sichtbar wird.

Diana: Spiegelverkehrt

Meine Weltanschauung ist rund. Das meine ich wörtlich: Ihre Kreisform wird bestimmt durch mein Fernglas. Sobald mein Beruf mir Muße gewährt, stütze ich die Ellenbogen aufs Fensterbrett und hebe das Doppelokular vor die Augen. Sofort verwandelt sich die Natur, zumindest das, was man hier am Stadtrand so bezeichnet, in ein eingegrenztes flächiges Bild. Es erweckt den Eindruck, da man es in den Händen hält, daß man einen besonderen Besitzanspruch auf diesen Anblick habe. Darin ähnelt es den Fernsehbildern, für die man seine Gebühr entrichtet hat. Nur hat mein Wirklichkeitsausschnitt einen größeren Reiz, weil er keinem Programmschema unterworfen ist. Natürlich führt auch er Wiederholungen vor, von den Jahreszeiten ganz abgesehen.

Ich halte Ausschau nach gewelltem, wehendem Haar, das stets wirkt, als gehe just dort, wo seine Besitzerin entlang spaziert, eine leichte Brise: etwas Auffälliges vor der Starrheit des Waldrandes, vor der Reglosigkeit der mal grünen, mal reifen, mal abgeernteten schwärzlichen Felder. Als zusätzliche Bildbelebung tritt ihr Hund in Erscheinung: ein stämmiger, fast hüfthoher Husky. Meine Neugier hat einen Biologie lehrenden Kollegen nach der Rasse befragt und eben diese Auskunft bekommen: Husky. Eskimohund. Schlittenhund. Sobald das Tier, ohne mich natürlich zu wittern, in meine Richtung blickt, die schräg gestellten Augen blinzelnd, umgebe ich ihn mit seinem ursprünglichen Ambiente wie mit einer Guckkastenstaffage: mit pelzvermummten Eingeborenen, Walrössern, Eisbären, Schnee, Iglus – bis er meinem »Gesichtskreis« entläuft. Auch auf der Straße bin ich ihm schon begegnet und habe seine Zurückhaltung vermerkt; sein auffallend kräftiges Gebiß, die bogenartig aufwärts gerichtete Rute, deren Spitze den Rücken berührt: Überlebensgroße Kopie eines Aquamanile, wie es im Lehrbuch der Antike steht. Er ignorierte alle anderen Hunde: Seinesgleichen existierte für ihn nicht. Mit den Pudeln und Pekinesen, Dackeln, Afghanen und Boxern der Gegend verband ihn nicht mehr als die Gattungsbezeichnung und die Steuermarke am Halsband. Seine Halterin, von deren Gesicht mich stets aufs neue ihre verwirbelte Unfrisur ablenkte, lebte ähnlich dem Verhalten ihres vierbeinigen Hausgenossen.

Obgleich in unserem Vorort, einer merkwürdigen Zwischenwelt, wo alles Großstädtische kraftlos endet, das Ländliche aber noch nicht vorherrscht, das Netz nachbarlicher Nähe enger geknüpft ist, dichter und spürbarer als in sonstigen Siedlungsbereichen, stand diese Frau außerhalb des allgemeinen Zusammenhanges. Eine Witwe. Der seit langem verstorbene Gatte, ehemals Wissenschaftler oder ähnliches, zumindest zu Lebzeiten in der gesellschaftlichen Hierarchie ganz obenan: Das verriet die Größe ihres Hauses, von dem man erst nach dem herbstlichen Blätterfall den rechten und neiderweckenden Eindruck bekam. Im Sommer verdeckt von einem verwilderten Garten, uralten Linden und Kastanien, markiert durch ein angelaufenes, stumpf gewordenes Messingschild mit dem berühmten, in Vergessenheit geratenen Namen: der immerhin erlaubte seiner Nutznießerin, sich dem Zwang, den von polizeilichen Maßnahmen realisierten arbeitsethischen Postulaten nicht unterwerfen zu müssen. »Privilegiert« nannte man von jeher solchen Status. Denn der Gleichheitsstaat, eine philosophische Kopf- und Zangengeburt, beim Übergang in die Wirklichkeit zu einer Monstrosität verkrüppelt, lebte sein Grundprinzip im volkstümlichen Wortsinne auch nur »platonisch« vor, nämlich so-als-ob.

Über derartige Gedanken zog man besser den

dichten Mantel mühsam erlernten Schweigens, das, wenn schon nicht Gold, so doch das sichere tägliche Brot bedeutete.

Es lag nahe, sie »Diana« zu nennen, obschon das, wie die meisten Vergleiche, nur bedingt zutraf. Bei der heimlichen und niemals ausgesprochenen Namensgebung stand eine oberflächliche Reminiszenz Pate. Eben das »wehende Haar«, der eilfertige Hund, beider enge Gemeinschaft, ihr gemeinsames Umherstreifen sowie ein vor der Baumkulisse ragender Hochsitz, dessen untere Querlatten Diana manchmal als Sitzplatz dienten. Spielerische Assoziationen, optisch ausgelöst, Ein-Bildung, für die nichts Faktisches einstand.

Ein einziges Mal habe ich die beiden im Walde getroffen, in dem vergammelten Forst rückseits der Häuser und Gärten, zwischen staatseigenen Festmetern, zwischen Windbrüchen, übersät mit gestürzten Stämmen, von Fäulnis zu Fall gebracht. Offenliegendes Wurzelwerk, Waldparadentose, auf einem der undeutlichen Fußpfade durch verfilztes feuchtes Grün, aus dem sich plötzlich der geduckte Schädel schob, ein Wolfsgesicht, die Stimme ein drohendes Knurren, das auf einen Zuruf aus dem Dickicht verstummte. Diana selber blieb im Verborgenen.

Selten und eher zufällig sah ich aus dem Fenster nach vorn zur Straße, wie Herrin und Hund das Kopfsteinpflaster überquerten, das schon an der nächsten Ecke in märkische Erde, märkischen Sand überging, nur noch von vereinzelten Feldsteinen durchsetzt, von Ofenschlacke, Ziegelsplitt, provisorischer Füllung der Schlaglöcher und der tiefen Fahrrinnen, vollgekippt von den Anliegern, denen die Kommune außer Gas, Wasser und Elektrizität nichts sonst an Zivilisation oder Bequemlichkeit zugestand.

Grund zum Murren, das vermutlich in jeder der quietschenden, krachenden, über die Mini-Mondlandschaft torkelnden Karosserien erklang, ohne daß es an eine nennenswerte Öffentlichkeit zu dringen vermochte, selbst wenn es nicht von der malträtierten Federung, dem Knattern des Motors überdeckt worden wäre. Wer das Schneckentempo überschritt, benötigte eine neue Federung, neue Stoßdämpfer, eine Beruhigungstablette. Mit verzerrten Mienen kletterten sie aus ihren Autos, die Wut zähmend, denn das Leben war, wie es war, und andernorts, wie man in der Zeitung las, sogar noch viel schlimmer.

Diana besaß kein Auto. Aber nicht allein dieser Gegenstand größerer Weltläufigkeit fehlte ihr, ganz offenkundig mangelte es ihr auch an Freunden und Bekannten: Nie traf man sie in Gesellschaft, nie erschien außer dem Briefträger jemand vor ihrer Gartenpforte, nie verließ in früher Morgenstunde oder am späten Abend ein Anlaß für Klatsch ihr Haus. Ein Mensch, vor dessen Tür nicht ab und zu laut redende Gestalten Wagen entstiegen, Verwandte oder Kavaliere, Arbeitskollegen oder wenigstens heranwachsende Kinder mit ihrem Nachwuchs – mit einem solchen Menschen war etwas nicht in Ordnung. Es ist nicht gut und steht geschrieben, daß der Mensch, welcher auch immer, allein sei. Das wissen wir schwarz auf weiß, und in den beunruhigt grübelnden Hirnen verwandelt sich die Binsenweisheit unversehens in ein Vorurteil: Daß selber nicht gut sein könne, wer immer derart allein wäre. Keiner grüßte die Einsame, kehrte sie von ihren ausgedehnten Spaziergängen heim über die aufgeweichten, schlammigen, gerade noch vom groben Granit der Bordsteine zusammengehaltenen Bürgersteige, bewacht und begleitet von dem grauen Geschöpf mit dem Raubtierkopf. Er erregte bei vielen Unbehagen, sogar Befürchtungen. Wenn er allein durch die Straßen streifte, fragten sich die Frauen beim Anstehen vor den Läden, ob er nicht einen Maulkorb tragen müsse; ob er nicht spielende Kinder gefährde oder möglicherweise die Babys in ihren offenen Sportwagen vor den Geschäften, blökend, mit Rasseln klappernd, während ihre Mütter immer wieder besorgt durch die Schaufensterscheiben nach draußen lugten, ob nicht unerwartet das ungewöhnliche Wesen auftauche und sich der plärrenden Nachkommenschaft bedrohlich nähere. Doch davon wußte Diana nichts.

Sonst hätte sie sich beizeiten darauf eingestellt. Aber sie zog weiter ahnungslos über die trockenen oder lehmigen Wege zwischen den Feldern und Wiesen, das Haar flatterte, der Hund wagte ein paar plumpe Sprünge auf der Spur eines Wildkaninchens, kurvte jedoch, dem Lockruf folgend, in schwerfälligen Sätzen zurück und lief dann, die Nase dicht am Boden, seiner Herrin voraus. Erst viel später wurde mir klar, daß die Namenszuordnung für die kaum noch sichtbare ferne Figur keineswegs allein den optischen Bezügen zum Waidwerk, zu Jagdhund und Hochsitz oder gar zur Bildenden Kunst entstammte. Mit der Statue im Lehrbuch, römische Kopie griechischen Originals, die Linke auf einen kleinen Hirsch gestützt, die Rechte über die Schulter gewinkelt, einen Pfeil aus dem Köcher auf dem Rücken zu ziehen, verband meine Diana äußerlich nichts. Es war vielmehr der Eindruck einer Distanz schaffenden Einsamkeit, den sie vermittelte, und – vielleicht nur aus meiner Beobachtungsposition so empfunden – der Eindruck einer eigentümlichen Unnahbarkeit und Unberührbarkeit. Was sich bei den Leuten außerdem unter den ausgesprochenen wie unausgesprochenen Antipathien gegen Diana regte, mochte andere tiefere Gründe haben. Sie teilte sich nach Lust und Laune ihren Tag ein. Sie führte uns eine Unabhängigkeit vor Augen, von der man nur noch durch Bücher Kenntnis hatte. Selbst ich, der mit einer gewissen Zuneigung ihr Auftauchen und Verschwinden zu sich heranholte, wurde mir dabei ständig meiner eigenen Abhängigkeit bewußt.

In dem Verhältnis der beiden, Mensch und Tier, bemerkte man etwas Besonderes, das sich nicht erklären ließ. Es war nicht das übliche Verhältnis zwischen Hundehalter und unterworfener Kreatur, das häufig dem zwischen Vorgesetztem und Untergebenem ähnelt und das auch meist zu diesem Zweck hergestellt wird. Zwischen Diana und ihrem Begleiter schien eher Gleichberechtigung zu gelten.

Durch mein Fernglas beobachtete ich zwei- oder dreimal und zwar nicht ohne jene bestimmte Verlegenheit, mit der man unbemerkt Vertraulichkeiten anderer wahrnimmt, wie sie beide nebeneinanderhockten, dort, wo die Feldwege sich gabeln und der Boden sich mäßig aufwölbt, ein Grabhügel für Kulturmüll, Versteck verrosteter Bettgestelle, schlaffer alter Matratzen, zerbrochener Fahrradrahmen, verbogener Kinderwagengestelle, Ablage für Kochherdteile, Kühlschrankwracks, Staubsaugerrelikte, über die buchstäblich Gras wuchs.

Als wären beide in gleichartige Gedanken vertieft, in *ein* Empfinden, das im Planquadrat der Straßenzüge, der monotonen Bebauung kein Heimatrecht mehr haben durfte. Was sie in den kurzen Augenblicken einte, da sie sich in meiner Sichtweite aufhielten, schien mir völlig klar und begreiflich und wurde doch sogleich wieder gänzlich ungewiß, weil ich meiner Deutung selber mißtraute. Ich sah ihren Arm um den wolligen Nacken des Hundes gelegt, und mir kam vor, das Schweigen, dessen heimlicher Zeuge ich wurde, könnte so vielsagend zwischen Mensch und Mensch niemals sein. Schwer, sich von diesem Anblick zu lösen. Schmerzhaft der Druck des unteren Fensterrahmens, auf den ich mich stützen mußte, um die beiden nicht aus der Optik zu verlieren. Und ich setzte das Glas erst ab, als sie aufgestanden und hinter einer Biegung unsichtbar geworden waren. Oft dachte ich daran, mir ebenfalls einen Hund zuzulegen, doch ich wußte von vornherein, es bliebe bei der gewöhnlichen Partnerschaft, ohne jenes Element gegenseitigen stummen Verstehens wider alle Vernunft.

Meine Beobachtung Dianas führte mir etwas vor, das mir nichts nutzte und wohl nur eine Illusion schuf. Leben – ob es das war, was mir die beiden irrwischhaft vorspiegelten? Denn das allgemein anerkannte Leben ist ja keins; das wußte ich schon: Es handelt sich nur um eine Übereinkunft, die Selbsttäuschung nicht in Frage zu stellen. Daß nicht nur ich durch das auffällige Paar beunruhigt wurde, konnte ich gut verstehen. Meine eigene Wahrnehmungsweise schwankte unsicher zwischen den Polen, für die eines Tages aus den fast verschütteten Erinnerungsschächten meiner studentischen Vergangenheit Begriffe hervorkamen. Kataleptische und akataleptische Vorstellung, welche, auch das fiel mir wieder ein, im »Hegemonikon«, im führenden Seelenteil, in der Vernunft also, sich bilde. Erklärt wurde es uns einst anhand von Goethes Erlkönig, wo der Knabe »Erlkönigs Töchter am düsteren Ort« akataleptisch erblickt, während dem Vater kataleptisch bloß »die alten Weiden so grau« erscheinen. Die Welt falle in Schein und Sein auseinander, war wohl gemeint, aber welche Seite die Wahrheit aufwies, ließ sich bei Johann Wolfgang nicht feststellen. Ob Diana mit ihrem Begleiter den winkenden Erltöchtern zuzurechnen sei oder den grauen Weiden, ich konnte das nicht entscheiden. Nur daß diese Überlegung mich vom Korrigieren der Aufsatzhefte ablenkte, das war eindeutig. Bis durch den Unfall mein Hegemonikon aller Grübelei enthoben wurde.

Nach drei Tagen, während welcher ich an den unterrichtsfreien Nachmittagen vergeblich Ausschau gehalten hatte, wurde der Hund überfahren aufgefunden. Auf dem Heimweg von der Schule kam ich an der Stelle vorbei und blieb ein paar Momente stehen, wie andere Passanten auch. Über den stämmigen Rumpf mußte ein Lastwagen gerollt sein, so flach lag er in den Schlamm der ungepflasterten Straße gepreßt, der Schädel unbeschädigt, auf der Seite wie im Schlaf, die Augen geschlossen, Gebiß und Zunge von den fast schwarzen Lefzen bedeckt. Blut zeigte sich nirgends oder war im aufgeweichten Erdreich versickert.

Unerklärlich der Anprall, da die Bodenverhältnisse schnelleres Fahren verhinderten und höchstens zwanzig Stundenkilometer erlaubten. Mit diesem Tempo überfährt man keinen Hund. Verdacht ergab sich von selbst, blieb jedoch richtungslos. Alle Einwohner dieses engeren Wohnbezirks wirkten wie immer, gleichgültig und unbeteiligt, denn das war seit eh und je ihre Haupteigenschaft: Gleichgültigkeit und Desinteresse zu heucheln.

Vor dem Leichnam stellte sich weder eine kataleptische noch eine akataleptische Vorstellung ein, nur dieses Schwanken zwischen Bedauern und Befriedigung. Der Anlaß, sich mit der Sinnlosigkeit des eigenen Daseins zu befassen, war durch den Tod dieser Kreatur beseitigt. Ich würde künftig ungestört die Hefte meiner Schüler durcharbeiten können, ohne freilich zu ahnen, daß ich in einer absehbaren Zukunft die Störung vermissen könnte.

Daß sie die Zeit nicht kennen, habe ich den Tieren immer geneidet und wahrscheinlich nicht nur ich. Wer im dauernden Jetzt lebt, befindet sich mitten in der Ewigkeit. Nur im unaufhörlichen Augenblick vermag sich Glück zu entfalten, entgegen unserer Gegenwart, die uns mit ihrer absehbaren Endlichkeit heimsucht, von der wir bei jeder unüberlegten Bewegung in die Schranken unserer akuten Sterblichkeit gewiesen werden. Wie war Dianas Glück beschaffen gewesen? Vom Bewußtsein zeitlicher Begrenzung melancholisch grundiert, wie ich annehme. Ihm, dem Husky, war der bessere Part zuteil geworden, und womöglich hat sich gerade darum sein Aussehen mir deutlicher eingeprägt als das Dianas, die etwa einen Monat später fortzog. Ein Einfamilienhaus, gleich welcher Größe, gegen eine Stadtwohnung zu tauschen, ist ja kein Kunststück. Aber schon vorher, vor ihrem Umzug, ließ sie sich nicht mehr auf den Feldwegen blicken; kein Waldspaziergang, kein Queren einer Lichtung, die Ferne verharrte hinter dem 8-20 mal 50 Zoom unbelebt, um den ersehnten Inhalt gebracht, nach-sintflutlich verlassen, sah man von dem fallenden und steigenden Schwarm lautloser Stare ab.

Weder habe ich einen meiner Schüler noch irgendeine Verkäuferin beim Einholen nach Dianas Verbleib gefragt; ich drückte mich um genauere Informationen und will gar nichts wissen. Jede Nachricht, so steht zu fürchten, würde sogar eine magere Fantasie wie die meine mit den Bildern hemmungsloser Verzweiflung belasten. Und während vermutlich der Zeitverlauf bei der Fortgezogenen einen Heilungsprozeß bewirkte, ich, als unbeteiligter Teilhaber an ihrem Schicksal und durch keine Trauer getröstet, könnte den »Fall« nicht zu den Akten legen, wenn ich genauer Bescheid wüßte. Mein Seelenfrieden ist unmenschlich, wie solch Zustand stets. Ich will ihn mir erhalten; alle wollen das. Er bildet die einzig sichere Grundlage unseres Zusammenlebens. Sonst bindet uns ja nichts aneinander, außer der Fähigkeit, uns gegenseitig zu übersehen. Allein im Traum, wenn sich die Zügel lockern, erscheinen auch die beiden wieder vor mir. Sein langgespitztes Gesicht mir zugewandt, helle Iris aus schwarzer Randung, das dichte zottige Fell verspricht auch mir Wärme und Geborgenheit. Von Diana erkenne ich nur das Haar, oft shampooniert, wie zu vermuten, und doch war es mehr der falsche Eindruck des Leichten und Fliegenden, denn windige Tage sind hier selten. Ihre Züge bleiben verborgen. Selbst im Schlaf verweigert das Gedächtnis die Herausgabe von Dianas Porträt und speist mich mit Wechselbalgmienen ab. Gleich nach dem Aufwachen fliehen die beiden Schatten, obschon ich sie zum Bleiben zwingen möchte. Sie entlaufen mir ganz einfach und werden immer durchsichtiger, so daß ich sie nicht mehr erkennen kann: ein Umstand, der mich bedrückt. Weil ich, kaum richtig wach, nicht zu entscheiden vermag, ob sie sich vor mir zurückziehen und ich selber der Anlaß dafür bin, oder ob ich sie unwillentlich vertreibe, damit der Tag seinen stumpfen Gang gehen kann.

Wunschkind

Zuerst waren sie glücklich. Eltern sein: Wie das wohl wäre. Gespräche vor dem Einschlafen, weitschweifig, zogen Stunden unbemerkt zusammen und machten ein fernes Übermorgen zur Gegenwart. Das Licht ausgeschaltet, bis nach einigen Minuten an der Zimmerdecke Muster deutlich wurden, Rhomben, Rechtecke, Halbkreise, einander berührend oder überlagernd, abgestuft nach Helligkeitsgrad. Während Mann und Frau miteinander sprachen, vertieften sie sich in die geometrische Figuration, ein Zufallswerk der Straßenlampen und der Ladenleuchtschrift von gegenüber. Von der erhielt das kunstähnliche flächige Gebilde über ihren Köpfen einen violetten Farbstich. Wie an vielen Abenden vorher hatte der eine leise gefragt: »Schläfst du schon«, um vom andern die unsinnige Antwort zu hören: »Nein. Und du?«

Sie ruhten Seite an Seite im zartfarbenen Schummerlicht, das der Schlafzimmereinrichtung, Schrank und Frisierkommode, den beiden Nachttischen, Stühlen, Kunstdrucken, abgelegten Kleidungsstücken alle Bekanntheit nahm und sie in ein fremdartiges Interieur verwandelte. Ein Märchenschimmer war über jeden Gegenstand bis zum Morgen gebreitet. Vielleicht förderte gerade diese eigentümliche Beleuchtung ihre Einbildungslust: wie das sein würde mit dem Kind, sobald es die eiförmige Blase verlassen hatte: ob Junge, ob Mädchen? Hatten auch Namen parat, stritten darüber, aber mehr den traditionellen Pflichten genügend als aus ernsthaftem Gegensatz. Namen sind schließlich Schall und Rauch. »Oh, nein: Nomen est omen, verehrte Mutter in spe! Diese Sentenz, und das merkt man am Latein, markiert eine geschichtliche Erfahrung. Mit dem Namen ist mehr verbunden als nur die Möglichkeit, jemanden zum Frühstück zu rufen: kannst mir glauben!« Und mit noch weniger Ernst betrieben sie das Spiel um die Berufswahl. Vorschläge aus dem Stegreif, begleitet von unterdrückter Heiterkeit: »Journalist? Nee, bloß nicht; da kriegt er doch kurze Beine! Sportler wär' was: Da kommt er rum und wird berühmt!« »Wieso dann nicht gleich: Filmstar?! Die sind immer so lieb zu ihren alten Eltern; wenn wir schon seine Zukunft planen, sollten wir auch an uns denken ...« »Wir denken doch sowieso immer an uns: Ich an dich und du hoffentlich an mich!«

Längst schläfrig, die Lider nur noch augenblicksweise offen, endete der Dialog mit Erinnerungen an die eigenen einstigen Berufswünsche: »Flieger, bloß weil ein Flugplatz in der Nähe war, dabei habe ich Angst vor jedem Flug ...« »Ich natürlich Friseuse. Aus den Frisiersalons roch es immer so verlokkend und erwachsen. Ich blieb jedesmal stehen und mußte weggezerrt werden ...« Nicht sichtbar für den anderen lächelte jeder vor sich hin, bis der Schlaf ihren Gesichtern allen Ausdruck entzog. Stille. Manchmal ein seufzendes Ausatmen, ein Stöhnen aus unerinnerbaren Träumen.

Zuerst waren sie über die Maßen glücklich, als es, das Kind, ein Mädchen, nicht ohne Bedenken Helene genannt, in ihrem Schlafzimmer erschien. Obwohl man sich, als Vater beispielsweise, der Lächerlichkeit seines Stolzes bewußt war, kam man nicht von dem Gedanken los: Ich habe einen Menschen gemacht! Nur ein Gott vermochte dergleichen zu tun, und darum fühlte man sich wohl auch erhoben und euphorisch. Ob der alte Mann mit dem weißen Bart während seines Siebentagewerkes Ähnliches empfunden hatte? Daß dem Alten sein Produkt mißlungen war, mußte ihn nach der ersten Begeisterung besonders geschmerzt haben – Einfälle, die nur dienten, die eigene Emphase durch Ironie zu dämpfen. Aber ausgerechnet Helene? Abgesehen davon, daß jedermann sofort »die fromme« davorsetzte, war der Verweis auf Helena viel peinlicher, falls das Kind nicht wie die Schönste im Lande aussehen würde.

Kaum aus dem Büro weg und daheim eingetreten, beschaute man sogleich sein Erzeugnis, mit ständig erneuertem Verwundern. Das also sollte aus den eigenen Zellen stammen, ausgestattet mit den gleichen, reißverschlußartigen Molekülketten, die für mehr als nur eine physiognomische Ähnlichkeit verantwortlich zeichneten. Für einen Hang zur Musik, ein Interesse an Mathematik, für eine Allergie, für Sehkraft, Fühlkraft, Denkkraft. Eine Schicksalserbschaft, insoweit Schicksal genetischen Vorgaben unterlag, und das war ja wohl der Fall: Ein hübsches Mädchen hat es immer leichter im Leben als ein häßliches. Wenn das keine biologisch begründbare Tatsache ist! Helene, Helena! Warum hatte die großmütterliche Namenspatronin nicht schlicht Karla geheißen?

Zuerst glücklich, ihre Tage in einem Frohheitskontinuum hinbringend, eine Vierte Dimension ungewöhnlicher Art, in deren Mitte das neue Geschöpf wie ein Gravitationszentrum ruhte, zu dem sie beide sich unaufhörlich hingezogen fühlten. Bis etwas geschah. Bis etwas geschehen sein mußte, von dem im Nachhinein nichts Konkretes sich mehr feststellen ließ. Etwas jedenfalls, dessen Natur mit der Natur des Kindes kollidierte, wobei die schwächere unterlag. Eine leichte Erkrankung, Infekt vermutlich, signalisiert durch erhöhte Temperatur, Durchfall, auch Erbrechen einmal, doch ehe zu wirklicher Besorgnis Anlaß gewesen wäre, waren die Anzeichen schon wieder verschwunden. Und es dauerte eine ganze Weile, bis Helenes Vater auffiel, seine Tochter mache einen viel zu artigen Eindruck. Müßte sich Lene, wie man sie nun zutraulicher nannte, nicht häufiger bewegen, wälzen, strecken? Wo war das nächtliche Geschrei, das Plärren, Quarren, Quäken geblieben? Auch die Augäpfel, deren Sehachsen auf den Plafond zielten, verharrten fast reglos, wenn er sich über sie beugte. Der Blick ging durch ihn hindurch oder nahm ihn gar nicht wahr. Ihm schien es ein unmenschlicher Blick, vor dem er zu Luft wurde.

Beim Abendbrot verhandelte man über die Symptome eines Zustandes, auf den die Bezeichnung »Krankheit« nicht paßte. Sonst hätte man längst einen Arzt aufgesucht. Jetzt besprochen und beschlossen: Morgen früh die Angelegenheit den Medizinern unterbreiten. Doch während der Untersuchung fand Lenes Mutter, der Diagnostiker halte sich auffallend lange an dem kleinen Leibe fest mit seinen großen und unsicher tastenden Händen. Sie empfing einen bedenklichen Eindruck von hippokratischer Hilflosigkeit: Der Weißbekittelte, über das stille Kind geneigt, behorchte, streichelte, musterte es, selten den Kopf hebend und mit einem Blick, den sie zu ihrer wachsenden Beunruhigung nicht einzufangen vermochte und der sich gleich wieder auf den winzigen stummen Patienten senkte. Ihr wurde klar: Die personifizierte Unfähigkeit werkelte hier am Liebsten herum, was man besaß. Man packte es besser wieder ein, überhörte Erklärungen und vollzog einen hastigen Rückzug aus der lähmenden Atmosphäre undeutlich wahrgenommener Bedrohung: Hier ist nicht gut sein, Lene! Wir gehen zu einem tüchtigeren Doktor!

Das bedeutete: Wiederholung der gleichartigen Prozedur in nahezu identischer Umgebung. Und ebenso bedrückend durch klares Weiß, gedämpfte Stimmen, durch das gleiche Betrachten, Betasten, Befühlen, durch die abwesende Miene des kaum jüngeren Arztes.

Ein Unterschied ergab sich, obgleich ein negativer: Sie müsse ihr Töchterchen ein paar Tage in der Klinik lassen ... Auf ihre erschrockenen und unsicheren Fragen bekam sie unverständliche, nichtssagende Erläuterungen zu hören. Tests seien vorzunehmen, apparative Spezialuntersuchungen, die Zeit beanspruchten, und als sie dann wütender und sogar laut wurde: Ja, es könne eine Enzephalopathie vorliegen. Gewisse Merkmale ergäben den Verdacht. »Ist das schlimm?« Im körperlichen Bereich eine allgemeine Retardierung, Disproportionen, Störungen bei der Entwicklung notwendiger Motorik. »Kann man das heilen, Herr Doktor?« Durch computer-tomographische Diagnostik, ein völlig ungefährliches Verfahren übrigens, entdecke man in solchen Fällen gewisse Auffälligkeiten am Schädel sowie eine Verzögerung und Veränderung der Reihenfolge beim Auftreten der Knochenkerne des Handwurzelskeletts. Vielleicht finden sich außerdem Störungen der bioelektrischen Aktivität im Hirnstrombild: Ob das Kind irgendwelche Krankheitszeichen aufgewiesen habe?

Nur ein mäßiges Fieber, ein bißchen Durchfall, einige Tage ein leichtes Unwohlsein – eine Erkältung, hatte sie angenommen.

Ja, möglicherweise sei alles ganz harmlos, doch benötige man exakte Befunde, um sicher zu gehen und so weiter und etcetera. Sprüche. Alles bloß Sprüche. Schon, daß man die Sätze nicht mehr als wirkliche Mitteilungen wertete, preßte einem das Herz zusammen. Eltern oder nicht, man weiß genau, daß unter bestimmten Umständen formelhafte Redewendungen nur Schlechtes verheißen. Leere Phrasen verstecken die bereits beim andern aufkeimende Anteilnahme. Befürchtungen werden in beruhigende Worte gekleidet, als würde nicht jeder sofort die Verkleidung durchschauen.

Zuerst waren sie glücklich gewesen. Irgendwann einmal. In einer Zeit, bevor das Kind aus der Klinik heimgeholt worden war, um weiterhin still und steinern in seinem Bettchen zu liegen, nur viel zu schnell wachsend und mit dem unveränderten Starren aus einer blauen Abgrundtiefe, aus der die geistige Lebendigkeit von blanken, gläsernen

Knöpfen strahlte. Dieses anhaltende Geradeausschauen, fast ohne Blinzeln, war das Bedrückendste: Man konnte es nicht lange ertragen.

Dann begann das Kind Töne auszustoßen, aus denen sich jedoch keine verständlichen Silben bilden wollten. Später äußerte es Laute, mit Mühe als »Papa« und »Mama« begreifbar. Aber außer den solchermaßen Herbeigerufenen fand sich in der engen Welt von Verwandtschaft und Bekanntschaft niemand, dessen Ohren die Qualität der elterlichen eignete. An dem Zögern der immer selteneren Gäste, sich dem Kinderbett zu nähern, wurde mangelnde Verständnisbereitschaft deutlich: Leute, auf deren Gesellschaft man gerne verzichten konnte.

Nur die Abstraktion aus vielerlei unidentifizierbaren Schatten über den Ehebetten hatte sich nicht gewandelt. Doch das Elternpaar genoß nicht mehr den Anblick, dem karg gewordenen Gespräch vor dem Einschlafen war die Heiterkeit abhanden gekommen. Keine Zukunftspläne, keine Projekte, an denen man sich tagsüber freuen konnte. Nie wieder würden sie so fröhlich sein wie vor Lenes Geburt. Den Platz der Heiterkeit hatte eine bisher unbekannte Scheu eingenommen, eine unausgesprochene Furcht, ohne Umschweife und direkt das Unheil zu benennen. Sie gaben sich voreinander den Anschein, als glaubten sie fest daran, daß es gar nicht schlecht um Helene stünde. Es reichte aber der kurze Anblick des fünfjährigen unförmigen Fleischklotzes als Gegenbeweis. Helene besaß nicht die Fähigkeit, sich auf den Beinen zu halten, lagerte molluskengleich auf dem Wohnzimmerteppich, wo sie langsam eine Zeitung in kleine Fetzen zerriß. Trat jemand ein, erschrak die menschliche Masse und schrie blökend auf. Heute habe sie ein merkliches Interesse an Hansi, dem Wellensittich, gezeigt, berichtete Lenes Mutter abends dem Vater: »Stell dir vor, sie hat auf den Käfig gezeigt und piepsende Töne von sich gegeben!«

»Ja, es lernt!« pflegte er zu erwidern, stets dieselben Worte verwendend: »Es wird schon werden, es ist eben ein Spätling durch die Krankheit, ein Spätzünder ...« Beider knappe Unterhaltung starb ab, ehe noch der bedrückende, nur insgeheim benutzte Begriff »Behinderung« unverhofft ins Gespräch kommen konnte. Sie machten einander nur hoffnungsfrohe Mitteilungen über den Zustand ihrer Leibesfrucht, an dem sie sich stillschweigend Schuld zumaßen. Selbst die wenigen Besucher wurden in dieses ernste und trübselige Spiel miteinbezogen: »Es kann schon einige Brocken Englisch – sprich einmal, Lene! Komm, sag es noch einmal ...« Unartikuliertes Lallen untermalte die verblüffende Behauptung. Den Anklang zur menschlichen Sprache zu vernehmen, waren nur die Eltern imstande: amtierende Deuter, Übersetzer der akkustischen Bekundungen ihrer seltsamen Hausgöttin.

»Jetzt will sie Ihnen die Hand geben, hat sie gesagt ...« Oder: »Sie möchte Ihnen ihre Zeichnungen zeigen ...«; ärmliche, unsinnige Striche auf Karton, ausgeführt von einem Baby, dessen achten Geburtstag man gerade gefeiert hatte.

Außer im abendlichen Gespräch vollzog sich zugleich ein Wandel im Denken, und zwar in eine Richtung, die von der alltäglich üblichen Vernunft immer stärker abwich. Bald nach der unaufhaltsamen Enttäuschung an den beschränkten Hilfeleistungen der Medizin, die sich in einer sporadischen Kontrolle über das geminderte bißchen Leben erschöpfte. »Dispensairsystem für Oligophrene« hieß das; Helenes Vater hatte sich erkundigt.

Aber sein früheres Interesse an heilkundlichen Aspekten wurde durch ein gänzlich anderes, merkwürdiges abgelöst. Seine Neugier erlosch angesichts der fachlichen Beschreibung, wohingegen ihn die beiläufig mitaufgelesene Tatsache faszinierte, daß in der Antike den Geisteskranken eine besondere Verehrung zuteil geworden war. Ihr

Gebrechen habe man als Begnadung, als unmittelbare Bekundung des Göttlichen angesehen. Von den Fußnoten medizinischer Handbücher kam er zu einer Lektüre, die ihn beeindruckte und selbst in der Arbeitszeit beschäftigte. Wenn man Lene in ihrem Fürsichsein betrachtete, konnte man schon meinen, daß sie Beziehungen zur Umwelt entwickelte, die den gewohnten entgegengesetzt sein mußten. Außerdem war sie ja nicht einmal geisteskrank. Sie war nur nicht für die normale Kommunikation geeignet. Aber daß in ihr etwas vorging, daß sie reagierte und sogar agierte, bloß für uns kaum erkennbar, ließ sich nicht von der Hand weisen. Man mußte es ja nicht gleich »göttlich« nennen. Am Anfang seines Bescheidwissenwollens hatte Helenes Vater erfahren, daß die formale Intelligenz der nicht schwachsinnigen Encephalopathen laut Statistik bei einem eindeutig höheren prozentualen Anteil in der unteren Spielbreite der Norm liegt. Es wurde berichtet, daß in einer Gruppe von 225 sicher cerebral geschädigten Kindern nur 9,3% »minderbegabt« (4,9% oligophren), daneben aber 32,9% mit überdurchschnittlicher Intelligenz gefunden wurden. Na also!

Von Büchern wie »Die Heilkunde der Antike« kam Helenes Vater zu Werken, in denen es mehr um die Antike und weniger um die Heilkunde ging. Das wirre Gestammel Wahnsinniger, las man, erwies sich als nur scheinbar wirr: Dem Personal von Tempeln oder heiligen Stätten klang das alles durchaus verständlich. Man mußte sich nur anstrengen, genau hinhören, nicht kapitulieren, es eben ernst nehmen. Er jedenfalls nahm es ernst. Ihm kam es oft genug so vor, als mühe sich seine Tochter unsäglich, ihm Wichtiges mitzuteilen und kämpfe dabei mit ihrer ungelenken, ungehorsamen Zunge einen vergeblichen Kampf, die Botschaft an den Empfänger zu bringen. Er glotzte gebannt auf den zum Loch gerundeten Mund, in dem sich das widerstrebende

Organ schwerfällig regte, überall anstieß, Speichel floß aus, das Gesichtchen lief rot an: »Ja, sag es mir, Lene, sprich es aus, gib es von dir, hab keine Angst!«

Mit den Jahren erschien ihm das Kind nicht länger als nur eine nutzlose Ansammlung sich stetig erneuernder Zellen, als gescheiterter Schöpfungsentwurf, als höhnischer Widerspruch zu ihrem mythischen Namen. Denn was man sich zu denken verbot, dachte sich von ganz allein. Überlegungen durchkreuzten jeden Tag: Solche aus der Frühphase seiner Vaterschaft wurden ihm immer unverständlicher, hatten sich einmal mit dem Tod des Kindes befaßt, Existenz und Nichtexistenz abgewogen, für letztere gewichtige Argumente gefunden, unter denen die vielleicht sich wiederherstellende Heiterkeit eines schon vergessenen »Einst« das wesentlichste war. Nun jedoch fühlte er sich eines besseren belehrt. Widmete dem Kind viel Aufmerksamkeit: Hatte es angesichts der Spatzen, von Sonnenblumenkernen aufs Fensterbrett gelockt, nicht eben gemurmelt: Ich will fliegen? Oder: Ich kann fliegen? Und wenn es morgens, sobald die Sonne ins Kinderzimmer schien, nach den leuchtend warmen Flecken an der Tapete tappte, befahl es da nicht gurgelnd: Die sollen zu mir ins Bett kommen?! Die Sonne kommt zu mir ins Bett!

Und später, nachdem das Kind noch umfangreicher geworden, konnte man mit trainiertem Einfühlungsvermögen behaupten, es unterhielte sich mit den Wellensittichen, mit den Spatzen, mit der Sonne, Löffeln und Tellern und Trinkbechern, mit allen Gegenständen seiner Umgebung, und berichte zugleich aus der Andersartigkeit seines Wesens bemerkenswerte Affären: Heute nacht großer Hund! Was mochte das bedeuten? Ungewiß, ob ein Alpdruck, ob ein friedlicher Schlummer zu der von Lenes Vater entschlüsselten Feststellung geführt haben mochte. Und rätselhaft, ob Lene in ihren

Träumen sich wie ein normales Menschenkind erlebte oder so wie sie wirklich war.

»Heute nacht tanzt!« konnte, falls exakt aus dem Kauderwelsch gefiltert, das Ergebnis einer nebenbei aufgeschnappten Fernsehsendung nebst Ansage gewesen sein (»Europameisterschaften in den Standardtänzen ...«), konnte aber ebenso gut darauf hinweisen, daß in Lenes Zerebralsystem großartige Gesellschaften stattfanden, schwungvoll schwebende Darbietungen, Ballett, eventuell unter Beteiligung des eigenen, real reglosen Rumpfes. »Ihre Fantasie ist überdurchschnittlich entwickelt«, befand Lenes Mutter, Lenes Vater stimmte mit seinem Kürzel: »Ja, sie lernt eben!« zu, fuhr diesmal jedoch fort: »Die Natur schafft für jeden körperlichen Ausfall einen Ausgleich ...« Beispielsweise schärfe sie bei Blinden das Gehör ganz enorm, bei Tauben den Gesichtssinn, so daß sie, die Tauben, vom Mienenspiel ihres Gesprächspartners dessen Gedanken schon abläsen, bevor der sie noch geäußert hätte. Die Natur läßt keine Leerstellen zu und kompensiert jeden Mangel. »Es ist ganz selbstverständlich«, sagte er, »daß Lene eine lebhafte Fantasie besitzt, die ihre leibliche Schwerfälligkeit ausgleicht. Ein Minus an äußerer Beweglichkeit erzeugt ein inneres Plus – klar doch, nicht wahr?!«

Darüber war man sich einig.

»Ich glaube sogar«, gestand nach dem Lichtausknipsen Lenes Vater, »ihre Fantasie reicht über die anderer Menschen hinaus. Ich habe oft das Gefühl, sie spürt Dinge, die uns, die wir vom Alltag abgestumpft sind, verborgen bleiben. Die Russen, und du weißt ja, wie skeptisch die allen immateriellen Erscheinungen gegenüberstehen, greifen die Parapsychologie wieder auf. Jetzt auf einmal soll was dran sein! Sechster Sinn, Telepathie und so weiter – ich sage dir, es ist auch was dran. Als Lene am Sonntag mit ihren Bauklötzchen spielte, lief draußen der Nachbarsköter am Zaun entlang, und Lene machte plötzlich: Wuff-wuff! Ohne ihn zu sehen, wußte sie genau: Draußen läuft ein Hund vorbei! Wenn sie doch nur ein ganz kleines bißchen deutlicher artikulieren könnte, wir würden Wunderbares erfahren, sage ich dir: Wunderbares!«

Aber er wagte nicht oder neigte nicht dazu, auf das erwähnte Wunderbare einzugehen. Es blieb bei einer ungewissen Geste im Dunkel des nächtlichen Schlafzimmers. Möglich auch, daß er selber nur sehr verschwommene Vorstellungen vom »Wunderbaren« hatte und sich schämte, seine Einfallslosigkeit darzulegen. Mit zunehmender Müdigkeit verwischte sich das Bild aus Schatten und Licht über ihm, Lene hockte in einer düsteren Höhle über dem Erdspalt, aus dem Rauch aufstieg, und brabbelte vor sich hin, sinnloses Zeug, von dem sein fortdämmerndes Bewußtsein überzeugt war, es handele sich um höchst wichtige Kundgaben. Lene kennt die Zukunft, das schien ihm logisch. Darum ist sie auch mit Wortlosigkeit geschlagen. Damit sie keinen aufklären kann. Damit keiner was erfährt. Das war unbezweifelbar. Und er empfand eine ihn wärmende Zufriedenheit darüber, daß Lene unter seinem Dach hauste. Das erfüllte ihn mit Ruhe und Sicherheit. Es war ein Geheimnis und würde ewig eins bleiben. Denn er würde davon nichts verlauten lassen: Wer weiß, wie die Leute so etwas aufnehmen würden. Darum war es besser, daß man sein Wissen für sich behielt, so wie Lene das ihre für sich behalten mußte. Und war solche Verpflichtung zum Schweigen nicht eine Auszeichnung, die nur ganz wenigen zuteil wurde? Er sah ein, daß er bisher mit seinem Geschick nur gehadert hatte, weil er in einem Irrtum befangen gewesen war.

Zum Glück hatte der sich endlich aufgeklärt. Zu seinem persönlichen Glück, wie er es nun getrost zu sich sagen konnte.

Der Sonntagsausflug

Immer am Sonntag nach dem Essen. Das war bei uns schon zur Tradition geworden. Beschleunigt nahm man den Nachtisch zu sich, durch eine gespannte Unruhe gehindert, die Mahlzeit recht zu würdigen. Womit wir diese sonst leeren Stunden des Sonntagnachmittags hätten füllen sollen, ich weiß es nicht. Mir schien, es wären früher lauter überflüssige Momente gewesen, eine unübersehbare Anzahl, die es hinter sich zu bringen galt. Wie im Märchen vom Hirsebreiberg, so fraß man sich durch ein Gebirge ereignisloser Zeit, nicht um jenseits dieser überwundenen Sphäre glücklich an ein Ziel zu kommen, sondern nur um gegen Abend kapitulierend ins Bett zu flüchten oder vor den Fernseher.

Sybille jedenfalls brühte regelmäßig den Kaffee auf und füllte ihn in eine Thermoskanne um, während ich belegte Brote zubereitete. Hätten wir ein Kind gehabt, einen Sohn eventuell oder sehr wahrscheinlich, würde dieser Moment der Vorbereitung auch der Vorbereitung auf sein späteres Leben gedient haben. Er fehlte mir; das muß ich gestehen. Jemand, dem man ein Beispiel geben konnte. Eine andere Art der Vermittlung gab es ja nicht. Vorleben: Das war es. Ich würde dir vorleben, mein Sohn, wie immer du heißt, wie man das Leben, das Sybille und ich dir geschenkt haben, meistern kann.

Aus solchen Vorstellungen brachte mich Sybille in meine sohneslose Gegenwart zurück, indem sie, bereits in Hut und Mantel, eintrat, die Thermoskanne unter dem Arm, die Augenbrauen kritisch emporgezogen, den Blick auf meine Hand, die über dem Verstreichen der Butter zur Ruhe gekommen war.

Sobald wir jedoch den S-Bahnhof hinter der Stadtgrenze verließen, war die Unstimmigkeit vergessen. Denn uns überwältigte aufs neue jenes seltsame und kaum wiederzugebende Gefühl verbotenen Tuns, das, obschon unerlaubt, vom Strafrecht unbeanstandet sich jeden Sonntag vollzog und nun erneut vollziehen sollte.

Sobald man den Bahnhofsvorplatz hinter sich gelassen hatte und auf das Ziel zustrebte, auf eine fast längliche Siedlung älterer Einfamilienhäuser, erkannte man voller Genugtuung das Wirken des Gemeinschaftsgeistes, das zu erleben, ja, beinahe hätte ich gesagt: zu genießen, man diesen Ausflug überhaupt unternahm. Trotz der Gewöhnung war es ein großer Augenblick, wenn, nachdem einige Unbeteiligte ausgeschert und davongegangen waren, alle anderen in sicherem Abstand voneinander und ohne jeden engeren Kontakt gemächlich in die gleiche Richtung zogen. Rundum bekannte Gesichter. Verstohlenes Grüßen. Auch hier und dort ein Augenzwinkern, ein gewagtes Lächeln: die Zeichen unausgesprochener Übereinstimmung.

Zuerst galt es, eine Hauptstraße zu durchschreiten, deren sonntägliche Ruhe von unserem Erscheinen nicht im mindesten gestört wurde. Nirgendwo jemand an einem Fenster, keiner hinter einem der Vorgartenzäune, trotz des milden Wetters und der angenehm lauen Luft. Waren die Einwohner hier des ständig selben Schauspiels überdrüssig? Oder fürchteten sie, vom Anblick unserer unauffälligen Prozession in deren Sog gezogen zu werden, was für sie als Anrainer allergrößte Komplikationen zur Folge gehabt hätte?

Jedesmal die gleiche Überlegung, ohne jedoch darauf eine Antwort zu finden. Noch nach dem Abbiegen in den ungepflasterten Seitenweg, an dem sich rechts und links des fehlenden Bürgersteiges einige mittelmäßige architektonische Produkte aus den zwanziger Jahren reihten, beschäftigte mich der Gedanke an die Umwohnenden. Doch sobald man bereits von weitem die erwartete Szenerie erblickte, endete alles Grübeln. Da stand das Auto mit den drei Zivilisten wie eh und je vor der Gartenpforte, als handele es sich um einen unablöslichen Bestandteil des einstöckigen Walmdachhauses. Mir kam es vor, als wäre das Haus ohne den vorgeschobenen Posten auf dem schmutzfarbenen, von Unkräutern durchwucherten Sand unvollständig gewesen. Die Stille des Vorortes schien hier unnatürlich komprimiert, beinahe meßbar, was wohl daran lag, daß unser aller Schritte wegen des fehlenden Pflasters plötzlich geräuschlos wurden. Unwillkürlich verlangsamte sich das Dahinwandern, und das nicht allein, weil man ohnehin gekommen war, um einen möglichst langen Blick auf das Objekt des Ausfluges zu werfen, sondern vor allem: weil eine gewisse Schwäche sich der Beine bemächtigte. Kein Zeichen von Angst, beileibe nicht, und doch stand das Schlafferwerden der Kniegelenke im Zusammenhang mit dem Walmdachhaus, mit seinem berühmten Bewohner und dem Wagen davor. Mit Kino ließ sich dieses Empfinden überhaupt nicht vergleichen, hier war ja alles »live«, eine bedrohliche Spannung in der reglosen Atmosphäre, von der eine Gefährdung der eigenen Existenz ausging.

Aus den Augenwinkeln meine Mitbürger unauffällig musternd, kam mir vor, als gingen alle auf Zehenspitzen; Assoziationen zu Friedhof und Begräbnis stellten sich ein: Die Ruhe der Toten nicht stören, aber wo waren denn hier die Verstorbenen, wenn nicht als wiedererweckte Funktionsträger in ihrem sarkophagähnlichen Auto.

Und ich merkte, daß meine eigenen Füße ähnlich vorsichtig auftraten. Wir näherten uns dem Grundstück im Schneckentempo, das ich jedoch auf simple Weise zu legitimieren gewußt hatte. Bei früherem Nachdenken über die Chancen, das Haus möglichst zeitlupenhaft zu passieren, ohne den permanent befürchteten Konfliktfall auszulösen und doch mehr als nur einen Schatten hinter der Gardine von dem Belauerten zu erkennen, war mir eine glänzende Idee gekommen. Sogleich hatte ich mir einen Krückstock mit Gummizwinge beschafft und diesen weiß lackiert. Außerdem hatte Sybille mir auf eine gelbe Armbinde drei große schwarze Punkte genäht: Ein armer Blinder, von seiner Frau geführt, durfte sich ohne Zeitnot und ohne Verdacht hervorzurufen, am Hause vorbeibewegen. Hinzufügen will ich nicht nur, daß ich selbstverständlich meine Ausrüstung vor Beginn des Ausfluges anlegte, ich muß auch eingestehen, daß mein Einfall kein ganz originaler gewesen ist.

Unter den auffällig vielen Unauffälligen, die sich in der scharf kontrollierten Schneise zu drängeln pflegten, gab es einen erstaunlich hohen Prozentsatz Behinderter. Mir kam vor, als gingen die meisten am Stock, an Krücken, hätten ein Bein geschient oder sogar beide, würden von Anverwandten geführt, gestützt oder – und das waren die besonders Raffinierten – im Rollstuhl gemütlich am geheimen Blickpunkt aller vorbeigefahren. Stets hielten sie vor dem besagten Haus inne, sich die Stirn zu trocknen, den Verband zurechtzurücken oder auf eine andere, völlig natürliche und dem vorgetäuschten Leiden entsprechende Art im Fortschreiten innezuhalten. So fanden die drei Herren im Auto keinen Anlaß zum Eingreifen, und darum vollzog sich die Promenade der Bresthaften nach wie vor unbehindert. Anerkennen muß man, bei wie vielen der Ausflügler schauspielerische Talente sichtbar wurden, die sie unter anderen Umständen wohl kaum entwickelt hätten. Die Kunst der Verstellung ist die führende Kunst in unserer Gesellschaft. Wir akzeptierten unsere Rolle, die uns zu einer Notwendigkeit und zu einem Stimulans geworden war. Sich blind zu stellen, um alles sehen zu können, wirkte auf mich stärker und belebender als eine dreiwöchige Kur in einem Heilbad. Eine

Drogenwirkung ohne Zweifel. Kann man, wenn man sich wiederholt einem Risiko aussetzt, nach diesem süchtig werden? Wenn es gar nichts mehr gibt, ist die Verlockung der Gefahr das letzte und einzige, was uns die Gesellschaft noch zu bieten hat. Von welchem Hochgefühl mußten einst wirkliche Verschwörer erfüllt gewesen sein?! Sie durften sich als Herren ihres Schicksals fühlen!

Mit einigen der Mitakteure hatten wir Bekanntschaft geschlossen, tauschten außerhalb des besuchten Areals an Wochenabenden unsere Erfahrungen und Meinungen aus, deren zentraler Gegenstand jener einsame, niemals eindeutig sichtbar gewordene Mann war. Als wir zum ersten Male und noch als Neulinge hinausfuhren, waren wir dabei einer Empfehlung unseres Nachbarn gefolgt:

»Haben Sie schon mal den Dissidenten besucht?!«

Wir gaben zu, dies bisher verabsäumt zu haben und wurden aufgeklärt, wie wir uns zu verhalten hätten. Den Namen des zu Besuchenden hätte ich zwar gern gewußt, aber der Nachbar zuckte nur die Achseln.

»Und was hat er geschrieben? Wie heißen seine Werke?«

Der Nachbar schüttelte über soviel Unwissenheit den Kopf:

»Sie können alles mit den Menschen machen – nur glücklich machen können sie sie nicht! Das ist sein Werk!«

»Ist das alles?«

»Reicht es denn nicht?«

Wir bogen nach der Besichtigung stets rechtsseitig in einen Waldweg ab, wo wir nach einer Weile an einen Baumstumpf gelangten, dessen Benutzung genauso zum Ritual gehörte wie alles Sonstige. Mit dem Rücken aneinandergelehnt saßen wir auf der unregelmäßig gerundeten Platte und verzehrten die Brote und tranken Kaffee. Während solcher Minuten der Geruhsamkeit vor der Rückkehr habe ich mir ausgemalt, was ich meinem Sohn sagen würde, wenn ich einen hätte und er mit uns hier hockte. Vielleicht wirst du später einmal diesen Weg allein gehen müssen, mein Junge. Das, was wir heute tun, hat auch für deine Zukunft Gültigkeit, vergiß das nie. Ich hinterlasse dir hiermit nicht nur meinen Krückstock, die Armbinde und die Sonnenbrille, sondern damit und darüber hinaus eine Aufgabe. Nur anhand eines Beispiels kann der Mensch sich über die Niederungen seiner selbst erheben. Denke daran, daß, wenn du bei Sonnenschein oder Schneegestöber an *seinem* Haus vorbeischreitest, dir kein anderer diesen Weg gewiesen hat als dein eigener Vater. Ich erwarte keine Dankbarkeit. Aber – bei dem »Aber« angelangt, stieß mich Sybille an, die leere Thermoskanne mit der Öffnung nach unten haltend: Es ist Zeit zur Heimkehr.

Als wir auf dem Rückweg in den von vielen Schuhen zertretenen Weg erneut einbogen, wußte ich sogleich, daß sich etwas verändert hatte. Unruhe schlug uns entgegen. Die üblichen Gestalten regten sich mit befremdender Schnelligkeit, und auch ich, der arme Blinde, nahm die Beine in die Hand, um auf das Haus zuzueilen, vor dem das Auto verschwunden war. Eine wachsende Schar aufgeregter Menschen umlagerte die Gartenpforte, hinter der jetzt ein alter Mann stand, eine erloschene Tabakspfeife im Mundwinkel, die Hände in den Taschen einer abgetragenen, aber seinem Status durchaus angemessenen Jacke. Erregt drängte ich mich durch die Gruppe und hörte gerade noch die falsettierende Stimme einer Frau:

»Aus dem Auto gestiegen, auf mein Wort! Alle drei! Und dann haben sie mit ihm gesprochen, wirklich und wahrhaftig, und ihm sogar die Hand gegeben! Die Hand! Und sind weggefahren! Daß ich das noch erleben durfte ... Jetzt wird alles anders ...« Die Stimme erstickte in Schluchzen.

Endlich und unter nachdrücklichster Anwendung meiner Ellenbogen hatte ich die Sperre aus unverhofft gesundeten Leibern durchstoßen und stand nun – nur durch die kreuzweise genagelten Latten und einen geringen Abstand von ihm getrennt – direkt vor demjenigen, dem ein umfassender Teil meines Denkens und Fühlens gewidmet war. Sein Gesicht, sonst vom Schleier der Gardine fast alterslos gehalten, zeigte den realen biologischen Stand. Ich erschrak. Eine andere Stimme fragte über die Köpfe hinweg:

»Was ist geschehen? Was hat man Ihnen gesagt? Beginnt jetzt endlich eine neue Ära. . .?«

Der alte Mann nahm die Pfeife aus dem Mundwinkel, wobei der fast absolute Mangel an Zähnen sichtbar wurde:

»Sie haben sich entschuldigt!« erklärte er, und, während Beifall aufklang, wies er mit dem Pfeifenstil in die Himmelsrichtung, in welche die Autoinsassen mit ihrem Fahrzeug verschwunden waren:

»Sie haben sich verabschiedet!«

»Daß ich das noch erleben durfte. Jetzt wird alles anders.«

Mir war, als müsse ich mich ausgiebig räuspern. Und ich nahm mir vor, für meinen nicht existierenden Sohn ein Dokument zu verfassen, des Inhalts, daß ich Zeuge eines historischen Augenblicks gewesen und darum mein Leben nicht verfehlt sei. Schließlich konnten wir ein Kind adoptieren.

»Sie haben sich nämlich geirrt!« sprach der Alte und kicherte schwach: »Von Anfang an! Ich bin der Falsche gewesen!«

Und als die Erstarrung nachließ und eine heftige Bewegung einsetzte, weg von der Gartenpforte, weg von diesem Grundstück, rief der Alte aus:

»Sie können alles mit den Menschen machen – nur glücklich machen können sie sie nicht!«

Nun, soviel hatte man schon selber gewußt. Das war kein Grund, sich länger in dieser öden Gegend aufzuhalten.

Bericht des Zensors über die Begegnung mit einem gewissen G.

Heute war er da. Ich habe ihn im Vorzimmer warten lassen, entsprechend den Erfahrungswerten, die wir aus analogen Situationen gewonnen haben. Warten erzieht den Menschen ungemein. In der ersten halben Stunde steigert er sich in Aggression und Empörung, weil er sich mit Recht für unbeachtet und damit für mißachtet hält. Eigentümlicherweise dauert dieser Zustand jedoch nicht an, sondern verwandelt sich in Resignation und Ängstlichkeit.

Die während des Wartens immer um die Gründe des Wartenmüssens kreisende Fantasie produziert von sich aus drohende Vorstellungen. Jemand, der eine Stunde gewartet hat, ist froh, überhaupt noch empfangen zu werden und zugleich bereit, an allen ihm selber abträglichen Entscheidungen positiv mitzuarbeiten – nur um das Warten zu beenden.

Nicht anders erschien mir G., als ihn die Sekretärin nach fünfundvierzig Minuten hereinführte und ich den lang erprobten »flüchtigen Blick« auf ihn warf, mit dem man jedem seine Position sofort klarmachen kann. Ich erkannte: Er war weich. Immerhin muß ich gestehen, daß es sich bei G. um eine eindrucksvolle Gestalt handelt. Seine Würde war vermutlich antrainiert und zu einer Abwehrwaffe für Auseinandersetzungen und Konflikte ausgebildet worden: ein altertümliches Instrument des Widerstandes. Für das ungeübte Auge hatte es etwas Unfreiwillig-Komisches bekommen, was es um seine Wirkung brachte. Meine Sekretärin lächelte auch unverhohlen, als sie die Tür hinter ihm schloß: Seine angestrengt aufrechte Körperhaltung, von ihm selber wahrscheinlich als »edel« bezeichnet, machte auf sie einen gekünstelten und komischen Eindruck, seine langsamen Gesten den des Betulichen, falls nicht sogar den von verlorener Agilität, als er sich mit der gespreizten Rechten durch den weißen Haarschopf fuhr.

Ich sagte ihm in jenem Ton, der Schlimmes ahnen läßt und zusätzlich andeutet, man wolle menschenfreundlicherweise hinauszögern, was nicht zu umgehen sei, daß meine Sekretärin uns gleich eine Tasse Kaffee servieren würde. Ich habe festgestellt, daß diese Ankündigung wie die der Henkersmahlzeit erscheint und den Gesprächspartner in seinen eigenen Augen zum Delinquenten macht, den man noch schont.

Hatte er draußen vor der gepolsterten Bürotür noch Hoffnung, so ist ihm nun zumute, als erhielte er das Getränk als vorbereitete Begleiterscheinung der Hiobsbotschaft, vor der es keine Ausflucht gäbe. Sein Platznehmen war auch eher ein Sichfallenlassen als ein Hinsetzen. Er »zeigte Wirkung«, wie es in der so gradlinigen und unzweideutigen Sprache des Boxsports heißt, über den G. – was ich ihm übrigens später vorhielt – noch immer kein Sonett oder sonstiges Gedicht geschrieben hat, obwohl wir dieses Thema seit Jahren als dichtungswürdig propagieren. Nun – wenn man auf unsere guten Absichten und wohlmeinenden Anregungen so negativ reagiert, so ignorant, dann darf man sich wohl kaum wundern, wenn man nicht mit offenen Armen empfangen wird.

Während ich die mir vorgelegten Briefe zu unterzeichnen vorgab (ich hatte in den fünfundvierzig Minuten nichts anderes getan), fragte ich beiläufig, wie es denn in Weimar so gehe, woraufhin er, durch das Warten entnervt und motorisch gestaut, alle Schleusen öffnete. Gleich grüßte er mich von seinem Freund Friedrich von Sch., über dessen Staatsverleumdungen ausreichende Informationen vorliegen – was ich freilich G. nicht auf die Nase band. Überhaupt ging ich auf sein Geschwätz nicht ein, auf diesen Quark aus der Provinz, so daß G. nach anfänglich heftigem Schwadronieren immer stiller wurde, bis er gänzlich verstummte. Der Kaffee kam, ich rührte endlos und sybillinisch in meiner Tasse, während er schlückchenweise schlürfte, und sagte dann unvermittelt, weil die Überrumpelungstaktik immer die besten Ergebnisse zeitigt: »Da haben Sie uns ja ein schönes Ei unterschieben wollen!«

Er wurde noch blasser und verschluckte sich an dem Kaffee, den er durch Mund und Nase in die Tasse zurückfüllte – was ich als deutliches Symptom seines schlechten Gewissens aufmerksam registrierte. In sein Gestammel hinein bemerkte ich ziemlich kühl: »Sie glauben wohl, bester Herr G., wir hier im Amt merken nicht, was Sie beabsichtigt haben? So mancher, der dachte, er könne mir nichts, dir nichts die klare Linie unserer Kulturpolitik unterlaufen, hat sich die Folgen selber zuzuschreiben!«

Um Zeit für eine Antwort zu gewinnen, nahm er das in seiner Tasse befindliche unangenehme Gemisch erneut zu sich, mit geschlossenen Augen, als schmecke er Nektar und Ambrosia. Danach fragte er mit gelungener Unschuldsmiene, worum es sich denn eigentlich handele?! Als ob er nicht gewußt hätte, wozu ich ihn hergebeten. Ich hatte ihn ja bereits telefonisch wissen lassen, es handele sich um bestimmte Jugendprobleme, die in seiner Sicht verzerrt erschienen – und zwar in gerade jenem Gedicht, das vorgibt, die Jugend in Gestalt eines Lehrlings zu kritisieren. Wenn er darauf bestehe, so ich zu ihm und nun ohne Umschweife, an diesem Gedicht in seinem neuen Manuskript festzuhalten, stehe es schlecht um die Drucklegung. Im übrigen könnte es seinem Gedichtband nur guttun, wenn dieser mißlungene Text eliminiert würde. »Walle, walle manche Strecke ...«, murmelte er vor sich hin, den Blick zu Boden gerichtet, um sodann umständlich zu erklären, im Bilde dieses Lehrlings habe er doch gerade die Unreife und den vorwitzigen Egoismus bestimmter Jugendlicher, die selbstverständlich in unserem Staat eine verschwindende Minderheit seien, brandmarken, beziehungsweise anprangern wollen! Nun – jemand der so defensiv argumentiert, ist leicht zu widerlegen. Wo wir die Spiel- und Sprachregeln bestimmen, behalten wir stets recht. Jede Diskussion, die von der Einsicht in die Notwendigkeit ausgeht, muß auch in die Einsicht des Diskussionspartners einmünden. »Wieso dann überhaupt eine völlig untypische Minorität zum Gegenstand eines Gedichtes erheben, lieber Herr G.? Mit diesen, durch Feindeinfluß verführten Rowdys befassen sich unsere Organe, doch nicht ein Dichter von Ihren Qualitäten! Das Thema ist Ihrer nicht würdig, lieber G.! Mein Vorschlag, um das Gedicht trotz aller berechtigten Einwände zu retten: Die Figur des Lehrlings einfach ins Positive wenden. Also ihn nicht heimlich und selbständig den Vorgang des Wasserschöpfens auslösen lassen, der mir durch den sogenannten ›Besen‹ ohnehin fehlerhaft symbolisiert vorkommt, sondern im Auftrage des ›Alten Meisters‹, welcher wiederum gesellschaftlich voll legitimiert ist. Daß nun anfänglich die Wasserproduktion mißlingt, liegt erstens entweder daran, daß der Lehrling vom Gegner ideologisch beeinflußt ist oder zweitens die neue Technik noch nicht genügend beherrscht. Diese Alternative, die Auswahl zwischen den beiden Möglichkeiten der Charakterisierung des Jugendlichen, belasse ihm, Herrn G., alle künstlerische Freiheit, die ja bekanntermaßen oberstes Gesetz im kulturellen Bereich sei. Nur durch solche Veränderung werde auch die aktiv-eingreifende Korrektur durch den alten Meister, dieser gelungenen Verkörperung der Arbeiterklasse, verständlich.

Nach anfänglichem Zögern, das zuerst auf Zustimmung hinauszulaufen schien, wies er meine großzügigen Vorschläge mit der Erklärung zurück, dadurch verschiebe sich der Sinn seines Gedichtes. Um Erläuterung gebeten, was ihm denn vorgeschwebt habe, fuhr er fort: Der Sinn bestünde doch darin, daß ein dazu nicht befugter Jugendlicher Energiequellen in Anspruch nähme, an deren Bewältigung er scheitere. Dieser Kräfte sich bedienen dürfe nur, wer das Wohl der Allgemeinheit anvisiere, wie eben der sogenannte »Alte Meister«!

»Mein lieber G.«, hub ich an, wobei ich meine gesamte Taktik blitzartig änderte, um ihm jede mögliche Ausflucht zu nehmen, »das mag plausibel klingen, aber aus dem Gedicht selber liest man etwas ganz anderes heraus! Sehen Sie, wir stützen uns auf die Jugend! Der Jugend gehört die Zukunft! Nicht irgendwelchen alten Meistern, die vermutlich schon im Rentenalter stehen und nur noch auf Auslandsreisen sinnen. Sie bevorzugen hier also Teile der Gesellschaft, von denen wir nichts mehr zu erwarten haben und die uns nur Geld kosten. Es ist kein Geheimnis, wie diese Bevölkerungsgruppe unseren Haushalt belastet, ohne zu ihm beizusteuern. Und diesen Leuten gestehen Sie durch Ihr Gedicht eine dominierende Rolle zu – das ist doch eine völlige Verkehrung der Wirklichkeit! Und was heißt eigentlich: Denn als Geister/Ruft euch nur zu seinem Zwecke/Erst hervor der alte Meister? Damit kulminiert das Gedicht ja in einem hemmungslosen Individualismus! ›*Seine Zwecke*‹! Falls der alte Meister die Geister, also gewisse noch unbekannte Energieressourcen, dazu benützen würde, sich auf die faule Haut zu legen oder Bier holen zu lassen, dann wären Sie, bester Herr G., völlig mit diesem Mißbrauch einverstanden, weil die Formel von den ›eigenen Zwecken‹ dieselben rechtfertigt. Nein, mein Lieber, so was wollen wir doch nicht noch propagieren – in unserer Energie-Situation!«

Triumphierend sah ich ihm unverwandt ins Auge, überzeugt, ihm für jeden weiteren Einwand die Basis entzogen zu haben, aber dieser starrköpfige

Mensch schüttelte nur seinen ungepflegten Schopf, als hätte ich ihm anstelle unumstößlicher Fakten leeres Stroh angeboten. Sodann begann er auf die gegenwärtige Weltlage zu verweisen, von der her gesehen ein Gedicht als Parabel vollkommen eindeutig würde. Ob ich nicht die ungeheure Gefahr durch die Atomkraft erkenne, wollte er wissen, was ich durch den raschen Einwurf, daß sie nur außerhalb unserer unverletzlichen Grenzen eine solche bilde aber niemals innerhalb, zu parieren gedachte, ohne jedoch damit seine Rede aufhalten zu können. Sein Gedicht nämlich nähme dazu Stellung! Ich solle es doch einmal so lesen, daß ich den unvorsichtigen Umgang mit der Atomkraft durch junge Nationen dahinter ahne, welche jedoch durch die technisch und wissenschaftlich weiter entwickelten vor der Anrichtung größeren Unheils bewahrt blieben.

»Aha«, sagte ich. »Aha, durch die technisch weiter entwickelten Nationen werden die unterentwickelten geleitet?«

»Jawohl«, erwiderte er ungesäumt und aufatmend, als habe er endlich Verständnis gefunden; ein Irrtum seinerseits, da ich sofort konterte:

»Rechnen Sie dazu auch die USA?« Das saß! Volltreffer! Er war glatt am Boden zerstört. Total vernichtet: so hockte er da, und fast fühlte ich ein Bedauern, daß ich ihm dermaßen in die Parade fahren mußte, doch die Wahrheit kennt keine Rücksichtnahme und kein falsches Mitleid.

Er wußte daraufhin nichts mehr zu replizieren. Der wissenschaftlichen Weltanschauung, mittels welcher ich ihn leicht seines unbedachten Dichtens überführt hatte, konnte er nichts weiter entgegensetzen als ein gekränktes Verstummen. Ob er sich nicht noch einmal sein Gedicht in aller Ruhe anschauen wolle, ehe er nach Weimar zurückreise? Und besänftigend setzte ich hinzu: Zu geringfügigen Verbesserungen an der eigenen Arbeit wäre doch jedermann gern bereit, ein fachkundiger Rat würde sonst in allen Sparten beherzigt, warum denn nicht in der Dichtkunst, nicht wahr, die in einer Gesellschaft, wo alle schöpferisch tätig seien, keine Sonderstellung beanspruchen könne.

Er nickte schweigend, wie es schien einverständig und gutwillig, wie es seinem Wesen nachgesagt wird. Zum Abschied bat ich ihn höflich, mich morgen vormittag punkt elf Uhr noch einmal aufzusuchen, und *gemeinsam* – dieses schwergewichtige Adverb betonte ich durch Heben der Stimme und der Augenbrauen – um gemeinsam das Problem einer allseits befriedigenden Lösung zuzuführen. Er versprach es mir in die Hand, und ich war sicher, jegliche Komplikationen überwunden zu haben. Doch am nächsten Vormittag legte er ein Verhalten an den Tag, daß ich annehmen mußte, irgendwer habe ihn in der Zwischenzeit erneut aufgehetzt. Mit einem Worte: Er war störrisch wie zu Beginn unseres Gespräches!

Sein »Zauberlehrling«, so tönte es durch mein Büro, sei ein umfassendes Gleichnis, dessen Tiefe ich nicht verstünde. Ich hätte es nicht *ausgelegt*, vielmehr ihm etwas *unterlegt*! Auf dieses alberne Wortspiel schien er auch noch stolz zu sein, denn er wiederholte es mehrfach. Offenkundig hatte er die ganze Nacht daran »gefeilt«! Jedenfalls bezeichne der sogenannte »Zauberlehrling« den blinden Praktizismus, welcher zum Schaden ausschlage, da er auf die überlieferte und uralte Weisheit nicht hören und es dem Meister gleichtun wolle, dabei jedoch das Maß des Möglichen verkennend. Das Maß, rief G. so laut, daß meine Sekretärin sofort die Tür aufriß, wie immer in solchen Fällen, um nachzusehen, ob die Benachrichtigung der Hauswache vonnöten sei: Das Maß bilde unser einziges Gesetz! Wenn wir dasselbe verletzten, gingen wir gnadenlos zugrunde!

Darüber konnte ich natürlich nur höhnisch lachen: Das Maß unser Gesetz? So stellte sich ihm die Welt auf den Kopf! Als wäre nicht unsere Gesetzlichkeit das Maß allen Handelns und Denkens.

»Wir lassen uns von keinem ›Maß‹ das Gesetz unseres Handelns aufzwingen, bester G.!« erwiderte ich: »Von was für einem Maß reden Sie eigentlich? Vom Metermaß? Vom Maßkrug? Alles Unfug, worauf Sie sich beziehen, und nur, um einer klaren Stellungnahme auszuweichen! Zugrunde gehen? Wieso denn? Wir sind nicht in der Rolle des Zauberlehrlings, der die Geister, die er gerufen hat, nicht mehr los wird! Diese Ausweglosigkeit mag für untergehende Systeme Gültigkeit haben, uns gegenüber jedoch hat sich die Technik nicht verselbständigt, vielmehr dient sie dem unerschütterlichen Wohle des Menschen! Die wissenschaftlich-technische Revolution läßt sich nicht mit dem Überlaufen einer Badewanne vergleichen, Herr G.! Wir brauchen keine Geister, sondern packen selber an! Ihre Philosophie, mein Herr, befindet sich nicht im Einklang mit den Erfordernissen der Zeit!« Und ich schloß mit dem Hinweis, er möge das Gedicht aus seiner Sammlung entfernen oder auf die Gesamtpublikation verzichten. Er jedoch ließ sich denkbar unaufgefordert in einem Sessel nieder, wobei er zu erkennen gab, nicht eher sich wieder erheben zu wollen, bevor ich ihn von der Schädlichkeit seiner Ballade überzeugt hätte. Meine Einwände hielte er nur für böswillige Interpretationen, ohne den Schatten eines Beweises. Das – ich muß es gestehen – brachte mich in Rage.

»Nun gut, Sie wollen es nicht anders!« rief ich aus. »Nun gut, mein Herr G., dann will ich Ihnen beweisen, was Ihre wahre Meinung ist, die keiner Interpretation mehr bedarf!« Und ich ließ mich hinreißen, aus meiner Schreibtischschublade ein Dokument hervorzuziehen, das ich heftig durch die Luft schwenkte.

»Erinnern Sie sich noch, Herr G., was Sie von

Ihrer letzten Italien-Reise an einen gewissen Herder geschrieben haben? Nicht? Dann will ich Ihr Gedächtnis stärken! ›Neapel, den 17. Mai. Je mehr ich die Welt sehe, desto weniger kann ich hoffen, daß die Menschheit je *eine* weise, kluge, glückliche Masse werden könne. Vielleicht ist unter den Millionen Welten eine, die sich dieses Vorzugs rühmen kann; bei der Konstitution der unsrigen bleibt mir so wenig für sie als Sizilien bei der seinigen zu hoffen.‹ Haben Sie das geschrieben oder nicht? Damit betreiben Sie die Verleumdung unserer Welt, die selbstverständlich mit unserem Staat identisch ist. Ja – noch schlimmer: Durch die Gleichsetzung mit Sizilien erklären Sie unsere Regierung zu einer Mafia!

Was solche schriftlichen Äußerungen strafrechtlich bedeuten, muß ich Ihnen, der Sie ja den Verwaltungsdienst zur Genüge kennen, nicht näher erläutern. Bisher ließ sich so was noch übersehen, aber jetzt, wo Sie anfangen, dergleichen Herabwürdigungen literarisch in Umlauf bringen zu wollen, muß solchem Unterfangen ein Riegel vorgeschoben werden – und zwar energisch!«

Ich lehnte mich in meinen Sessel zurück und blickte G. durchdringend an, fast durchbohrend. Die Kopie seines Briefes an Herrn Herder verwahrte ich wieder im Dossier. Er hatte inzwischen das Taschentuch hervorgezogen und sich mehrfach die auffällig hohe, glatte Stirn gewischt. In dieser Stunde kam mir ein solches Mittel, ihn mit seiner wahren geistigen Haltung zu konfrontieren, durchaus angebracht vor. Er hatte mich faktisch dazu herausgefordert und sich die Folgen selber zuzuschreiben. Unter dem Aspekt späterer Ereignisse hätte ich unter Umständen zurückhaltender gehandelt – doch zwingt der Gegner uns seine Methoden auf. Wobei ich G. keineswegs als Gegner hinstellen möchte: Das ist niemals meine Absicht gewesen. Meine Absicht war stets, mit den besseren Argumenten meinen Gesprächspartner zu überzeugen.

Nach einer Pause der Erschöpfung und des Nachsinnens versuchte ich, ihn zum Sprechen zu bewegen, und er willigte nun ein, sein Gedicht in dem besprochenen Sinne umzuändern und es der Wirklichkeit gemäß zu gestalten. Wir verabschiedeten uns herzlich voneinander. Ich begleitete ihn zur Tür, wo ich ihm gute Heimreise nach Weimar wünschte, ohne ihm aber Grüße an seinen Dioskuren aufzutragen – um diesmal jenen in eine gewisse gesunde Unruhe zu versetzen. Denn sein Freund Friedrich von Sch. würde nach G.s Heimkehr sofort fragen, ob ich seiner Erwähnung getan, und, da ich es unterlassen, eine Gewissensprüfung seiner selbst vornehmen, um zu ergründen, ob er in irgendeiner Hinsicht gefehlt habe. Ob er etwa in Ungnade gefallen oder gar Schlimmeres für ihn zu erwarten sei – solche Überlegungen beabsichtigte mein Nichtgruß hervorzurufen. Heilsam für ihn und seinesgleichen.

In Parenthese: Ich benutze jede Gelegenheit, diese Therapie anzuwenden, um den Betroffenen in Unsicherheit über seinen Status zu versetzen. Jeder Mensch, noch dazu jeder Dichter, der nicht weiß, was ihm morgen blüht, verliert durch diesen Umstand seine Widerborstigkeit und wird handhabbar. Und wenn man dann alle drei Jahre einmal seinen Namen in der Öffentlichkeit erwähnt, fühlt er sich nicht bloß geschmeichelt und integriert, er zeigt sich gleicherweise bereit zur Kooperation und gutwillig in jeder Hinsicht.

Zuerst vergingen Tage, ohne daß ich von G. etwas hörte. Meine Vermutung, er arbeite mit der ihm nachgerühmten Sorgfalt an seiner »Lehrlingsballade«, schien sich nach wenigen Wochen als absolut zutreffend erwiesen zu haben. Als er wieder vor mir stand, in der Hand ein Blatt Papier, das er mir mit einer spröden Geste überreichte, waren meine Vorbehalte ihm gegenüber wie ausgelöscht. Offensichtlich hatte er sich selbst überwunden, wie auch wir es täglich zu tun pflegen. Siegreich war er aus dem Kampf mit seinem rückständigen Alter Ego hervorgegangen. Das Feuer der Erkenntnis hatte die Schlacken des Zweifels aus ihm herausgebrannt – man sah ihm den überstandenen Prozeß noch deutlich an. Wahrscheinlich schwankte er deshalb und mußte sich an der Lehne eines Sessels halten; ebenfalls die Unordnung seiner Kleidung, der gerötete Augapfel, die trockenen aufgesprungenen Lippen: alles Zeichen dafür, daß er es sich nicht leicht gemacht hatte, den Erfordernissen der Zeit zu folgen.

Erwartungsvoll nahm ich das Blatt entgegen, las den altbekannten Titel und die sich anschließende Ballade, in der nichts verändert war bis auf den Schluß, wo es jetzt hieß: »In die Ecke/Besen, Besen/-Seid's gewesen/Niemals wieder Geister/rufet selbst zum besten Zwecke/junger oder alter Meister!«

Mir war es unmöglich, meine Erschütterung zu verbergen. Auf geniale Weise hatte G. hier unsere diametrale Stellung zur Metaphysik zum Ausdruck gebracht – niemals wieder Geister. Ja, genau das könnte über den Pforten und Toren unserer Kulturpaläste in Stein gemeißelt stehen! Selten noch ging aus der Negation des Mystischen und Irrationalen ein derart eindringliches Bekenntnis zur Vernunft und zum Wissen hervor! Verpflichtung für jung und alt, niemals wieder die Gespenster des Gestern zu beschwören.

Zu dem Kaffee, den G. dankbar akzeptierte, schenkte ich ihm ein Gläschen Kognak ein, den er, geschwächt von seiner schöpferischen Leistung, nötig zu haben schien. Er hockte still und in sich gekehrt vor mir, blies mit spitzen Lippen auf die heiße Flüssigkeit, von der er hin und wieder einen Schluck nahm. Zwischendurch stellte er die Tasse ab, um aus seinem Rock ein weiteres Blatt zu ziehen, das er mir nicht ohne Schelmerei überreichte. Gefaßt darauf, ein anderes, neues epochales Dichtwerk entgegennehmen zu dürfen, wurde ich insofern enttäuscht, als ich einen Reise-Antrag nach Italien in den Fingern hielt. Wie profan!

»Mein lieber G.«, sprach ich, sachlicher werdend, »darüber kann ich natürlich nicht allein entscheiden. Sie wissen, welche hochgestellten Persönlichkeiten darüber befinden müssen! Und Sie erinnern sich gewiß noch daran, daß unser hochverehrter Präsident vor Jahren gesagt hatte: Wenn ich erst einen fahren lasse, dann muß ich immer wieder welche fahren lassen! Ich für mein Teil will gerne den Boten spielen und Ihren Antrag weiterreichen, mehr zu tun bin ich jedoch nicht in der Lage . . .« Darauf die Erwiderung: Er hoffe zumindest, daß ich seinem Antrage eine Befürwortung beilege, um solchermaßen eine gewisse Sicherheit der Zustimmung zu bewirken.

Ich zuckte die Achseln und meinte: Zwecks Befürwortung müßte seine Reise einem allgemeinen Interesse dienen, und ob er denn dieses allgemeine Interesse in seinem Fall glaubhaft nachweisen könne? Sein Auftrag enthielt nur eine Absichtserklärung: In Rom Elegien verfassen zu wollen. Als wenn wir gerade Elegien brauchten! Hymnen, Teuerster, Hymnen benötigen wir! Und die sind nur am Orte ihrer inhaltlichen Bindung herstellbar – also hier!

G. wurde rot im Gesicht, die Augen kugelten unter den dichten Brauen umher, so daß ich ihm einen weiteren Kognak einschenkte und mich noch einmal auf meine Direktiven berief. Nur wo ein höheres Interesse ins Spiel komme, sei mit einer positiven Entscheidung zu rechnen. Er daraufhin in einem unerhört grollenden Tone und sich aus dem Sessel hochstemmend: »So leck er mich am . . .« – das letzte tabuierte Wort im Busen bergend und es doch durch die bekannte Einladungsformel kennzeichnend. Gleichzeitig griff er nach seinem Gedicht auf meinem Schreibtisch, bekam das Papier zu packen und – zu meinem Entsetzen – zerfetzte den Bogen zu Schnipseln, die er, die Arme schwingend, durchs Büro flattern ließ.

Ich war konsterniert über diesen pathologischen Ausbruch, den ich nicht erwartet hatte. Mich mit aller Kraft zusammenreißend, reichte ich ihm seinen Reise-Antrag und sprach mahnend: »Den können Sie nun gleich dazu legen, bester G.! Das ist Ihnen doch wohl klar! Grüßen Sie Weimar von mir, diese schöne, tröstliche Stadt, mit der keine noch so südliche konkurrieren kann!«

G. starrte mich an, als habe ich ihm einen Dolch in die Brust gestoßen, von der er schon früher in bekannter Verantwortungsdrückebergerei behauptet hatte, daß darin zwei Seelen ach wohnten. Daß die schwarze und schlechte bei ihm dominierte, hatte er nun bewiesen. Mit diesem Menschen war kein Staat zu machen. Den konnte man nicht frei laufen lassen, ohne von einer Sorge in die nächste zu stürzen. Auch dieser Dichter erwies sich als unkalkulierbares Risiko. Und so was nach Italien schicken? Unmöglich! Der war imstande, in aller Öffentlichkeit sonstwas daherzuschwätzen, was uns in ein schiefes Licht bringen könnte. Nein, mein Lieber – so nicht!

Während ich noch nach Worten der Betroffenheit suchte, hatte er sich schon den Rock zugeknöpft und den Hut aufgesetzt. Er verzichtete, erklärte er, auf jedes weitere Gespräch, weil ihm das nicht mehr fruchtbar erscheine. Er wolle sich in seinem Weimar von den Fatalitäten der Hauptstadt und den Mühen der Ebenen erholen – falls ich verstünde, worauf er anspiele! Mein ablehnendes Kopfschütteln gab ihm sowohl Bescheid wie den Abschied. Wer nicht mit uns ist, ist gegen uns. Wer A gesagt hat, kann plötzlich bei F nicht anfangen herumzumäkeln. Das reale Alphabet ist, wie es ist, es gibt kein anderes – basta! Er grüßte an der Tür noch einmal beiläufig, mich noch ein letztes Mal in Furcht versetzend, er könnte seine frühere schmutzige Einladung gestisch und gar sich entblößend wiederholen. Glücklicherweise unterließ er es und ich fand die Kraft ihm nachzurufen: »Das ist des Landes nicht der Brauch!« Er zog die Tür ins Schloß und überließ mich meinen Gedanken, die noch eine Weile um seine Person kreisten: Das ist also des Dichters Kern, diese grob-fäkalische Aggressivität!

Ich rechnete nicht damit, ihn in Bälde erneut zu sprechen, ich schätzte, daß es Monate dauern würde bis zum nächsten Zusammentreffen, bei dem ich eine Entschuldigung seinerseits erhoffte. Doch kaum war eine Woche herum, stand er schon wieder in meinem Büro. Von Entschuldigung keine Rede! Überhaupt war er gänzlich verändert, obschon schlanker und übernächtigt: Als habe er beständig mit den Musen gerungen, was mich etwas ganz anderes erwarten ließ als das, was er mir am Ende präsentierte.

Ich eröffnete die Partie mit der Erkundigung, was ich für ihn tun könne, voller Gewißheit, auch diese zweite Runde zu meinen Gunsten zu entscheiden. Er aber legte mir aufs neue ein Papier vor, von dem er sogleich erklärte, es vervielfältigt und allen denen zugesandt zu haben, die es auf irgendeine Weise angehe.

»Das ist eine verbotene Aktion!« rief ich entsetzt, weil ich ahnte, man würde mich in die Verantwortung für derartige Aktivitäten miteinbeziehen. Kaum hatte ich einen Blick darauf geworfen, erkannte ich zu meinem Schrecken, daß sein Schreiben die exakte Darstellung seiner Gespräche mit mir enthielt. Ich war baff. Nicht genug damit fügte er lächelnd hinzu, die Konklusion respektive das Resümee der von ihm dargestellten Vorgänge befände sich am Schluß seines Textes. Ich wagte schon gar nicht weiterzulesen. So daß er, meinen Widerstand spürend, selber deklamierte, was er jetzt fordere – er sagte wahr und wahrhaftig: »fordere«, als habe ihm der alte Meister oder sonst ein Zauberer eine überlegene Position verliehen.

Er fordere die Ausreise!

Als ich krächzend ein »Wohin denn, um Gottes willen?« hervorstieß, beugte er sich zu mir herab und fragte: »Kennst du das Land, wo die Zitronen blühn?«

Und zwar sehe sein Plan vor, mit seinem gesamten Hausrat inklusive der Kopien von römischen Skulpturen nach griechischen Originalen (mir schwirrte der Kopf!) zu Herrn Tischbein zu übersiedeln. Ich war wie erschlagen, und mir fehlte, zum allerersten Male in meiner Amtszeit, die Sprache.

G., gutgelaunt wie nie vordem, redete darüber, daß er bereits all sein Hab und Gut in Kisten gepackt habe, sogar den kleinen Gußeisenofen aus seinem Schlafkabinett, der ihm jenseits der Alpen im Winter wohl vorzügliche Dienste leisten werde. Er warte nur auf das Signal zur Abreise!

Ich versuchte, mein Bedauern über seinen vorschnellen und ihn später gewiß reuenden Entschluß zu artikulieren, was mir jedoch nicht recht gelingen wollte, und erkundigte mich, ob seine Absicht in irgendeinem Zusammenhang mit seinem Lehrlings-Gedicht stünde. Das Haupt wiegend, gab er zu verstehen: Das Faß sei durch den letzten Tropfen zum Überlaufen gebracht worden – falls ich kapiere, was er damit andeute! Er wolle mir aber keine Vorwürfe machen, da ich ja nur ein ausführendes Organ sei, rein biologisch betrachtet. Nachdem er mir sogar die Hand gedrückt, gestand er, daß er sich fühle, als solle er neu geboren werden! Daß jede Mahnung und Vorhaltung jetzt verfehlt wäre, merkte ich deutlich genug: Ich ließ ihn daher ziehen, mit einem ganz ehrlichen Betrübtsein, daß unser einziges gemeinsames Werk dem Vergessen anheimfallen sollte, anstatt der Nachwelt Kunde zu geben von der endgültigen Überwindung der Kluft zwischen Geist und Macht. Fast wäre es mir gelungen, diese uralte Spaltung zu überwinden und damit ein Fanal für die Zukunft zu setzen. Beinahe hätte ich, Hand in Hand mit G., in die Unsterblichkeit eingehen dürfen – das Schicksal hat anders entschieden. Ein kleiner Dienststellenleiter soll eben nur seine Pflicht tun und nicht nach den Sternen greifen.

Kinobesuch

Schau-Platz: nichts Wesentlicheres als ein Kinovorraum. Eben aufgetan die Doppelpforte, messinggefaßte Spiegelglasscheiben, Miniaturgeländer, ebenfalls Messing, anarchisches Gedränge vor der Kasse zu verhindern und eine geordnete Reihe zu garantieren. Es drängt jedoch niemand. Ein bewölkter Sommersonntagnachmittag fesselt Bevölkerungen an andre Stellen. Die Leuchtstofflampen, kaschiert, verbreiten gleichmäßiges Licht über das herkömmliche Dekor der Wände: aufrechtstehende Rechtekke, etwas wie purpurner Untergrund, mit goldbronzierten Tapetenleisten abgesetzt, naives Falsifikat der Grand Opera. In kastenähnlicher Kabine – der Kasse – hinter der Scheibe, deren Mitte durch ein gerahmtes Sieb durchbrochen ist, ohne daß dieses jene Millionen und Milliarden von Bazillen, die beim Sprechen freiwerden, aufhielte, sitzt auf einem einfachen Bürostuhl eine ältere Frau. Immer ist ihre Frisur wie frisch gelegt, immer trägt sie eine Brille oder wirkt zumindest, als sei ihr eine verschrieben. Die Finger reißen sorgfältig die lappigen Billetts von der Rolle und ziehen das Geld an sich: Noch kein Einlaß!

Aschbecher, blecherne Schalen auf blankem Bein, ärmere entfernte Verwandte des klassischen Sektkühlers, sind eben gereinigt worden und finden in Ecken Aufstellung. Schon wird der Stand für Süßigkeiten und Getränke unfeierlich eröffnet; eine jener älteren Weiblichkeiten, ihr Gesicht vom ständigen und sofortigen Vergessenwerden durch tägliche Menschenscharen geprägt, schließt eine rotlackierte Eisenschachtel auf, den tragbaren Tresor mit Nickelgriff auf dem Deckel. Ehe sie sich versieht, stehen zwei Mädchen vor ihr, lassen sich Erdnußkerne in später unangenehm knisternden Beuteln reichen, bunt verpackte Schokolade und

Wechselgeld. Ein Mann in kurzärmeligem Polohemd und Sporthose sitzt nun auf einer samtbezogenen Bank vor dem falschen Kamin, über dem Liselotte Pulver, seltsam verfärbt und zärtlich lächelnd hängt. Eine elektrische Uhr weist darauf hin, sie werde bis zum Filmbeginn noch eine Menge Zeigerbewegungen vollziehen. Ein Ehepaar, vom spätgrauen Himmel Ungewittriges befürchtend, zieht sich gleichfalls in den Vorraum zurück, um sich in ein leises Gespräch zu vertiefen. Vermutlich legt der Vorführer in seinem abgeschiedenen Kämmerchen bereits den Film ein. Auch scheint durch den dämmrigen und mit dunklem Velour ausgeschlagenen Saal, von dem hier nichts zu sehen ist, sich eine weitere unjunge Person zu bewegen, um Duftstoffe zu versprühen oder letzte Hand an irgend etwas zu legen, was nur sie für noch ungeordnet und unfertig hält. Mit nervöser Geduld erwarten die Besucher, endlich zu den Sesselreihen vordringen zu dürfen. Inzwischen ist ein Mann aufgekommen, man weiß nicht wie, völlig unbemerkt, oder war er nicht schon draußen um uns, ein Spanner vielleicht, er ist da und zieht durch sein Verhalten verwunderte Blicke auf sich. Sein kleiner Kopf weist eine Haartracht auf, die seine gute Kleidung widerlegt: übers Schädeldach gestriegelt, ungeschnitten auf den Kragen aufstoßend, wie mit einer stockigen Substanz zusammengebacken: Zuhältertolle älteren Fotodokumenten zufolge. Eine kleinwüchsige Gestalt, und jetzt vor dem Süßigkeitenstand. Die Züge knittrig, verzieht er sie, als ob er spricht oder lacht, doch das wird nicht klar. Möglicherweise ist er uns aus einem mysteriösen Grunde nachgegangen, nachgekommen, immerhin: noch ignorieren ihn die Anwesenden, schauen zur Seite, bereits ihrer maßvollen Neugier wegen verlegen, aber aus den Augenwinkeln oder wenn sie sich umwenden, stellen sie fest, der Kleinwüchsige liegt unversehens auf dem Terrazzo des Vorraumes.

Er verzieht erneut das Gesicht, als ob er darüber erheitert sei. Lacht er wirklich? Auf den rechten Ellenbogen gestützt, ruht er auf der Seite, die Beine leicht angewinkelt, in jener berühmten und bequemen Pose, welche Römer des Augusteischen Zeitalters auf ihrem Lager während des Speisens zeigten. Dazu vollführt die Linke unsinnige Gesten in der Luft. Ist er betrunken? Mit leisem Unbehagen betrachten ihn die Besucher. Liest man nicht dauernd in den Zeitungen von Ausländern, die aus ihrer Heimat hierorts legendäre hochinfektiöse Krankheiten einschleppen? Man sieht hin und sieht wieder weg. Wüßte man nur, worum es sich hier handelt.

»Was wollen Sie?« fragt schließlich die Süßigkeitenverkäuferin den Mann am Boden und weiß nicht, ob er sie versteht, zurückgrinst oder unter starken Schmerzen seine faltige Miene verkrampft. Nun werden die Flügeltüren zum Saal geöffnet. Dämmerung wird sichtbar. Ist er in einem Drogenrausch oder stirbt er etwa? Das Zögernde und Ungelenke, da er sich auf dem Boden windet oder sich zu erheben versucht, wirkt auf alle peinlich. Man fährt in der leisen Unterhaltung fort und blickt am besten Liselotte Pulver an oder Romy Schneider oder Peter Alexander, deren Verhalten einwandfrei ist.

»Sanitäter!« sagt der Mann mit schwerer Zunge: »Sanitäter!« und auch das drückt nichts Eindeutiges über seinen Zustand aus: Ein Kranker würde einen Arzt fordern, vielleicht um Hilfe rufen, aber Sanitäter? Das ist ungewöhnlich.

»Sind Sie krank?« fragt die Inhaberin der Näschereien und verkauft ein Beutelchen »Studentenfutter«. »Sanitäter!« »Soll ich einen Rettungswagen rufen? Ich rufe gleich einen Rettungswagen!« Und da das Telefon, einziger unverkäuflicher Gegenstand auf dem verlockenden Bord, direkt vor ihr auf Benutzung wartet, ruft sie sogleich einen Rettungswagen. Der Mann am Boden grient oder verendet. Er scheint alle anzusehen und niemanden zu erblicken. Eventuell simuliert er bloß, um Aufmerksamkeit, die ihm sonst niemals zuteil wird, ein einziges Mal auf sich zu ziehen. Falls er nicht jemand bis hierher verfolgt hat, uns etwa, die sein blinder oder raffinierter Blick streift. Ist er verrückt? Ist ein Anschlag auf das Kino geplant und er vorausgesandt, unsere Wachsamkeit abzulenken? Wird er eine Bombe aus der Tasche ziehen? Ein Terrorist? Ein betrunkener, verrückter, gedopter, todkranker Terrorist? Da liegt er, ohne sichtliche Verletzung und Biographie, ohne erkennbaren Platz in der Gesellschaft, und das ist so unheimlich wie undurchsichtig. Hinter der Leinwand setzen die Lautsprecher ein, Musik ertönt, »Winchester Cathedral«, heiter und mit beschwingtem Rhythmus. Es wird in den Telefonhörer gesprochen. »Der Rettungswagen kommt gleich!« meint die Verkäuferin zu allen, die es hören wollen, auch zu dem am Boden, der irgend etwas mit der Hand entgegnen will, indessen die Kinobesucher, ich und du, unsicher, was sie von dem Vorgang halten sollen, langsam zum Einlaß schlendern, wo sie ihre Karte vorweisen, um sogleich, nachdem sie in den weichen Sessel versanken, aufmerksam den Abenteuern des Schauspielers Belmondo zu folgen, der von einer ganzen Mörderschar gejagt wird.

Die Beerdigung findet in aller Stille statt

Steif gefaltete Mienen: Ergebnis unnatürlicher Mühen, etwas Fehlendes sichtbar zu machen: das Mitleid. Zu jedem dieser künstlich betroffenen Gesichter gehört unabdingbar eine ausgestreckte, zu mitfühlendem Druck bereite Rechte und eine gedämpfte Stimme, Kondolationen haspelnd betreffs des unerwarteten Ablebens der Gattin, der Gemahlin, der Ehefrau, der Else Schöngar, geborene Pilowski, deren Witwer das vorgetäuschte, vielleicht sogar echte Bedauern abkürzt durch Entzug seiner verlegenheitsfeuchten Hand und den Hinweis, die Beerdigung fände in aller Stille statt. Von Blumenspenden bitte man abzusehen. In tiefer Trauer – Konrad Schöngar.

Als ein Hindernislauf über kollegiale, beileidsbereite Hürden erweist sich der heutige Weg ins Büro. Von der Pförtner-Barriere bis ins dritte Stockwerk, wo hinter dem Schildchen »Sektionsleiter K. Schöngar – Unfallstatistik« die letzte, schier unüberwindliche wartet: in Gestalt einer mißtrauischen Sekretärin. Es gilt, nicht vor den wässerungsbereiten, doch forschenden Augen aus der Rolle zu fallen, einen Bernhardinerblick zurückzugeben, sich die Hand quetschen zu lassen und zu nicken nicken nicken. Gäbe es doch ein Handbuch für Witwer! Dabei weiß sie manches, ahnt einiges und reimt sich sicherlich alles zusammen. Es gibt kein Geheimnis vor der eigenen Sekretärin. Was sie weiß, birgt sie im fehlenden Busen, um es als Anklage bei passender Gelegenheit von sich zu geben. Walte Gott, daß sich besagte passende weder morgen noch in einem Monat ergeben möge: Walte Gott: niemals!

Ja, bedauerlich, ja, so jung, ein unbegreifliches Ende, nein, keinen Kranz: es findet in aller Stille statt. Die Post? Wird später erledigt.

Verständnissinnig den graumelierten Kopf gesenkt, zieht sich die Spionin zurück. K. Schöngar mustert die sanft ins Schloß gezogene Tür: besteht Anlaß für seinen Verdacht? Hatte er jedes seiner Worte achtsam genug gewählt? Ist eines, ein unbedachtes, zum Verräter geworden?

Vorsicht beim Reden, damit nicht unversehens hinter dem Fallgitter der Zähne ein Brocken unverdaulicher Wahrheit hervorrutscht. Allein hinter dem überladenen Schreibtisch, durchmustert der Mann das tote und lebende Inventar seiner bisher unauffälligen Existenz: direkt vor ihm sitzt er, der Verräter. Natürlich: das Telefon. Nicht das Gerät selber, gefüllt mit seelenlosem, rasselndem Material, die Telefonistin, die horchgeile Spinne im Drahtnetz, ist schuld. Und alle Wachsamkeit umsonst gewesen. Obwohl Schöngar, Winnetou plus Old Shatterhand, sorgfältig vermied, geringste Spuren seines geheimen außerehelichen Verhältnisses offenbar werden zu lassen.

Aber: Dulcinea residiert als Sachbearbeiterin im gleichen Gebäude. Zwar: nie am gleichen Tisch mit ihr zur Mittagszeit in der Kantine, nie gleichzeitig am Pförtner vorbei, weder abends noch morgens. Und: nie nebeneinander bei Betriebsfeiern. Aber: miteinander telefoniert. Unbedacht, auch wenn man sich verschwörerisch nur mit der Apparatnummer ansprach. Hier 83. Heute abend nicht. Heute abend nach sieben. Heute abend um acht. Hier 11. Hier 83. Bis später. Und trafen einander, armer Konrad, holde Anita, nach zufälliger Begegnung, nach Einleitung, Vorspiel, Prolog des Dramas vor Monden, Honigmonden in einem Wäschegeschäft, bitte Büstenhalter Größe sieben, in der Öffentlichkeit außerhalb des Amtes niemals mehr wieder. Sektionsleiter Schöngar, ein verpacktes Nachthemd für die noch lebende Gattin unter dem Arm, öffnet Anita höflich die Ladentür: Bitte sehr. Anita kannte Schöngar wie er sie: vom Sehen. Nun wechselte man erste Worte. Sachbearbeiterin in der Wasserstraßenverwaltung, das sei sie, sei es seit zwei Monaten, sei es eine Treppe unter Schöngars abgeschabten Schreibtischfüßen.

Erneut bietet sich eine Tür zum Öffnen an: die von Schöngars Auto. Bring' Sie ein Stück. Räuspern. Selben Weg. Kichern. Ja, wenn's so ist. Neben ihr sitzend, startend, schaltend, anfahrend, produziert der Fahrer ausgelaugte Phrasen aus verengter Kehle. Ja, das Wetter. Ja, Unfallstatistik, die Leute, alle unvorsichtig, gräßliche Berichte, und erst die Fotos, zum Glück bloß schwarzweiß, Verstümmelungen, wie im Krieg, nicht zu sagen.

Das Getriebe blökt beim Schalten. Der Fuß tritt zu heftig aufs Bremspedal. Ein Fußgänger, drohend die Faust erhoben, entkommt vor einem Übergang, weil des Unfallstatistikers Pupillen ständig zum rechten Augenwinkel abirren. Der Anziehungskraft zweier schaukelnder Bojen, jede Wasserstraße könnte sie damit sperren, erliegt die verkehrsnötige Aufmerksamkeit. Jetzt rechts, jetzt links, bitte anhalten, ich bin angelangt. Ob sie sich für die Heimfahrt mit einer Tasse Kaffee revanchieren dürfe, ich wohne gleich hier im ersten Stock, doch da begeht der Fahrer Fahrerflucht, entflieht mit 45 PS der Versuchung, flüchtet ins eigene Heim, Häuschen, Domizil, zu gewohntem Empfang, Wangenkuß und Oberweite Größe 3. Nach dem schweigsamen Abendbrot: Rückzug in die Garage, einen Kabelbruch vorschützend, um zurückgelehnt im Beifahrersitz fremden Körperdunst zu erwittern und der Doppelprovokation unter schwarzem, weitgebeulten Strickwerk nachzusinnen.

Ein großer Energieaufwand ist notwendig, die Menge von Moral in sich zu erzeugen, unter der die unerlaubte Zwillingsfülle verschwindet wie die Kuppeln eines nie betretenen Bauwerks in kalter grauer Sintflut. Ist meine Moral wirklich meine Moral? Ist sie nicht eher eine völlig verrostete Rüstung, die jede notwendige, lebendige Bewegung unmöglich macht? Fragen, erstmals gefragt nach dem Anblick einladender Hügel. Fragen, bevor Haare und Zähne (eigene) im Müll landen. Immerhin: 43 Jahre bereits. Obwohl beherrscht von Gefühlen weit minderen Alters, das kommt bestimmt vom Nichtrauchen und Mäßigtrinken, von der Enthaltsamkeit, welche gefördert wird durch die Ehe. So fing das an, und aufhören soll es, weil die Telefonspinne es dem Pförtner, der es sogleich weiter an die Fahrer, Quatscher allesamt, und weil jeder seinem Chef immer das Neueste steckt, und jemand es also dem Chef von Schöngar. So oder ähnlich ist es rausgekommen.

Einzige Karte in der feuchten, unruhigen Hand Schöngars, die er vor dem Chef ausspielen kann, ist ein symbolisches Kreuzas: der Tod. Jetzt bin ich ja nicht mehr verehelicht. Bin Witwer. Auf dem Territorium Europas befinden sich wieviel Witwer, das heißt: Unfall-Witwer? Es müßte eigentlich in seiner Sektion aktenkundig sein.

Leerlauf hilfloser Gedanken, den das Telefon aufhält, mit einem Geklingel, eindringlich und bedeutsam, als würde sich eine weibliche Stimme nach dem Abheben melden. Unsinn: keiner Verstorbenen, sondern die der Nummer elf Elfe Nymphe. Doch aus dem perforierten Bakelitscheibchen spricht der Chef, bittet in sein Büro, wartet seines Sektionsleiters »Jawohl« gar nicht ab, empfängt ihn immerhin stehend, mit dem obligaten, senkrecht gefurchten Bedauern beiderseits des Mundes, aus dem sogleich Sprache hervortritt, ein geschlängeltes Gerede, farblos, endlos, Papierband aus einem nicht abstellbaren Telegrafen: Also, Vorwürfe, also diese erübrigen sich ja nun recht eigentlich, nach Wegfall, 'tschuldigung, des Grundes für skandalöses amoralisches Verhalten, dessen Auswirkung auf andere Mitarbeiter und Kollegen gewiß keine erstrebenswerte wäre, jawohl, aber nun nach dieser tragischen Angelegenheit, da Schöngar sozusagen gar nicht mehr verheiratet sei, ergo sich über Nacht andere Aspekte ergäben, nein, keine Rechtfertigung jetzt, aber Schöngar, vorgebeugt auf dem schäbigen Stuhl, hat gar nicht die Absicht, nimmt den Guß frohen Gefühls hin, jetzt gewiß, unter der Dusche der Katharsis gereinigt hervorzugehen, widerspräche um keinen Preis, sondern läßt den Wortschwall an sich abrinnen. Auch sei, meint der andere, Schöngar sicher sehr mitgenommen von dem schrecklichen Unglücksfall --! Stichwort, dem eine erwartungsvolle Pause folgt, in die der Witwer unverfroren sagt: Unglücksfall, jawohl, durch sofort verständigte Feuerwehr einwandfrei festgestellt. Gehandelt nach selbstverfaßter Anweisung. Falls Einzelheiten gewünscht würden --? Einzelheiten seien nicht notwendig; nimmt der Chef seinen Faden auf, spult ihn weiter ab, nun aber privat gefärbt: Schöngar, die ganze Affäre wird begraben, Pardon: niedergeschlagen.

So spricht das Gesetz zwischen gelben Zähnen hervor. So blickt der Bodensee-Reiter aufatmend, wenn auch mit einem störenden Zucken im rechten Augenlid, hinter sich, und siehe, er ist noch einmal davongekommen. Mit einem blauen Auge. Kein poetischer Gegenstand für Herrn Gustav Schwab, der hätte ihn gnadenlos nach dem Bewußtsein überstandener Gefahr tot vom Gaul gestürzt, aus heimlicher Lust des empfindsamen Dichters an Grausamkeiten. Glücklicherweise vollzieht sich die Wirklichkeit in Wirklichkeit weniger ungesund.

Sicherlich: auch K. Schöngar, Sektionsleiter, ist nicht gefeit gegen Schwächezustände, gegen den magenpressenden Druck der Angst, doch er denkt nicht daran, auch nur annähernd tot vom Sitz zu fallen, geht statt dessen nach überstandenem Gespräch, Dienstzeit hin, Dienstzeit her, lebendig aus dem Amtsgebäude. Der Pförtner: wird ignoriert. Dessen undeutbarer Gesichtsausdruck: wird ignoriert. Soll denken, was er will. Hinter der übernächsten Ecke weiß Schöngar eine Freistatt für Sorgen, erfüllt von Stille und Dämmerlicht und säuerlichem Bierdunst. Vom ersten Doppelten gießt die flatternde Hand etwas aufs Kinn. Der zweite jedoch lockert den Krampf der Gesichtsmuskulatur. Das Augenlid gibt seine störende Selbständigkeit auf. Aus der feuchten Flüssigkeit, aus der Hitze im Magen, explosionsartig den Rumpf durchdringend, richtet sich ein verhutzeltes Etwas, ein zusammengeschnurrtes Ding auf: der innere Konrad Schöngar. Das bläht sich zu voller Größe, bis die Stärke im Blut in Zucker verwandelt wird und erneut Schrumpfung einsetzt. Bevor das geschieht und der Prozeß, Wort von Bedrohung neuerdings, sich umkehrt, wird die Telefonkabine im finsteren Hintergrund der Lokalität aufgesucht. Zwischen dunkelbraunen Tischen, bedeckt mit fleckigen Tüchern, jeder einsam, keine Gästebeine unter sich, hindurchgewunden und die Sprechzelle betreten, in der im gleichen Moment eine nackte Glühbirne automatisch aufleuchtet. Der zitternde Finger dreht die schwarze Scheibe. Rufzeichen. Gleich wird sich die Klappenschrankspinne melden. Selbst wenn man annimmt, sie belauscht bloß die Gespräche innerhalb der Dienststelle, so schaltet ein kluger Unfallspezialist seine Stimme in eine tiefe Tonlage und spricht brummig an der Mikrofonkapsel vorbei: Bitte Wasserstraßenverwaltung, Apparat elleff! Knacken und Summen ist die Antwort. Dann meldet sie sich, die Elf, deren unelfisches Wesen, deren Erdenschwere und pralle Diesseitigkeit einen Beamten verzaubert hat. Flehend sagt Schöngar: Hier dreiundachtzig! Das Telefon schweigt verblüfft. Der Schwachstrom rauscht als ferner Fluß wortlos dahin und trägt keine Antwort zu dem Mann in der Kneipe. Erneut ruft er seine beschwörende Zahl. Das hebt endlich die Stummheit auf: die Nymphe spricht wie unter Wasser hervor, weit weg und dumpf: Ja, sie höre. Heute wie üblich neunzehn Uhr, sagt Nummer dreiundachtzig eindringlich und horcht auf das Knistern und Rascheln im Draht. Nach einer maßlosen Sekunde stimmt der Kunststoffhörer geschäftsmäßig zu: Ja, in Ordnung, auf Wiederhören!

An seinen Nickelhaken gehängt, glänzt das Griffstück feucht im Kabinenlicht. Und wie nach einer überstandenen Krankheit taucht der Gast wieder auf, erreicht er nach einiger Zeit doch noch die Theke, wo er nach mehrfachen Schluckbewegungen einen allerletzten Schnaps bestellt, erhält und trinkt, damit der innere Mensch, aufs neue verzweifelt ähnlich einem undichten Luftballon, gestärkt werde. Er trinkt und spürt, wie er jede Faser in sich mit einem kühneren Schöngar ausfüllt. Der paßt ihm besser und sitzt wie angegossen. Nun fällt es nicht schwer, die Post aufzuarbeiten. Mit den üblichen Formulierungen Betriebsdirektoren, Geschäftsführer, Abteilungsleiter auf ihre Pflicht hinzuweisen, Unfälle zu verhüten, entsprechend dem moralischen Imperativ, der jede Gesellschaft regiert. Warnende Statistiken beilegen. Anforderung von Unterlagen. Verbleiben wir hochachtungsvoll. Die Beisetzung findet in aller Stille statt.

Ehe man noch den Kopf in die Unterschriftenmappe gesteckt hat, zieht die Sekretärin bereits die runzlige Wachstuchhaut über ihre Maschine. Dienstschluß! Schon? Schon.

Das Pendel hat nach extremen Ausschlägen unbemerkt in seine gewöhnliche Stellung zurückgefunden. Alles kommt ins Lot. Das Leben geht weiter. Auch für frischgebackene Witwer, die auf Freiersfüßen wandeln. Auch für Sektionsleiter, deren Abweichen vom normierten Pfad der Tugend die ihnen gebührende Korrektur erfährt.

Bloß für eine Frau geht es nicht weiter, weil sie ein wenig zuviel Kohlenmonoxyd eingeatmet hat. 0.13 Vol.-Prozent innerhalb einer Stunde sind die statistisch errechnete tödliche Dosis. Und Frau

Schöngar hat mehrere Zehntel inhaliert, und man brauchte keine Stunde zu warten.

Pünktlich um 19.00 Uhr, nachdem der Wagen, der graulackierte Mörder Frau Schöngars, unauffällig in einer Nebenstraße geparkt worden ist, schlägt in Anitas Wohnung die Klingel an, derart kurz, daß sie erst zweifelt, ob sie ein Läuten gehört hat. Aber es ist 19.00 Uhr – es muß geklingelt haben. Und er steht auch vor der Tür, der unverhofft freigewordene Liebhaber, im unbeleuchteten Treppenhaus. Immer steigt er im Dunkel hinauf, ihretwegen, wie er behauptet, doch ihr ist jede Rücksicht gleichgültig: zu viele Wohnungen und männliche Besucher brachte sie bis zu ihrem dreißigsten Jahr hinter sich. Zwischen uns beiden ist keine Verstellung, nicht wahr?

Am Tag nach der ersten Begegnung vor den rosafarbenen, hellblauen und schwarzen Tütenpaaren zum Umschnallen folgte ein grauer Wagen der Straßenbahn Linie 8 durch die Hauptstraße, über Plätze und Kreuzungen, vorbei an Fassaden Tüllgardinen Fensterkreuzen Läden Türen Toren Pforten Eingängen Öffnungen. Schöngar achtete jedoch nur auf die üppige Brünette, die den Anhänger verließ. Ehe sie den Bürgersteig erreichte, bremste der Wagen, der Schlag klappte auf, gefragt wurde, ob sie heute wieder nach Hause gebracht werden dürfe. Ein Lächeln, garniert mit Grübchen, die Antwort. Als nehme sie den ihr gebührenden Platz ein, setzte sie sich damals neben den Fahrer. Er folgte ihr mit gleicher Selbstverständlichkeit in die kleine Wohnung und ins Bett.

Heute, heute meiden wir dieses wichtige herzinnige Möbel. Ob aus echter Pietät oder weil man das nicht tut, Konrad, wo sie noch nicht mal unter der Erde ist, ergo aus Unbehagen entsagt, bleibt dahingestellt. Konrad stimmt zu: natürlich kann man jetzt nicht. Und würde doch gerne und gleich. Wünscht nichts anderes, wünscht gierig, zwischen entblößter Scylla und Charibdis sich und den überfrorenen Abgrund aus dem Gedächtnis zu verlieren, unterzugehen in Vergessen, aber der Tod ist ein Hemmnis von großer Eigenart.

Außerdem will Anita erfahren, und sie hat ein Recht darauf, wie der Unfall geschah. Geschah wie bestellt.

Also.

Also die Garage. Also, wie Anita weiß, befindet sich die Garage unter unserem – meinem Häuschen. Also, der Wagen wird immer in der Garage gewaschen. Abfluß vom ehemaligen Besitzer angelegt. Also, meine Frau, meine verstorbene Frau, das geht schon leichter von der Zunge als heute früh, ging hinunter, um das Fahrzeug, amtlich gesprochen, zu säubern. In Verfolg dieses Vorganges hat die Verstorbene den Motor in Betrieb gesetzt, vielleicht um zu rangieren, vielleicht um durch die Scheinwerfer zusätzliches Licht zu erhalten: das schont die Batterie, wie man weiß. Jedenfalls war die Garagentür selbstverständlich ordnungsgemäß geschlossen. Auspuffgas muß sich rasch ausgebreitet und am Boden gestaut haben, und als die Tote sich bückte, als sie natürlich noch am Leben gewesen, hat nach zwei, drei Atemzügen das Kohlenmonoxyd sie betäubt, so daß sie auf den Zementboden sank, während der Motor lief und lief und lief. Ihr Gatte, der Ehebrecher, las inzwischen Zeitung, bis er sich auf einmal allein vorkam. Rief nach seiner Frau, ohne Antwort zu erhalten. Begab sich in den Flur, rief, öffnete die Tür zum Garagenkeller, rief wieder, hörte den Motor, rief, sah Licht, stieg zwei, drei Stufen abwärts, erblickte Beine, in verrenkter Lage, rief, hörte den Motor, stürzte hinauf, hinaus, rannte ums Haus, die Garagentür von außen zu öffnen und den Motor abzustellen. Letzteres tat er, indem er mit angehaltenem Atem in den bläulichen Dunst sprang, den Starter abdrehte, rausjagte. Danach die Feuerwehr und das Übliche:

künstliche Beatmung, Sauerstoffmaske, Kampferinjektion. Sie hat noch den Putzlappen in der Hand gehalten. Zum Glück war die Garage baupolizeilich genehmigt. Und ein Feuerwehrleutnant vor der blaulich-blinkenden, horngellenden Abfahrt zum Schluß und zum Trost: Viele derartige Fälle, jaja, die Motorisierung und so ... Was der Witwer exakter wußte.

Also – so war's.

Nun sind die Lippen trocken, ein Glas noch, einen Kuß, und obwohl nicht an Gespenster glaubend: scheu gegeben, scheu empfangen.

Die Heirat nicht über die offiziell angebrachte Zeitspanne hinauszögern. Es ist nicht gut, daß der Mensch allein sei und so weiter. Alter Spruch, trotzdem wahr. Überhaupt ist die Miete für Anitas Wohnung jetzt hinausgeworfenes Geld. Darüber reden wir morgen. Oder übermorgen. Nach dem Begräbnis, das in aller Stille und so fort. Also: leb wohl.

Nach Hause ins leblose Haus, heim ins wenig Anheimelnde, ins beinahe Unheimliche, das unbeleuchtet daliegt als schwarzer Klotz, als spitzgieblige Stele, unter die der Wagen mit abgestelltem Motor rollte, die abschüssige Rampe herunter in den engen, eckigen Raum. Hier hat sie gelegen. Nichts hat sie gewußt, nichts geahnt, weder von Anita noch von dem Fall des Autoschlossers F. in S., dessen Darstellung (Fotos eingeschlossen) im Büro des Sektionsleiters Schöngar abgeheftet liegt. Der Schlosser F., kaum ausgelernt, führte in einer Kellergarage, 16 Quadratmeter, keine Belüftung, eine Wasserpumpenreparatur durch, nach der er probehalber den Motor anließ. Vermutlich bückte er sich nach einer heruntergefallenen Zange. Am Boden bestand eine Verdichtung von 2,8 Vol.-Prozent, und seit diesem Todesfall war die Garage für Autos gesperrt. Ein schuldhaftes Verhalten Außenstehender, stand im Bericht, konnte nicht ermittelt werden.

Ein Außenstehender hatte kein Interesse daran, einen Jemand zu einer laufenden Maschine hinabzuschicken, unter der lockend, halb verborgen, ein seidenpapierumhülltes Päckchen geschickt plaziert worden war, um die Neugier zu bewegen, sich in den tödlichen Dunst zu bücken. Das Päckchen enthielt übrigens einen Damenpullover Größe 48, der Else gar nicht gepaßt hätte und der nach einem Tag auf der Leine im Garten nicht mehr nach Abgasen roch. Anita spürte nichts, als sie ihn trug, absolut nichts.

Das grobe Sieb der Statistik hält nur Zahlen. Alles andere fällt aus der Realität, als wäre es nie gewesen.

Die Bremse muß nachgestellt werden

Eine Umgebung, als da sind Häuser Bäume Zäune Leute, bewegt sich, wenn sie sich bewegt, stets hinter einer Glasscheibe. Vor dem kulissenhaften Panorama dreht sich, wenn es gedreht wird, das fettig-glänzende schwarze Steuerrad mit dem gesprungenen Hupenknopf im Zentrum. Daneben wächst aus dem blechhaubenbedeckten Vibrationskern ein Stock mit Knauf, heißt Schalthebel und ist abgegriffen wie ein antiker Gebrauchsgegenstand von den ungezählten Malen der Berührung. Aus dem gummibedeckten Boden wachsen drei Pilze: Kupplung Bremse Gas, und mit welcher Kraft sie auch getreten werden, stets heben sie wieder ihre Köpfe, anders als Menschen eben und schwerer fertigzumachen als diese. Eines der Pedale jedoch scheint geburtsfehlerbehaftet: die Bremse.

Die Bremse muß nachgestellt werden. Hin und wieder. Ob deswegen, das sei betont, ausgesprochene Schuld am Fahrer klebt wie sämiges Motoröl, bleibt auch in der Reparaturwerkstatt unausgesprochen. Kann sein, unausgesprochen, er tritt zu heftig, zu brutal auf den Pilz, wenn etwas in der Umgebung hinter der Glasscheibe, vor der Nase, dazu zwingt.

Dann muß die Bremse nachgestellt werden; er sagt es selber in der Werkstatt, mürrisch, als sei die Mechanik ihm feindlich gesonnen, weil er sie niedertritt: Er, ihr Herr, der Fahrer, seit Jahren über ihr in der rollenden Kabine, getrennt vom Draußen, vom naturhaften Schwanken der Bäume im Wind, getrennt von den prallgefüllten Röcken, aus denen dunkelbestrumpfte Beine kommen gehen kommen gehen. Besser den Blick geradeaus, und schon fließt gleichmäßig links und rechts Umgebung dahin wie Wasser: dann scheint es, als warte am Ende der Vorwärtsbewegung tatsächlich ein höchstwichtiges

Ziel, aber erreicht, entpuppt es sich als irgendeiner der Lagerhöfe, ununterscheidbar einer vom andern, der Kisten gleichgültigen Inhalts birgt, die auf den Lastwagen gehievt werden, damit anschließend die gleiche Umgebung in umgekehrter Richtung erneut zu beiden Seiten abläuft.

Er, der Fahrer, der Speditionsangestellte seit undenklichen Zeiten, der Berufsjunggeselle, weil nicht heiraten soll, wer ständig unterwegs ist, das spezielle Individuum mit einem speziellen Namen (Morges oder Korges oder so), vor dem ein weniger individuelles »Ewald« seit über vierzig Jahren geschrieben steht, der nun fährt straßauf, straßab und denkt, er weiß wieso und warum. Manchmal.

Manchmal wiederum ist ihm völlig unklar, wieso er in dieser unmäßig brummenden Maschine hockt, an den Lenker geklammert, wo er genausogut der Maurer dort drüben auf dem Gerüst sein könnte oder jener Mann da, der die Auslagen dekoriert. Er weiß nicht, was ihn dazu brachte, er zu sein; woher das kommt, und ob das nicht einfach eine Krankheit ist: die sogenannte Persönlichkeit. Eine Art innerer Auswuchs, wie ein Horn, das sich bildet, und man ahnt nicht, wozu. Das Wunder seines Daseins, geronnen in der Existenz eines Fahrers Torges, wundert ihn meist kurzfristig, denn in sein kindliches Erstaunen über sich selbst bricht rotes Licht, eine Warnhupe, springt ein Fußgänger, was auf die Dauer dazu führt, daß eines Tages nach Dienstschluß in der Werkstatt der klassische Satz gesagt wird: Die Bremse muß nachgestellt werden!

So fährt er dahin: Und nach den Jahren zeitweiligen Staunens, daß ausgerechnet ich ich bin, beginnt die Epoche der Frage: Warum bin ich Ewald Borges?

Warum ist er, der doch eine große Möglichkeit darstellte, wie er fest annimmt, in diesen Korges eingesperrt und der wieder in die Kabine mit den zwei Türen und dem feuchten Steuerrad und den drei Pedalen? Solche Fragen verändern die Umgebung. Ihr ruhiger Ablauf vor der Scheibe wird stokkend; schwungvolle Drehungen, dienlich neue Straßen, neue Häuserkulissen hervorzubringen, werden ruckhafter. Einmal geht es scharf an einer Laterne vorbei: Gußeisernes Vieh, das sich ihm in den Weg stellte.

Frage, die den alten Dreieinhalbliterlaster zum Rammbock macht, auf dem es sich dahinlärmt durch enge Straßen. Wehe, kommt einer in die Quere, einer, der man nicht sein kann, weil man schon man selber ist. Andere jagt man. Rasend auf Todesanwärter zu, Gas, Gas, daß der Motor donnert: Zeus fährt auf dich nieder, Fußgänger; Zeus, der Neidische, der ewig ein anderer sein wollte und nicht, der er war. Wieso sonst Europa beigeschlafen als Stier, als Nicht-Er? Wieso nicht als Lastwagen? Als Viertaktottomotor? Und als wer eigentlich Leda besprungen, Maia begattet, Jo und die anderen Griechenmädel, schwarzhaarige, breitmündige Geschöpfe mit bedeutenden Büscheln unter den Achseln und anderswo: Schorges hat sie selber gesehen, die Töchter der Sterblichen, als vor der Glasscheibe aus Umgebung Landschaft wurde; waldlose Berge Thessaliens, attische Olivenhaine, korinthisches Wassergeleucht beiderseits des Isthmus. Damals war der Lastwagen graugrün wie die Uniform seines Fahrers, da dieser durchtränkt vom fremden Wein und fremder Sonne ein anderer gewesen ist. Fast ein Gott, mancher Blitze mächtig, und trotz dieser besiegt vom dem, was stärker als Götter ist: Menschen.

Dahinjagen. Doch der letzte Mut fehlt, den Fuß auf dem Gaspedal zu behalten, bis der Knochenbrei hinterrücks liegenbleibt. Im letzten Moment springt der Fuß über und die Bremse muß häufiger nachgestellt werden als früher.

Forges denunziert in der Werkstatt das Material des Altgewordenseins; der Stahl ist müde. Und der

Mechaniker, Phorges Spruch seit längstem in den Ohren, mustert unter dem Wagen hervor den Fahrer: Dein Material, Freund, verjüngt sich auch nicht gerade. Auf uns alle wartet ein Schrottplatz.

In der nach Dienstschluß statischen Umgebung und hinter etwelchen Fenstern Türen Eingängen Toren Durchfahrten sucht Zorges sein Zimmer, als hätte es ihm einer versteckt, damit er gleich in der Büchse auf vier Rädern nächtige, in seinem benzinstinkenden Stall, gute Stube, Hauptdomizil, darin er acht und mehr Stunden weilt; aber auch das ihm untervermietete birgt ihn mit dumpfem Türschluß in sich; auch hier tat ein unbekanntes Ereignis Glas zwischen Storges und die Außenwelt, die bloß in diesem Zimmerfall reglos ausharrte. Man kann lange auf sie blicken, ohne daß sie rechts und links an einem vorbeizieht, wegschwenkt, sich dreht.

Man kann sich hinsetzen, einen Knopf drücken und sehen, was hinter einer anderen Scheibe los ist an siebenhundertzwanzig Zeilen hohem Schicksal, an dem man teilnimmt, den Mund halb offen, die Augen glotzig und später tränend. Man kann sich auch aufs Bett legen. Man kann schlafen. Das alles ist möglich. Was folgt, ist Aufstehen, folgt Anfahren, Gasgeben, Bremsen. Die muß wieder nachgestellt werden. Hat, was man nicht hat, viel Spielraum. Zuviel.

Dahinfahren: schneller von Woche zu Woche. Die Tage tauchen nur auf als flüchtende Bäume von Straßenrändern, die man nicht näher kennt. Die Stunden fliegen schon gänzlich unbemerkt und gesichtslos vorbei – bis auf einmal eine hervortritt und deutlich sich meldet: Dorges, Sie fahren, sagt die Stunde durch den Mund des Speditionsleiters, Sie fahren sogleich und augenblicklich einen eiligen Transport nach außerhalb. Nach Sausleben.

Ort, dessen Name Verheißung und Anregung ist: Ja, wir wollen nach Sausleben, die vier aufgeregten Kolben und ich, Orges.

Diese Stunde: sie hat sich als Zeichen zu erkennen gegeben. Sie ist das Besondere, die Ankündigung, der Kranichflug. Auf der Landstraße signalisiert sie mit Sonnenflecken und Wipfelschatten: Hell Dunkel Hell! Achtung!

Aufpassen, Worges: Hell Dunkel Hell, und inmitten dieses augenschmerzenden optischen Alarmes steht in der Ferne, steht in der Mitte des schlechten Bitumens etwas Zweibeiniges, Rockumspanntes, Rundbrüstiges, blond überweht, wie die Nähe sogleich zeigt, und winkt, daß es in einem überall zuckt, hier und da und in den Füßen, deren rechter automatisch die Bremse tritt.

Später: den kaum mehr wahrgenommenen Benzingeruch im Fahrerhaus durchdringt ein anderes Aroma, das brandet an den Fahrer, dem kein felsiger Charakter innewohnt; ganz mürbe ist er schon.

Gut, man hat einen schwarzen Kautschukkreis, an dem man sich festhält. Ein Rettungsring für die begierigen Hände. Die Rechte ist die hilflosere und gepeinigte, denn sie ist dem Untergang bzw. den schmalen Knien der blonden Passagierin am nächsten. Und die Knie reichen sehr weit, wie schielend festgestellt wird, reichen bis zum halben Schenkel hinauf, an dem der enge Rock keinen Halt hat.

Absprungbereitschaft der rechten Hand.

Den Rettungsring fahren lassen. Sich hineinstürzen mit allen fünf Fingern ins zart gebräunte Verderben.

Unermüdlich arbeitet die Mädchenstimme ihre Worte heraus; grammatikalisch Verqueres stanzen die glänzenden Zähne; Ausschuß das meiste, was ihr von den Lippen fällt. Was tut's, das Steuerrad ist feucht und bebt, vom schlechten Pflaster gestoßen. Dichter schließen sich die alten Bäume über die Straße zusammen, wölben aus ihrem sommerlichen Gezweig einen grünen Tunnel, durch dessen Dach nur selten ein Sonnenmesser sticht. Und die Hand gibt auf und läßt sich fallen.

Erste Feststellung: Die glatte Rundung ist kühl, doppelt kühl unter der angeheizten Handfläche.

Zweite Feststellung: Das Wortgewirr stockt einen Atemzug lang, um sofort mit schöner Gleichmäßigkeit weiterzusprudeln. Vielleicht sogar klingt es eine Spur eindringlicher, tönt es möglicherweise intimer.

Dritte (und wichtigste) Feststellung: Die glatte Beuge rückt nicht fort, sondern verharrt gleich dem Nacken eines zutraulichen Tieres. Anders als bei Danae, der Zurückgezogenen, Scheuen, die, wenn schon duldsam, es von einem goldenen Regen gemacht haben wollte, den man tropfenreich kopieren mußte. Mühselig das.

Fährt man per Autostopp, ist die Haut sicherlich an die verschiedenartigsten Männerhände gewöhnt und wahrscheinlich nicht nur am Knie. Vorstellung, die reizt, eine weitere Feststellung zu machen: Ob fünf Liliputaner, Finger geheißen, Hindernisse werden überwinden müssen, falls sie aus der Kühle in wärmere Regionen vorstoßen wollen.

Vierte Feststellung: Keine Hindernisse. Unaufhaltsames Vordringen der wackeren Fünfe bis zum charmeusebedeckten Kern der hitzigen Sache. Da endlich hört mitten im Satz alles Ausgesprochene auf.

Der alte Lastwagen verliert Geschwindigkeit, rumpelnd verlangsamt er sich, weil wie nie vorher die Bremse niedergedrückt wird: Sanft! Mit empfindsamer Schuhsohle! Das Konglomerat aus Eisen, Holz, Lärm und blauem Dunst steht still. Vorbeikommende würden sich wundern, warum ausgerechnet an dieser dorf- und ortsfernen Stelle ein Lastwagen parkt, in dem sich niemand befindet. Aber es kommt keiner vorbei, um niemanden zu sehen.

Nur die Bäume sind da, gleichgültig rauschend, und die Büsche natürlich, die Büsche, raschelnd unter der Wucht hastiger Körper, raschelndes Auseinanderfächern, das hinter Mann und Mädchen spurfrei zusammenschlägt. Breiter und breiter wird die grüne Mauer, die sie von der Landstraße abschirmt. Ach, die Büsche, Kuppler von Geburt, halten sie ein Plätzchen bereit, ein bewuchsloses Fleckchen ohne störende faulende Stubben, ohne Ameisencity, dafür mit dunklem Moos überzogen: Eintritt frei für Lastwagenfahrer und alle Mitreisenden, sofern sie weiblichen Geschlechts sind. Dies wird sich zeigen.

Wahrscheinlich ist sie, die endgültig Verstummte, alles gewohnt; wer weiß, wie viele Lastwagenfahrer da schon ein- und ausgefahren sind, wo sie sich jetzt ungeniert entblößt. Der billige Rock wird säuberlich über einen Zweig gehängt, der Schlüpfer über einen anderen. Warte, Nymphe, Zeus naht sich dir als Zweieinhalbtonner, als Lastwagen, als Motorramme, als Maschinenstier.

Sogleich ist die Nymphe auf dem Moos befindlich und über ihr der Deus ex machina, aus altem Metall, verschliffen die Zylinder, gebrochener Kabel, gerüttelten, geborstenen Stahlmaßes voll . . . will nicht anspringen. Die Maschine springt nicht an. Trotz energischen Gehebels, trotz heftig wiederholter Schaltversuche – das Material ist müde. Kein Gang wird eingelegt. Kein Kolben beginnt sein rhythmisches Spiel. Einmal ist die Bremse nicht mehr nachstellbar. Überdeutlich wird das trockene Geräuschel der Bäume und Büsche, über die ein Luftzug, ein Atemzug, ein Seufzen weht. Eintönig, aber unvergeßlich hupt ein Kuckuck. Die Haut ist glatt und kühl wie eine neue Karosserie. Aber ich kann den Wagen nicht fahren. Ich bringe ihn nicht vom oder besser zum Fleck. Krieg ihn nicht in Gang. Bring's nicht fertig.

Daß die wassergrauen Pupillen nun von Lidern bedeckt sind, das hilft auch nichts mehr. Zu deutlich ins Moos verwickelt, um Stengel geschlungen, gefesselt, saitengespannt, Nymphe, deine blonden Strähnen.

Lange danach endloses Repetieren der Erinnerung an den schwachen groben Witz, der aus der Situation retten sollte und nichts half; dazu das Gefühl unter der Gesichtshaut von einem muskelverkrampften Grinsen. Man hat sie nicht mehr angeblickt, die Nymphe, die sich zögernd und lässig in ihren Schlüpfer zurückzog. Doch da sprang der verrottete Motor schon an, Gas, Gas, und bevor die unregelmäßigen Muster des Mooses von der Haut ihres Hinterns gewichen, tobte die klappernde Karre Sausleben entgegen, näherte sich die Ladung dem Worte auf dem Ortseingangsschild, diesem gelb-giftig verlogenen.

Ein Glück, es bleibt draußen vor der Scheibe wie die übrige Welt, die vielfältig und doch einförmig am Straßenrand vorbeigeistert. Zum Abend wechselt wieder die Scheibe, ist die des Zimmers und steht zwischen dem unbewegten Gegenüber abblätternder Fassaden und Horges Gesicht. Manchmal sieht man ein leuchtendes Fenster, eine Gestalt geht hin und her, halb bekleidet, weiße Haut, schwarze Träger des Unterrocks, doch wird sie nicht eigentlich wirklich wie die Gestalten hinter der anderen Scheibe, der des Fernsehers, der eingeschaltet wird, die Gedanken abzuschalten. Ein zuckender Elektronenstrahl kritzelt auf den nachglimmenden Röhrenboden Bilder von Menschen, die es nicht gibt; früher hat man noch nach ihnen Ausschau gehalten, brennend erwartet, solch eine Frau, solch einen Kameraden, solch einen Freund wie diese kurzweilig kurzwelligen aus dem Kasten zu treffen: ohne Glasscheibe dazwischen. Aber das ist unmöglich. Alle Scheiben sind durchsichtig, nicht durchlässig. Unaufmerksame stoßen sich den Schädel daran, das ist für den Schädel schlecht.

Man nehme in aller Ruhe seinen Betriebsstoff zu

sich wie allabendlich; wasche sorgfältig seine Außenhülle ab und parke sich selber unter die wärmende Decke. Nur zu bald folgt Aufstehen, Anfahren, Gasgeben, Bremsen, Fahren und Fahren. Ohne daß Jorges es merkt, hat sich die Umgebung vor der Scheibe gewandelt: aufrechte Gebotstafeln verdekken alles sonstige gemeinsam mit ragenden Verbotsschildern, mit Ampeln, dreifarbigen, weißen Handschuhen, weisend, winkend, wehrend, Stopplichter, Bremsleuchten und fette weiße Pfeile, die einer auf dem Pflaster breitgewalzt hat; man weiß nicht wer und will es auch nicht wissen.

Nachmittäglich gelangen Lastwagen und Worges in den Fuhrhof zurück, wo ein junger Monteur witzelt, ob Korges heute wieder die Bremse nachgestellt wünsche; Sorges versteht nicht und schüttelt den Kopf. Heute muß die Bremse nicht nachgestellt werden. Das ist kein Grund zum Spotten. Lacht doch auch keiner, wechselt der Ton eines Motors, der damit meldet: Ich bin nicht auf der Höhe meiner Drehzahl. Besser, sich nicht darum kümmern, Betriebsstoff herunterschlingen, dabei vor der Scheibe sitzen, hinter der es spricht und hampelt und singt; ins Bett steuern, den Verschleiß aufhalten bis zum Aufstehen Anfahren Gasgeben Bremsen.

An einem anderen Morgen, nachdem die Lastwagen vom Hof gefahren sind, verharrt einer auf seinem Platz mit laufendem Motor. Und so heftig und ärgerlich der Fahrdienstleiter auch winkt, der Wagen fährt nicht an, nicht ab. Man muß hingehen, den Magen voll Zorn und Geschwür, um einen Befehl in die Kabine zu schreien: Fahr ab, Porges, oder willst du dich hier auspennen!

Das kann der Fahrdienstleiter sagen, aber es ist ziemlich sinnlos, denn wenn man die Tür aufklinkt, erkennt man auf den ersten Blick, der da die grauen knochigen Finger um das Steuerrad geschlossen hält, mit dem ist es aus. Vorbei. Zu Ende.

Man kann nur noch den laufenden Motor abstellen, weil wir Benzin sparen, auch Tote haben sich daran zu halten und kriegen keinen Extratreibstoff zugestanden. Einzig auf einen Kranz haben sie Anspruch, und für den wird unter den Kollegen, unter den Todesaspiranten gesammelt. Weiterhin wird überlegt, was die Schleife für einen Text tragen soll. Ein blondsträhniges Mädchen wüßte sicher einen zu sagen, doch sie ist nicht hier und ahnt nicht, daß der Herr des Olympos, der Blitzschleuderer aus Zündkerzen, der Donnermacher durch Pedaldruck, daß der in seiner Gattung Unsterbliche tot ist. Und Bruder Lastwagen, dem der sich einprägte in den verbrauchten Stoff, schweigt wie die Steine, die auch nur indirekt reden. Und nicht zu jedem. Gorges weilt nicht mehr hierorts, sondern nirgendorts; die Umgebung bleibt weiterhin anwesend. Und der durch sie noch eine Weile fahren wird, der Lastwagen.

Wer ihn weitersteuert, spürt nichts von seinem Vorgänger, weiß nicht einmal, daß es einen Fahrer Ewald Pflorges oder Schworges gegeben hat; er merkt nur, daß an dem Vehikel die Bremse nicht in Ordnung ist und schiebt den Fehler auf die Mechaniker in der schmutzigen Werkstatt.

Ein Stellvertreter

Feierabend: So heißt das Heim. Und genauso steht es in grünlichen, schon leicht verwitterten Lettern über dem Haustor. Eine von ihnen ist vor längerer Zeit abgefallen, glücklicherweise ohne jemanden zu verletzen. FEIERABENDH IM. Das fehlende E sollte jeden Tag neu befestigt werden, bis es irgendwann verschwunden war. Unbegreiflich, wozu wer einen einzelnen Buchstaben gebrauchen mochte. Schließlich gewöhnte man sich an die Lücke, den kleinen Schönheitsfehler. Mit Mängeln kam man am besten aus, indem man sie übersah. Auch zeigt man sich im Alter nachsichtiger gegenüber Fehlern und Defekten, da man selber auf Nachsicht hofft. Altsein ist wie ein selbstverschuldetes Unglück. Man hatte froh zu sein, auf der Terrasse des Heims in der Sonne sitzen zu dürfen, bei entsprechendem Wetter natürlich: ein zufriedener Lebensabend, gut versorgt und gesund klimatisiert.

Schließlich gab es ganz andere Möglichkeiten mit Alten umzugehen. Außer dem feuilletonistisch besonnten Lebensabend bot die Presse auch Berichte über Eskimos und andere Primitive, bei denen einst die Alten einfach ausgesetzt und ihrem Schicksal überlassen wurden. Bei den Waputis, oder waren es die Pygmäen, erschlug man die Greise und Greisinnen sogar mit einer Keule: Das mußte man sich immer vor Augen halten, wenn das Essen wieder ungenießbar war oder der Heimleiter mißgelaunt. Im Vergleich mit diesen rabiaten Gebräuchen ähnelte die Terrasse des Heims dem Vorhof zum Paradies, an das zu glauben einem von jeher schwergefallen ist. Man hatte den Glauben daran verloren, unbemerkt, vielleicht ganz beiläufig, wie einen überflüssig gewordenen Gebrauchsgegenstand, über dessen Verlust man nicht länger nachdenkt. »Darwin« aber sagte, er wäre dem Paradies sehr nahe gewesen, man müsse sich nur von den billigen Schlaraffenlandschaften der Theologie freimachen. Dann erkenne man es. Das Paradies sei nämlich zugleich auch die Hölle.

Sobald es im Frühjahr der Sonne gelang, die Terrasse milde aufzuheizen, so daß man sich ohne Angst vor Erkältungen im Freien aufhalten konnte, fand man hier draußen einen Logenplatz, vor dem sich das Leben, zumindest das einer Vorortstraße, abspielte. Später, an manchen Sommertagen, wurde die Hitze schwer erträglich; dennoch drängten sich zu bestimmten Tageszeiten die männlichen Heiminsassen an der Ballustrade, als sei mit außerordentlichen historischen Ereignissen zu rechnen. Nur die alten Frauen wurden von dem zweimal täglich auftretenden Sog ins Freie nicht erfaßt. Sie ignorierten, wie an der Brüstung zur Straße hin die besten Plätze von den kräftigsten Männern rasch besetzt wurden, die Schwächeren oder Zuspätkommenden mußten sich in Lücken pressen oder sich angestrengt auf die Zehenspitzen erheben, um des Vorganges teilhaftig zu werden, der darin bestand, daß morgens und nachmittags die Schülerinnen einer nahegelegenen Berufsschule vorbeikamen. Viele radelten in Gruppen vorüber, kindliche und doch schon ausgewachsene Geschöpfe, manche übergroßen Puppen nicht unähnlich. Den Betrachtern schienen sie aus einer anderen, unverständlich gewordenen Welt zu stammen, in der sie hinter der nächsten Ecke wieder verschwanden. Wie konnte man nur mit fünfzehn Jahren solche dicken Schenkel und Brüste haben. Dazu das quiekende Gelächter, ferkelig; laute unverständliche Zurufe; strähniges Haar, oft ungekämmt; robuste Gliedmaßen im Ganzen gesehen. »Kalbfleisch«, wiederholte »Darwin« bei diesem Anblick, und jedesmal, als sei das eine unerhörte, vordem nie vernommene Weisheit, begann ein verständnisinniges und zustimmendes Nicken, das sich bis zu jenen Beobachtern fortsetzte, die die Bemerkung gar nicht verstanden hatten.

Noch nachdem die in blaues Drillich gepreßten Gesäße auf den kaum sichtbaren Sätteln das Blickfeld verlassen hatten, liefen ihnen die Blicke hinterdrein, voller Bedauern über den gradlinigen Verlauf der Lichtwellen. Einige der Heiminsassen mußten sich sofort auf ihre Zimmer begeben, um sich erschöpft niederzulegen. Baldrian machte die Runde und Wodka in zweckentfremdeten Medizinflaschen.

Gesprochen wurde sehr wenig. Es gab über das Gemeinschaftserlebnis nichts zu sagen. Das hatte jeder mit sich allein und seinem Gott auszumachen, falls er einen sein eigen nannte. Selbst eine Geste, ein Augenzwinkern erwies sich als überflüssig: Dem anderen, dem Nebenmann oder vielmehr Mit-Mann stand ohnehin alles überdeutlich in der zerknitterten und unrasierten Miene. Unter den Senioren, die sich nur zögernd von der Terrasse in den Gemeinschaftsraum zurückzogen, herrschte eine Stimmung, wie man sie bei den Passagieren untergehender Schiffe vermutet. So wie die Mädchenscharen durch ihr Auftauchen belebend wirkten, eine fantasmagorische Hoffnung am Horizont, um so niedergeschlagener schaute man der sich auflösenden Fata Morgana nach, ohne sich einige Stunden später erneutem Hochflug und Absturz entziehen zu können.

Resignative Gespräche folgten im Dämmerlicht nach dem Abendessen, wenn man seine Verdauung im Kreis abgezirkelt durch den Garten hinter dem Haus spazierenführte. Wer spricht mir das Recht auf so ein Mädchen eigentlich ab? Chronos? Die verringerte Regenerationskraft der Zellen? Die rigiden Normen zwischenmenschlicher Beziehungen? Die Ästhetik? Das Strafgesetzbuch? Die eigene Vernunft? Die Angst vor den Folgen, sobald man ein Tabu verletzt?

Insbesondere »Darwin«, sich auf den großen Erforscher der Evolution berufend, durch den er, des häufigen Zitierens wegen, auch seinen Spitznamen erhalten hatte, widersprach heftig dem ihnen auferlegten Zwang zum Verzicht. Gibts doch in der Tierwelt gar nicht, daß zum Beispiel der Rüde einen Altersunterschied zu der deckungswilligen Hündin konstatiert und darum Abstand nimmt! Deckungswillig, das muß sie natürlich sein, die Natur muß schon das Ihre dazutun . . .! Und wiederum Abende später: Die mit dem grünen Herrenrad und dem blonden Zottelkopp: Die lege ich mir zu: Ausrufungszeichen!

Unbeabsichtigt wurde »Darwin« Hauptgesprächsgegenstand des Heimes; Wetten wurden auf ihn abgeschlossen und standen für ihn schlecht, weil nur die wenigen, die er mit seiner natürlichen Zuchtwahl und dem Kampf ums Dasein überzeugt hatte, für ihn votierten. »Darwin« schafft das! »Darwin« kennt alle Tricks der biologischen Auslese! Der balzt und röhrt, brünstig wie nur einer, schlägt pfauenhaft das Rad seines Geschwätzes und triumphiert dadurch schlußendlich!

Betrat »Darwin« den Speisesaal, wandten sich ihm, zur Verwunderung des Pflegepersonals, viele Köpfe zu, und seine Tischnachbarn fühlten sich unerwartet erhoben und geehrt, mit einer solchen, wenn auch etwas fragwürdigen, Prominenz an einem Tisch sitzen zu dürfen. Als die Zeit verging und nicht viel mehr geschah, als daß »Darwin« morgens und nachmittags auf der Terrasse »Kalbfleisch« schnalzte, sank sein Ansehen. Und als man zufällig gemeinsam im Fernsehzimmer einen Film über den Auerhahn anschaute, das Gattungsverhalten, die Paarungsriten, blieb es nicht aus, daß jemand eine gewisse Ähnlichkeit zwischen dem Tier und »Darwin«, der beleidigt aufstand und hinausging, kichernd konstatierte. Es war ihm klar, daß seine spontan hingeworfene Bemerkung ein Fallstrick gewesen war, in dem er sich selber verfangen hatte. Der Zottelkopp mit dem grünen Herrenrad – das hatte sich leicht hingesagt, einfach aus Protest gegen die lähmende Trübsal, der die andern immer mehr verfielen. Ernsthaft betrachtet, unter dem Aspekt notwendig gewordener Realisierung, um nicht zum Gespött aller zu werden, bekam »Darwin« unleugbare Angst: Das Mädchen war höchstens siebzehn, achtzehn Jahre alt. Minderjährig womöglich. Keiner würde mehr was auf ihn oder die Entwicklung der Arten geben, die er durch seine Feigheit in den Augen der Mitinsassen zwangsläufig abwertete. Wie sollten seine Altersgenossen an den Aufstieg vom Lurch zum Säuger und über den Prähominiden bis zu Johann Strauß oder Max Schmeling glauben, wenn er, »Darwin«, schmählich versagte?

Seine Haltung im Sessel des Fernsehzimmes, das er nur nach vorhergehender Information über das Programm betrat (»Bei Grzimek passe ich!«), zeigte seinen Zustand. Schlaff hingelagert, die Lider gesenkt, grübelnd, manchmal die Faust unterm Kinn, fast zusammengesackt, kein Modell für Rodin, obgleich er unentwegt nachdachte, daß ihm fast der Kopf zersprang. Und manchmal bat er den Weltgeist, der alles so sonderbar und zugleich grandios gefügt hatte, ihn von der Welt hinwegzunehmen, damit er nicht sein Wort einlösen müsse. Daß im gesamten Tierreich die Männchen länger fruchtbar sind als die Weibchen, das hat doch was zu bedeuten! Das ist doch Schicksal! Erkenne es endlich und probiere aus, ob sich nicht auch dir diese Tatsache bestätigt!

Der Anfang war einfach: Durch Befragen von Mitschülerinnen erfuhr »Darwin« Namen und Arbeitsstelle der leichtfertig Erwähnten. Man hatte ihm sogleich und ohne Gegenfrage Auskunft gegeben: Siehe, sogar unser obskures Gesellschaftssystem hat seine geheimen Vorzüge, indem es jeden ab ovo, sagen wir mal: schon im Nest, belehrt und verpflichtet, auf energisch gestellte Fragen ungesäumt Auskunft zu erteilen. Ohne Widerspruch, ohne nach der Berechtigung oder der Absicht des Befragers sich zu erkundigen. Die Polizei hat ihr Revier im Neo-Kortex. Der gute alte Dinosaurier würde einem was husten, statt prompt zu parieren. Und eine Intimsphäre gibt es sowenig wie bei den Makaken oder Mandrills, deren offenliegendes Familienleben »Darwin« sowieso aufrichtig schätzte. Am Spirituosenstand, so berichtete »Darwin« beim abendlichen Kreisgang raunend, habe er sich ihr zum ersten Male gezeigt und seine Persönlichkeit auf sie einwirken lassen, kurz nach der Mittagszeit, nachdem der Kundenstrom versickert war. Grandseigneural: Eine Pulle Sekt, respektive rumänischen Schaumwein erstanden und ihr die Flasche dediziert. Auf ihr Erstaunen sich als alter Verehrer (alt im Sinne von schon lange) ihrer Person bezeichnet. Ganz gentlemanlike und absolut überlegen eingestanden, sich möglicherweise durch das Präsent lächerlich zu machen, nicht wahr, und diese Halbfrage sogleich mit dem Bekenntnis untermauert, es sei seine Art, ihm sympathische Menschen zu beschenken. Sein Beinkleid sei die Spendierhose, kapito?! Und sie, Darwin?

Leicht perplex. Ohne jedoch ein Wiedererwachen ihrer, nun, also, Geisteskräfte abzuwarten, habe er sich kurz umgedreht und grüßend den Laden verlassen. Der Köder sei ausgeworfen, die Beute angelockt. Steht ja alles in der Entstehung der Arten: Imponiergehabe; man wedelt mit den Flossen, bläst den Kropf auf oder versprüht aus seiner Sexualdrüse ein Sekret.

So was hast du dir doch hoffentlich in dem Laden verkniffen, Darwin?!

Unsere gattungsspezifischen Reizmittel, mein Freund, haben nur noch Signalcharakter. Sie sind sozusagen symbolisch.

Teures Vergnügen, Darwin, falls es beim Symbolischen bleibt ...

Man hat was gespart und keineswegs, um es auf der Sparkasse verschimmeln zu lassen. Kommenden Montag erfolgt die Reprise. Bis sie an der Angel hängt. Und zappelt. Auf Zappeln bestehe ich.

Darwin, der Mensch hat eine Seele.

Wo sind denn hier Menschen, ihr Idioten.

Und am wiedergekehrten Montag erneutes Berichten, diesmal in einer angewachsenen Gruppe, vor gespannten Zuhörern und mit einer veränderten Schlußvariante:

Sie hat gelächelt und »Danke« gesagt. Damit, meine Herren, ist die Sache so gut wie gelaufen. Sie hat angebissen. Zugegeben, sie hält mich für einen reichen Knopp, bloß als Rentner verkleidet. Aber in der Liebe, oder was man darunter versteht, sind alle Mittel rechtens, wie in der Politik. Der Zweck heiligt sie eben. Und ist der Zweck nicht gut und richtig?

Bestätigendes Nicken in der Runde, verblüfftes Schweigen, verwundertes Kopfschütteln; schließlich: Wie dem das gelungen sein mochte?! Ob man sich nicht einmal von ihm eines dieser naturwissenschaftlichen Bücher ausleihen sollte?

Am darauffolgenden Montag kam »Darwin« später als sonst ins Heim zurück. Man merkte ihm an, daß etwas geschehen war, das er nur mühsam zu verbergen vermochte. Übertriebene Normalität beim Eintritt in den Speisesaal, Provinztheater, Schmiere, denn die Augen glitten aufgeregt hin und her, verwirrt den Tisch suchend, an dem er seit Jahren zu sitzen pflegte. Sein Gruß begleitete eine fahrige Geste, er lachte unvermittelt auf, während er sich niederließ und starrte sekundenlang auf den Teller, als habe er noch niemals ein Stück Sülze wie das vor ihm liegende erblickt. Ihn genauer musternd, entdeckte man, daß sein Hemdkragen zerknittert war, wie stark durchgeweicht und dann an dem faltigen Hals getrocknet. Der Schlips, unordentlich geschlungen, hing aus dem Jackettausschnitt. Auf diese verdächtigen Umstände angesprochen, wollte er zunächst nicht mit der Sprache heraus und mußte ernstlich ermahnt werden, sich nicht die Solidarität seiner Altersgefährten zu verscherzen. Obwohl es im Hause noch nicht aufgefallen sei, nähere sich sein Benehmen bereits der Grenze, jenseits derer es unangenehme Aufmerksamkeit auf sich ziehe: Wenn wir deine Abenteuer decken sollen, Darwin, dann wollen wir auch was davon hören ...

Nach einigem Räuspern und stotternden Ansätzen, aus denen hervorging, er habe erneut den Sekt-Trick angewandt, wurde jedoch klar, daß er anschließend, durch die Straßen der Umgebung schlendernd, den Ladenschluß abgewartet hatte, um »seinem Opfer« wie zufällig zu begegnen. Übrigens trug sie keine Sektflasche bei sich, und auf sein Verwundern reagierte sie mit der einfachen Erklärung: Sie habe die Flasche ins Fach zurückgestellt und sich dafür das Geld aus der Kasse genommen. Kein Anzeichen von Verlegenheit dabei. Doch mit einem Blick, so schräg von unten herauf, den man nicht nachzuahmen vermöge, und zu dem allein der Homo sapiens in seiner weiblichen Ausprägung fähig sei. Dann wollte sie wissen, wie er sich derartige Geschenke an Unbekannte leisten könne, und er darauf, das Stichwort aufnehmend: Unbekannt müsse man ja auf die Dauer nicht bleiben. Außerdem habe er sich etliches im Leben zusammengespart, und keiner mache ihm Vorschriften, ob und für wen er das ausgebe. Genau diese großtuerische Formulierung sei seinem Munde entschlüpft, um die entsprechende Wirkung zu zeitigen. Denn sie sei verstummt. Und weiter? Schob meinen Arm wie selbstverständlich unter den ihren. Sie ließ es geschehen. Ging neben ihr. Vor einem Eckgeschäft mit Zigarren, Zigaretten, Tabakwaren, Schnaps und Wein und einem verfärbten Bild des Staatspräsidenten inmitten aller dieser sicher schon ungenießbaren Köstlichkeiten angehalten, die Rechte um ihren schmalen Oberarm. Lenkend, auf die Tür zu. Dabei die Einladung zu einem gemeinsamen Glase ausgesprochen und sogleich eine Buddel Süßwein erstanden. Ekelhaftes Gesöff. War aber taktisch notwendig.

Weiter, Darwin, weiter. Machs nicht so spannend.

»Darwin« zögerte. Nicht alles ließ sich erzählen, nicht alles wollte er erzählen. Etwa die Berührung durch ihre Hand, eine zartknochige Konstruktion, leicht auf seinem nackten massigen Schenkel: Ein Anblick, der ihn erschütterte, ohne daß er den Grund seiner überwältigenden Bewegtheit begriff. Jedenfalls stand dieser immer noch anhaltende Eindruck in keiner Beziehung zu den schwerfälligen kreatürlichen Übungen, zu denen seine Physis angetrieben wurde. Kann man denn, möchte man denn den Blick in ein verschwimmendes Auge beschreiben, in dem man sich selber nicht mehr sieht? Er habe, wiederum symbolisch, ein weiteres Pfauenrad geschlagen. Nämlich um sie zu beeindrucken und damit der Süßwein nicht umsonst gekauft sei, stracks etwas erfunden. Wer selber nichts ist und nichts darstellt, meine Herren, muß sich mit berühmten Bekanntschaften schmücken. Darin gleichen wir dem Damwild, wo der Leithirsch durch sein Geweih – keine zoologische Vorlesung, Darwin: Spann uns nicht auf die Folter!

Während man nebeneinander herging, eine ziemlich leere Straße entlang, sei ihm plötzlich eingefallen, sich als Onkel von Udo Lindenberg auszugeben. Von dieser entsetzlichen Type mit der großen Fresse und dem blöden Schlapphut, den wir neulich abend über den Bildschirm wanken sahen. Es sei eine unerwartete Eingebung gewesen. Sogar mehr als das, denn einer Eingebung könne man nachgeben oder es bleiben lassen. Doch sein Zustand hätte ihm gar keine Wahl gestattet. Seine Lippen seien wie von einer höheren Macht bewegt worden, die Sätze über seine Zunge in den lauen Abend geglitten, so daß er sich als ein unselbständiges Sprechwerkzeug empfunden habe. Er wolle sofort tot umfallen, wenn er lüge: Nichts davon habe faktisch sein Gehirn passiert. Als wäre ihm alles souffliert worden, was er blindlings und ohne Kontrolle wiederholte. Der Pawlowsche Reflex! Nun habe er es am eigenen Leibe erfahren. Und weiter? Er habe noch mehr am eigenen Leibe erfahren, wenn sie das meinten. Und während sie ihn gnadenlos ausforschten, immer neue Details von ihm verlangten, mehr, noch mehr, Darwin, was habt ihr dann, und wie, und wie oft, rückten seine Verhörer fort, fern in die Dimension des Nichtigen und Gleichgültigen und wurden zu tönenden Schatten, während die Hand, diese zutrauliche, schmalgliedrige Stellvertretung und Inkarnation ihrer Besitzerin wieder bestürzende Realität gewann. Er spürte das leichte Gewicht an der Stelle nahe dem Geschlecht. Und ihm schien, dieser Fleck seines Fleisches sei auf liebevolle und inoperable Weise für alle Zeiten mit einem Brandmal versehen worden.

Und was soll nun werden, Darwin? Wer hat mich das gefragt?

Achselzucken.

Einmal ist keinmal, Darwin.

Ob er sich mit dieser Erkenntnis zufriedengeben sollte und seine vormalige großspurige Ankündigung als erfüllt betrachten, hatte sich längst für ihn entschieden. Auch ohne das Drängen seiner Zuhörer, die ihn stillschweigend zu ihrem Stellvertreter und Gesandten im Reich des Eros ernannten, aus dem sie selber ausgebürgert waren, hätte er die eben erst angesponnene Beziehung keinesfalls aufgegeben. Die aufgeregte und gierige Beteiligung an seiner Affäre unterdrückte Vorahnungen künftiger Komplikationen, möglichen zu erwartenden Unheils.

Sie harrten seiner am Montagabend voller Ungeduld, vielmehr auf seinen detaillierten Bericht, für den er sich auf dem Heimweg präparierte, indem er sich zunehmend gewagtere Ausschmückungen jener »Blauen Stunde« ausdachte. Seine Kenntnis von Ernst Haeckels »Liebesleben der Tiere« kam ihm dabei zugute. Er bedauerte, keinen Penisknochen zu besitzen wie der Eisbär, um auch noch die ausgefallensten Fantasien, welche ihm von seiner Clique zur Ausführung empfohlen wurden, eine nach der anderen zu erproben. Seine Schilderungen entsprachen nicht der Wahrheit; manchmal nämlich beschloß das Beisammensein mit dem Wuschelmädchen eine bedrückende Depression, von der er zu niemand sprechen konnte. Der Kontrast ihrer beiden Körper war eine nicht zu übersehende Mahnung. Besorgt machte ihn außerdem, daß seine geringen Ersparnisse schnell zusammenschrumpften. Daß es sich bei seiner recht anstrengenden Montagsgymnastik um ein nüchternes Geschäft handelte, war kaum zu leugnen. Nur für ihn war es mehr. Nächtelang lag er wach, mit einem ekelhaften Pochen der Schläfenader, und grübelte dem Zeitpunkt entgegen, wo sein Konto aufgelöst sein würde und die Tür seiner Partnerin für ihn verschlossen.

An einem Spätsommerabend, da man die mit anatomischen Einzelheiten ausgeschmückte Berichterstattung erwartete, erklärte sich »Darwin« für bankrott. Er verkündete seinen platonischen Teilhabern den Schluß der Affäre.

Protest von allen Seiten! Kommt gar nicht in Frage, Darwin, hier wird nicht gekniffen! Was bleibt uns noch, wenn du nicht mehr unser »ausführendes Organ« bist?! Wir legen einfach zusammen, die paar Mark sammeln wir unter uns für dich. Und ehe es sich »Darwin« versah, drückte man ihm eine Rolle Scheine zwischen die abwehrend gespreizten Finger: Zum allgemeinen Besten, Darwin! Wir brauchen dich!

Also ging die Geschichte weiter, nur hatte sich in den Ablauf des Montagabends ein störendes Element eingeschlichen. »Darwin« spürte, daß sein Publikum ihm in Gedanken gefolgt war. Er war sich ihrer telepathischen Anwesenheit in der Umschlingung bewußt, und es bedurfte gewisser Praktiken, die behindernden Vorstellungen zu verdrängen. Wie zu Anfang, da die Behauptung über sein verwandtschaftliches Verhältnis zu dem berühmten Singekünstler ihm unbedacht herausgerutscht war, so ähnlich und wehrlos fühlte er sich jetzt als Medium anderer. Zugleich wurden die sexuellen Aufträge nun, da sie sich mit Geldgaben verbanden, beinahe zu Befehlen, über deren sorgfältige und exakte Durchführung er anschließend Rechenschaft abzulegen hatte. Als einige dieser Orders sein Maß, das Maß des Natürlichen und Naturhaften überschritten, wollte er erneut das Verhältnis aufkündigen: Zu solchen speziellen Experimenten, die man lieber Insekten oder Wirbellosen überließ, fand er sich nicht bereit. Doch seine Kapitulation wurde von seinen Generationsgenossen nicht angenommen, selbst als die Geldforderungen stiegen.

In welche Situation habe ich mich da nur hineinmanövriert, eines übermütigen und leichtfertigen Wortes wegen. Ausgerechnet mir altem, ruhebedürftigem Mann muß so was zustoßen.

So ist das Glück eben, Darwin: Anstrengend!

Und wo soll ich das viele Geld für soviel Glück hernehmen. Das Glück verlangt mehr und mehr Money, droht mir schon Schwierigkeiten an, ich ahne Erpressungen mit Schwangerschaften, judogeschulten Brüdern, rabiaten, vielleicht ebenfalls erpresserischen Eltern, und meine Kumpane lassen nicht locker und verlangen ihr Montagabend-Märchen, mein Gehirn vertrocknet, weil mir nichts mehr einfällt. Womit habe ich dieses Schicksal nur verdient . . .

Bald danach hört jedoch das Gejammer auf. Kein

Wort von Geldmangel mehr. »Darwin« wies sogar zur Verwunderung unterstützungsbereiter Trittbrettliebhaber pekuniäre Angebote zurück. Dergleichen habe er nicht länger nötig! Alles sei bestens geregelt! Liebe kann man eben nicht kaufen – letzteres aber klang eher ironisch, fast ein bißchen verzweifelt. Vor allem widersprach sein Gesichtsausdruck seiner Erklärung. Du siehst krank aus, Darwin, du solltest dich schonen. Einmal im Monat reicht doch auch aus ...

Wer einen Tiger reitet, kann nicht absteigen, sagte »Darwin«, es kann sich selbstverständlich dabei auch um eine Tigerin handeln.

Einer der Heiminsassen hatte neulich »Darwin« in Westberlin getroffen, obwohl der vordem Reisen von einer Halbstadt in die andere stets abzulehnen pflegte: Er wolle sich nicht als Bettler die Nase an den Schaufenstern plattdrücken. Nun war er trotzdem drüben aufgetaucht, ohne jedoch dem privilegierten Publikum seines Alltags davon Mitteilung zu machen: Darwin, du hältst was hinter dem Berg, was man Freunden gegenüber nicht tun sollte!

Als er eines Abends nicht im Speisesaal zum Essen erschien, fand man ihn auf seinem Bett liegend, stark erschöpft, wie nach einer schweren Arbeit, die Lider geschlossen, die Nasenspitze wie abgestorben.

Er bitte darum, in Ruhe gelassen zu werden. Ein unbedeutender Schwächeanfall. Nach seinem Tagesverlauf gefragt, räumte er ein, der Besuch in Westberlin sei anstrengender gewesen, als er gedacht habe. Die Vielzahl der Eindrücke. Der Verkehr, die Kaufhäuser und Supermärkte, das künstliche Licht und die gefilterte Luft. Vor allem die Grenzdurchquerung beim Rückweg. Da schlage einem das sowieso nicht ganz gesunde Herz zum Halse heraus. Beine und Arme würden einem immer schwerer, beinahe wie gelähmt, sobald man aus dem U-Bahnzug gestiegen war und durch einen unmäßig langen Gang dem ersten Wachposten entgegenschlurfte. Und die in dem Kabäuschen sähen einen immer so an wie die Hunde im Märchen vom Feuerzeug: mit Augen, so groß wie Teetassen, wie Suppenteller oder Wagenräder, mit einem Röntgenblick, der einem jede Verfehlung des eigenen Lebens sofort bewußt werden ließ. Sogar solche, die man gar nicht ausgeführt, sondern nur gedacht hatte. Ein Moment panischer, aber disziplinierter Angst. Man möchte wegrennen und lächelt stattdessen verlegen und krampfhaft.

Erst wenn man aus der Unterwelt die Stufen ans Tageslicht emporstolpert, kommt man wieder zu sich. Wie soll man das nur auf Dauer ertragen? Was ist das für eine Welt, wo man einen alten Mann malträtiert, nur weil sein Leib noch nicht abgestorben genug war und sich der Liebe erinnerte?!

Auf den Einwurf, ihn zwinge ja niemand, sich dem Fegefeuer auszusetzen, darinnen sowieso keine Seele geläutert, eher wild und haßvoll werde, reagierte er gar nicht mehr. Es empfahl sich, den Erschöpften auf seinem Bett ausruhen zu lassen. Als ihm später sein Zimmerkamerad das Abendbrot auf den Nachttisch stellte, schlief »Darwin« bereits.

Am nächsten Morgen wartete seine Parasitenmannschaft vergebens auf die Rückkehr des Genußvermittlers. Anlaß zu wuchernden Fantasien: daß jenes unscheinbare Wuschelgeschöpf, das wie eh und je hoch zu Fahrrad an der Terrasse vorbeirollte, »Darwin« zu einer übermenschlichen Orgie veranlaßt haben könnte, von deren Folgen er erst langsam genesen müsse.

Als »Darwin« jedoch auch am Dienstagmorgen ausblieb, blieben auch die Witze über mögliche Gründe für seine Abwesenheit aus. Bedrückt saßen seine Kompagnons am Frühstückstisch: Etwas mußte mit ihrem Stellvertreter geschehen sein und Gutes ganz bestimmt nicht.

Erst als ein Nachzügler, ein Langschläfer sich zu

ihnen gesellte, erfuhren sie, soeben habe ein Polizist das Büro des Heimleiters verlassen. Diese Nachricht verbreitete sich im Flüsterton durch den Speisesaal und ließ ahnen, daß sich Schlimmeres ereignet hatte.

Hypothesen wurden ausgeheckt: Darwin ist abtrünnig geworden, ist übergelaufen zum Feind, ist drüben geblieben, um sich seiner Pflicht gegenüber seinen Freunden zu entziehen. Und was haben wir in ihn schon investiert, und nun solche Fahnenflucht! Aus purem mitmenschlichem Mitleid, aus Corpsgeist ihm seine Laster finanziert, und das ist der Dank, der Undank, der Welt Lohn!

Indem noch die krudesten Überlegungen angestellt wurden, hatte schon der Heimleiter den Saal betreten und sich hinter das Stehpult in einer Ecke begeben, das sonst Vorträgen über Geriatrie, Philatelie und über die gegenwärtige politische Lage diente. Wegen seines außergewöhnlichen Benehmens, eine gewisse düstere Feierlichkeit wurde vermerkt, wandten sich ihm alle Gesichter zu, eine den ganzen Raum erfassende Bewegung, die erst ihren Abschluß fand, als der Heimleiter den Mund öffnete. Ringsum eine Erwartung, wie sie weder Geriatrie, noch Philatelie, noch die gegenwärtige politische Lage je zustande brächten. Die Wichtigkeit der bevorstehenden Mitteilung war atmosphärisch spürbar. Ein schweifender Blick in die Runde, ein Hüsteln, um die Spannung zu erhöhen, dann die kurze Bekanntgabe: Ewald Lindenberg sei tot.

Da niemand bei dieser Namensnennung an »Darwin« dachte, schien es sich um einen Fremden zu handeln, von dessen Ableben man nicht persönlich betroffen war. Für die wenigen Sekunden des Mißverstehens lebte »Darwin« noch einmal auf, bis man ihn identifiziert hatte: »Darwin« also!

Nachdem der Heimleiter darum gebeten hatte, ihn im Laufe des Tages in seinem Büro aufzusuchen, er habe jedem einzelnen eine bedeutende

Information zu übermitteln, blühten im aufkommenden Gemurmel die Vermutungen auf, lauter Nachrufe auf den Verschiedenen: höchstwahrscheinlich in Westberlin überfahren, überfallen, ausgeraubt, ermordet: Da drüben war doch keiner seines Lebens sicher. Alte Leute schon gar nicht.

Welche Enttäuschung, hörte man eine Stunde danach auf dem unbequemen Stuhl vor dem Heimleiterschreibtisch die traurige Wahrheit. Jedem Insassen wurde sie zuteil, als eindringliche Ermahnung und Warnung, sich derartiger oder ähnlicher Unternehmen zu enthalten.

Die Polizei, so erklärte der Heimleiter vorweg, habe ihn ausdrücklich darum gebeten, alle – er wiederholte energisch, die beiden Silben durch Bleistiftklopfen betonend: »All-llé!« – über die Umstände zu informieren, unter denen Darwin das Zeitliche gesegnet habe. Ewald Lindenberg alias »Darwin« sei in dem möblierten Zimmer einer Halbwüchsigen tot aufgefunden worden. Herzversagen. Die von »Darwin« Verführte habe ausgesagt, daß er für einen Sozialrentner erstaunlich viel Geld besessen hätte. Sie vermute, der Tote habe zu seinen Lebzeiten von unbekannten Dritten materielle Unterstützung erhalten. Andeutungen in der Richtung seien gefallen, etwas von »Solidarität der Sinnlichkeit«, was ihr unverständlich geblieben wäre.

Er, der Heimleiter, wolle keinerlei Verdacht äußern, müsse jedoch zu bedenken geben, daß es für unsere Senioren besser und vor allem gesünder sei, sich nicht auf irgendwelche unanständigen Dinge einzulassen. Die Würde des Alters und so weiter. Wir wollen uns doch hier nicht unseren schönen Lebensabend versauen lassen ...

Bedenkt man, daß dieser Spruch fünfunddreißig Mal mit unveränderter Verve und gleicher Mimik wiederholt wurde, kann man getrost von einer außerordentlichen physischen Leistung reden, vielleicht sogar von einer künstlerischen. »Darwin«

hätte dafür ein Beispiel aus seinen Büchern zitiert. Aber er kommt nicht mehr wieder, nie mehr, und hinterläßt trotz unwiderleglicher Indizien über sein Sterben doch die Ungewißheit, ob er das Ende, das ihm zum Schicksal geriet, nicht sogar bewußt heraufbeschworen hat, um sich aus einer Verstrickung zu befreien, für die er keinen anderen Ausweg wußte.

Herr Robert, der Verfolger

Eine Lage war für Herrn Robert entstanden, mit welcher fertig zu werden sich Herr Robert nicht in der Lage sah; sie außergewöhnlich zu nennen, wäre eine unzulässige abschwächende Bezeichnung gewesen.

Allein die Fußspuren! Man denke sie sich scharf in den Staub des türkisch gemusterten Flurlinoleums gestempelt; kniete man davor, den Kopf schief haltend, damit die Augen den Einfallwinkel des Lichtes auf dem Boden als matt leuchtendes Rechteck wahrnahmen, erkannte man grauenhaft überdeutlich Tapsen. Sie und die Ungewißheit ihrer Herkunft verursachten für Herrn Robert jene Situation, die Herr Robert sich zu erklären bemühte. Doch alle Anstrengung in dieser Richtung irritierte ständig etwas Unerwartetes: Gläser, von ihrer gewohnten Stelle im Küchenspind gerückt, ließen die alltägliche Geste mißlingen, indem die durstgelenkte Hand unversehens danebengriff. Das Erstaunen wuchs: lächerliche Rückkunft vergessen geglaubter Märchen aus Kindheitstagen, verschüttet von vierzig Jahren gemischter Erfahrung: »Wer hat von meinem Tellerchen gegessen ...«

Dem Erstaunen proportional steigerten sich Spürsinn und Eindrucksfähigkeit: witternd, mit angespannter Aufmerksamkeit kontrollierte Herr Robert Zimmer um Zimmer seiner kleinen Junggesellenwohnung: Tatsächlich – da ruhten Kissen sonderbar schräg in seinem Bette, ihre weißen Wölbungen eingedrückt, als hätte eines Unbekannten Schädel sie vollgeträumt. Stand der Ohrenbackensessel, Geschenk längst Humus Gewordener, eigentlich stets mit der Lehne zum Fenster? Zipfelte die Tischdecke immer schon bis zum Teppich hinab, so daß sich einer zwischen den gedrechselten Beinen verbergen könnte, ohne bemerkt zu werden?

Bevor leicht zittrige Finger die Tischdecke geradedrückten, wurde in einigen Metern Sicherheitsabstand der Rumpf geneigt, Knie gebeugt, um erleichtert festzustellen, der dunkle, von vier runden Pfosten begrenzte Raum sei leer.

Stunden, Tage sogar vergingen mit anhaltenden und fortlaufenden Überlegungen. Manchmal: schweißtriefendes Auffahren aus ohnehin schlechtem Schlummer, vom Scheitel bis Gesäß überzogen mit borstiger Gänsehaut; Schauder, älter als Byblos, Mutter des Papiers und älter als das, was auf diesem stand: Schrift, die seit ihrem eigenen Anfang von Furcht und Schrecken gesprochen, unsterbliche Zweiheit, welche sie von Generation zu Generation weitergab; vom Codex Sinaitikus: »Und das Meer gab die Toten, die darinnen waren; und der Tod und die Hölle gaben die Toten frei ...« bis zu den scheinbaren, in Herrn Roberts Fall nicht minder bedrohlichen Erbaulichkeiten der Brüder Grimm: »Wer hat in meinem Bettchen geschlafen ...« Nächtliche Apokalypse und zermürbende Aktualität der Märchen zerstäubten unterm morgendlichen Mechanismus von Brotschneiden, Kaffeebereiten, Rasieren, Frühstücken, Anziehen, um ins Büro zu hasten, wo Herr Robert seit Jahren Schaumgummikissen plattgesessen und mit dieser nützlichen Tätigkeit wohl noch einige Jahre hätte fortfahren können, wäre nicht seine innere Unruhe, was vielleicht inzwischen daheim geschehen möge, maßlos geworden. Er hielt es kaum bis zum Büroschluß aus und kehrte auf dem schnellsten Wege nach Hause zurück, um dort, wie befürchtet, neue Anzeichen von Anwesenheit eines Jemand vorzufinden: der graue Filzhut, vorbehalten dem Winter, hing in der Flurgarderobe am falschen Haken. Der Regenschirm gar befand sich im Bad, wo er kaum hingehörte; Herr Robert betastete den gekrümmten schwarzen Ledergriff, eine fremde Körperwärme zu erfühlen, aber der Jemand war anscheinend schon lange fort: kalt die Krücke, geruchlos die schwarze Seide.

Je länger Herr Robert dem Fremden nachspürte, desto stärker mischte sich seiner Angst ein neues Ingredienz bei: die Neugier. Saß er abends vor dem Fernseher, die minderwertigen Einfälle fleißiger Autoren vom mangelnden Talent elektronisch weitreichender Schauspieler zerdehnt zu sehen und zu begähnen, gewöhnte er sich an, währenddessen in die Wohnung zu horchen, ob er nicht jenen Laut vernähme, auf den er ängstlich und ungeduldig wartete und der den Besuch des *Jemand* ankündigte: »Wer ist in mein Kämmerchen getreten ...«

Unter der Steppdecke in absoluter Finsternis dominierte dann wieder die Furcht, schrumpfte die Neugierde und verführte dazu, trotz gemäßigter Temperatur mitteleuropäischen Sommers, die Decke übers Gesicht zu ziehen, bis ein Erstickungsanfall drohte und grüne Spiralen hinter den krampfhaft zugepreßten Lidern kreisten.

Weg die Decke. Daliegen und lauschen. Der irgendwann begonnene Prozeß sacht von den Wänden sich scheidender Tapeten mußte in ein neues Stadium geraten sein: Knirschen und Rascheln verbreitete sich über alle Wände und reichte sogar bis in den Flur hinaus. Auch mußte man sich fragen, ob die Dielen jemals so lärmend geknarrt, ob die Möbel schon früher so durchdringend geknackt und geächzt hatten?

Licht! Licht!

Herr Robert nahm, nachdem er nur unwillig ihren Inhalt freigebende Schübe und Fächer durchwühlt, ein Schlafmittel zu sich: Stille folgte endlich, endlich Schlaf, Schweigen, Ruhe, bis zum grellen Klirren des Weckers, Höllenmaschine, deren akustische Explosion die tägliche Wirklichkeit aufsprengte, die dann den ganzen Tag über in Brocken wieder auf Herrn Robert herunterpolterte. Schnell, schnell fort: auf Fußspuren, Gläserverschiebungen,

Tischdeckenzipfeleien kann jetzt nicht geachtet werden, aber sobald man erneut die Wohnung betrat, hob achtsames Mustern an, eindringliches Durchforschen möblierter Umwelt, vom Dunst unbegreiflicher Fremdheit verändert. Scheint das Handtuch im Bad heute nicht fleckiger und feuchter? Und was treibt das spannlange Brotmesser im Kühlschrank? Was die zerknitterte Zeitung unterm Fernsehgerät? Was geht bloß hier vor?

An diesem Abend in Knöchelhöhe vor die Türen gespannte Fäden waren zwar morgens unbeschädigt, nach der Heimkehr jedoch zerrissen, wobei völlig unklar blieb, ob dies vor, während oder kurze Zeit nach dem Eintritt geschah. Im ausgestreuten Mehl jedenfalls zeigten sich Sohlenabdrücke, die denen der eigenen Schuhe ähnelten, vielmehr glichen, was den Verdacht erweckte, der Verfolger, wie ihn Herr Robert nannte, bediene sich in der Wohnung heimtückisch der Schuhe des Wohnungsinhabers, um seine eigenen heimlichen Besuche zu verschleiern.

In nicht endenden Nächten, schlaflos trotz steigenden Tablettenkonsums, entwickelte sich aus schattenhaften Ideen ein fester Plan, beim morgendlichen Rasieren vorerst noch verworfen, bald für durchführbar und notwendig gehalten und letztlich für die einzig mögliche Lösung, mit diesem unerträglichen Zustand ein für allemal Schluß zu machen: daheimbleiben. Auf Wachposten! Versteckt im Kleiderschrank oder unter der Couch abwarten, wann der Verfolger und zu welchem Zweck er Herrn Roberts Räume betritt.

Atemnot, verursacht durch Mottenkugelgestank, durch Eingepreßtsein zwischen Winterbekleidung: das konnte Herr Robert über Stunden hin kaum ertragen, verließ keuchend das Holzgehäuse, schneuzte sich, räusperte sich, brühte zwecks Stärkung der Wachsamkeit und der physischen Kondition starken Tee auf, um anschließend einen angenehmeren Späherposten unter der Couch einzunehmen, indem er sich einfach auf den Rücken legte und sich seitwärts unter unzählige Spiralen rostiger Sprungfedern schob. Dicht vor seiner Nase hing ein solcher Drahtkreis, der, folgte man seiner Windung mit dem Blick, sich immer enger zentrierte, wobei ein komisches Gefühl hinter der Stirn entstand; ehe man es sich versah, wachte man gähnend auf. Draußen dämmerte es schon, und stelzte steifbeinig zur Küche, um dort verblüfft eine benutzte Teetasse zu entdecken: Beweis, daß der Verfolger erneut und rätselhaft wie eh und je dagewesen war. Trotzdem: Herr Robert lernte von Tag zu Tag besser, jede Spur des Verfolgers aufzudecken und zu lesen und wurde, im gleichen Maße wie seine Neugier zum brennenden Interesse aufflammte und die Furcht abflaute, selber zum Verfolger, der aus schmutzigen Handtüchern, zerdrückten Kissen, geleerten Tellern und Gläsern, Asche und Flekken, Stück für Stück sich ein Bild des bisher Unsichtbaren zusammensetzte, der, allen Anzeichen nach von durchschnittlichem Wesen, Herrn Roberts aufrichtige Anteilnahme für sich buchen durfte.

Herr Robert fühlte, daß er dem Verfolgten immer näher und näher kam und daß der Augenblick nicht mehr fern sein konnte, da er den Gesuchten zur Rede stellen würde: die Antwort darauf schien unausdenkbar, denn ihm war völlig schleierhaft, wozu er in ausgeschüttetes Mehl tappte und über irgendwelche von irgendwem ausgespannten Fäden stolperte, Kissen eindrückte, Tee überschwappen ließ, und aus welchem Grund er denn ständig aufs neue in diese Wohnung ging, wo keiner seiner harrte als Herr Robert, der sich den Sinn seines Erscheinens ja doch nicht erklären konnte.

Im Schrank

Ich bin hier geboren, sagte er, als er das Erstaunen nach dem Türöffnen wahrnahm; ein resignierendes Achselzucken seinerseits unterblieb jedoch, da der Kleiderbügel über seinen Schultern und unter seiner Jacke es auch gar nicht gestattet hätte. Der Hotelgast, nachdem er den ersten Schock überwunden, geriet in Verlegenheit; da stand er mit seiner koffergeknitterten schwarzen Hose, dem zerdrückten guten schwarzen Jackett und wagte weder dies noch jenes neben den Schrankbewohner zu hängen; er brachte es nicht einmal über sich, die Schranktür wieder zu schließen, wie einer, der unabsichtlich einen Gefangenen befreit hat, nun seine gute Tat nicht rückgängig machen will, auch wenn er merkt, der Befreite sei vielleicht der Wohltat nicht würdig. Doch der Schrankbewohner, in sachtes Schaukeln durch Auftupfen mit den Fußspitzen am Innern des Schrankbodens versetzt, bemerkte die Verlegenheit und kam dem Gast entgegen, ihn moralisch entlastend: Schließen Sie ruhig die Tür, ich bin es gewohnt, ich bin, wie gesagt, hier drin geboren! Sie werden doch auch einem Fisch nicht das Wasser vorenthalten, nur weil Sie es selber für zu kalt oder überhaupt für unerträglich halten?

Gequältes Lächeln auf seiten des Gastes, der es nicht übers Herz brachte, die Schranktür ganz in ihren Rahmen zu drücken und sie einen Spalt weit offenließ. Seinen mottenpulverduftenden Anzug bettete er über einen Stuhl; er mochte den Schrankbewohner nicht durch das Insektenmittel gefährden; auch war er unsicher, ob nicht der obskure Kerl seine Taschen durchkramen und etwas stehlen würde. Vielleicht stimmte dessen Geschichte, von der man nur ein paar Andeutungen kannte (»Ich bin hier geboren, ich lebe hier . . .«) überhaupt nicht, und er, von dem man durch den leeren Schrank membranhaft verstärktes Atmen hörte, war ein Dieb, ein Einbrecher, zufällig von diesem Hotelgast überrascht und das Versteck phantasievoll zu verblüffender Erklärung der eigenen Anwesenheit nutzend: Ja, das wäre möglich!

Ich hole die Polizei, rief der Gast, indem er die Schranktür aufriß. Was suchen Sie in meinem Schrank? Ein Augenpaar sah ihn müde und ergeben an: Ich habe es Ihnen doch schon erklärt, und der Schaukelnde stellte, indem er seine Handflächen gegen die hölzernen Seitenwände drückte, seine offenkundig einzige Unterhaltung ein: Greifen Sie in meine Brusttasche! Nicht ohne ein gewisses Ekelgefühl berührte der Gast mit der Hand den Körper des anderen zwischen Jacke und Hemd, fiebrige Hitze verspürend. Worauf ließ er sich da bloß ein, um, von den Anweisungen des Baumelnden gelenkt, dessen Ausweis mit spitzen Fingern aus der Brusttasche ans Licht zu bringen! Schlagen Sie auf, schauen Sie nach, was unter »Beruf« steht; na also, was habe ich Ihnen gesagt?! Ein Anflug von Triumph, vermischt mit Befriedigung: So weist ein Krüppel, dessen Krüppelhaftigkeit man wegen seiner schnellen Gangart anzweifelt, seine Beinprothese vor. Richtig: Da stand unter dem Geburtsdatum in der Zeile, wo der Beruf eingetragen wird, das Wort »Schrankhäusler«.

Ich bin amtlich anerkannt! dröhnte es dumpf aus dem Schrank, nun schon gar nicht mehr wie um Entschuldigung bittend, sondern verstärkt durch die Kraft einer den Aufenthaltsort legitimierenden Autorität. Jetzt hatte der Gast keine Bedenken mehr, die Schranktür fest zuzumachen. Während er den Schlüssel von außen herumdrehte, protestierte es dumpf im Schrank: Wollen Sie mich umbringen, soll ich im Dunkeln verrecken, solche wie Sie kennen wir, hängen nicht mal ihren Anzug her, werden wohl genug zu verheimlichen haben, und der Gast schlug mit der Faust an das Holz und schrie seinerseits: Ruhe da drinnen, ich habe ein ruhiges Zimmer gemietet, ohne Tumult in meinen Schränken, ich werde mich beschweren.

Als er sich, auf der Bettkante sitzend, die Schuhe ausgezogen hatte, fiel ihm auf, wie lange es schon im Schranke still war. Auf Strümpfen schlich er zu dem Möbel und legte sein Ohr an das polierte Furnier: nichts. Kein Laut. Ob ihm möglicherweise nicht gut ist, vielleicht ist er in der stickigen Schrankkluft ohnmächtig geworden, wer weiß, was daraus entstehen kann, man möchte ja seinen Mitmenschen, selbst wenn sie Schrankhäusler sind, nichts Böses antun, solange es nicht notwendig ist. Auch dachte der Gast an die Komplikationen, falls der im Schrank stürbe: Polizei, Amtsarzt, Verhöre, Untersuchung, eine Kette von Unannehmlichkeiten, die ihn, der doch nur drei Tage in dieser Stadt bleiben wollte, für längere Zeit an diese fesseln würde. Hastig riß er die Tür wieder auf: das Kinn auf der Brust, den Kopf leidend geneigt, die Stirne schweißglänzend, so hing der Schrankhäusler da, schien auch ohne Atem, als der Gast mit gesteigertem Widerwillen seine Hand erneut zwischen Hemd und Jacke schob. Schlug denn das Herz überhaupt noch? Mein Gott, ich bin ein Mörder! Aus Versehen, aus Zufall, aus Unachtsamkeit! Aber das schützt bekanntlich nicht vor Strafe. Nun zeigte die Stirn des Gastes ebenfalls Feuchtigkeit und sein Antlitz eine Blässe, als hätte er selber von Geburt an im Dunkeln einer kistenähnlichen Behausung vegetiert. In der Hoffnung, die drohenden Komplikationen zu vermeiden, hakte er den Reglosen von der durchgehenden Messingstange ab und zerrte den schlaffen Körper durchs ganze Zimmer zum Bett, wo er ihn auf die Steppdecke wälzte. Er nahm die kraftlosen Arme des Daliegenden, winkelte sie und versuchte, wie er es einmal im Film gesehen, durch pumpenartiges Auf und Ab in den fremden

Brustkorb Atem hervorzurufen. Zu einer Mund-zu-Mund-Beatmung konnte er sich nicht aufraffen; die wächsernen Lippen, von beschmierten Bartstoppeln umgeben, stießen ihn ab: Dann soll er lieber krepieren! Und als er schon mit sinkendem Mitleid, auch sinkendem Selbstmitleid, und zunehmender Gleichgültigkeit in der Anstrengung nachzulassen begann, schlug der andere die Augen auf und keuchte: Luft! Luft!

Merkwürdig rasch kam der Schrankhäusler zu sich, rekelte sich auf der weichen Decke, seufzte und kuschelte sich wohlig in die Kissen. Und während ihn der Gast noch musterte, sprach der Gerettete: Sie wissen, daß ich Sie wegen Mordversuchs, zumindest wegen möglicher fahrlässiger Tötung anzeigen könnte? Und ehe der Gast etwas erwidern konnte, winkte er ab: Sparen Sie sich Ihre Einwände, die kenne ich schon! Wenn Sie bei Nacht einen Fußgänger überfahren, weil Sie ihn nicht gesehen haben, wird man Sie trotzdem einsperren! Nicht in einen gemütlichen Eichenschrank mit bestem Furnier und echter Messingstange, sondern ganz woanders hinein! Und als der Gast schwieg: Na, sehen Sie! Ich kenne mich mit den Hotelgästen aus, aber die sich nicht mit Schrankhäuslern, das ist ihr Fehler! Unwissen verdient Strafe! Glauben Sie nicht, mein Lieber, daß Sie an mir etwas gutzumachen haben?

Er sah zu, wie der Gast zur Brieftasche griff, einige Scheine hervorzog, nahm sie danklos entgegen und wedelte mit den Papierlappen vor seinem Gesicht: Was soll ich damit, guter Mann? Soll ich etwa in meinem Schrank dieses Geld ausgeben? Meinen Sie, die Holzwürmer in der hinteren linken Ecke werden mir dafür einen Schleiertanz oder gar noch Besseres vorführen? Soll ich der alten grauen Motte, die erst zur Nacht aufwacht, ein entsprechendes Angebot machen? Soll ich einer verirrten Fliege einen Schein geben, damit sie für mich in die Kneipe fliegt und mir eine Flasche holt? Mein Lieber, was soll mir Ihr Geld, solange ich es nicht ausgeben darf? Ich weiß schon, was Sie sagen wollen, mein lieber Lebensretter, aber das geht nicht. Ein Schrankhäusler muß Tag und Nacht auf dem Posten bleiben und seine Pflicht tun! Ich kann einfach nicht weggehen, jedenfalls nicht ohne weiteres. Ja, wenn Sie für ein Stündchen meine Stelle übernehmen würden, dann wäre alles im beiderseitigen Interesse geordnet: Ich könnte ein Glas trinken, und Sie brauchten nicht vor Gericht! Der Gast zögerte mit der Antwort, da begann vor ihm der Schrankhäusler eine Vorstellung mit Augenverdrehen und Ächzen, konvulsivischem Zucken und Stöhnen: Hilfe! Hilfe! Mord! Mord! – immer lauter, bis der Gast flehend die Hände hob, Stellvertretung versprach und mit Erschrecken beobachten mußte, wie vital der Schrankhäusler vom Bett aufsprang, sich das Haar glattstrich, den Schlipsknoten anzog und, seinen Ausweis auf der Handfläche, vor den Gast hintrat: Nur zur Sicherheit! meinte er. Falls eine Kontrolle kommt. Sie müssen doch die Rechtmäßigkeit Ihres Aufenthaltes im Schrank nachweisen können, bei dieser schlechten Beleuchtung da drinnen merkt den Unterschied keiner, geben Sie Ihren Ausweis her, und dem erstarrten Gast fuhren geschickte Finger in die Brusttasche, sein Identitätsbeleg verschwand, während er mit dem des anderen dastand: Nun rasch in den Schrank, mein Lieber!

Der Schrankhäusler entledigte sich der Jacke, schnallte sich den Bügel von den Schultern, löste Gurte und Riemen, reckte sich genüßlich und forderte seinen Stellvertreter auf, sich ebenfalls zu entkleiden. Nachdem der Gast sein Jackett ausgezogen, wurde er in den Sessel gedrückt, das Ledergeschirr umschlang Brust und Achseln, mit dem Hinterhaupt stieß er an den großen Haken, an dem er Augenblicke später im Schrank hing. Wie eigenartig es darin roch. Nach Mottenpulver, Zibeben, Zimt, Nelken, Schweiß, Dörrholz, Staub, abgetragenen Kleidern, muffig und erregend, nach Papier, nach Druckerschwärze, Brillantine, Rasierseife, Gummiwaren, Zigarrenasche, Pfeifenschmauch und der dauernden Anwesenheit einer undefinierbaren Person. Gibt es hier kein Licht, wollte der Gast wissen, immer noch ungläubig, daß so einer in völliger Finsternis gelebt hatte. Also dann, in einer Stunde auf Wiedersehen! Lassen Sie die Tür einen Spalt weit offen, bat der Gast, hörte: Also, in einer Stunde! Woraufhin sich Tür und Rahmen lichtdicht schlossen: draußen wurde der Schlüssel hörbar herumgedreht und abgezogen.

Hoffentlich halte ich das aus, dachte der Gast und atmete gequält, und nach zehn Minuten schien es ihm schon, als habe er Stunden, ja Tage in dieser Schwärze verbracht, und während er Spekulationen über die bisherige Länge seines Aufenthaltes im Dunkel anstellte, überraschte er sich selber, wie er, die Zehen aufgestützt, sacht hin- und herschwang: eine Frucht am Baum, eine Fledermaus im Gebälk, obwohl man als solche ja eigentlich kopfabwärts hing.

Das mußte Schlaf gewesen sein, betäubte Abwesenheit, schier traumfrei, als plötzlich der Schrank knarrend aufgemacht wurde, ein mürrischer dikker Herr hineinsah, über dem linken Unterarm einen schweren Wollmantel, den er nun rücksichtslos über den Schrankhäusler, der eigentlich keiner war, streifte und in den Schultern graderückte. Die kläglichen Proteste schien er nicht wahrzunehmen, weigerte sich möglicherweise, sie zu erkennen, wollte oder konnte es auch nicht: Darüber nachzugrübeln hatte der neue Schrankbewohner reichlich Zeit. Denn seine Zukunft bestand in der Trägerschaft wechselnder Kleidungsstücke – Mäntel, Jacken, Blusen, Fräcke, Gehröcke, Uniformen, Umhänge, Blousons, Lederwesten, Parkas, Pelze –

ständig von wechselnden Körperausdünstungen betäubt, bei jedem Schranktüröffnen zu neuer Erwartung und Hoffnung geweckt, sein Vorgänger käme endlich zurück, um wieder seinen angestammten Platz einzunehmen. Obwohl ihm von Helligkeitseinfall zu Helligkeitseinfall, den einzigen Zäsuren der Dunkelheit, klarer wurde, daß der andere nie wieder erscheinen würde, hielt er standhaft an der Illusion fest, irgendein Zufall brächte den Verschwundenen doch noch einmal her. Sonst hätte er seinen Schlips über die Messingstange geworfen, einen Knoten geknüpft und sich einfach fallengelassen. Nein, diese Freude würde er dem Schrankhäusler nicht machen. Sondern bei dessen Rückkehr ihm mit wehem Blick in die Augen schauen, und dann werde sich schon alles zum Guten kehren. Weil jener für ihn das empfinden müsse, was vordem er für jenen empfunden hatte. Er, der zur Zeit Unterlegene, würde sich sofort als moralisch überlegen erweisen, und als solcher triumphiert man zuguter Letzt, wie er sich erinnerte. Irgendwo hatte er diesen hoffnungsvollen Satz gelesen, wenn er auch im Augenblick nicht mehr wußte, wo.

Olympia Zwo

Völlig unvermittelt: In dieser Weise und von diesen beiden Worten genau gekennzeichnet geschah es. Wie jeden Abend hatte Wilhelm Zwart den Fernseher eingeschaltet, kurz vor Nachrichtenbeginn und der Gewohnheit folgend, von der nicht einmal seine Hand mehr wußte, die den Einschaltknopf betätigte. Schon vollendete der Sekundenzeiger die letzte Umkreisung des Zifferblattes, schon fuhren Buchstaben von rechts und von links herbei, um Schriftbild zu werden und wurden selber gleich abgelöst von der Ansagerin, einer blonden, undurchsichtig lächelnden Person, deren Lider eine Spur zu zweideutig gesenkt waren, um zu den ernsten Worten der Meldungen zu passen.

Zwart begrüßte sie, während er sich ein Glas mit Bier füllte und den Hosenbund aufknöpfend vor dem Apparat Platz nahm, mit einem stereotypen: »Guten Abend, du Schöne!« Kaum saß er jedoch im Sessel, öffnete sie die immens roten, scharf umrandeten Lippen und sagte:

»Guten Abend, Herr Zwart!« Anschließend las sie die ersten Neuigkeiten vor.

Herr Zwart hockte in den abgeschabten Polstern, die Hand mit dem Glas halb erhoben und rührte sich nicht. Er konnte sich an keinen Moment innerhalb der letzten Jahre erinnern, von dem er ähnlich betroffen gewesen wäre und dem er derart lange nachgehangen und nachgelauscht hätte. Ohne daraus getrunken zu haben, stellte er das Glas neben sich auf den niedrigen Rauchtisch, dessen verschrammte Platte mit zahllosen Ringen in Flaschenbodengröße übersät war: Schlüsselzeichen für eine Archäologie der Einsamkeit.

Nach Fotos von einem Flugzeugabsturz, dem immer gleichen oder gleichartigen, sonst vom gierigen Blick hastig nach Leichen durchmustert, erschien die Ansagerin erneut. Zwart richtete sich auf und fragte mit unsicherer Stimme:

»Du hast doch nicht etwa mich gemeint, mein Schatz?« Sie präsentierte ihm ihr außerordentliches Lächeln, so daß Zwart den Zwang zur Erwiderung in den eigenen Mundwinkeln spürte. Ohne Tonwechsel sprach es aus dem Gerät:

»Aber selbstverständlich, Herr Zwart!«

»Dann entschuldigen Sie bitte, daß ich Sie geduzt habe!« Sie nickte ihm einverständig zu und berichtete über die Ereignisse der Bremer Bürgerschaftswahl. Herr Zwart begriff nicht, wie sie ihn hatte hören können. Und außerdem noch selber zu ihm sprechen! War das denn überhaupt möglich? Daß seine technischen Kenntnisse dürftig und überholt seien, wurde ihm bedrückend bewußt. Man verstand nicht mehr, was man doch Tag für Tag vor Augen hatte. Schon die Erfindung des Radios damals war ihm rätselhaft erschienen: Daß man über unvorstellbare Entfernungen hinweg zu hören vermochte, wie jemand Geige spielte oder einen Vortrag hielt. Und er verdankte es eigentlich nur seinem Desinteresse an Geigenkonzerten und Vorträgen, daß ihn die ungeheuerliche Tatsache nicht beängstigt hatte. Aber daß man jetzt nicht nur in die Ferne sah, sondern auch selber gesehen wurde! Ein leichter Feuchtigkeitsfilm erschien auf seiner Stirn, denn es wurde ihm schockartig klar, in welch derangiertem Zustand er direkt vor der elektronischen Mona Lisa saß. Unauffällig, wie er jedenfalls hoffte, zupfte er an seinem Hosenbund, um den klaffenden Winkel, durch den sein Leib sich ins Freie wölbte, zu schließen, wußte gleichzeitig aber nur zu gut, wie vergeblich diese Mühe war. Im Sitzen nie zu schaffen! Als die Ansagerin für einige Sekunden dem Präsidenten von Ober-Volta wich, sprang Zwart auf, um »seine Kleider zu ordnen«, wie es früher auf meist lädierten und in Augenhöhe angeschraubten Emailleschildern in Pissoirs erbeten worden war. Beruhigt nahm er erneut Platz. Jetzt konnte er sich ihr zeigen, ohne sich schämen zu müssen, sobald sie wiederkäme und ihre eindrucksvollen blauen Augen auf ihn richten würde. Sie kehrte jedoch vor der Wetterkarte und dem Spielfilm nicht mehr zu ihm zurück.

Als Zwart erkannte, daß er die nächsten neunzig Minuten sich selber überlassen wäre, ging er ins Bad und rasierte sich, obschon er diese Prozedur erst gestern früh an sich vollzogen hatte und eine abendliche Rasur ihm stets als Gipfel der Sinnlosigkeit und des Snobismus vorgekommen war. Unter dem Schaum traten seine Wangen, sein Kinn, der faltenwerfende Hals wie frisch ausgepackt ans Licht, rötlich schimmernd und von weißen Stoppeln, den Merkmalen des Greisenalters, befreit. Sie hatte mit ihm gesprochen, wahr und wahrhaftig, und Zwart kam zu der Überzeugung, daß auf einem ihm gänzlich unvorstellbaren Weg sein allabendlicher Gruß, dieser stete, steinhöhlende Tropfen, sie erreicht und getroffen haben mußte. Das grenzte ans Wunderbare. War das Wunderbare. War ein Wunder! Dem galt es in gebührendem Aufzug zu begegnen.

Zwart entnahm einem Kommodenfach ein lange nicht mehr getragenes Oberhemd, dessen Falten einen übermäßigen Härtegrad angenommen hatten, daß er fast fürchtete, beim Überziehen könne es an diesen Stellen auseinanderbrechen. Dann trat er vor den Kleiderschrank, öffnete die Spiegeltür und nahm seinen besten Anzug vom Bügel. Zwar hatte das Schwarz des Tuches mit der Zeit einen leicht bräunlichen Schimmer angenommen, aber das würde wohl kaum bemerkt werden. Während er die Hose überzog und den Bund zurechtnestelte, merkte er, daß sie ihm, wie es fälschlicherweise immer heißt, *zu eng* geworden war, als wäre nicht er im Laufe der Jahrzehnte einfach zu dick geworden. Das Jackett spannte ebenfalls, wo es nur konnte und sträubte sich dagegen, zugeknöpft zu werden, aber Zwart zeigte sich den Dingen gegenüber erbarmungslos. Ihr gehört mir und habt zu parieren! sagte er aufstampfend, schloß jedoch das Jakkett vorsichtshalber nur auf dem oberen Knopf und musterte sich im Spiegel. Er erblickte einen älteren, dezent gekleideten Herrn mit fülligem weißem Haar, wie man ihn auf Werbeanzeigen von Lebensversicherungen finden mochte: *Genießer seines Lebensabends* oder was sonst unter derartigen Täuschungen zu stehen pflegte, denn von Genuß konnte bei Zwarts Existenz keine Rede sein. Wenn man schon von Lebensabend reden wollte, dann konnte man nur jene in unzählbare Stunden zerfallende Phase meinen, von denen eine der anderen glich. Sobald man das Gestern betrachtete, waren es nur lauter Stückchen und Bröckchen, ohne rechten Zusammenhalt, keines stand mit dem andern in sichtbarer Verbindung, alles wirkte zusammengewürfelt und widersprüchlich und ähnelte durchaus dem Mischmasch des Fernsehprogramms.

Fernsehprogramm! Hastig band Zwart den Schlips um und schlang die schmale Seite zu einem formlosen Knoten: Gleich müßte die junge Frau zu ihm zurückkommen, denn aus dem Wohnzimmer steigerte sich die Musik zur Apotheose: Der Filmschluß kündigte sich an. Dann würde sie wieder mit ihm sprechen. Sich mit ihm unterhalten. Mit ihm Worte wechseln, und daß sie ihn dazu auserkoren hatte, wo sie doch die Wahl unter Millionen und Abermillionen Zuschauern besaß, das machte ihn stolz. Ja: Auserwählt; so konnte man sich getrost bezeichnen.

Doch schon auf dem Rückweg ins Wohnzimmer fiel Zwart ein, daß sein Erwähltsein auf mehr als optischen Gründen basieren müsse. Schließlich hatte sie ihn beim Namen genannt – woher wußte sie den eigentlich? Logische Schlußfolgerung: Sie hatte über ihn Informationen eingeholt, was eine weitere Schlußfolgerung nach sich zog: Daß ihr Interesse an seiner Person außergewöhnlich sein mußte. Niemand macht sich die Mühe, Kenntnisse über einen anderen Menschen zu erlangen, ohne wichtige Gründe dafür zu haben.

Während Zwart ins Wohnzimmer zurückeilte, kämpfte er mit zwei nicht zu vereinbarenden Überlegungen. Mit einem raschen Blick überflog er sein kahles Wohnzimmer und überlegte angespannt, wie er von der Trostlosigkeit des Raumes durch irgend etwas Dekoratives ablenken könne, doch wurde diese Überlegung ständig von der Suche nach den geheimen Motiven der Ansagerin gestört. Am besten schnell ein Bild an die Wand. Aus dem Schlafzimmer der Öldruck mit dem Matterhorn. Ob sie etwas über sein Dasein erfahren hatte, etwas Wesentliches, was nur für sie, nicht aber für ihn bedeutungsvoll war und an das er sich nicht zu erinnern vermochte? Möglicherweise handelte es sich um ein Ereignis, das ihm selber banal und gleichgültig, anderen hingegen beeindruckend und faszinierend vorkam. Nur wollte ihm nichts Derartiges aus seinem Leben einfallen, und außerdem entzog sich auch der Hammer seiner hektischen Suche, von einem Nagel ganz zu schweigen. Man müßte sich wohl mit fremden Augen betrachten, um eine andere Gewichtung aller individuellen Geschehnisse vornehmen zu können, aber gerade das erwies sich als das Unmögliche schlechthin. Aus seinen Gedanken störte ihn das Schmettern der Fanfaren auf, mit denen sich der Film dem Ende entgegenneigte. Schweißbedeckt stürzte Zwart ins Wohnzimmer zurück, einen panischen Blick in die Runde werfend, ob sich ihm nicht ein freundlicher Gegenstand zeige, mit dessen Hilfe er eine kultivierte Atmosphäre vortäuschen könnte. Zumindest Bierflasche und Glas mußten vom Tisch verschwinden, diese entlarvenden Kennzeichen einer Dutzendexistenz. Er würde ein paar Bücher auf die

Ringmuster der Platte legen, als habe er eben in einem literarischen Werk geblättert, die Sendung ignorierend und nur ihr Erscheinen erharrend. Mit unruhigen Fingern durchwühlte er, blind vor Aufregung, seinen Bücherbestand. Goethe, oh ja. Goethe war immer gut. Goethe legte Zeugnis ab für eine gewisse geistige und menschliche Gediegenheit seines Besitzers. Goethe verwies jedoch auch auf sein Alter, denn wer las heute schon noch Goethe? Etwas Modernes sollte unbedingt dazu plaziert werden und Gegenwartsbewußtsein demonstrieren. Ob sie mich vielleicht mag, fragte er sich plötzlich, fast mit einem inneren Erschrecken, denn er hatte einmal in einem dieser vergilbenden Bücher gelesen, es gäbe Mädchen, die sich ausschließlich zu reiferen Männern hingezogen fühlten. Magisch sogar! Eilig raffte Zwart einige Bücher zusammen und kam gerade noch zurecht, die Bände mit dem Rücken zum Bildschirm aufzustapeln und selber eine lässige Pose einzunehmen, bevor die Ansagerin bunt aufleuchtete. Zwart deutete in seinem Sessel eine Verneigung an und sagte:

»Guten Abend, meine Verehrteste!« Zugleich durchwallte ihn wohlig die Überzeugung, daß er jetzt den dieser besonderen Begegnung entsprechenden Eindruck machte.

Wieder das sphinxhafte, dennoch ansteckende Lächeln, eine Spur schwächer vielleicht als vordem. Keine Reaktion auf seinen Gruß. Vielmehr die Ansage einer Unterhaltungssendung, und ehe Zwart zu einem neuen Anknüpfungsversuch ansetzte, war sie schon wieder erloschen. Er war enttäuscht und tröstete sich damit, daß sie zu dieser späten Stunde wohl zu müde für weitere Kontakte sei. Bis er sich erhoben und die Bücherrücken wahrgenomen hatte. Unter Goethes »Faust«, als habe er exakt auf jenes darunter befindliche Werk hinweisen wollen, las sein Auge mit Entsetzen: *Das Sexualleben unserer Zeit* von Dr. med. Iwan Bloch. Der erläuternde, ja die Lektüre geradezu entschuldigende Untertitel: »In seinen Beziehungen zur modernen Kultur«, war viel zu klein gedruckt, um vom Bildschirm her erkennbar zu sein.

Mein Gott, Zwart, was hast du da bloß angerichtet!

Seine Ungeduld, sein hirnloser Eifer, sich in ein besseres Licht setzen zu wollen, hatten genau das Gegenteil bewirkt. Zwart sank in den Sessel zurück und verbarg das Gesicht in den Händen: Wie konnte ihm nur ein derartiger Fehler unterlaufen! Er merkte auf einmal, daß er unbewußt begonnen hatte, sich einen Traum zurechtzuspinnen, der nun zerriß, zerflatterte, ein zartes und luftiges Muster, das sich auflöste und vom Dunkel des Zimmers restlos verschlungen wurde.

Erst das regellose Geflacker auf der Mattscheibe nach Sendeschluß weckte ihn aus der Lethargie. Entschlossen, das Mißverständnis brieflich aufzuklären, formulierte er für sich selber einleuchtende und um Verzeihung bittende Sätze, flocht gewissenlos die Notlüge ein, besagtes Blochsche Werk geerbt, es nur aus Pietät aufgehoben und niemals gelesen zu haben. Er betonte seine Neigung zu allem Höheren, zum Idealen, zum Edlen und Schönen, was sie, die Ansagerin, allabendlich seinem an ihr Bild oder an sie selber gerichteten Gruß habe unbedingt entnehmen dürfen. Noch in der gleichen Nacht gegen Morgengrauen verfaßte Zwart das Schreiben, kritzelte die Adresse des Fernsehsenders unter den unvergeßlichen Namen und schlich im frühen Dämmerlicht auf die Straße und zum nächsten Postkasten.

Jeden Morgen und die ganzen Vormittage hindurch horchte er auf den stumpfen Schritt des Briefträgers, ein eintöniges Stampfen, das nie vor seiner Tür anhielt. Jeden Abend nahm er den gewohnten Platz ein, sorgfältig frisiert und gekleidet, anstelle der Bücher ein zu keinen Mißverständnissen befähigtes Alpenveilchen auf dem Tisch, grüßte auch immer sehr höflich und dezent, wurde jedoch keines Gegengrußes mehr gewürdigt. Die Verbindung blieb unterbrochen. Doch damit vermochte Zwart sich nicht abzufinden. Er konnte und wollte nicht einsehen, daß ein unbeabsichtigter Verhaltensfehler schicksalsbestimmend sich auswirken und den Rest seines Lebens verdüstern sollte. Wenn er nur seinen bedauerlichen Mißgriff wahrheitsgemäß schildern dürfte, sie würde ihm bestimmt vergeben. Außerdem stammte Dr. Blochs Untersuchung aus dem Jahre 1906 und stilisierte alles Geschlechtliche zu anatomischen Befunden, zu biologischen Präparaten, was einem sowieso das Gefühl vermittelte, eher an einem trübseligen und von irgendwem verhängten Fatum körperlich teilzuhaben, statt an einem mit »Lust« bezeichneten Vorgang.

Sogar das beabsichtigte er ihr mitzuteilen, nachdem er sich endlich zu ihr aufgemacht hatte und seine Rede memorierend durch die gläserne Trommel der Drehtür des Funkhauses eine mächtige Halle betrat, ohne daß ihn jemand beachtete. Wilhelm Zwart merkte instinktiv seine Chance: Die Straßenbahnmonatskarte in der andeutungsweise erhobenen Hand, so wie er andere hier ein- und ausgehen sah, die mit einem Ausweis gleichen Formats winkten, gelangte er an dem Tresen der Pförtner vorbei und überquerte eine nicht endenwollende Travertinfläche. Als wisse er genau Bescheid, schritt er auf eine rückwärtige Glastür zu und befand sich unerwartet auf dem Hof der Sendeanstalt zwischen lauter Autos. Er wandte sich an einen der Fahrer, von dem er hoffte, dessen Gleichgültigkeit gegenüber Besuchern möge Fragen erst gar nicht aufkommen lassen, und erkundigte sich nach dem Raum, von dem aus die Nachrichten in die Welt gehen. Offenkundig verirrten sich häufig Hausfremde zwischen den fensterlosen Betonbauten und mußten sich nach ihrem Ziel durchfragen, denn Herr Zwart erhielt gleich die gewünschte Auskunft.

Wenig später passierte er in einem dieser Gebäude mehrere Eisentüren, bevor er in ein Dämmerlicht geriet, das die Sicht erschwerte. Ab und zu erklangen fern dumpfe Hammerschläge und unverständliche Rufe: In ihre Richtung tappte Zwart mit zunehmendem Herzklopfen. Zwischen schmalen Gängen aus haushohen Prospekten, straff über Holzlatten gespannten Leinwänden, beschmiert mit Zahlen und Buchstaben, traf er keinen Menschen. Vor seinen Füßen wanden sich dicke Kabel über den Boden, mit Klebestreifen festgehalten. Ihr schwarzer Glanz gemahnte an die Glätte von Kriechtieren, und Zwart überstieg sie mit extrem langen Schritten. Dann stand er in einer Lücke der Kulissen und schaute ins Studio, dessen Decke und ferne Ecken sich im Dunkel verloren. In Zwarts Einbildung besaß der gesuchte Raum den Umfang seines eigenen Wohnzimmers, und nun überfiel ihn eine Grenzenlosigkeit, in der er vor Aufregung kaum Gegenstände wahrnahm.

Da saß sie hinter ihrem Pult, geheiligt von dem Schimmer des nur auf sie gerichteten Lichtes, und die sanfte Miene trug das von Zwart so oft nachvollzogene Lächeln. Er verließ den Schutz der Kulissen und stolperte auf sie zu und bat um Entschuldigung für das Mißverständnis von neulich: Sie möge den leidigen Vorfall als ungeschehen betrachten. Und künftig wieder mit ihm reden. Er habe sonst niemanden zum Gesprächspartner, weil er allein hause, wie sie ja wohl aus ihren Informationen über ihn wisse, und er zudem in seiner Wohngegend wie ein Fremder lebe ...

Seine ohne Unterbrechung vorgetragene Ansprache rührte ihn selber dermaßen, daß er unbeabsichtigt und dennoch der Situation gerecht das Knie beugte und den Kopf neigte, in eine teils anbetende, teils unterwürfige Haltung knicksend, wodurch der

Blickwinkel sich nach unten verschob und jene Ebene vor seine Augen geriet, die er daheim oft genug vermißt hatte. Doch unter dem Tisch gab es keine Schuhe, Füße, Knöchel, Waden und Knie, vom Rocksaum gerahmt, sondern nur eine Anzahl von Aluminiumstangen, durch Flügelmuttern miteinander fest verschraubt, verschiedenfarbige Drähte und eine winzige schwarze Öllache auf dem Fußbodenbelag. Gleich darauf hörte er hinter sich näherkommende Stimmen, und er machte sich noch kleiner, kroch unter den Tisch, schloß die Augen und bettete seine heiße Stirn mit der grauenvoll klopfenden Ader in den kühlenden Schoß.

Die Mänaden sprechen über ihr Opfer

1

Wir wissen alles von ihm. Wir kennen die Farbe seiner Augen und seiner Krawatten; seine Lieblingsspeisen grillen, schmoren und braten wir nach, uns zu vereinigen mit ihm, dem Göttlichen, um im Rumpsteak au four seinen Leib zu schmecken. Wir kennen die Genese seines Erfolges; seinen Sportwagen, seinen Unfall, dem glücklich und unverletzt er entronnen. Seine Stimme, zur schimmernden Spirale auf ungezählte Kunststoffscheiben gepreßt, tönt unaufhörlich, wird verschliffen, zerkratzt, erneuert, ist da und rührt an Tränendrüse, Gemüt und Geschlecht. Seine Stimme durchdringt Wände, weht durch Städte und sintert aus Moder und Schwamm alter Häuser, entspringt dem Beton der Büros, tropft aus parkenden Autos, sämig und ölig, und steigt ins Weltall, wo sie um unseren Planeten kreist: ein Ring aus Sentimentalität, ein Kranz harmonischer Klage, ein Reifen Trauer, der das hohle Faß Erde umspannt, damit es nicht, während es hastig durchs Universum poltert, in nutzlose Bohlen und Bretter zerfällt.

Seine Stimme ist da und er selbst auf der Bühne, an ein schwarzes Kabel gefesselt, das windet sich schlangengleich aus dem Dunkel und endet im Mikrofon, dessen metallischen Konus seine Hand fiebrig feuchtet. Wir sitzen vor ihm, und er sieht uns an und wir ihn und können nicht einhalten mit Schreien und Rufen, Evoé, Evoé, nachdem er sich verneigt, nachdem düstere Portieren bereits seine Gestalt versteckten. Es pulst in der Kehle: unartikuliertes Verlauten unlauteren Sehnens, wortloses Jauchzen: Komm noch einmal hervor, komm hervor, komm wieder, erscheine, tritt auf, noch einmal, noch einmal gib uns die Empfindung, andere zu sein, als wir sind.

Wir wissen alles. Wir wissen auch, daß er hinterher, schwankend im schmalen Gang zu seiner Garderobe den Schweiß von Stirn und Nacken trocknet mit einem schneeweißen Tuch, das durch diese intime Berührung sogleich zur Reliquie wird. Wir wissen, daß er die Tür hinter sich verriegelt, um unser bittendes, werbendes, gieriges Fordern auszuschließen. Er verachtet uns. Wir hassen ihn. Nur: Voneinander zu lassen, ist uns unmöglich.

2

Telefonnummern an seinem Garderobenspiegel, geschrieben mit grellem Lippenstift. In jeder Stadt von Omaha bis Nebraska, in die ihn der Zwang scheinbarer Berufung führt, in jedem ewiggleichen muffigen Umkleideraum erblickt er Zahlen über seinem Gesicht, tritt er vors quecksilberbeschichtete Glas, dazu weibliche Vornamen wie Verkaufsangebote an einer Schaufensterscheibe, überdeutlich, einladend, preiswert. Blutrote Aufforderungen und Versprechen.

Aber er verzichtet immer.

Wischt Zahlen und Buchstaben aus. Die bunten Abenteuer, die wir ihm zuschreiben, warum verweigert er sich allen?

Die Fächer seiner Garderobentische wagt er nicht mehr zu öffnen, da bestochene Gelegenheitskuppler, willige Helfer, käufliches, doch anonymes Personal sie mit Fotografien füllt, so daß sie überquellen von Frauen und Mädchen, teils im Bikini, teils nur in eigener Haut, für die Ewigkeit der hundertstel Kamerasekunde die Brüste vorstreckend, ihr Lächeln ein falsches Geständnis. Manische Briefe voller unerfüllbarer Bitten. Adressen. Adressen. Kein Jupiter, kein olympischer Bulle, Evoé, mit sagenhafter klassischer Potenz hielte solchem Ansturm stand. Immerhin: Er könnte wählen. Könnte neugierig aus massenhaften Möglichkeiten eine herausgreifen zu seinem, ihrem, unserem Ergötzen.

3

Wir wissen, er besaß viele Frauen. Saß nicht sogar eine neben ihm am Steuer, als er seinen Wagen (einen Austin Healy Sprite) auf irgendeiner Paßstraße gegen irgendwelche Felsen steuerte, den Absturz in maßlose plutonische Tiefen zu vermeiden, um für sein Publikum, um für uns seine Stimme zu retten: teures unersetzliches akustisches Gefährt unserer Weltflucht für drei Minuten Unsterblichkeit und Lebensfülle.

4

Wir erfuhren: heimliche Heirat, heimliche Hochzeitsreise zu den Grand Canyons. Serpentinen aufwärts, immerzu aufwärts, mit jeder Kurve höher, denn vor die touristischen Attraktionen haben die Götter die Mühe gesetzt. Nach jeder Lenkraddrehung erscheint erneut das dunkler und intensiver werdende blaue Nichts vor der Frontscheibe. Nach dem Paß, eingesprengter Durchschlupf, zwei Autos breit, hinab zur Ebene, grün von Bewuchs, bestäubt mit pulverisiertem Platin, Auspuffdunst aus des Helios verschwindendem Vehikel.

Ein anderes Fahrzeug jedoch kommt dem frisch verehelichten Paare entgegen: keuchender Transporter, Sattelschlepper, sechsachsig, überlang, vollgepfropft mit sinnlosen Produkten überschäumender Fabriken, in stinkende Wolken verbrannten Dieselöls gehüllt: näher und höher, letztes Licht südlichen Leuchtens auf der Windschutzscheibe, hinter der ein unsichtbarer Fahrer, geblendet von dem horizontalen Strahlen und Glühen, von der Straße kaum etwas sah, denn er blieb in ihrer Mitte und wich nicht aus, wie der Fels nicht, grau, verwittert, rechts am Straßenrand schräg aufgerichtete sedimentäre Schicht: unnachgiebig und unvergeßlich.

Zwischen den mächtigen Rädern des Transporters und dem Fels eingequetscht die blecherne Hochzeitskutsche. Eine Lastwagennabe reißt der Gondel die linke Flanke auf, während sie langsam gegen das Gestein zur Rechten gedrückt wird. Knirschen und Schaben. Geräusche brechenden Metalls. Dröhnendes Weiterfahren der großen Maschine, weiter nach oben in die Kehre, wo sie röchelnd und dampfend verschwindet.

Der Sportwagen bleibt als Wrack zurück, und in diesem das Paar. Sie, die Hände vors Gesicht gelegt, den Oberkörper vornübergeneigt, die Stirn auf dem Armaturenbrett; er, zurückgelehnt, bleierne Mattigkeit im ganzen Leibe, die Nachwirkung des Schreckens.

Wir wissen es genau, obwohl nichts davon auf den Plakaten seiner Gastspiele steht, nichts davon in den Nachrichtenspalten der Presse.

5

Erfuhren noch mehr. Erfuhren, daß dem Lastwagensaurier eine Limousine folgt, anhält, hilfsbereite Urlauber entläßt, die das Hochzeitspaar einladen und hinunterschaffen in den nächstgelegenen Ort, umfänglich und städtisch genug, eine Klinik zu beherbergen.

Sofort vollzogene Diagnose ergibt: weder äußere noch innere Verletzungen. Aber die junge Frau spricht kein Wort, bleibt stumm, ist mit Schweigen geschlagen zur Beunruhigung ihres Mannes, dem Ärzte zuraunen:

Unfallschock, kein Grund zur Besorgnis, doch hierbleiben muß sie noch einige Zeit, nicht lange, nur zur Beobachtung, wir können sonst für nichts garantieren ...

Weiterhin wird empfohlen, ein Zimmer im Ort zu mieten und den Morgen abzuwarten. Morgen schon sei vielleicht das psychische Kataklysma überstanden und ein Umschwung zur seelischen Norm hin geschehen.

6

Im Hotel das Zimmer altmodisch möbliert, zu Häupten des Bettes ein plump geschnitzter Gottessohn; das Land einstmals spanischer Besitz, fromm und königstreu, bis unweit von hier der letzte überseeische Kaiser habsburgischer Herkunft erschossen wurde. An der Wand, von der der Putz blättert, ein Waschbecken, darüber ein jungfräulicher, weder von Zahlen noch Namen befleckter Spiegel. An diesen mikroskopischen Punkt der Landkarte genadelt wie ein seltenes, endlich erjagtes Insekt: so kommt man sich hier vor. Bitte um ein rasches Wunder. Bestellung einer Flasche des ortsberühmten Agavenschnapses: mit dieser zu Bett; nach dem siebten oder siebzehnten Glas entwachsen dem Bett und Schrank Agaven, lautlos umkreist von buntbefiederten Bälgen, Netzhautspuk, bis der Hindämmernde zu den Pflanzenwurzeln hinabsinkt und in der Umschlingung bleicher knotiger Fäden und Fasern einschläft.

7

Am nächsten Tag geben die Ärzte die Frau nicht frei. Trotz Bitten, trotz eindringlichen Schmeichelns: Wollen keine Verantwortung tragen, heben Zeigefinger, äugen bedeutsam über randlose Brillen, wackeln mit kahlen Köpfen, verlangen: Abwarten! Man müsse abwarten. Noch sei der Unfallschock nicht überwunden; die Stummheit halte noch an.

Dem Sänger, obwohl vor der Hoteltür ein neuer Wagen abfahrbereit lauert, bleibt nichts anderes übrig, als sich erneut des Destillates zu bedienen, um den Zeitablauf zu beschleunigen.

Stumpfes Glotzen aus dem Fenster ins graue Dämmer, das der Horizont mit schwarzen Silhouetten von Gebirgen begrenzt, bis man einschläft und träumt, vor der weißbemäntelten Ärzteschar auf die Knie zu fallen, flehentlich die Hände erhoben und um Rückgabe der Gattin bettelnd, singend und heulend: unsäglich.

Gewiß: Dokumentarisch Sicheres, Augenbezeugtes ist uns verborgen. Was wir wissen, wissen wir vom Hörensagen und glauben daran. Und weil wir es glauben, kann auch nicht anders gewesen sein, was unser Wissen ausmacht.

Auf diese Weise wissen wir, wie der Sänger am nächsten Morgen erneut in einer schlanken Corvette zur Klinik fährt, vor dem siebenfach geschmiedeten Tor den Wagen zurückläßt, um über klingenden Kies zum Haupttrakt zu laufen, wo die reine Stille durch seinen Daumendruck auf den Klingelknopf zerstört wird. Nachdem die gemaserte Holzfläche aufschwenkt, sieht er, als hätte die Gesellschaft hinter der Tür nur auf seine Ankunft gewartet, ruckhaft einsetzende Bewegung weißgekleideter Figuren im ungewissen Schein der Empfangshalle. Hände drücken seine Hand. Häubchenbekrönte Schwestern schieben ihm Papiere zwischen die Finger.

Unterschreiben ohne hinzuschauen. Flüchtiger Einfall: das eigene Todesurteil könnte darunter sein – und ehe er es sich versieht, ist die Pforte wieder geschlossen, und er draußen davor, neben sich eine Frau im Staubmantel, das Haupt von einem geblümten Tuch auf ländliche Weise verhüllt, die Augen hinter einer Sonnenbrille versteckt, so daß nur der Mund zur Ansicht freisteht: und der lächelt.

Nebeneinander her über den Kies zum Ausgang. Nebeneinander aus dem Gittertor. Als seine Begleiterin den neuen Wagen erblickt, erstarrt sie, weicht langsam zurück, Fuß um Fuß. Um sie zu beruhigen, hebt ihr Mann seine Hand, damit eine streichelnde vertraute Geste über ihre Wange, über ihr Haar die Fremdheit überwinden helfe und die Spannung des Augenblicks löse; da rutscht die Sonnenbrille und fällt, gleitet wie eine zerbrechliche Larve vom Gesicht, unaufhaltsam, und zerbricht auf den Granitplatten der Einfahrt. Sichtbar wird eine veränderte, gewandelte Physiognomie: die seiner Frau und doch die einer Unbekannten, die einen atemlosen, nicht sehr lauten Schrei ausstößt, eher ein ächzendes Wehklagen. Dann: Umdrehen und Wegrennen, über den aufstiebenden Kies davon, gejagt, getrieben, ein abgestorbenes Blatt im plötzlichen Sturm.

Man scheint sie schon erwartet zu haben. Die Pforte öffnet sich, bevor sie sie noch erreicht, bevor sie die Stufen hinaufstürzt, und schließt sich sogleich hinter ihr mit eindeutiger Selbstverständlichkeit.

Sinnlos, noch einmal zum Gebäude zurückzugehen. Der abrupt Verlassene schiebt sich hinter das glatte Lenkrad und fährt an.

8

Fährt und hört nicht auf zu fahren, die schon einmal erblickten Serpentinen hinauf und hinunter, vorbei an der Stätte des Unglücks, vorbei an glitzerndem Quarz, an rötlichem eisenhaltigen Gestein, bis er vor einem Konzertsaal einen Parkplatz findet, vor einem Varieté, Tanzpalast, vor einer Musik-Hall, wo er sich auf die Bühne flüchten darf, unter die gedankentötende Grelle der Scheinwerfer, unter die kurzfristige Anästhesie unseres Jubels, unter das Narkotikum aller Schwachen: den Beifall.

Wir wissen: obwohl vor uns und für uns nur da, ist er abwesend, eine melodische Hülle, um deren Inhalt wir bestohlen wurden.

So klatschen wir mit wachsendem Haß in die Hände. So vernimmt, wer den Klang unserer Begeisterung zu deuten vermag, ein jämmerliches Rachegeschrei. So sieht in den Blumen, wild auf die Bühne geschleudert, wer will, den Hagel von Steinen.

Eine Angelegenheit: das klang erfreulich neutral. Für seine Beteiligung daran, die er als ganz *undurchsichtig und bedrückend* empfand, war diese Bezeichnung eine Ausflucht. Aber eine hilfreiche, die ihn erleichterte. Er war es gewöhnt, sich auch in Gedanken durch eine besondere Wortwahl vor Schuld oder bloßer Mitschuld zu schützen. Als Fotoreporter hatte er sehr bald erkennen müssen, daß er oftmals auf das, was vor seiner Kamera geschah, eine gewisse Wirkung ausübte. Obgleich er seine Bilder nicht inszenierte, kam es ihm häufig genug vor, daß seine Anwesenheit oder sogar schon der Anblick der Kamera die Fotografierten stimulierte. Ihm schien, es gäben sich alle in seinem Sucher Versammelten Mühe, recht dramatisch und drastisch zu agieren, so wie sie es von den Illustriertenbildern her kannten. Er nutzte dieses belebende Moment seines Erscheinens auf dem Schauplatz aus, verachtete jedoch zugleich die von ihm fotografierten Objekte dafür, daß sie sich von der Kamera anfeuern ließen wie dressierte Raubkatzen im Zirkus von der Peitsche des Dompteurs.

Ehrlich gesagt, er hätte sich bei der besagten Angelegenheit selber als »Mörder« titulieren müssen, entging aber durch seine über lange Zeit hinweg entwickelte Fähigkeit, mit sich selber in Umschreibungen zu reden, der anklagenden Vokabel. Er gestand sich nur zu, daß er eben auf *undurchsichtige und bedrückende* Weise einbezogen war, doch dieses Eingeständnis, das ihn immerhin tröstete, blieb so vage, daß es ihn auch nicht besonders bewegte. Zumindest anfänglich nicht.

Wenn ihm jemand bedeutet hätte, er habe sich selber wie ein Abgrund vorzukommen, in den hineinzublicken es einen schauderte – mehr als ein Schulterzucken würde er kaum fertiggebracht haben. Abgrund! Auch so eine theatralische und vom Zitieren verbrauchte Vokabel! Viel zu großartig für Alltagszwecke. Das tönte maßlos schicksalhaft, fatalistisch. Man mußte ohnehin bezweifeln, ob man für Taten wie diese als »Angelegenheit« bezeichnete überhaupt verantwortlich sein konnte. Dazu müßte man sich ja als Ursache erkennen – aber wer tut das denn schon? Nicht einmal bei minderen (oder sollte man sagen: viel, viel schlimmeren) Vorgängen läßt sich die Selbstbeteiligung einsehen: etwa bei der sogenannten Bevölkerungsexplosion, die man einfach dadurch fördert, daß man dieses ganze exotische Grünzeug kauft und frißt, wovon die Armen in der Dritten Welt sich ernähren, indem sie es nicht essen. Mit jeder Banane zum Frühstück bestärkt man doch die Kolumbianer oder Guatemalteken in der völlig unberechtigten Annahme, ihre Frauen dürften dauernd ungestraft guter Hoffnung sein.

Vielleicht war es sogar ein Honduraner oder Peruaner gewesen, der, plötzlich den Betrug erkennend, den Abzug betätigt hatte? Sind es nicht stets Ausländer, die bestimmte zivilisatorische Hemmungen leichter überwinden als unsereins? Er hatte das Attentat ja nur fotografiert, es hätte auch ohne seine Notiznahme stattgefunden, und daß er jetzt für sich selber so etwas wie eine *undurchsichtige und bedrückende* Teilhaberschaft konstruierte, war vermutlich ein Zeichen von Überarbeitung oder von Verrücktheit oder einfach nur von einer krankhaften Sensibilität, wie sie sich in Zerfallsepochen einzustellen pflegt. Höhnisch: Nun gerade und erst recht: »Mörder«! Auf sich selber gemünzt, damit er das Wort belächeln konnte. Und sich selber dazu.

»Kranke Tiere«, hatte einst einer zu ihm gesagt, im Fußballstadion, und auf die Tribüne gegenüber gewiesen, während des Spiels. Glücklicherweise jedoch so leise, daß nur er, der Fotoreporter, es zu hören vermochte. Die Worte und die Geste galten wohl weniger ihm als Individuum denn seiner Profession. Der Mann hatte ihn an der Fotoausrüstung identifiziert, an seiner merklichen Gleichgültigkeit für das Durcheinander auf dem Rasen dort unten. Auch der Fremde schien eher als Beobachter gewisser Phänomene hergekommen und nicht um die *Sau rauszulassen.* Vielleicht zählte er zu den immer häufiger anzutreffenden Misanthropen, die ihr Interesse, vielmehr Desinteresse an ihresgleichen zoologisch oder gar entomologisch formulierten. Unter dieser Voraussetzung klang »Kranke Tiere« immerhin noch mitleidsvoller als »Verstörte Ameisen« geklungen hätte.

Wie alles Nebensächliche hatte sich ihm, dem Fotoreporter, diese Definition für die brüllenden, tutenden, winkenden, aufspringenden und völlig besoffenen Schlachtenbummler eingeprägt, um mit der Ärgernis erregenden Penetranz des Unwichtigen in der entsprechenden Situation ins Gedächtnis zurückzukehren. Außerdem störte ihn die Falschheit des Vergleichs. Kranke Tiere verhielten sich nicht wie diese Fußballfans. Was ihn umgab und an den Vergleich erinnerte, in dem Moment, da er das Foto »schoß«, zumindest gleichzeitig mit einem Unbekannten auf einen auslösenden Hebel drückte, ähnelte einem eigenständigen Organismus, einer zähen Masse mit der erhöhten Temperatur der Erwartung auf ein außerordentliches Ereignis.

Platz, sich auszubreiten und vor Rührung und Emphase zu vibrieren, hatte die Masse genug: Petersplatz, an jenem berüchtigten Tage, da er, der Fotoreporter, sich mit seinen Apparaten schrittweise durch die Ansammlung wie durch ein immer stärker gerinnendes, unangenehmes Element hindurchwand. Wenn er sich jetzt all diese Körper nackt vorgestellt hätte, es wäre ihm schlecht geworden. Er konzentrierte sich auf seinen Gegenstand, der über den Köpfen der Menge sichtbar wurde: eine ragende, weißgekleidete Gestalt, auf dem Hinterkopf das Käppchen, stetig wie ein Landmann die

Arme hebend und senkend, Segen wurde ausgeteilt, in einem regelmäßigen Rhythmus, daß rechts und links ja keiner zu kurz komme. Etwas Mechanisches und Übertrainiertes registrierte der Fotoreporter in dem Aufzug, wie er es immer aufs neue bei den über die Menge erhobenen Figuren gesehen hatte. Er meinte, die Regie zu bemerken, mit der die Erscheinung präsentiert wurde. Regie stand immer dahinter. Wirkung und Einfluß waren ohne Regie undenkbar. Wieviel Energie, Selbstverleugnung, Selbstzucht und Übung kostete jene lächelnde Natürlichkeit, jenes schelmische Augenblinzeln, der Ausdruck sanfter Besorgtheit um das Seelenheil aller gerade Anwesenden, als wenn eines dieser »kranken Tiere« so etwas wie eine Seele in seinem schwitzenden Rumpf stecken gehabt hätte.

Je mehr die Hingabe wuchs, desto nüchterner wurde der Fotoreporter; die Erregung anderer verlieh ihm immer die zur Arbeit nötige Ruhe und Gelassenheit. Während er in die exaltierten Gesichter hineinfotografierte, aufgerissene Münder, glitschige und gewürmartige Zungen, fanatisierte Augen, rückte das Fahrzeug mit dem Oberhaupt näher und näher. Seine gezirkelten Armbewegungen glichen dem matten Schwingenschlag eines zur Landung ansetzenden Schwans, der nach einer stillen Stelle in der wallenden Hektik unter sich Ausschau hält. In diesem Moment hob er, der Fotoreporter, die Kamera und hatte sogleich den Mann im Visier. Wie schon früher empfand er auch diesmal intensiv das Bedürfnis nach einer unvorhergesehenen Unterbrechung des Ablaufs – weniger der dabei entstehenden Fotos wegen, als vielmehr aus Überdruß am leeren Ritual. Daß doch diese Kette des immergleichen Geschehens einmal risse! Zumindest ersparte ihm der Blick durchs Objektiv die hysterischen Mienen rundum, den mimischen Jubel, dessen Grund er sich nicht zu erklären vermochte. Bloß weil da ein älterer Kleriker polnischer

Nationalität in einem Kastenwagen umhergefahren wurde?

Durch das Linsensystem sah er die Einschläge der Schüsse in die Soutane. Das heißt: Er sah rote Flecken sich wie auf Löschpapier ausbreiten. Die Gestalt selber verlor sich aus dem Sucher. Sie sank sacht in sich zusammen, wurde dabei aufgehalten, gestützt, dann doch abwärts gelassen und sackte immer weiter nach unten, so daß der Fotoreporter längst die Kamera hatte vom Auge nehmen müssen, um sie hoch über die Köpfe zu halten, unsicher, ob er aus dieser Position überhaupt noch verwertbare Bilder bekommen würde.

Endlich, endlich war etwas passiert, das den vorbestimmten und seit eh und je festliegenden Verlauf aufgehalten und durcheinandergebracht hatte. Erst das Geschrei und Gejammer, das laute Wehklagen zerstörte etwas, das der Fotoreporter wie eine unendliche und zugleich faßbare Starre gespürt hatte. Zwar dauerte dieses Gefühl nur Sekunden, möglicherweise nur einen Sekundenbruchteil, aber für diesen Zeitabschnitt verharrte die Welt, als sei sie angehalten worden. Und nach diesem Augenblick würde ihr erneuter Fortgang, eben durch die kaum merkliche Verzögerung, nicht mehr ganz synchron sein mit dem gewohnten Zeitgang. Aus solchen winzigen Unterbrechungen des Taktes summierten sich wohl die historischen Veränderungen.

Während sich die Menschenmassen mit einer allumfassenden Kontraktion um das Zentrum des Attentats zusammenzog, kämpfte sich der Fotoreporter in die Gegenrichtung davon. Wahrscheinlich schützten ihn nur die Apparate vor dem Verdacht, hier entferne sich der Schuldige vom Ort seiner Tat. Der Film mußte sofort entwickelt werden, die Bilder so rasch wie möglich in die Redaktion geschafft! Wann flog die nächste Maschine von Rom über die Alpen nordwärts?!

Nachdem er keuchend dem Sog entronnen und noch nebenbei ein paar Aufnahmen von heranstürmenden und den Petersplatz abriegelnden Carabinieri gemacht hatte, fragte er sich, ob der Getroffene nur verletzt sei oder schon tot. Eine Frage, die er in Hinblick auf die täglich krepierenden Millionen in aller Welt für heuchlerisch hielt. Die vielen starben weg, auch ohne daß jemand nach ihnen fragte; ohne daß sie vorher festlich gekleidet in einem Wagen transportiert worden wären. Was ja wohl, angesichts ihrer Anzahl, auch kaum zu praktizieren sein würde. Die mußten eben beiläufig und unauffällig ableben. Er brachte für das Attentatsopfer so wenig Mitgefühl auf wie für alle die Namenlosen und Unbekannten, die, unter anderem, ihre Existenz jenem Mann erst verdankten, dessen letztes Porträt wohlverwahrt in der Filmpackung in seiner Tasche ruhte. Zwar wurde vermutlich keine überschwengliche Trauer von einem erwartet, aber immerhin eine gemessene Erschütterung, eine zurückhaltende Empörung. Persönliche Betroffenheit wurde einem abverlangt wie der Paß bei der Grenzkontrolle. Schlecht, wenn man nichts aufzuweisen hatte. Gleich rückte man in den Dunstkreis des Attentäters und wurde mit dem Brandzeichen eines gewaltbereiten Parteigängers versehen. Jeder Betrug wurde hingenommen, jede Floskel akzeptiert, weil alle, alle betrogen und vortäuschten. Kranke Tiere? Keinesfalls, mein unbekannter Fußballfreund!

Ganz unerwartet für ihn selber, reagierte er nicht mit der üblichen Sachlichkeit, kaum daß er die fertigen Fotos in der Hand hielt. Und als er ohne Lob und Dank für die fixe Arbeit das Labor verließ, ja nicht einmal beim Fortgehen grüßte, selbst da wurde ihm seine Unhöflichkeit nicht bewußt. In der Taxe unterwegs zum Flugplatz betrachtete er das Ergebnis des Fingerdrucks auf den Auslöser, wobei ihm jene andere Fingerbewegung einfiel, die mit der seinen fast synchron gewesen sein mußte. Unter der spiegelnden Oberfläche der Bilder wallte das Gewand, der Schulterumhang wie windbewegt, zerlaufene Sprenkel in Brusthöhe, ein verzerrtes Antlitz, der Blick ins Leere, die Pupillen geweitet: Man kannte den Ausdruck von den Aufnahmen Sterbender. Die letzte Lebenskraft konzentriert sich in den Augen, wohl weil der Blick die letzte Bindung darstellt, die letzte Berührung der Dinge. Der Blick ist die letzte Botschaft an die Welt. Aber er meldet nur die entsetzte Einsicht in das unverhoffte Ende.

Diese Bilder zwischen seinen Fingern waren für ihn wirklicher als die Wirklichkeit, die sich sowieso der genauen Anschauung entzog. Was immer man ansah, es veränderte sich schon, bevor man es noch richtig wahrnahm. Es erschütterte ihn, daß er den offenkundig unrettbar Verlorenen in diesem Moment der raschen Vergänglichkeit entzogen hatte, zumindest sein Sterben, das nun solange anhielt wie die Emulision es bewahrte.

Er, der Fotoreporter, blätterte die Abzüge aufs neue durch. Indem er sich wieder dem Anblick aussetzte, büßte er etwas ab, was er nur fühlen, aber nicht ausdrücken konnte. Ihm war klar, daß die Treffer tödlich gewesen sein mußten. Mit dem Mann auf den Fotos ging ihm etwas verloren, über das er Trauer verspürte, eine Trauer, für die der Erschossene nur Anlaß und nicht Ursache war. Über ein leichtes Brennen hinter den Augenlidern, dem Vorstadium der Tränen, gelangte er nicht hinaus und selbst wenn er sich jetzt die ihm einst Nahestehenden und inzwischen Verstorbenen ins Gedächtnis rief, er wußte schon, es würde mit dem Weinen nichts werden. Die Absicht verhinderte alles. Obwohl er die Gesichter der Eltern, der auf irgendeine Weise ihm verlorengegangenen Freunde und Frauen über das Gesicht des Stellvertreters schob, es wurde dennoch nichts mit dem erleichternden Schmerz. Der Stellvertreter versagte in seiner ihm zugedachten Rolle.

Vor dem Postschalter des Flughafens, benannt nach dem wehrlosen Leonardo da Vinci, standen die Leute in langen Reihen, manche ungehemmt schluchzend, mit bedrückten Mienen über Kofferradios geneigt, die sie so sorglich und vorsichtig in den Händen hielten, als hätten auch die Geräte durch das Verbrechen innere Verletzungen erlitten. Es kam ihm, dem Fotoreporter, unvermutet komisch vor, wie die Menschen demutsvoll die Stirnen über quarrende Kästchen senkten, um sich einem Leid hinzugeben, für das ringsum kein Anlaß sichtbar war. Vielleicht spielten sie auch nur ihr Leid oder erfuhren das Glück oder gar die Lust, an einem Schmerz teilhaben zu können, der insofern rein war, als er sich nicht auf ihre armselige Person beschränkte, nicht auf das Überwältigtsein durch die Mühsal, die die äußeren Umstände für individuelle Schicksalsschläge bereithalten: Krankenhauskosten, Begräbniskosten, Wohnungsauflösung, Erbschaftsstreit, Vereinsamung. Wie sehr nötig hatte man solchen mittelbaren Schmerz, und wie selten wurde man seiner Gnade teilhaftig. »Für andere den Tod erlitten . . .«: Ein Satz, plötzlich mit einer ganz neuen und einleuchtenden Bedeutung erfüllt! Alle, die hier warteten, brauchten das Fest des Jammers, und weil sie es brauchten, wünschten sie es auch ständig herbei. Wer ehrlich zu sich selber sein wollte, mußte zugeben, an solchem Wünschen teilzuhaben. Warum hatten die Alten, die alles schon besser und genauer wußten, Psyche für ein junges Mädchen gehalten statt für ein Chamäleon mit schleimiger, klebriger Zunge, dauernd die Farben wechselnd, wie die Umgebung es befahl?

Der zur Atmosphäre kondensierte Wunsch, es möge endlich Außergewöhnliches geschehen, ein Wunder oder ein Mord, hatte im labilsten Teil der spannungsgeladenen Menge den Funken begünstigt. Immer handelte es sich bei denen, die zum Revolver oder zum Gewehr griffen, um »ausführende Organe« der Sehnsucht nach einer Sensation. Mit der Bezeichnung »Geisteskranker« stahl sich jeder einzelne aus der Mitverantwortung für die Anstiftung. Er, der Fotoreporter, der die Kausalität erkannte, jetzt, da eine ältliche, wirr stammelnde Frau einen Brief unter dem Panzerglas durchschob, wollte sich selber dieser Verantwortung nicht entziehen. Er trat aus der Reihe, unbeachtet. Den gelben, rechteckigen Umschlag unter die Achsel geklemmt. »Mörder«, nein, das traf gewiß nicht auf ihn zu. Und doch war er auf *undurchsichtige und bedrückende* Weise an dem Inhalt des noch unfrankierten Umschlages beteiligt, und dieses Beteiligtsein hinderte ihn daran, die Sendung an den Adressaten abzuschicken. Es steckte ein Indiz in dem großen Kuvert, ein Zeugnis gegen ihn. Was genau es bewies, wußte er nicht. Er wußte bloß, daß es ihn belastete, obgleich keine denkbare Instanz es als Beweisstück anerkennen, geschweige denn gegen ihn verwenden würde.

Das Gesetz, demzufolge er sich mitschuldig gemacht hatte, war noch ungeschrieben. Es war noch nicht einmal erdacht. Trotzdem zerriß er sorgfältig die ganze Bilderserie, bevor er sie in einen der Abfallkörbe vor der Abfertigungshalle warf, so daß, wie er meinte, damit seine Spuren für alle Zeit gründlich getilgt waren.

»Blaulicht und Sirene«, meinte Dr. Jakobs und wiederholte damit, was alle auf der Unfallstation Beschäftigten von ihm schon bis zum Überdruß gehört hatten:

»Blaulicht und Sirene ist das letzte und wahrscheinlich einzige Memento Mori unserer Gegenwart!« Sonst erinnere nichts mehr an Freund Hein, pflegte er fortzufahren: Nichts an den Knochenmann mit der Sense, dessen Symbolgehalt im Zeitalter der industrialisierten Landwirtschaft unverständlich geworden sei. Seine Zuhörer nickten gewöhnlich ergeben, im voraus wissend, es werde nun vom Schnitter Tod die Rede sein, dessen bildliche Darstellung früher allüberall gegenwärtig gewesen: als notwendige Mahnung gegen weltlichen Hochmut. Und heute?

Blaulicht und Sirene: Das reißt den Straßenpassanten einen Moment aus seiner leeren Geschäftigkeit und gemahnt ihn daran, daß er sowohl unfallfähig wie sterblich ist. Rückt jedoch das rotierende Blaulicht aus dem Blickfeld, verklingt der durchdringende Ton, erledigt sich auch das Gefühl des eigenen Ungesichertseins. Gleich wird wieder alles wie vordem: nämlich beiläufig und lethargisch. Möglichenfalls ruft das optische und akustische Signal Fernsehbilder ins Gedächtnis oder Illustriertenfotos, zerbeulte Karosserien, entflammte Stockwerke, Feuerwehrleute, weißgekleidete Bahrenträger, hastig agierende Retter. Künstliche Beatmung, Herzmassage, Infusion, aber keine tiefere Nachdenklichkeit, keine Überlegung, daß alles eitel sei. Und haschen nach Wind. Der Mensch, sogar der Akademiker, sei zum Scheitern verurteilt und zwar schuldlos. Imponderabilien, alles Imponderabilien! Er zum Beispiel, meinte Dr. Jakobs, denke da an einen Fall, der ihn immer noch beschäftige, obwohl er bei demselben seiner Verantwortung voll gerecht geworden sei. Schon die Art des Unfalls, wenn man es einmal so nennen wollte, und die nicht zu diagnostizieren war, hätte Vorahnungen wachrufen müssen. Aber dem Schlimmsten verschließt man sich ja ganz bewußt, wahrscheinlich aus Selbstschutzgründen. Wollte man stets das böse Ende als unausweichlich voraussetzen, könnte man seinen Beruf an den Nagel hängen. Es gehöre zu jeder Therapie, daß man von ihrer Wirksamkeit selber überzeugt zu sein habe.

Vor vierzehn Tagen also eingeliefert, dieser magere Mann, schlecht genährter Atsheniker, Haut und Knochen, kein Gramm Fett auf den Rippen, und Dr. Jakobs stach mit dem Zeigefinger der Rechten in seinen straff sitzenden Kittel: Und rechtsseitig hier unter dem Brustkorb eine tiefe Wunde. Eventuell Messerstich. Merkwürdig vor allem: Die Extremitäten sowohl zwischen den Mittelhandknochen wie zwischen den Knochen des Spanns glatt durchstoßen oder durchbohrt. Als habe dieser klapperdürre Mensch sich mit einer Bohrmaschine selber malträtiert. Psychopathische Selbstverstümmelung. Starker Blutverlust, und die Haut um die schorfverkrusteten Löcher fast weißlich.

Zuerst meinte Dr. Jakobs, es mit einem Drogensüchtigen zu tun zu haben, der sich im Rauschzustand selbst verletzt hat. Dergleichen kommt vor, hängt jedoch von der verwendeten Substanz ab. LSD beispielsweise führt bei falscher Dosierung manchmal zu ikarischen Visionen, die Landung findet meist auf dem Straßenpflaster statt. Es fanden sich aber nirgendwo am Körper des Patienten Einstichstellen, nicht einmal unter den Fußsohlen, wo die besonders Schlauen die Nadel setzen, um nicht als Süchtige identifiziert zu werden. Und auch sonst zeigten sich keine Suchtmerkmale. Völlig normale Pupillenreflexe: Keine Anzeichen der Freuden des Tantalus.

Vom Typ her, meinte Dr. Jakobs, vermutlich ein Orientale. Libanese oder Marokkaner: Schulterlanges, sehr dichtes schwarzes Haar, dunklere Pigmentierung, starker Bartwuchs, keineswegs Mitteleuropäer. Und weil sich keine Drogenwirkung feststellen ließ, ergab sich von ganz allein ein bestimmter Verdacht: Unser Neuzugang war nicht Opfer eines Unfalls geworden, nicht Opfer seines Selbst, sondern Opfer eines Verbrechens! Schlußfolgerung, die sich einem unabweislich aufdrängte, betrachtete man die exakt verursachten Wunden an Händen und Füßen. Solcher Überlegung folgte natürlich die Kette der Vermutungen. Handelte es sich um einen Racheakt? Die ethnische Zugehörigkeit des Fremden legte Derartiges nahe. So was kommt häufig im Orient vor, wie man weiß; ein Wissen, das Dr. Jakobs teilte. Wo man noch jemanden an den Körperteilen straft, mit denen die Tat begangen wurde, bildet die barbarische Strafjustiz das Vorbild für zwischenmenschliche Grausamkeiten. Solche atavistische Idee besitzt ihr selbstverständliches Pendant in der Unterwelt. Dr. Jakobs glaubte mit ziemlicher Gewißheit, dieser Mann wäre von seinen Kumpanen oder Konkurrenten abgeurteilt, gefoltert und für tot liegengelassen worden. Ergo: ein Verwundeter des geheimen Bandenkrieges um illegale Geschäfte, Drogenhandel, Prostitution, Glücksspiel. Ein weiteres Indiz für die Richtigkeit seiner Annahme meinte Dr. Jakobs darin zu erkennen, daß der Schwerverletzte keinerlei Ausweispapiere bei sich trug. Der Fundort: ein Kinderspielplatz. Dort habe er eine ganze Nacht gelegen, um am nächsten Morgen von ein paar Schulbuben entdeckt und dem ärztlichen Notdienst gemeldet zu werden.

Abgelegt, vielmehr: Weggeworfen. Wie einen unbrauchbaren Gegenstand. Daran möge man erkennen, meinte Dr. Jakobs, was für einem Kulturkreis Täter und Opfer entstammten. Unleugbar doch einem, wo es an Pietät angesichts der letzten Dinge mangele. Sogar unter der Voraussetzung, daß jeder Kriminelle ein gleichgültigeres Verhältnis zum menschlichen Körper einnehme, den er eher unter dem Aspekt des direkten Nutzens sehe, erschrecke ihn, Dr. Jakobs, diese Ex-und-Hopp-Methode doch sehr. Man habe sich jedenfalls des Fundstückes sorgfältig angenommen, so daß eine baldige Heilung zu erwarten gewesen wäre.

Überantwortet habe man den Genesenden einer älteren, höchst akkuraten Krankenschwester, unserer dicken Liesgreth, einer Seele von Person, die sich beim Anblick des wild und wirrhaarigen Patienten vornahm, ihn keinesfalls dermaßen ungepflegt wieder aus ihrer Obhut zu entlassen. Sie hielt ihn für einen Flüchtling, einen Asylsuchenden, pakistanischer oder ähnlicher Herkunft und wurde in dieser Überzeugung darin bestärkt, als sie erfuhr, die Polizei solle wegen des ausweislosen Fremden benachrichtigt werden.

Am Morgen nach der Operation, nachdem die Wunden gereinigt und vernäht worden waren, habe er, meinte Dr. Jakobs, während der Visite den Fremden nach seiner Identität befragt, jedoch keine Auskunft erhalten. Aber damit hätte er sowieso gerechnet.

Ob er libanesischer oder marokkanischer Nationalität sei, wollte Dr. Jakobs wissen, und schob dem Libanesen oder Marokkaner mit dem Daumen der Rechten das Lid in die Höhe. Erstaunlicherweise war die Nachwirkung der Narkose bereits verflogen, und während er sich noch wunderte, fühlte er sich von dem untersuchten Auge eindringlich gemustert: Als sei er der Patient.

Libanese? Marokkaner? Schwaches Kopfschütteln die Antwort; offensichtliches Unverständnis und geduldiges Schweigen, gegen das Dr. Jakobs verärgert die Drohung setzte, die Behörden würden schon herauskriegen, woher der Patient stamme und wer er sei! Die Behörden! wiederholte Dr. Jakobs lauter, um doch noch eine Reaktion, etwas wie ein verspätetes Geständnis zu erzwingen, freilich ohne Erfolg. Ob er wenigstens erklären könne, wie er auf den Kinderspielplatz geraten sei, wo man ihn aufgefunden habe? Bei dem Wort »Kinderspielplatz« stutzte der Liegende und verzog das Gesicht. Dr. Jakobs hielt die schwer deutbare Veränderung des Mienenspiels für ein Lächeln, zumindest für die Andeutung eines Lächelns.

Sollte das den Triumph des Überlebthabens ausdrücken? Oder plante er schon vergnügt den Mord an seinen Feinden, denen er eben erst entkommen war? Irgend etwas ging in diesem Manne vor, deutlich erkennbar an seinem Blick. Als breite sich langsam die dunkle Pupille über die hellere Iris aus, doch ohne jeden Glanz, das Licht absorbierend, als vertrockne die spiegelnde feuchte Oberfläche konzentrisch bis zu den Lidrändern. Ein auffälliges Merkmal des Rückzugs ins eigene Innere. Dieser Orientale oder Exote verschwand in sich selber, er zog seine Lebensgeister auf einen zentralen, medizinisch nicht definierbaren Punkt zurück, und überließ seinen Leib den Anwesenden. Diese Leute beherrschten noch solche brotlosen Künste! Bis morgen also, Herr Unbekannt, und gute Besserung. Bis Sie einsehen, daß es besser wäre, die Geheimnistuerei aufzugeben.

Man habe mit der ärztlichen Versorgung schon ausreichend zu tun, meinte Dr. Jakobs, als daß man noch Detektivarbeit leisten möchte: Das solle der Patient inzwischen bedenken!

Daß er dennoch gegen Morgen verstarb, gehört zu den Unbegreiflichkeiten der Natur. Man kam sich gefoppt vor. Unvorhergesehen macht sie uns einen Strich durch die Rechnung. Wie wir uns auch anstrengen, etwas Unkalkulierbares ist ihr eigen, als reagiere sie manchmal nur widerwillig auf unsere sie unterstützenden Künste. Der Tod ist ihr so immanent wie das Leben. Flüchtigkeit ihr Kennzeichen. Sie bringt eine Gestalt hervor und läßt sie gleich darauf wieder abtreten. Innere Blutungen; ein nicht voraussehbarer Schock.

Schwester Liesgreth, nachts den Schlaf des Kranken kontrollierend, fand ihn im Koma. Erneute Verlegung auf die Intensivstation wurde angeordnet, der Mann in Nullkommanichts an die Maschinerie angeschlossen, doch ohne anhaltend positives Ergebnis: es ließ sich keine, möglicherweise unerkannt gebliebene innere Verletzung eruieren.

Was in der Nacht weiter geschah, meinte Dr. Jakobs, entzieht sich unserer Kenntnis. Man sei auf den Bericht der Krankenschwester angewiesen, die, entgegen ihren Gepflogenheiten und seinen Anordnungen, Kontakt zu dem Patienten aufzunehmen versucht hätte. Ein nur als äußerst ungewöhnlich zu bezeichnender Vorgang!

Das habe die Schwester auch zugegeben, zugleich aber die Gründe dafür dem Verstorbenen angelastet. So zum Beispiel ein Hingezogensein zu ihm ins Feld geführt, aber keines, wie es Dr. Jakobs wohl vermute. Ganz im Gegenteil. Doch fehle ihr jede Vergleichsmöglichkeit. Er habe sie zu sich gewinkt, da sie lesend auf ihrem Platz gesessen, und zwar mit einer unerwartet energischen Gebärde. Ihre Annahme sei gewesen, daß er ihr etwas bekennen wollte. Nachdem sie sich über ihn gebeugt hatte, berührte er sie mit den Fingerspitzen, ganz leicht nur und keineswegs so, wie man vielleicht annehme. Sie arbeite lange genug in der Unfallchirurgie, jedermann im Hause kenne ihren guten Ruf. Patienten seien stets tabu für sie gewesen. Sie wäre jedoch, ob er es für wahr halte oder nicht, durch diese kaum merkliche Berührung daran gehindert worden, den diensthabenden Arzt zu verständigen. Insofern messe sie sich eine gewisse Schuld zu, trotz ihres paralysierten Willens – sie habe schon an

Hypnose gedacht, den Einfall jedoch wieder verworfen.

Daß diese berufserfahrene, resolute Frau sich von einem Sterbenden streicheln läßt und dabei alle Alarmzeichen mißachtet! Das heißt: Sie hat sie womöglich gar nicht übersehen, aber Eindeutiges war von ihr nicht zu erfahren. Es muß sich jedenfalls zu dieser Morgenstunde, ungefähr gegen drei Uhr, etwas abgespielt haben, das sich meinem Vorstellungsvermögen entzieht. Die Polizei hat auch nicht mehr herauskriegen können; zwar hat sie die Kleidung des Toten mitgenommen, aber mit sichtbarer Skepsis. Es halten sich so viele Ausländer illegal bei uns auf, daß wenig Hoffnung besteht, jemals festzustellen, um wen es sich da gehandelt haben mag.

Warum ihn der Fall immer noch beschäftigte, könne er selber nicht genau sagen. Vielleicht wegen der letzten Worte des Sterbenden, die die Schwester gehört haben will. Abweichend von anderen Abgängen, die im Hindämmern nach der Mutter verlangen, was man nur als unbewußte Verschlüsselung der instinktiven Einsicht deuten kann, daß sich für den Moribunden der Kreis schließe und es zurückgehe ins Ungeborensein – im Widerspruch dazu habe dieser Libanese oder Marokkaner nach seinem Vater gerufen. Zumindest habe die Schwester das behauptet.

Welche Schlußfolgerungen er, Dr. Jakobs, daraus ziehe?

Ohne ausreichend psychiatrisch vorgebildet zu sein, tippe er auf den Ausfall der üblichen ödipalen Determinante bei dem Verstorbenen. Der Ruf nach dem Vater verweise auf eine klare feminine Prägung, was man jedoch, wie Dr. Jakobs bedauernd schloß, nun mit Sicherheit leider nie mehr erfahren würde.

Märchenhafter Monolog

Ich streite nichts ab. Weil alles verjährt ist. Ich gebe zu, seit 1730 mehrere Förster zu mir genommen zu haben. Daß sie widerlich und meist nach Knaster, Hirschhorn und ungewaschenem Loden geschmeckt, mag mir als ausreichende Strafe für meinen Appetit angerechnet werden. Seit über hundert Jahren aber habe ich keinen Förster mehr angerührt. Mir wird nachträglich übel, denke ich an die vollbärtigen, grünen Gestalten, vernarrt in Bäume, von Haarbüscheln überquellende Ohren entzückt aufgerissen, um dem nervenvernichtenden Vogellärm zu lauschen. Ich bin zu zart besaitet, dieses ständige Kreischen, Kuckucken, Tirilieren, Flöten, Pfeifen, Schmettern ertragen zu können. Die Förster jedoch, seitdem es sie gibt, oder besser: seitdem ich sie kenne, verharren gebannt, als hörten sie die feinste Musik Liszt Toselli, während Morgennebel um sie wallen, ein erster Sonnenstrahl durchs morsche Gezweig niederstößt und aus dem See, in dessen Zentrum ich hause, sich meine Hand sacht herausstreckt und sie am grünen Kragen packt, damit der romantische Jammer ein Ende hat. Ich streite es nicht ab. Aber verjährt ist es doch. Und Zeugen befanden sich nie in der Nähe. Mögliche Indizien wie Bekleidungsreste, Schulterknochen, Schuhwerk aus unverdaulichem Leder, lösten sich längst im Grundmorast auf. Und kein noch so engmaschiges Netz fängt eine Infusorie, die durch Reaktion auf Gezwitscher verrät, welcher früheren Metamorphose der Materie sie entstammt.

Förster sind langweilig. Knackt man die Schädeldecke, findet sich nichts weiter vor als Weidmannskram. Kaum eine Neuigkeit über die große, weite Welt auf dem Trockenen. Ich habe schon lange mit keinem Menschen gesprochen.

Vor wenigen Tagen schwamm etwas hier unten

herum, eine seltsame Gestalt, wie ich sie nie vordem gesehen: statt mit Füßen ruderte sie mit Schwimmflossen, zwei runde Auswüchse kamen aus dem Rücken, das Gesicht bestand fast aus einem einzigen großen flachen Auge, und aus dem Maul hingen zwei gebogene Röhren, aus denen stetig Luftblasen perlten. Ich hielt sie für eine Art verirrter euterloser Seekuh, bis ich sie ansprach, es entsetzt stutzte und sogleich rasend zur Oberfläche aufstieg. Da erkannte ich: sie war ein Mensch. Meine riesige eiserne Hand langte ihr hinterdrein, geriet gegen einen rasch rotierenden Quirl, der aus einem Bootsheck ragte, und wäre ich nicht aus Eisen, das hätte mir die Finger zerrissen. So kratzte es nur einiges von der Rostschicht herunter, von der ich über und über bedeckt war. Früher putzte ich den Rost selber manchmal ab, mich an meinem glatten eisernen Rumpf zu erfreuen, doch dieser Jugendlichkeit entledigte ich mich bald. Der Rost kehrte sowieso in kurzer Zeit wieder; also ließ ich ihn wachsen, bis er auf mir eine dicke rauhe Borke bildete, von der Farbe erlöschender Glut. Ich erinnere mich noch daran, was das ist: Glut. Zum ersten und gleichzeitig letzten Male erblickte ich sie kurz nach meiner Geburt. Diese verlief ganz normal. Meine Herkunft ist nicht die Spur geheimnisvoll.

Meine Mutter war eine einfache Müllerstochter, doch mein Vater von allerhöchster Provenienz. Sein Inkognito wollte er damals und sollte ich eigentlich heute wahren, zwänge mich nicht die Ehrfurcht vor der Wissenschaft und die Sympathie für Doktor Mullberger, alles mich Betreffende hemmungslos aufzudecken.

Als die Müllerstochter im Sommer 1719 in die Blaubeeren zog und ihr Körbchen füllte, ritt ein hoher Herr des einsamen Weges, für den Körbchen Blaubeeren, Müllerstochter und Abspringen eins war. Ehe das bis dato unschuldige Mädchen, betäubt von der stickigen Hitze des Waldes, von der lastenden Sonne benommen, sich überhaupt aufrichten konnte, war es bereits zu spät. Bedenkenlos hatte der Reiter sie hinterrücks geschändet. Und als sie währenddessen flehend um nichts anderes bat, als um den Namen des Ungestümen, damit das Kind wenigstens diesen von seinem Vater kenne, ertönte es hinter ihr recht barsch: »Subordination ohne Räsonieren!«

In diesem Augenblick wußte sie, wem sie ihr fernes Schicksal zu verdanken haben würde: dem König Friedrich Wilhelm I., der an diesem schweißtreibenden Julitag Anno Domini 1719 von Dorf zu Dorf ritt, seine Untertanen zu kontrollieren – unerkannt, wie er glaubte. Wenig später zeigte sich, daß der Waldspaziergang Früchte getragen, deren Konsistenz rätselhaft war. Das Gewicht des werdenden Lebens machte es schon nach drei Monaten der Müllerstochter unmöglich, sich auf den Beinen zu halten. Sechs Monate verbrachte sie im Bett bis zur Entbindung der Zwillinge: wir waren nämlich zwei. Ich, Eisenhans, und er, Nickelpeter. Über ihn später. Als mich die Hebamme ans Licht zog und hochhob, überraschte sie mein Gewicht dermaßen, daß sie mich erschrocken losließ. Daß ihr der Bengel auf den Fuß gefallen, hörte ich sie schreien: ach, sie blute, der Spann scheine zerschlagen ... Müllerstochter, Müllerstochter, was habt Ihr da nur geboren?! Und mein Mütterlein erwiderte verlegen, der gnädige Herr hätte ganz normal ausgesehen, soweit er während der Zeugung sichtbar gewesen: ein großer, dicker Mensch im blauen Wams. Am deutlichsten stünden ihr seine breiten Schuhe mit echt silbernen Schnallen vor Augen! Die Hebamme ächzte indes: Herr, steh uns bei, die Kindlein sind aus Metall! Ihr seid eine Hexe, Müllerstochter, habt mit dem Teufel Buhlschaft getrieben ... Und eilte stracks zum Fiskalat, wo sie den Fall zur Anzeige brachte. Ein Prozeß wurde bald darauf eingeleitet, der mit einem Todesurteil endete: Besagte Müllerstochter sollte mit ihren beiden Homuncili, welche sie mit dem Beelzebub gezeuget, wie sie selber unter der Folter gestanden, in einen dichten Sack vernähet und im größten Pfuhl weit draußen vor dem Ort versenket werden. Da sie besagten satanischen Actus dem Könige habe zuschreiben wollen, gehe sie außerdem wegen Majestätsbeleidigung ihres Bürgerrechts verlustig.

So wurden wir eingetunkt: selbdritt. Unsere Mutter ertrank. Wir metallischen Söhne natürlich nicht. Jede Lungenatmung erwies sich für uns als überflüssig. Nur mächtigen Appetit verspürten wir hin und wieder. Dann fraßen wir Fisch, und seitdem ist dieses Gewässer unbelebt. Wir wuchsen. Wir griffen mit unseren gewaltigen Klauen das Wild, das zur Tränke ans Ufer kam. Den ersten Förster schnappte Nickelpeter, doch vertilgten wir ihn gemeinsam. Wir teilten alles zwischen uns. Abends, wenn es unter Wasser immer schummriger wurde, sinnierten und spekulierten wir über unsere eigene Materialität, ohne sie uns erklären zu können. Später erst wurde sie mir fachgerecht dargelegt, nachdem mein Bruder bereits nach England ausgewandert war. Das kam so.

Einen glühenden Sommer hindurch sank der Spiegel unseres Teiches tiefer und tiefer, es muß 1760 gewesen sein, und wir konnten uns kaum aufrichten, ohne uns zu zeigen. Daher ruhten wir meist träumend im Schlamm. Ein Bauer, befallen von der sinnlosen Hoffnung, eine Barbe oder einen Stichling zu fangen, schunkelte im rechteckigen Schatten einer Schute über uns dahin. Wir holten ihn herunter und erfuhren von dem Zitternden, daß sieben Jahre schon ein Krieg im Gange sei; die Felder wären nicht bestellt und man hungere. Eindringlich befragt, stammelte er: Es geht gegen Österreich! Der Sohn vom Friedrich Wilhelm I. führt selber die unsrigen!

Unser Halbbruder! Ist er aus Eisen oder aus Kupfer oder woraus sonst, wollten wir wissen und vernahmen: Ich versteh' die Herren nit. Aber es wird alles Metall jetzt gesammelt und eingeschmolzen für die Kanonen und zu Kugeln! Nachdenklich an den dünnen Bauerngräten kauend, überlegten wir, wie eigenartig es wäre, daß unser Halbbruder, ein gewisser Fritz, aus echtem Fleisch und Blut sei. Nikkelpeter, ein ängstlicher Charakter, befürchtete eingeschmolzen zu werden, sobald das Wasser weiter sinken und man uns entdecken würde. Er wollte seinem gewaltsamen Persönlichkeitszerfall in militante kuglige Vermassung vorbeugen und entschloß sich, noch in der gleichen Nacht durch einen der Abflüsse des Pfuhls zu flüchten. Er schien spurlos verschwunden, schien unbemerkt werweißwo versunken, bis ich von einem Engländer, der außen zäh, innen aber ganz zart war, erfuhr, mein Bruder sei jetzt in Loch Ness. Man sieht ihn dort des öfteren, fängt ihn jedoch nicht, weil ihn der Britische Tierschutzverein zum »Royal monster« erklärt und für schutzbedürftig befunden hat. Unsere gemeinsame physisch-physikalisch Entstehung, mir wegen mangelnder wissenschaftlicher Vorbilder unbegreiflich, klärte sich erst im 20. Jahrhundert auf.

Meine Rostborke nahm zu, mein eisernes Gesicht umwucherten Schlingpflanzen und Algen, von denen ich mich einmal im Jahr mit einem Schaber befreite; diese Prozedur vollzog ich an der Oberfläche im Schilf, gegen Sicht gedeckt, über den Wasserspiegel gebeugt, um das lästige Grünzeug von den Wangen zu kratzen. Kaum hob sich diesmal mein Haupt in die Luft, blinzelnd unter dem grellen Sonnenschein, prustend und aus Lefzen und Ohren triefend, die Knöchel in den Ufersand gepreßt, ertönte schon Geschrei: Halt! Sie da, Sie verwirren meine Angelschnüre! Unverschämter Lümmel!

Ich rief, daß der Teich mir gehöre, daß ich der fürchterliche Eisenhans sei und mir keiner spotten dürfe, doch der Mensch im Kahn erwiderte: Wir Deutsche fürchten Gott, sonst nichts auf der Welt! Ich bin der emeritierte Professor Andreas Schulmann und angle überall, wo es nicht verboten ist!

Ich: Hier ist es bloß nicht verboten, weil's keine Fische mehr gibt. Welche Zeit haben wir? Ich meine: welches Jahr? Er: Wir schreiben 1912. Mir scheint, Sie sind Ausländer. Ostisch-baltisch, mit einem mongoloiden Einschlag, wie Ihre Schädelform die Vermutung nahelegt.

Ich erkläre ihm, daß ich in der Gegend geboren wäre, doch er schüttelte seine weiße, wirre Mähne: Unsinn. Ich bin Genetiker. Ich kenne Sie exakter als Sie sich selber!

Was ist Genetiker – fragte ich, und er, seinen Kneifer an einem schwarzen Bande herumwirbelnd, erklärte es mir. Er schien mir wirklich der einzig Geeignete, das Unbegreifliche meiner Genese zu erklären. Atemlos lauschte er meinen Bekenntnissen, bald schon traten Tränen in seine Augen, und er murmelte aufgeregt: Ein Hohenzoller, ein echter Hohenzoller! Diese markante Stirn, Schild weltumspannender Pläne, bedacht auf die Größe des Reiches, die strenge Nase, das Kinn – ja, Königliche Hoheit haben mich überzeugt! Königliche Hoheit können vollständig über mich verfügen!

Ich: Wie kommt es, daß ich aus Eisen bin?

Er: Ein merkwürdiger, trotzdem keineswegs mystischer Prozeß. Soweit uns Nachfahren bekannt ist, besaß seine Majestät Friedrich Wilhelm I. einen eisernen Charakter, der wahrscheinlich als genetischer Katalysator gewirkt hat. Der König machte damals seiner Gicht wegen eine Kur mit Mercurium, also mit Quecksilber, das ihm eine unentwickelte Medizin als Medikament verordnete. Der Katalysator seines Charakters muß das im Körper, auch in den Keimdrüsen kreisende Quecksilber strukturell in Eisen, beziehungsweise Nickel verwandelt haben. Ein erstaunlicher, höchst königlicher Vorgang. Die Spermien, nun von gleicher chemischer Zusammensetzung wie Metall, dabei aber lebend, konnten nichts anderes erzeugen als metallische Wesen, als einen eisernen Menschen: Sie, mein Prinz!

Von Staunen überwältigt, unterließ ich es, mir diesen bedeutenden Gelehrten zuzuführen, was meiner Persönlichkeitsentwicklung enorm dienlich gewesen wäre. Indes, ich glotzte nur versonnen, da er sich in die Riemen legte, einen ehrfürchtigen Gruß rief und sogleich vom höhnisch raschelnden Schilf statt von mir verschluckt ward. Er war der erste, der unverdaut davonkam. Dafür erwies sich auch diese Sekunde der Verwirrung und mangelnden Entschlußfähigkeit als Kardinalfehler meines Lebens – wie sich später herausstellte.

Nachdem ich mich wieder geruhsam in den Schlick gebettet, um über das entschleierte Geheimnis meiner irdischen Existenz zu meditieren, deren ich mich ausschließlich im Wasser erfreuen durfte, auf dem Festland hindert mich mein Gewicht an jeder Bewegung, muß ich ein wenig eingenickt sein. Höchstens für ein paar Jährchen. Ich erwachte mit einem und durch einen Ruck. Glaubte, ein fernes Donnern wahrgenommen zu haben. Wälzte mich unwillig auf die andere Seite. Da rüttelte mich eine weitere Druckwelle endgültig wach. Tintiger Schleim wirbelte mir in die Augen, das Krachen und Bersten scholl nun überdeutlich aus der Nähe, ereignete sich nicht über, sondern unter Wasser und brachte mich auf die Beine. Ich tauchte auf. Oben regnete es. Am Ufer standen Männer in schwarzen Uniformen. Einer schrie: Da ist er, Oberscharführer!, und dieser so Benannte setzte einen Blechtrichter an die Lippen und sprach mich an:

Mal herhören, Kamerad Eisenhans! Ich bin Oberscharführer Schulmann! Durch meinen Vater habe ich Kenntnis erhalten von deiner alten deutschen ehernen Stärke! Jetzt, da der Endsieg vor der Tür steht, gilt es, alle Kräfte aufzubieten! Auch deine erzenen! Die Nation braucht Kerls wie dich! Bei Pflichtverweigerung haben wir noch bessere Sachen als Handgranaten. Nämlich Wasserbomben! Da bleibt kein Auge trocken! Wir sind bis jetzt mit jedem Defätisten fertiggeworden, verstanden?! Also! Morgen früh kommt ein Tieflader und holt dich. Zahnbürste und einmal Unterwäsche genügt. Sieg Heil!

Ihre dunklen Gestalten glitten unter den Bäumen fort. Milliardenhaftes Getröpfel machte sie unsichtbar. Als der Wald still im Regen vor mir stand, eine düstere dreidimensionale Tapete, zweifelte ich fast, daß jemand dagewesen sei. Aber von den Explosionen war mein Lebenselement noch ganz aufgewühlt und undurchsichtig. Wasserbomben, ei? Ich überlegte, ob Schulmann junior nicht eigentlich recht hatte, meine Hilfe zu fordern? Mußte ich der Nation nicht dankbar sein für die Förster, an deren unappetitlicher pappiger Filzigkeit sie ja keine Schuld trug? Hatte ich nicht meinem Volk jene strammen pilzesammelnden Jungfrauen zu verdanken, die einem auf der Zunge zergingen? Deutsch sein heißt: Leicht verdaulich sein! Und: Leicht verdauen! Trotz meiner eisernen Konstitution: Wasserbomben, hm, hm? Ich entschied mich, meinem Vaterland, das ich nur in flüssigem Zustand kannte, treu zu dienen. Gewiß würde man mich an der Küste zum Einsatz bringen, um feindliche Schiffe zu versenken oder ähnliches. Ein Schlag mit der Faust gegen die Rumpfwandung, und der Kreuzer führe auf Grund. Ein Orden war mir sicher. Ich sah mich mit dem Schwarzen-Adler-Orden oder dem Goldenen Vlies, festgelötet auf meiner frisch entrosteten Brust, als lebendiges Siegesmonument aus den Wellen des deutschen Atlantik ragen, von Brandung umtost, germanischer Poseidon, Anlaß und Begründer eines neuen Mythos vom meerbeherrschenden Stamm der Teutonen.

Aufgeladen von einer ambivalenten Spannung wie von Elektrizität, erwartete ich schlaflos den nächsten Morgen. Er kam. Aber kein Schulmann junior, kein Transportfahrzeug. Das war die größte Enttäuschung der letzten Dezenien und Anstoß, mich gekränkt in den molligen Schlamm zurückzuziehen, dort der weltpolitischen Rolle nachzuträumen, die nicht gespielt zu haben ungeklärte Umstände mich gezwungen hatten. Sollte ich nicht überhaupt dem irdischen Treiben entsagen? Nie mehr auftauchen? Wehmütig vor mich hinrosten, aufgefunden in späteren Jahrtausenden, ein unansehnlicher Klumpen Schrott, an dem einst das Schicksal Preußens gehangen? Recht geschieht ihnen: so sie mich nicht wollen, können sie mich nicht nur, dann sollen sie mich sogar. Und wenn sie sich dabei eine Blutvergiftung der Zunge zuziehen.

Lange Zeit hielt ich mein Vorhaben durch, bis etwas zu mir hinabtauchte, eine seltsame Gestalt, schien glaubhaft eine verirrte, euterlose Seekuh, bis ich sie ansprach und sie entsetzt zur Oberfläche flüchtete. Da merkte ich: es war ein Mensch. Ich griff nach ihm. Stieg gleichfalls auf. Ein Boot schoß davon, eine Schleppe von lautem Geschrei über den Teich ziehend: eine bange Ahnung überrieselte mich. Die Schreihälse im schnellen Boot würden sicherlich die Begegnung mit mir in die Welt posaunen. Meine Ruhe war hin. Handgranaten, eh? Wasserbomben, wie? Wer weiß, was sie an Scheußlichkeiten erfunden hatten.

An der tiefsten Stelle des Sees harrte ich dessen, was ich mir ausgemalt hatte. Ich brauchte nicht lange zu warten, da zog über mir ein Schiffsleib dahin, groß und oval, eine Gummielipse. Während ich hinauflugte, sank von oben an einer Schnur ein Kanister herab. Der Verschluß stand offen, eine bernsteinfarbene Flüssigkeit zog in zarten Schwaden aus dem Behälter. Dann setzte mein Gedächtnis aus. Plötzlich wurde es Nacht.

Als es wieder hell wurde, lag ich am Boden eines gekachelten Bassins in lauem Wasser, im Mund den Geschmack parfümierter Seife, befreit von Algen und Muscheln, die Gesäß und Rücken bewohnt, überwölbt von einem Netz aus Stacheldraht. Über den Rand des Bassins guckte ein kahler Kopf, bebrillt, bebartet, seehundshaft: Sie, Herr Doktor Mullberger, und sagen: Guten Morgen, Eisenhans. Wie fühlst du dich? und ich erwiderte: Wo bin ich? Wie komme ich hierher? Darauf erneut Sie:

Du befindest dich in einer wissenschaftlichen Forschungsanstalt, mein Guter. Ich hätte nicht gedacht, daß ich dich noch aufspüre. Seit zwanzig Jahren ruht in unserem Tresor der Bericht eines SS-Oberscharführers über ein Zusammentreffen mit dir. Der Bericht wurde nicht mehr abgeschickt, weil der Berichter fiel. Ein Kamerad des Gefallenen, ein Metallurge, nahm den Bericht an sich und übergab ihn nach Kriegsende seiner Firma, die wiederum uns diesen Bericht zur Auswertung überließ. Was meinst du, Eisenhans, was ich an Teichen und Tümpeln, an Gewässern durchforscht habe. Der Gefallene hatte nämlich die Ortsangabe vergessen. Als ich gestern abend die Meldungen von deinem Auftauchen im Teufelspfuhl bekam, war keine Zeit mehr zu verlieren. Morgens um vier tasteten wir den Grund mit einem Minensuchgerät ab – schwups, hatten wir dich. Betäubungsmittel ins Wasser, ein Drahtseil um deinen Hals, dich ans Ufer geschleppt, rauf auf den Lastwagen und heidi: ins Institut. Auf der Fahrt begegneten uns Scharen von Reportern und Neugierigen. Wir sind ihnen zuvorgekommen. Du kannst dir gratulieren. Jetzt ist Schluß mit der Korrosion!

Jeden Morgen erschien Dr. Mullberger am Bassin. Aus wechselnden Phiolen tropfte wechselnde Mixtur ins Wasser. War es Salzsäuretinktur? Ein Antikorrosionsmittel? Jedenfalls erwachte ich eines Morgens völlig blank und schimmernd wie ein

Jüngling. Über den Boden des Beckens verstreut lag eine feine, rauhe Schicht: mein ehemaliger Rost. Stolz musterte ich meine Glieder, von denen Lichtreflexe durchs Wasser zuckten, so daß Dr. Mullberger sich mir mit einer Sonnenbrille nähern muß. Obwohl ich ihn jeden Morgen fragte, wozu er mich aus meinem heimatlichen Teich geholt, schüttelte er stets lächelnd das Haupt und meinte:

Abwarten, Eisenhans. Die Zukunft hat schon begonnen, Eisenhans. Wir brauchen dich dringend, mein Lieber. Wie fühlst du dich heute morgen?

Danke, Herr Doktor, sehr gut. Ganz jung. Als wäre ich nicht 1720 geboren, sondern erst vor zwanzig Jahren.

Am nächsten Morgen beugte sich ein Mädchenantlitz über meine eiserne funkelnde Nacktheit. Als Kind des 18. Jahrhunderts brachte mich das in ungeahnte Verlegenheit. Ich kauerte mich zusammen, sie kicherte. Sie schob sich weiter über den Rand vor, um ein Röhrchen milchigen Seims zu entleeren, und zeigte dabei, daß ihre Schultern unbekleidet waren. Noch ein Stück weiter. Ich schlug die Augen nieder, denn ihre niedlichen Rundungen bedeckte gleichfalls gar nichts. Ich glaube, ein rötlicher Schimmer überlief mein glänzendes Äußeres. Am nächsten Tag wagte ich, die Augen zu heben. Und nach einer Woche hatte ich mich an den Anblick der völlig Nackten gewöhnt. Also war die Verwunderung gering, als sie eines Morgens in Gesellschaft eines zweiten Mädchens erschien, genauso hüllenfrei wie sie selber. Die eine war blond, die andere brünett. Die dritte überall sommersprossig. Die vierte sonnenbraun. Bei der achten bemerkte ich schon keine Einzelheit mehr, und als sie zu zwanzig mein Bassin umlagerten, gelang es mir kaum noch, sie auseinanderzuhalten. Ich hatte keinerlei Appetit auf sie. Selbst dann nicht, als das Drahtnetz zu meinen Häupten verschwand, und ich leicht mit einer gigantischen Hand hinauflangen und mir ein Frühstück hätte herabholen können. Unbegreiflich: ich hatte meine Wildheit eingebüßt. Möglich, daß Appetitzügler ins Wasser gemischt wurden. Oder daß einfach das laue Wasser mich einlullte. Ich griff nicht einmal nach ihnen, als sie frech an der Oberfläche herumplätscherten. Auch nicht, als sie tauchten. Sie kamen ganz nahe, berührten mich mit ihren kleinen weichen Pfötchen und setzten damit in meinem Brustkasten etwas wie einen Dampfhammer in Betrieb. Sie umgaukelten mich wie Seejungfrauen, Nereiden, Nixen, Najaden, Nymphen, oder welche Namen die Versuchung noch trägt, bis ich ihrem unaufhörlichen Ansturm erlag. Neun Monate später kommt Dr. Mullberger an mein Becken, nickt, lächelt und sagt: Glückwunsch, Eisenhans, du bist heute Vater geworden. Genau zwanzigmal. Zwölf Töchter, acht Söhne.

Ich: Danke, Herr Doktor, es ist mir sehr peinlich!

Unsinn, Eisenhans. Dazu bist du doch hier. Ach ja, ich vergaß ganz, dir den Zweck deines Aufenthaltes in unserem Institut mitzuteilen. Nun weißt du ihn also.

Ich antwortete ihm, ich hätte ihm vertrauensvoll mein Leben gebeichtet, sogar das mit den Förstern, obwohl verjährt, indessen er – er hat mir verschwiegen, wozu er mich mißbrauchen wollte. Bis jetzt. Bis er jetzt dozierte:

Wir benötigen Leute von deiner Konstitution. Die seit eh und je erstrebte Vollkommenheit reibungslos funktionierender historischer Abläufe rückt in erreichbare Nähe durch Menschen wie dich, Eisenhans. Der bisherigen Homo sapiens, dieses tränenreiche, ewig hungrige, ewig unzufriedene, von widerstreitenden Emotionen gesteuerte Geschöpf, wird langsam durch die Gattung aus deinem Samen ersetzt. Den Kosmos zu regieren ist nur eine eiserne Menschheit berufen, und ich, Dr. Horst Mullberger, werde ihr Prophet sein!

Er gestikulierte mit der Rechten, die Linke verbirgt er hinter dem Rücken: eine ungeschickte Bewegung seinerseits, und ich erkenne, er versteckt ein Fläschchen vor mir: es enthält die gleiche bernsteinfarbene Substanz, derer ich mich zu genau erinnere. Zur Rede gestellt, erwidert er knapp:

Du hast deine Pflicht getan. Du darfst in deinen Teich zurück.

Gleich wallt es wie gelber Nebel durchs Wasser, und soweit ich mich in die gegenüberliegende Ecke des Beckens zurückziehe – es erreicht mich doch. Mit schwindendem Bewußtsein sehe ich, wie der gütige Doktor Mullberger Flasche auf Flasche desselben Mittels ins Wasser kippt, und eindämmernd wundere ich mich, was durch diese Überdosis bezweckt wird ...

Epilog: Annonce im Anzeigenteil der »Tagespost«. Zirka zwei Tonnen bestes Eisen (Fehlguß einer Statue) gibt weit unter Schrottwert ab: Dr. H. Mullberger, Institut für Makrobiologie.

Im Uhrzeigersinn

Bewußt erlebt habe ich es nie. Wie man eine Operation nicht bewußt erleben kann. Meine einzige Kenntnis über den Vorgang, wobei das Wort »Kenntnis« ziemlich übertrieben ist, es handelt sich ja bloß um eine dürftige Ahnung, bezieht sich auf die wenigen Sekunden davor und danach. Diese Vor- und Nachsekunden kommen mir identisch vor. Oder doch nicht ganz. Die Nachsekunden wirken so, als übten sie eine erfrischende Wirkung aus. Sie haben etwas von der Morgendämmerung, die sich von der Abenddämmerung auch nur zweideutig unterscheidet. Den Vorgang selber würde ich als rasch verfliegende Verwirrung bezeichnen, unter der ich anfallsweise leide, wobei die Bezeichnung »leiden« schlimmer klingt, als der Zustand tatsächlich ist. Oder wenn schon überhaupt dieses Verb, dann im übertragenen Sinne: Leiden an der Unaufklärbarkeit dessen, was mir sporadisch zustößt. Und das damit anhebt, manchmal mehrmals täglich, unabhängig von Tageszeit, Witterung und Örtlichkeit, daß ein Schwund meiner Aufmerksamkeit eintritt. Doch habe ich schon bemerkt, daß dieses Nachlassen meiner Aufnahmefähigkeit sich häufiger in einer Gemeinschaft ereignet als beim Alleinsein.

Zum Beispiel: Im S-Bahnwagen während der morgendlichen Fahrt zur Arbeitsstelle, da man annehmen sollte, Ausgeschlafensein und kaffeegeförderte Munterkeit müßten eigentlich ausschließen, was sich dennoch und ganz unerwartet begibt. Eben noch fesselt mich der Anblick einer Mitreisenden, ihr ungewöhnlicher Busen etwa – da, im selben Moment, wo durch den optischen Eindruck eher eine physische Belebung zu erwarten wäre, geschieht *es.* Oder beim Anstehen an der Kasse einer Kaufhalle, den keilförmigen Drahtwagen vor dem Bauch, diesen futuristischen Auswuchs des modernen Menschen, merke ich auf einmal, wie die gewohnte Umgebung mir sacht entrückt. Nicht ich werde entwirklicht, es ist mein Umfeld, das die Substantialität eines Spielfilms annimmt, in dem man sich selber als Statisten wahrnimmt. Doch handelt es sich bei dieser Verwandlung in Zweidimensionalität nur um eine Vorphase, denn nach Ablauf einer gewissen Frist ruft plötzlich eine Stimme: »Friedrichstraße – Zug endet hier!« und ich befinde mich, natürlich ohne den fahrbaren Einkaufskorb, auf einer langgestreckten zementierten Ebene und weiß nicht, was geschehen ist. Menschen umdrängen, schubsen, stoßen mich; hoch über mir verglastes Gewölbe, eine fremdartige, gewaltige Kathedrale, die ich erst nach Minuten als Bahnhof begreife. Aber bevor ich noch diesen überraschenden architektonischen Eindruck richtig verarbeitet habe, sitze ich hinter einem Schreibtisch und denke: »Schon wieder!«

Oder vor mir steht eine Flasche, mattes Funkeln, ein goldpapier-umwundener Hals, dunkelgrün, der Inhalt nur ein Rest noch, schwaches Perlen von Kohlensäure, dazu zwei Gläser, zwei, worüber ich mich schon wundere, und mir gegenüber eine ungekämmte Frau im Morgenrock, ein rötliches Lächeln im verstrubbelten Gesicht.

»Auf weitere friedliche Jahre!« klingt es aus diesem Gesicht heraus, und ich erkenne meine Zimmerwirtin, ein barockes Gebilde aus Steppseide, Schleifen, aufgedruckten chinesischen Tempelchen, Ausbuchtungen und Wülsten, verschnürt oder offengelegt wie eine unveränderliche Bilanz. Schüsse fallen, Autoreifen quietschen in der Zimmerecke auf der Anrichte, es ist Abend, und mir wird langsam klar, daß ich einem zu bügelnden Oberhemd, einem abgerissenen Knopf zuliebe hier sitze, aber wie oft mir das bereits zugestoßen sein mag, darüber habe ich nicht die geringste Vermutung. Es kann sich keinesfalls um das erste Mal handeln, weil, nachdem der Knopf angenäht und das Hemd gebügelt ist, auch an meiner Person weitere frauliche Kunstfertigkeiten vollführt werden, ohne Präliminarien, ohne große oder kleine Umstände, so daß eine Wiederholung anzunehmen unabweislich wird.

Kaum zu einer Versammlung im Betrieb berufen, spüre ich das Einsetzen meines Leidens. Obgleich ich angestrengt auf die Worte des Redners lausche, um ihnen zu entnehmen, daß wir, damit der Friede bewahrt bleibe, unbedingt am Bajonett ausgebildet werden müßten, verschwimmt das Vokabular, und ich bin sicher mich zu irren, da ich vernehme, wir könnten unsere Friedfertigkeit am besten demonstrieren, indem wir während der Bürostunden Schutzmasken trügen, doch sogar diese vermutliche Selbsttäuschung kann ich nicht mehr abschütteln und höre nur noch Laute, Phoneme, gurgelnde Geräusche, als trügen schon alle solche Masken, und nur ich hätte es versäumt, mir eine über den Kopf zu stülpen. Ringsum Flächigkeit, wie mit der Schere aus gewaltigen Bastelbogen ausgeschnitten und zusammengeklebt, sich immer mehr ausdehnend, fort von mir, als sei ich das Zentrum einer in Zeitlupe verlaufenden Explosion, die sich zum Schluß völlig meiner Kontrolle entzieht. Dann jedoch kommt, wie ich vermute, das *Eigentliche*, über das mir jedes Wissen fehlt.

Plötzlich lebe ich wieder auf, mäßig munter, leicht erfrischt, alle anderen klatschen zustimmend, natürlich auch ich, schon um nicht aufzufallen, wir werden also Gasmasken während der Dienstzeit tragen und die eingehende Post mit dem Bajonett öffnen, das uns den Frieden bewahrt, doch ich bin sicher, daß in der Zwischenzeit etwas in mir vorgegangen ist, das ich nicht herauszukriegen vermag. Kein Schlaf, o nein. Kein sanftes Schlummern, kein Einduseln, das wüßte ich bestimmt, weil die anderen sich längst darüber lustig gemacht oder mich zur Rechenschaft gezogen hätten.

Niemand gab mir einen Wink über meinen Zustand, nicht die geringste Andeutung, aus der ich irgend etwas hätte schlußfolgern dürfen. Selbst auf die vorsichtige Frage an meinen Sitznachbarn, daß ich wohl vorübergehend ein bißchen eingenickt sei, erfolgte weder Bejahung noch Verneinung. Mich streifte nur ein flüchtiger, undeutbarer Blick, der mich mehr beunruhigte als etwa die Erklärung, ich hätte durch meine geistige Abwesenheit den Unwillen des Referenten erregt und sei von ihm in seinem Notizbuch vermerkt worden. Aus dem Auge des anderen war nichts herauszulesen, am allerwenigsten die Wahrheit über mich selber. Und doch: Kurz nach einem derartigen Augenblick kam es mir so vor, als hätte ich beim *Wiedereintritt in die Wirklichkeit*, wie ich das erneute Gewahrwerden meiner Umgebung bei mir nannte, ein Geräusch vernommen, und zwar ein Geräusch, das in keiner ursächlichen Beziehung zur Versammlung oder zum Referenten stand. Es war wie das Verschlafenhaben eines Schnarrens oder Scharrens, von dessen Nachhall man mit Verzögerung geweckt wird und von dessen Ursache sich keine rechte Vorstellung bilden wollte.

Unmöglich, mit irgend jemand darüber zu reden. Man hielte mich garantiert für geistig umnachtet, obschon für harmlos. Zumindest solange keiner beobachten konnte, zu welchem Zweck ich mich abends splitterfasernackt vor den großen ovalen Spiegel des altertümlichen Kleiderschrankes aufbaute. Ich schloß auch vorher jedesmal die Tür doppelt ab und hängte zusätzlich ein Taschentuch über die Klinke, um das Schlüsselloch abzudecken. Ich mißtraue meiner mit verblichenen Chinoiserien gesprenkelten Wirtin. Was würde sie wohl denken, sähe sie meine Pose, in der Rechten einen Rasierspiegel in Augenhöhe haltend, daß ich in ihm meine

Rückseite, welche dem Schrankspiegel zugekehrt war, genau mustern und überprüfen konnte. Ungewohnt, sich selber so zu erblicken, alles sehr fremd da hinten, wie die Rückseite des Mondes, aber ich hatte das sichere Empfinden, selber der Ausgangspunkt jenes akustischen Phänomens zu sein. Bis auf eine runde Druckstelle unter dem rechten Schulterblatt, als hätte ich auf einem Ring von der Größe einer Flaschenöffnung geschlafen, bemerkte ich nichts Auffälliges. Dieses rätselhafte Druckmal zeigte sich bei jeder erneuten Kontrolle meines Körpers unverändert. Doch eine Inspektion meines Bettes, der Matratze, des Auflegers, auch des Lakens, unter dem sich möglicherweise der prägende Gegenstand versteckt hielt, ergab nichts. Übrigens glich das Geräusch, an das ich mich mit wachsender Mühe erinnerte, genau dem, das beim Aufziehen meines Weckers hörbar wurde – was zu bedrückenden Spekulationen über meine Gesundheit Anlaß gab. Ich überlegte, ob Bandscheibenverschleiß bei unwillkürlichen Bewegungen sich solchermaßen melden könnte. Ein Muskeltonus, eine Kontraktion der Sehnen bis zum Knarren?

Zum Arzt wagte ich mich nicht, aus Furcht, statt wegen der Druckstelle und des Geräusches auf meinen Geisteszustand hin untersucht und wer weiß wie behandelt zu werden. Eingesperrt war ich schon genug.

Dennoch lebte ich eine Weile in einem Stadium des Hochgefühls, nachdem mir der Zufall einen Artikel über Buddhismus zugespielt hatte. Mein außergewöhnlicher, unregelmäßig auftretender Zustand, so bildete ich mir nach der Lektüre ein, käme dem Erleben tibetanischer Mönche nahe, von welchem sie dem Reporter als Vorstufe zum Nirwana berichtet hatten. Doch vermißte ich das Einswerden mit dem All, die Beseligung, im Kosmischen aufzugehen, also etwas ganz und gar Unbeschreibliches, für das keine Übersetzung in einer europäischen Sprache existierte. Auch die äußeren Umstände, unter denen die Erleuchtung stattfand, wichen zu stark von meinen eigenen Erfahrungen ab, dennoch assoziierte ich tagträumerisch eine Zeitlang das unerklärliche Geräusch mit dem leisen Rotieren von Gebetsmühlen, das ich vielleicht auf telepathischem Wege vernommen hatte.

Aber der Einfall, meine Absenzen seien von unwillkürlicher religiöser Hingabe ausgelöst und die vernommenen Laute Vibrationen ansonsten stummer Meditation, hatte keinen Bestand. Die Illusion von einer sich selbst erzeugenden Inbrunst als Motiv meines Leidens war so wenig aufrechtzuerhalten wie der Glaube an einen höheren Verursacher meines Problems.

Meine Befürchtungen steigerten sich, als ich merkte, wie die Phasen, in denen ich nichts von mir wußte, sich mehrten. Eben noch im Büro tätig, Zahlenkolonnen unter der Bleistiftspitze, fand ich mich gleich darauf auf dem Schoß der Zimmerwirtin wieder, die Augen voller zerknüllter Pagoden, ein Weinglas zwischen den Fingern, eine Zunge in der Ohrmuschel, und resignierte: »Wieder nicht aufgepaßt!«

Und dann dieser metallische Klang!

Jetzt stellte ich mit ziemlicher Sicherheit fest, daß es dem Aufziehen einer Spiralfeder mittels eines Schlüssels glich. Im Supplement-Band der Volksausgabe von »Du und deine Gesundheit« hatte ich vor einigen Tagen gelesen, auditive Erscheinungen seien die sicheren Anzeichen fortgeschrittener Schizophrenie, verbunden mit Angst oder Allmachtsgefühl, doch stellte ich weder das eine noch das andere an mir fest. Vielmehr registrierte ich eine leichtfertige Gleichgültigkeit, ein fehlendes Selbstempfinden, als wäre es betäubt oder abgestorben. Irgendwer war da, ich war da, durch Betasten konnte ich mich ja davon überzeugen, doch die berührte Stelle, ich selber, reagierte nicht auf den

Druck. Ich kam mir selber gegenstandslos vor, dann verschwand die Umgebung oder kehrte zurück. Es gab nur eine Schlußfolgerung: Mein Energievorrat reduzierte sich fast auf Null und stieg wieder auf Normal, vermutlich durch einen mechanischen Vorgang, von dem ich nur undeutlich etwas mitbekam. Angenommen, meine Überlegung stimmte, dann, ja, dann – ich kann es nicht anders formulieren – zog mich jemand auf, sobald ich »stehenblieb«.

Also konzentrierte ich beim Schwinden meiner Aufmerksamkeit meine letzten Kraftreserven darauf, endlich wahrzunehmen, ob tatsächlich irgendwer mir diesen eigentümlichen Liebesdienst erweisen würde, doch mißlang es mir stets und ständig. Zwar erblickte ich einmal nach der Wiederherstellung meines Reaktionsvermögens bei einer Aussprache in meiner Abteilung, wie unser Chef zu seinem Sessel an der Schmalseite des Konferenztisches zurückschritt – von woher jedoch, aus welcher Richtung, ließ sich nicht feststellen.

Außerdem war es mir undenkbar, daß gerade er hinter meinen Platz getreten sein sollte, mein Jakkett zu lüften, das Hemd sowie das Unterhemd, um mir einen Sechskant oder ein anderes Instrument in den Rücken zu schieben und im Uhrzeigersinn zu kurbeln. Viel wahrscheinlicher unterzog sich der Gewerkschaftssekretär dieser Aufgabe: hatte er doch des öftern mit besonderer Betonung von der Vielzahl seiner Funktionen gesprochen, wobei er, verräterisch wie ich meine, zu mir herüberschaute. Wie mir nun aufging, war ich der zentrale Inhalt ihrer Reden, Ansprachen und Referate, wenn sie von »Transmission«, vom »gesellschaftlichen Motor«, von »Dampf machen« und »Anstöße geben« tönten. Das war ihr geheimer Code, mit dem sie sich untereinander über mich verständigten, um mich in einem exakt geplanten Turnus in Gang zu halten.

Freilich sprach gegen diesen Verdacht, daß sowohl in der S-Bahn wie im Wohnzimmer der Vermieterin mein Zustand ebenfalls reguliert wurde, ohne daß mir eine gewerkschaftlich bekannte Person zu Gesicht kam. Meine Annahme, besondere Vertrauensleute seien für mich verantwortlich, büßte ihre Stichhaltigkeit ein. Gänzlich anonyme Mitbürger erwiesen mir den Dienst, zu dem sie wahrscheinlich verpflichtet worden waren wie zu anderen Diensten auch. Jeder mußte die passende Kurbel mit sich führen und sie benutzen, sobald mein Zustand danach verlangte – vorausgesetzt, ich war im Sichtbereich des gerade diensthabenden Kurbelträgers. Was aber, falls einer mal den entscheidenden Moment verpaßte? Würde sich das lebensgefährlich für mich auswirken? Oder hockte ich dann nur für längere Zeit irgendwo im Zug, im Park, im Restaurant, bis ein Eingeweihter vorbeikam und mich wieder auf Touren brachte? Überhaupt: bin ich eigentlich der einzige, dem es so ergeht? Und: ist es heilbar? Was kommt später? Wie ist mir das zugestoßen? Bin ich damit geboren? Oder bei meinem Kuraufenthalt vor vier Jahren entsprechend eingerichtet worden?

Eine Fülle von Fragen, für die ich keine Antwort weiß und die man anderen nicht stellen kann.

Abends vor dem Spiegelschrank und bevor ich zum gemeinsamen Fernsehen und anderen Aktivitäten ins Wohnzimmer meiner Wirtin beordert werde, mustere ich wieder und wieder jene ringförmige Stelle, wage jedoch nicht, sie zu berühren. Ich könnte gerade mit der Fingerspitze den runden Hautwulst erreichen, fürchte mich aber davor. Als würde mit dem Betasten etwas ausgelöst, das ich sofort zu bereuen hätte. Gäbe es doch eine Möglichkeit, mit dem Wartungspersonal darüber zu diskutieren, ich wäre schon beruhigt. Es würde mich erleichtern, mit einem der Verantwortlichen zu verhandeln und die Kurbelbetätigung bei Bewußtsein erleben zu dürfen, nur kann ich ja niemanden um die Vornahme bitten, da die Sache selber ihrer

Ungeheuerlichkeit halber mir den Mund verschließt. Meine Lage ist aussichtslos. Und ich werde weiter schweigen müssen, bis die Feder bricht und der Mechanismus stillesteht.

Andromeda zur Unzeit

Abflug, Abflug.

Allnächtliches Aufsteigen und Abfliegen zu den Blinkpünktchen, zu den Siedlungsplaneten in der Kassiopeia. Null Uhr genau, im Anschluß an Meldung und Wetterlage, Luftfeuchtigkeit und planetare Ereignisse, wenn der bunte Torso einer Ansagerin lieblich-grelle Lippen öffnet, »Es ist null Uhr« auszusprechen, verhalten das Datum zu flüstern, lächelndes Gute Nacht und Hinweis auf die folgende Übertragung heutigen Abfluges.

Abflug: wenige nur noch schauen von ihren Geräten dem Start zu. Seit Jahren kennt man es zur Genüge. Immer das gleiche Bild: Hunderte von Personen (ausgewählt für die Reise zu Gestirnen, physikalisch der Erde ähnlich gemacht, wo kein Nahrungsmangel herrscht und keine unmäßige Verwaltung dieses Mangels) entströmen flachen Kontrollgebäuden, ordnen sich zu langen Zügen, zum Gänsemarsch auf gigantische Raketen zu, um sie zurückwinkend zu besteigen, in die Kamera grüßend, lachend, Koffer in der einen, hochgeschwenkte Mütze in der anderen Hand, verschwinden sie alle, alle in den flugfähigen Türmen.

Eine weitere Kamera, entfernter aufgestellt, wie man von seinem Sessel daheim erkennt, um sie vor der Druckwelle des Startens zu schützen, sendet die Totale des nun menschenleeren Startplatzes in die mitternächtigen Zimmer derjenigen, die aus unerfindlichen Gründen ihren Energieverbrauch mißachten und das Bett scheuen.

Blumiges grübchenkrauses Gelächel: Heute ist Freitag der fünfundzwanzigste Februar null Uhr – Wir übertragen nun den Abflug Nummer Achttausendfünfhundertsechsundsechzig und wünschen allen Planetariern eine Gute Nacht. Weißes Feuer schießt aus den stumpfen Enden der erigierten

Fahrzeuge: eines nach dem anderen hebt sich schwerfällig vom Gerüst, als zögerten Material und Maschinerie, ob sie wirklich die weite Reise antreten sollten. Plötzlich scheinen die dröhnenden Körper entschlossen: der Aufstieg beschleunigt sich, wird schnell, schneller, vom mitschwenkenden Kameraauge verfolgt: fliegen endlich vor dem Prospekt des Himmels, vor der unbegreiflichen Kulisse des Welttheaters stetig aufwärts: immerselber Vorgang, dem zuzuschauen die meisten müde geworden sind, seit er sich ein halbes Dezennium lang Nacht für Nacht wiederholt. Das langweilt. Manchmal werden in den Nachrichtensendungen Berichte über den Alltag auf Uranos oder Neptun gezeigt, technisch minderwertig und einfarbig meist, so daß kaum Einzelheiten auszumachen sind. Leute ernten Früchte von Bäumen, fahren in Wagen, sitzen vor Wohnkugeln und wirken, obwohl undeutlich und im Detail nicht identifizierbar, gut genährt und sorglos, im Gegensatz zur terrestrischen Bevölkerung, die nur Anspruch aufs Existenzminimum hat. Es reicht eben nicht für alle, dank der Sorglosigkeit von Urvätern und Vorfahren, und so muß eben ausgewandert werden, abgeflogen jede Nacht Punkt null Uhr. Wer die Grüne Karte mit der Post erhält, darf sich auf dem Startplatz »einfinden«, glücklich, bald in die Fleischtöpfe der Galaxis langen zu können.

Während man selber schon im Bett liegt, entkleidet mit bewußt zeitlupenhaften Bewegungen, um die Kalorienverbrennung zu verringern, flackern hinter den geschlossenen Lidern noch die Düsenflammen, bodenwärts gerichtete Fackeln prometheischen Unternehmens. Wenn man da mitfliegen dürfte!

Keine Gespräche mehr über Speisen. Kein verstohlenes Blättern in vergilbten Kochbüchern. Kein hoffnungsloses gieriges Starren auf einen der letzten Vögel, Elster oder Krähe, unter Naturschutz gestellt, ohne dadurch vorm Aussterben (wahrer: Aufgefressenwerden) bewahrt worden zu sein.

Aber Freiwillige nehmen sie nicht!

Man muß die Grüne Karte vorzeigen, sonst bleibt einem der Weltraum verschlossen, von dem wir ohnehin wenig genug wissen. Ja, immer weniger, je weiter die Flugbahnen hinausreichen. Als sei der Preis für die Ausdehnung ein Schrumpfen allgemeiner Fähigkeit, das Eroberte nicht nur naturwissenschaftlich zu begreifen: Wissen wird weiter, aber flacher. Da liegt man im Bett und weiß, daß man viel zuviel weiß. Und daß es gar nichts nutzt. Daß es weder sättigt noch stärkt, noch befriedigt, noch tröstet: das dreißigste Jahrhundert verharrt in seinem Apogäum und läßt sich vom Bett aus betrachten und schweigt: ein Monolith pausenloser meßbarer Vergänglichkeit.

Abflug, Abflug.

Schlaflos um null Uhr vorm Angesicht des ultrakurzwelligen Weibes, vor deren aufschwellenden aufplatzenden Lippen: Heute ist Dienstag, der zehnte April, null Uhr – Wir übertragen nun den Abflug Nummer ...

Horden, sich ordnend, gelenkt von weichen Lautsprecherstimmen.

Einstieg.

Schon beginnt der Countdown, da fallen die Farben auseinander, da spreizt sich ein Spektrum, ein Regenbogen hinter Glas, aus dem die unsichtbare sanfte Stimme sagt: Bildstörung – Bleiben Sie am Gerät ...

Gleich darauf verschmelzen die Farben erneut. Flammen ziehen schon aus den Raumschiffen, die sich lösen, erst sacht, dann rasch, um vor der nördlichen Ekliptik emporzustreben: Sterne, erster Größe ihr Licht, verschwimmen eilig und verschwinden zwischen Andromeda Fischen Pegasus Schwan. Funkelnde Flecke signalisieren Sternbilder, einstmals mühselig in der Schule auswendig gelernt, denn aus den sinnlos hingewürfelten Glutkörnern wuchs den Kindern keine Vorstellung von ägyptischen Königstöchtern, Flügelpferden, Luft- und Wasserbewohnern zu.

Jetzt jedoch stehen ihre Sternbilder auf der Mattscheibe: zwinkern, blinkern, das Programm ist zu Ende, das Bett wartet, langsam sich bewegen beim Entkleiden, und erst unter der Decke überkommt den Zuschauer auf einmal ein großes Verwundern, ein Kältegefühl sondergleichen: Heute, am zehnten April, null Uhr, sind Andromeda Fische Pegasus Schwan überhaupt nicht am Himmel.

Mit geübt ruhigen Handgriffen aus der Decke wickeln und ans Fenster: Tatsache – draußen hängt überm Haus ein anderer Himmel, als der vorhin gesendete.

Nachdenken und Frösteln.

Herzklopfen am nächsten Abend vor dem Empfänger, erhöhter Puls, da es heißt: »Es ist null Uhr ...» und: »Abflug ...«

Schon humpeln über den Bildschirm alte Männer, Gepäck schleppend, auf Stöcke gestützt, Greisinnen, weißlockig mit gichtigen Fingern zur Kamera hinfuchtelnd, ihre Augen funkelnd von Lebensgier und Hoffnung. Unter ihnen auch jüngere Leute, erregtes Gelächter, gefletschte Gebisse, Hunger nach dem Garten Eden außerhalb irdischer Nöte, wo ein besseres Dasein die Abreisenden erwartet. So schieben sich ihre Reihen auf die Raketen zu, dirigiert von freundlichen Anweisungen aus den Schalltrichtern auf den Kontrollbauten.

Endlich schließt sich die letzte Stahltür hinter dem letzten Fahrgast. Augenblicks versinkt das Bild. Gleich wird ein neues aufleuchten: das des Startplatzes, gesehen von der verborgenen Kamera her. Gleich wird es erscheinen und der Nachthimmel dazu, heute marineblau und ausgesternt, und erscheint, ängstlich gemustert, weist die betonierte Fläche auf und an ihrer Grenze bis zum Horizont herabgezogen den schwarzen Raum mit den Tierkreiszeichen, Nebeln und Fixsternen, die der Jahres- und Tageszeit entsprechen.

Aufatmen.

Von der gestern empfundenen Unruhe jedoch bleibt ein Rest: Es bleibt die Frage, wieso gestern ein anderer Himmel den Startplatz deckte: es bleibt ein Dorn zurück, auch wenn die nächsten Nächte die jeweils exakte Ekliptik bieten und alles in Ordnung ist, in Ordnung scheint; nicht zu verdrängen ein Gefühl, wie man es verspüren mag, öffnet in einem einladenden Haus die Hand eine Tür, hinter der sich statt des erwarteten gastlichen Zimmers ein lichtloser Abgrund auftut, eine unbekannte Finsternis. Selbst wenn die Tür nie wieder aufgefunden wird, schleppt man eine ungestillte Unruhe mit sich, bis man selbstironisch Freunden und Bekannten davon erzählt: Stellt euch vor, neulich beim Abflug zeigte sich mitten im April der Novemberhimmel! Ich schwöre euch, Andromeda war da! Als hätte jemand im Sender einen falschen Film eingelegt . . .

Ist der geheime gestaltlose Zweifel einmal ausgesprochen, erleichtert sich die Psyche um sein Gewicht. Das Unbehagen schwindet, da es publik geworden ist. Und als man drei Tage nach diesem erleichternden Gespräch im Freundeskreis morgens im Korridor unter dem Briefschlitz die besagte Grüne Karte vorfindet, die einen zum Abflug beordert, da ist man schon ganz sicher, die Anwesenheit Andromedas zur Unzeit nur geträumt zu haben.

Flaschenpost

Trotz anhaltenden Suchens ließ sich die Quelle, obgleich mit ziemlicher Sicherheit im Sternbild des Schwans geortet, nicht wiederfinden. Seitdem aber das neue Programm zur Erforschung elektromagnetischer Erscheinungen unbekannter kosmischer Herkunft lief, wurden auch die bereits registrierten Strahlungen, die die Erde trafen, erneut untersucht, um genauere Meßergebnisse zu bekommen. Doch als die verbesserten Antennen sich auf jene schon früher abgetastete Stelle am Rande der Milchstraße richteten, ergab sich kein Empfang mehr. Das Universum, mit seinem vielfältigen, durch Verstärker und Lautsprecher ins Hörbare transformierten Lärm die ahnungsvoll altertümliche Idee von den »Sphärenklängen« bestätigend und zugleich verhöhnend, blieb am anvisierten Punkt stumm. Ungewöhnlich, weil Strahlung vor dem Erlöschen ansteigt und im Vorstadium des Absterbens sich enorm verstärkt, wie ein Aufbäumen kosmischen Lebenswillens. Erst dann Abklang, Ermüdung, erkennbar an der geringeren Ausschüttung von Korpuskeln durch Zeit und Raum, so daß die gegenwärtige Stille und Reglosigkeit anstelle sowohl orgiastischer wie moribunder Materie Verwunderung hervorrufen mußte.

Man schloß anfänglich auf einen Defekt des vormals benutzten Gerätes und dachte an Aufnahmen ungefilterten Eigenrauschens, bis man das seit langem archivierte Magnetband hervorholte und die aufgezeichneten Signale abhörte. Sie erwiesen sich als derart unrhythmisch und von allen sonstigen Aufnahmen abweichend, daß sofort die Frage auftauchte, warum eigentlich damals keine eingehende Analyse vorgenommen worden war. Ein Krachen und Prasseln, das jedoch wie moduliert klang, wie eine in mechanische Geräusche zerlegte menschliche Stimme.

Nach mehrfachem Abhören entschied man, durch Vergleichstests ähnlicher elektronischer Entladungen die ungewöhnlichen Geräusche zu untersuchen, um ihre Verwandtschaft mit anderen kernphysikalischen Prozessen auszuschließen oder zu beseitigen. Aber obwohl alle beteiligten Radioastronomen mit Hilfe des Hauptcomputers im Institut die Geräusche angingen, als gelte es, eine fremde, extrem exotische Sprache in die eigene zu übersetzen, scheiterte das Unternehmen. Weil – wie der Institutsdirektor bei einer Beratung über das Problem feststellte – ihr Rechner ausschließlich für die astronomische Forschung programmiert sei, während die Enträtselung der Geräusche auf dem Band eine ganz andere Programmierung zu verlangen schien. Er habe, meinte er und schaute dabei bedeutungsvoll in die Runde, eine Vermutung, fast schon einen Verdacht, von dem er glaubte, daß ihn auch andere Institutsmitarbeiter hegten. Er wolle diesen jedoch nicht näher und leichtfertig darlegen, da man sich in Fachkreisen damit rasch lächerlich machen und dem guten Ruf des Instituts schaden könne. Er jedenfalls würde nur ungern für einen Spinner gehalten werden. Aber – und ohne seine Gedanken auszusprechen, deren Wichtigkeit er mimisch zu vermitteln suchte – aber falls das Magnetband tatsächlich beinhalte, was er argwöhne, dann sei man einer Sensation auf der Spur! Freilich seien nur Spezialisten in der Lage, das herauszubekommen. Auf den Zwischenruf: »Was denn für Spezialisten?!« erwiderte er vorschnell und unbedacht: »Spionageabwehr«, was ein allgemeines unwilliges Gemurmel hervorrief. Wie entschuldigend fuhr der Direktor fort, daß doch niemand sonst imstande wäre, eine in den Geräuschen verschlüsselte Mitteilung als solche zu identifizieren, geschweige zu dekodieren – dazu bedürfe es eines entsprechend fachwissenschaftlichen Ansatzes und anderer Kenntnisse, die ja hier am Institut fehlten.

Nachdem er die versammelten Mitarbeiter fast pathetisch zum Schweigen verpflichtet hatte, bemühte er, was er seine *besonderen Beziehungen* nannte, Anlaß für ein zeitweises Unbehagen, da man sich an manches unselige Zusammenwirken von Wissenschaft und Militär in der Vergangenheit erinnert fühlte.

Hinter uns allen, in diesem wie in jedem Institut, steht ein Gespenst mit wirrem, weißem Haar und herausgestreckter Zunge, Musterbeispiel des reinen Forschers, ein Denkmal häufig beschworener Ethik, ein dillettierender Violinist und Helfershelfer hunderttausendfachen Tötens: ein Berufsparzival, wie wir, wie ich. Radioastronomie: das ging noch an. Da konnte man noch meinen, sich nicht die Hände blutig zu machen. Und gerade darum kehrte sein Unbehagen mit verstärkter Intensität zurück, als er, der Direktor, den Umschnitt des Magnetbandes dem zuständigen Offizier in der entsprechenden Abteilung übergab und nun seinen Verdacht unverhohlen äußerte: In diesem kahlen Büro durfte man der Diskretion sicher sein. Verlegen gestand der Direktor seine Unsicherheit ein: Sein Gedanke sei zu kühn und decke sich doch mit alten Erwartungen, denn obgleich die Astronomie in dem Bewußtsein forsche, einmal irgendwann auf Zeichen fremder Vernunft zu stoßen, geriete sie, da der Moment gekommen scheine, in Selbstzweifel, in Furcht, durch einen Irrtum ihre Reputation einzubüßen. Zumindest gab der Direktor diese Besorgnis als Grund für seinen Besuch an und für die Bitte um Hilfe. Und war erleichtert, als der Offizier Verständnis zeigte und versprach, die Angelegenheit sorgfältig und verschwiegen zu behandeln. Ja, er erklärte sogar mit großem Ernst, er unterstütze die Ansicht, daß die Wissenschaft nicht dem alle Werte zerstörenden Zweifel ausgesetzt werden dürfe: »Die letzte

Säule muß erhalten bleiben. Das ist unsere Hauptaufgabe. Darin stimmen wir mit dem Feind überein!«

Kaum zwei Wochen später ein Anruf im Institut, eine dringliche Einladung zur Dienststelle. Als der Direktor mit plötzlich beschleunigtem Pulsschlag nach dem Grund für die Eile fragte, und ob denn positive Ergebnisse zu begrüßen wären, hörte er nur, daß jedes weitere Wort am Telefon strafwürdiger Leichtsinn sei. Was sonst als die Bestätigung des ursprünglichen Verdachts konnte diese verschwörerhafte Herbeizitierung bedeuten? Sie hatten ja immer mit dem Gedanken gespielt. Die Wahrscheinlichkeitsrechnung hatte es ihnen längst versprochen: Um eine der Milliarden Sonnen mußte ein Planet kreisen, auf dem Voraussetzungen für organisches Leben bestanden. Nein, nicht einer! Eine Vielzahl von bewohnbaren und gewiß auch bewohnten Erden schoß in errechenbarer Entfernung auf den sie bindenden Bahnen dahin, und wenn man darüber nachdachte, so war es eher ein Wunder, daß man bis jetzt noch zu keiner Kontakt hatte. Endlich!

Seine Hände, um keine Spur beruhigter, empfingen aus denen des Offiziers einen dünnen Schnellhefter ohne Aufschrift, nur mit dem Stempel »Streng geheim« versehen, halb verwischt als Indiz nervöser Hast. Er hörte die Aufforderung, vielmehr den Befehl:

»Lesen Sie es, und vergessen Sie es sofort wieder!« Das schuf Verwirrung, die, als der Offizier sie bemerkte, ihn zu einigen Erklärungen veranlaßte:

»Es handelt sich um eine doppelte Verschlüsselung. Zuerst in die einfache genetische Struktur der Coli-Bakterie, danach wurde diese, sagen wir mal: biologische Übersetzung noch einmal in die Sprache der Mathematik übertragen. Eine knifflige Sache! Das Ergebnis unserer Anstrengungen liegt vor Ihnen. Ich muß Sie aber darauf aufmerksam machen, daß Sie der militärischen Geheimhaltungspflicht unterliegen sowie dem Paragraphen drei des Militärstrafrechts. Jede Weitergabe dieser Informationen wird kriegsrechtlich geahndet. Privat möchte ich hinzufügen, ich habe mich dafür eingesetzt, daß Sie es überhaupt lesen dürfen. Ich mußte versprechen, daß Sie mir das Originalband ausliefern werden, nachdem ich Sie eingeweiht habe. Enttäuschen Sie mich nicht, zwingen Sie mich nicht zu Maßnahmen, die ...« Er machte eine bedauernde Geste und schloß: »Lesen Sie es erst einmal.«

So glücklich und freudevoll, wie er sich diesen Augenblick in seiner Fantasie immer ausgemalt hatte, fand der Direktor ihn nicht mehr.

»Lesen Sie's endlich!« Ungeduldige Anordnung, die keine Zeit zum Nachdenken ließ. Raschelndes Aufschlagen des Deckels: Der maschinengeschriebene Text setzte mitten auf der Seite und mitten im Satz ein, und obwohl die Sätze völlig verständlich waren, wiederholte der Direktor manche noch einmal, die Lippen lautlos bewegend, als begreife er dadurch besser das Ungeheuerliche:

»... sagen die einen«, las er langsam, »doch die andern sagen, das wäre zwecklos. Angeblich sollen damals alle historisch-politischen Landkarten eingezogen und vernichtet worden sein, um Nationalismus und Völkerhaß endgültig abzuschaffen, so daß man heute nicht mehr weiß, wo man lebt. Das heißt, ich weiß selbstverständlich, daß ich im Planquadrat AB Einhundertelf angesiedelt bin, aber da alle Planetarier in Planquadraten gleichen Umfangs wohnen, besteht unter ihnen weder Neid noch Mißgunst – zumindest nicht in dem, was die räumliche Ausdehnung ihres Umfeldes betrifft. Alle Städte sind verähnlicht worden, indem in der Epoche der Planquadratreform hier und dort vorhandene historische Bauten abgetragen wurden, um die Planquadratbewohner an der Identifizierung ihres Territoriums zu hindern und damit territoriale Ungleichheiten und Konflikte auszuschließen. Nun sind wir alle gleich. Ich selber wohne eher mehr nördlich als südlich, wie ich vermute. Das Planquadrat zu verlassen, ist mit unsäglichen Schwierigkeiten verbunden, falls nicht sogar ganz unmöglich. Die Seitenlinien sind praktisch unüberwindlich. Was in benachbarten Quadraten geschieht, erfährt man durch Umdruck. Täglich kann man nachlesen, ob und was sich jenseits der begrenzenden Grade ereignet hat. Aber, so sagen die einen, nichts davon sei faktisch. Und die anderen: Man müsse es nur richtig lesen, von hinten nach vorne und oft von unten nach oben, dann erführe man schon ungefähr die Wahrheit. Es gibt unterschiedliche, doch nur verhohlen geäußerte Ansichten. Eine bestreitet sogar die Existenz von Planetariern außerhalb unseres Quadrates und meint, daß das Sein unseres Gesamtplaneten nur vorgetäuscht wäre, ohne daß man den Zweck dieser Täuschung durchschaue. Eine andere Anschauung behauptet, nichts sei Täuschung, sondern alles unwiderleglich und von begrüßenswerter Evidenz. Daraus resultiere unsere Pflicht, uns den Anforderungen des Quadrates zu unterwerfen, weil nur aus diesem die Sinngebung unseres Daseins herrühre. Ohne Quadrat hätten wir kein Bewußtsein von uns selber. Doch das sind Probleme, denen unsereins nicht gewachsen ist. Ich bin auch nur ein einfacher Quadratbürger, der einen Wellenmodulator bedient, um die Nachbarquadrate, existent oder nicht, über unser Quadrat zu informieren. Meine Aufgabe ist die störungsfreie Übermittlung, nicht die Kontrolle der übermittelten Inhalte. Dafür bin ich nicht zuständig. Ich halte mich an meine Zahlenkolonnen, welche sich im Aggregat in unterschiedliche Quanten verwandeln, um abgesandt zu werden. Mit meiner Arbeit bin ich zufrieden. Sie ist besser als die am Anihilator, weil dort, wie es heißt, oftmals die zur Entzeitlichung Beorderten plötzlich gegen den

Endzweck Widerstand leisten und ihre Freiwilligkeit abstreiten. Früher oder später gehen wir alle diesen Weg. Ich bin jedoch nicht ehrgeizig und habe mich erst für mein vierzigstes Jahr zur Anihilation verpflichtet. Das ist wenig vorteilhaft, wie man weiß. Es sind unter uns Auserwählte, die sich in ihrer Liebe zum Planquadrat und im Hinblick auf das allgemeine Wohlergehen beizeiten zu einer frühen Extermination melden, manchmal sogar das zwanzigste Lebensjahr als Schlußtermin eintragen lassen, um in Saus und Braus die Tage zu verbringen und überall Vorteile einzuheimsen, die ihnen gewährt werden müssen, sobald sie ihre Selbstverpflichtungskarte vorweisen. Trotzdem: Um einmal in der Woche baden zu dürfen, jeden Samstag tierisches Fleisch zu genießen, um einiger weiterer Bevorzugungen willen nach kurzer Frist den persönlichen Energiespeicher hinzugeben – dazu konnte ich mich nicht durchringen! Meine Moral ist bedauerlicherweise nicht sehr hoch. Obgleich ich einsehe, daß wir in unserem Quadrat keine anderen Möglichkeiten der Energie- und Rohstoffgewinnung besitzen, da die Generationen vor uns alles verbraucht haben. Im täglichen Umdruck liest man immer wieder, wie viele Anihilationen nötig sind, um unter anderem eine winzige Menge Eisen zu gewinnen. Zum Glück haben wir einen maximalen Populationsgrad, so daß wir vorerst an Human-Ressourcen keinen Mangel leiden.

Neben jenen, die ehrlich dem Quadrat nutzen wollen, treiben auch moralisch Verworfene, geradezu Kriminelle, ihr Unwesen, weil sie wegen der besagten Privilegien die Verpflichtungskarten fälschen. Die Umdrucke warnen ständig vor ihnen und bieten Prämien, wenn man hilft, sie dem verdienten Abbau zuzuführen. Man wird mit zwei Vollbädern ausgezeichnet. Leider ist mir bisher nie einer untergekommen, so daß ich über die besondere Errungenschaft des Vollbades nichts mitzuteilen vermag. Meine eigene Limitierung schließt derartige Bevorzugungen aus. Aber herrlich muß es wohl sein, staunenswert und ganz einmalig!

An einem anderen Körper konnte ich jedoch das Ergebnis bewundern, und diese Bewunderung verursachte mein Motiv, den Wellenmodulator zu privaten Zwecken zu mißbrauchen. Über die Schändlichkeit meiner Tat bin ich mir im klaren. Aber ich verweigere mich dem Vergessen. Meine Erfahrung soll nicht vergeblich gewesen sein. Wen immer diese Botschaft erreicht, er möge wissen, daß es eine tiefere Treue gibt als die gegenüber einem Apparat, den redlich zu bedienen ich einstmals schwor. Den Schwur habe ich gebrochen, bereit zu allen Konsequenzen.

Vor Wochen, nur wenigen, und zwar im zentralen Reflektionspalast, wo man sich an arbeitsfreien Tagen damit unterhält, die eigene Gestalt verzerrt widergespiegelt zu sehen, begegnete mir eine weibliche Person. Anfangs gleichgültig, stellte sich doch bald Aufmerksamkeit ein, da wir uns mehrmals und zufällig in denselben Reflektoren gleichzeitig betrachteten. Unsere ballonförmigen Köpfe, die Rümpfe zu Anhängseln geschrumpft oder zu Pfählen verschmälert, Traumwesen ähnlich, amüsierte uns herzlich. So gerieten wir in ein Gespräch. Aus diesem, von dem ich noch jetzt jede Wendung, jeden Tonfallwechsel erinnere, entstand zwischen uns beiden etwas in mir bis dahin Unbekanntes, ungesteuert und furchterregend. Später, nachdem wir gemeinsam meine Unterkunft betreten hatten, kam es mir vor, als sei ich unterwegs ein anderer geworden. Kurz darauf ruhte ich im Dämmerlicht und im Duft eines ungewohnten Körpers, umarmt, umarmend, überwältigt und wortlos. Auch ihr ging es nicht anders: Wir verstanden uns auf eine vergessen geglaubte Weise. Danach dann, wenn einer von uns beiden einen Satz hervorbrachte, etwa: »Warum erst jetzt?« oder: »Hast du dir das vor einer

Stunde träumen lassen?« und dem die Feststellung folgte, genau das gleiche habe der Zuhörende eben gedacht, zeigte sich, wie weit die Übereinstimmung reichte. Bis auf einen Punkt. Sie scheute das Licht und kleidete sich, entgegen meinen Bitten, vor dem Anschalten der Beleuchtung an.

Jedesmal, da wir uns sahen oder eben nicht sahen, nur blind spürten, wurde mein Verlangen größer, der taktilen die visuelle Erfüllung hinzuzufügen. Schließlich war der Trieb danach derart unwiderstehlich, daß ich eines Abends, kaum daß sie sich aus dem Bett erhoben hatte, den Schalter drehte. Gekränkt wandte sie sich von mir ab. Ich erkannte sofort den Grund ihrer bisherigen Scheu: Sie war frisch gebadet. Den Unterschied zwischen einem gebadeten Körper und einem mittels regenerierter Flüssigkeit oberflächlich gereinigten, hatte mir die Finsternis verborgen – jetzt war er offenkundig! Glätte und Geschmeidigkeit der Haut, stärker durchpulst von Wärme, ein milder leiblicher Geruch, die Lockerheit des Haares, all das, ließ sich auf das besagte Privileg zurückführen.

Als mir nach meiner ersten Begeisterung und Verblüffung die Wahrheit aufging, daß sie sich nämlich für eine außerordentlich frühe Anihilation entschieden haben mußte, begann mein Empfinden sich heftig gegen diese Tatsache zu wehren: Vor allem die Coronargefäße protestierten dagegen durch schmerzhafte Verkrampfung.

Während sie ihr Kleid überstreifte, ohne der Helligkeit weiter zu achten, meinte sie mit echter oder gespielter Beiläufigkeit: ›So – und nun weißt du es!‹

Mein Mund benötigte eine Weile, um ein einziges Wort hervorzubringen: ›Wann?‹

Zwar lächelte sie erneut, doch statt der vorhergehenden Heiterkeit deckte das Lächeln nur oberflächlich ihren Ernst ab; es war ja auch gezwungen, eine keineswegs heitere Erklärung zu begleiten. An ihrem einundzwanzigsten Geburtstag, hieß es dann leise, und meine Nachfragen von vornherein blokkierend:

›Wir wollen nicht mehr davon reden.‹

Meine Schätzung gestand ihr maximal siebzehn Jahre zu. Freilich war meine Kenntnis biologischer Entwicklungsstadien des anderen Geschlechts sehr mangelhaft. Daher versuchte ich, meine fragwürdige Vermutung zu verifizieren, was mir jedoch nicht gelingen wollte. Indirekten Erkundigungen wich sie geschickt aus, selbst den scheinbar nebensächlichen nach ihrer Teilnahme an bekannten planquadratischen Ereignissen der letzten Jahre, von denen ausgehend ich genauere Berechnungen ihres Alters hätte anstellen können. Es lockte mich, ihre Handtasche zu untersuchen, aber an einem derartigen Vertrauensbruch hinderte mich etwas wie Scham. Folglich lebten wir in der peinigenden Gleichzeitigkeit von Glück und Unglück dahin. Der Gedanke, ihr Leib, der meinen eigenen überhaupt erst vervollständigte, würde in Kürze in Energie aufgehen, während ich als lebender Torso zurückbliebe, ohne Hoffnung auf Gewöhnung an solche Amputation, ließ sich immer mühsamer verdrängen. Bis es eines Tages nach dem Aufstehen und Anziehen hieß:

›Ab morgen komme ich nicht mehr . . .‹

Was besagte, daß der befürchtete Geburtstag bevorstand. Und als ob sie auf meine Weigerung, ein solches Ende zu akzeptieren, nur gewartet hätte, entkleidete sie sich erneut, keiner sie überzeugenden Argumente bedürftig – obwohl wir das Verbot ganz genau kannten.

Meine Nahrungsration reichte für uns beide, ich war kein Vielfraß, und ein besonderes Versteck war nicht nötig: Da wir immer erst im Abenddunkel zu mir gegangen waren, würde keiner den Ort ihres Verschwindens erraten. Das schützte auch meine Person, die bei Entdeckung unseres Vergehens ebenfalls der Entzeitlichung anheimfiele. Warum sollte sich nicht später irgendwann die Chance ergeben, unser Quadrat zu verlassen und in einem anderen unterzuschlüpfen? Meine Anhänglichkeit an das hiesige hatte ohnehin starke Einbuße erlitten, und mir wäre jedes Quadrat recht, wenn wir nur zusammenbleiben dürften.

Als ich am nächsten Nachmittag vom Wellenmodulator heimkehrte, lag sie unter der Bettdecke, blaß, fiebrig, aus den Kissen klagend, daß sie noch niemals krank gewesen sei. Wir hofften, ihr Unwohlsein komme von der Aufregung, sich für eine eigene Zukunft entschieden zu haben. Den öffentlichen medizinischen Dienst in Anspruch zu nehmen, verhinderte unsere Lage. Am darauffolgenden Morgen fühlte sie sich besser, ich ließ sie beruhigt allein, brach aber meine Arbeit vorzeitig ab, Kopfschmerzen vortäuschend, und beeilte mich nach Hause. Dort fand ich eine Tote vor.

Der Schock verweigert sich immer noch dem Berichtetwerden. Ein gesundes Geschöpf, ohne besonders bedrohliche Symptome, und plötzlich verstorben. Nachdem mein Denken sich einigermaßen zu ordnen begann, schlußfolgerte es und wahrscheinlich zutreffend auf die Ursache: Das unaufhörliche intensive Bewußtsein vom letzten Lebenstag verhinderte, daß sie das Datum überlebte. Und unsere Beziehung mußte dieses Bewußtsein noch verstärkt haben.

Wenigstens gelang es mir, ihre Gestalt unversehrt und somit unverarbeitet in eine natürliche Ewigkeit zu überführen. Nachts um zwei und in absoluter Finsternis bettete ich sie an der Hauswand zwischen Rasenflächen und Gebüsch, wo die Erde locker ist. Den Spaten hatte ich vorher von Gartenarbeitern im Park stehlen müssen, um durch den Erwerb solchen Produktionsinstrumentes, der schriftlich zu begründen ist, nicht aufzufallen. Seit ihrem Tode überlege ich, ob ich nicht meinen Exterminationszeitpunkt vorverlegen lassen sollte. Es gibt keinerlei Ermutigung, keinen Trost. Nur abweisende Gesichter rundum, geprägt, wie mir nun scheinen will, von verborgenem Jammer, der nach außen drängt und sich doch nicht zu äußern wagt. Es bleibt stets bei sachlichen Gesprächen über funktionale Abläufe, über etwas anderes nämlich, meinen die meisten, lohne kein Diskurs, da eben nichts veränderbar wäre, denn es sei ...«

Wie er begonnen, so hörte mitten im Satz der Text auf. Der letzten Seite folgte nur der rückwärtige Deckel des Schnellhefters aus blauem Karton. Der Offizier wartete eine Weile, bis er diskret hüstelnd und um das Schweigen nicht ausufern zu lassen, meinte:

»Ein erschütterndes Dokument unverdienten Leides!« Dem konnte der Institutsdirektor nur zustimmen: Genauso betrachtete er diesen Fall, von dem er sehr beeindruckt sei. Diese Angelegenheit enthielte ein Maß an menschlicher Affektivität, wie er sie im Universum kaum vermutet hätte.

Rasch entzog ihm der Offizier den Schnellhefter:

»Jede Mitteilung gegenüber Dritten ist untersagt. Ich erwarte, daß Sie mir baldmöglichst das Original übergeben, damit es vernichtet werden kann ...« Und weil der Direktor ihn verständnislos ansah:

»Eigentlich bin ich nicht dazu befugt, trotzdem will ich Ihnen den Grund der Anordnung nennen. Es wird Ihnen dann leichter fallen, das Original auszuliefern. Wir konnten nämlich ziemlich schnell feststellen, daß diese sogenannte Botschaft keinesfalls von einem anderen Planeten herrührt. Und wissen Sie warum? Weil der Absender seinen Senderstandort exakt angibt: Planquadrat AB Einhundertelf. Das liegt nirgendwo sonst als in Mitteleuropa – unserer jüngsten Generalstabsplanung nach. Ja, es ist Mitteleuropa. Wir haben erst kürzlich die Planquadratierung der Erde abgeschlossen. Keiner außer uns kann davon Kenntnis haben. Was schließen Sie daraus?«

Knöchelklopfen auf das Dokument. Ein Blick, der Komplizenschaft anbot, ja, forderte. Ohne jedoch die Antwort abzuwarten, redete der Offizier einfach weiter vor sich hin, als sei er überzeugt, daß sein Gast gegen die vorgetragene Hypothese keine abweichende Erklärung vorzubringen habe:

»Ein bisher unbekanntes Phänomen der Relativitätstheorie, etwas wie ein Rückkopplungseffekt aus der Vierten Dimension ... Bildlich: Eine Flaschenpost von übermorgen ...«

Achselzucken der einzige Kommentar: Es konnte sein, und es konnte auch nicht sein. Statt dem Offizier zuzustimmen, wandte der Direktor den Kopf zum Fenster und betrachtete die entlaubte Krone einer massigen Kastanie; auf den feucht glänzenden Ästen reglose Krähen oder Dohlen, die den Eindruck machten, als seien sie ausgestopft und auf dem Baum befestigt worden, um etwas vorzutäuschen, was schon lange nicht mehr existierte.

Adam und Evam

Jeden Tag, an dem ich erwache, erwache ich in einem Alptraum: in einem unaufgeräumten, verdreckten Raumschiff. Staub wie von Jahrhunderten in Ecken und auf den vorstehenden Kanten nicht zur Gänze geschlossener Fächer abgelagert. Dunkle Patina von den immerselben Handgriffen an Hebeln, Wandpartien, Lukenpfosten. Wo die Farbe durch unsere gleichförmigen Körperbewegungen abgescheuert wurde, tritt unverhohlen Metall unter der Lackierung vor. Meine Frau trägt einen grauen Vollbart, ist jedoch sonst kahlköpfig. Wir sind unterwegs zum Sirius und immer noch kinderlos. Ob ich Fehler gemacht habe, als ich sie schuf, kann ich nicht mehr feststellen. Dazu bedürfte es eines erneuten operativen Eingriffs. Außerdem beschäftigt mich jetzt viel mehr die Frage, ob nicht im Schöpfungsakt, in jedem, von vornherein das Scheitern angelegt ist. Es scheint ein unkalkulierbarer Kardinalfehler von Anfang an alle Ausgangspositionen zu bestimmen. Auf das Wort »Kardinalfehler« stieß ich beiläufig: Der Bezug zur Schöpfung, zumindest zur Schöpfungsgeschichte, lag zu nahe. Während meine Gattin ihre übermäßige Kinnbehaarung auf Lockenwickler dreht, einfache Papierröllchen, Reste unseres Bordbuches, um diese seltsam assyrische Pracht anschließend zu bürsten, denke ich derweilen an Gott.

War nicht sein Unterfangen, Wesen nach seinem eigenen Vorbild herzustellen, ein fahrlässiger Irrtum, für den wir, die Kopien, teuer bezahlen mußten? Er immerhin hätte es besser wissen müssen. Ich, von keiner Vorsehung gewarnt, habe mich strikt nach den Anweisungen gerichtet. Mag sein, sie enthielten mißverständliche Formulierungen, ähnlich den alten irdischen Gebrauchsanweisungen für Büchsenöffner oder Fotoapparate. Jedenfalls ginge damit die Verantwortung, die zu übernehmen ich ja bereit gewesen bin, nicht allein zu meinen Lasten. Mit meiner Frau kann ich darüber nicht reden. Sie würde mich mit einer ausgeklügelten Tortur zu bestrafen suchen. Denn trotz ihres abstrusen Gesichtsschmuckes und ihrer schimmernden Glatze – es gibt keine anderen Frauen mehr. Sie ist die einzige. Und letzte.

Manchmal, wenn ich unruhiger als sonst geschlafen habe und das Barbiturat nachwirkt, erleide ich gewisse Halluzinationen. Unter dem Oszillographengehäuse windet sich der glatte Leib einer dünnen Schlange, um bald darauf als Kabel zu erstarren. Lichtreflexe von Armaturengläsern durchstechen meine Pupillen und dringen mir bis ins Gehirn, als wolle mich wer an die Blitze, die ich damals verschlief, eindringlich erinnern. Mir ist jedoch bewußt, woher derartige Einbildungen stammen. Bloß ein Paradies, um daraus vertrieben zu werden, läßt sich nirgendwo vorstellen. Hat sich auch nie vordem glauben lassen. Es ist überhaupt nichts in Sicht außer dem Sirius, und ich hoffe inständig, daß die Order, auf dieses ferne Gestirn Kurs zu nehmen, exakt ausgedrückt und von mir auch richtig verstanden worden ist. Viel zu spät merkten wir, daß uns der personifizierte Leichtsinn in den Weltraum entsandt hatte. Auf keine Ausnahmesituation, auf keine Katastrophe vorbereitet, kreisten wir in einhundertfünfunddreißigtausend Metern Höhe um den Globus: ein Routineunternehmen und keine Menschheitsmission. Ich meine: Mission zur Erhaltung der Menschheit. Aber wir sind noch immer kinderlos.

Jetzt entkleidet sich mein Weib zur Nacht; sie legt ihren Rock ab, eine knisternde Hülle aus Aluminiumfolie, die ihre Muskulatur nachformt; ich kenne kein unerträglicheres Geräusch. Sodann trifft mich ein Blick, eine Einladung, wie sie ein pensionierter Buchhalter für unwiderstehlich hielte, ginge sie von einer Marylin Monroe oder einer Marlene Dietrich aus. In unserem Fall wirkt es eher bedrohlich. Sie hat mich, da sie viel stärker ist als ich, mehrfach gezwungen, ihr zu Willen zu sein. Ohne das erhoffte spätere Ergebnis übrigens. Wem das Versagen anzulasten sei, erwies sich bald als unerschöpfliches Thema endloser und sinnloser Diskussionen.

Sie besitzt, von mir selbst implantiert, eine Vagina aus Weichplastik, die längst mit ihrer originalen Haut zusammengewachsen ist, obwohl sie mir ständig einen chirurgischen Mißgriff vorwirft, bin ich, ohne je mit ihr darüber gesprochen zu haben, von einer psychisch bedingten Sterilität überzeugt. Weil nämlich jene doppelt geschweißte Kunststoffblase, die pränatale Unterkunft für meine Nachkommenschaft, mir beim Auspacken einen derartigen Schock versetzt hat, den meine Samenzellen nicht bewältigen konnten. Sie sträubten sich, meiner unbeweisbaren Hypothese zufolge, in jenem trostlosen Behälter ihre natürliche Pflicht zu tun, zu der ich mich ja selber stets aufs neue überwinde, von undisziplinierbarer Brünstigkeit und meiner ethisch bedingten Aufgabe erfüllt. Nachts schrecke ich wiederholt auf, weil ich noch einmal den Eingriff vollziehe und rieche das Desinfektionsmittel, durchdringend und atemberaubend und bin mir plötzlich sicher, doch einen Kunstfehler gemacht zu haben, einen Kardinalfehler, einen Schöpfungsfehler. Doch je klarer diese Einsicht wird, desto weniger empfinde ich Schuld.

Wer sie zu übernehmen hätte, kann ich in den Überbleibseln des Bordbuches nachlesen, in das ich mit eigener Hand den Beginn des Verhängnisses notierte:

Am dritten Tage unseres Orbitalfluges weckte mich E. – der Wachdienst hatte – um drei Uhr fünfzehn Raumzeit mit der Bemerkung, es habe eine Viertelstunde lang geblitzt. A. – das bin ich selber – wies diese Behauptung als unqualifiziert und unwissenschaftlich zurück, da auf der Tagseite der Erde keine Gewitter erkennbar wären. E. leide an einem Anfall von Raumkrankheit. E. (in Klammern: sehr aufgeregt) erklärte stammelnd: Er habe ein pausenloses Wetterleuchten da unten beobachtet, das erst vor einigen Minuten abgeklungen sei.

Ich schlug ihm vor, mit der Bodenkontrollstation Verbindung aufzunehmen und besagtes Phänomen zu melden. Er würde sich eine Zurechtweisung einfangen. Bitte sehr. Meinetwegen. Jeder Versuch der Kontaktaufnahme mißlang jedoch. Sogar auf der Notruffrequenz kam keine Antwort.

Langsam dämmerte es in unseren Köpfen, aber wir agierten weiter, als wäre nichts geschehen, vollzogen das Programm, indem wir unsere Beobachtungen fortsetzten und die Ergebnisse im Bordbuch festhielten, dessen Seiten später als Knüllröllchen endeten. Hin und wieder finde ich einen Fetzen mit ein paar unlesbaren verwischten Worten, auf die niemals ein Archäologe seinen Blick richten wird. Wir spielten unsere Rollen weiter. Und umgingen im Gespräch alles, was sich auf das Geschehnis erdwärts hätte beziehen können. Zwischen uns beiden war nur die Rede von technischen Defekten. Vor lauter Langeweile fing ich an zu schmökern; in der mageren Bordbibliothek, eine kurze Reihe von Fachbüchern und Ratgebern, war mir ein schwarz eingebundener Band in die Finger gefallen, die »Heilige Schrift«, wie man sie in jedem Hotelzimmer vorfinden würde, falls es noch irgendwo Hotelzimmer gäbe und man sie je wieder betreten könnte. Beim Lesen erkannte ich die ganze Geschichte als Omen, als Warnung, die mich jetzt viel zu spät erreichte, um mir noch etwas zu nutzen.

Nach einer Woche vergeblicher Mühe, eine Funkverbindung zur Erde herzustellen, schlug E. vor, was er später bereute: dem plombierten Fach die für Notfälle vorgesehene Order zu entnehmen. Er glaubt heute noch, damit sein Urteil selber auf sich gezogen zu haben. Abergläubisches Gerede: Nichts wäre anders verlaufen! Mit einem unsinnigen Hoffnungsrest, wie er lange danach eingestand, verfolgte er meine Bewegungen, das Öffnen des Faches, Hervorholen des schweren Umschlages, von dem ich ein Siegel brach, als handele es sich um die Offenbarung Johannes: »Siehe, da ward ein großes Erdbeben, und die Sonne ward schwarz wie ein härener Sack, und der Mond war wie Blut ...«

Jemand anderer hatte das sechste Siegel eröffnet und die Apokalypse aus dem Zustand schriftlicher Fesselung befreit. Zufällig dem Verschlungenwerden entgangen, standen wir in der überhitzten Kabine, schweißbedeckt, nervös, von den paar beschriebenen Bogen ein Wunder erwartend. Statt dessen stand in der Präambel der Order und keineswegs unserer Erwartung eines feierlichen Requiems entsprechend: Falls der Funkkontakt trotz bordseits funktionstüchtiger Sende- und Empfangsanlagen länger als achtundvierzig Stunden ausfiele, müsse man mit dem Ernstfall rechnen. Dieser Umstand stelle die beiden Astronauten vor folgende Aufgaben. Erstens: Das Raumschiff aus der Kreisbahn zu steuern und in Richtung Sirius in Marsch zu setzen, da unter siriusnahen Objekten sich mit maximaler Wahrscheinlichkeit auch solche befänden, auf denen erdähnliche Lebensbedingungen bestünden. Und zweitens: Um dort überhaupt einzutreffen, die Reise würde Jahrzehnte dauern, sei das an Bord befindliche menschliche Leben unbedingt zu reproduzieren. Ja, das war der Ton der Büchsenöffner-Gebrauchsanweisungen, denn E. fragte empört:

»Was heißt denn das nun wieder?! Die wußten doch, daß wir beide Männer sind! Wie sollen wir uns denn ›reproduzieren‹?«

Der Text besagte, vielmehr befahl kurz und bündig, einer der Astronauten müsse sich aus Einsicht in die Notwendigkeit der Gattungsbewahrung einer

Geschlechtsumwandlung unterwerfen. Der Fortbestand der Menschheit erfordere dieses geringfügige Opfer.

»Ich kann kein Blut sehen!« erklärte E., »und abschneiden lasse ich mir auch nichts. Die Menschheit hat nichts Besseres verdient als auszusterben. Ich denke nicht daran, ihre Geschichte mit einem Nachwort zu versehen!«

Mein Mund quoll über von allerlei Zitaten, einem ganzen Knäuel, alle haargenau auf unsere Lage passend: Der erste Himmel und die erste Erde vergingen, und das Meer ist nicht mehr: Siehe, ich mache alles neu! Wer überwindet, der wird's alles ererben, und ich werde Gott sein – scheute dann doch vor dem Aussprechen zurück, damit E. nicht erschrekke und mir zu mißtrauen begönne. Immerhin erinnerte ich ihn an Noah, wollte ihm auch, trotz seiner Abwehr, den entsprechenden Abschnitt zeigen, die Sache mit der Arche, der gedruckt vorliegende Nachweis, daß unser Schicksal zyklisch verlaufe.

»Ende und Anfang«, rief ich aus, »fallen immer zusammen. Wir dürfen uns nicht dagegen sträuben!«

Er sträubte sich dennoch maßlos und wiederholte nur immer aufs neue: »Ich lasse ihn mir nicht abschneiden!«, als ahne er im voraus, daß die Chance, seine biologische Identität zu bewahren, für ihn weitaus geringer sei. Als wittere er meine Entschlossenheit, ich selber zu bleiben. Eine allerletzte Fußnote verwies auf ein weiteres Fach in der isolierten Ummantelung unserer Kapsel, versteckt hinter einer Wandplatte, welche mittels eines Schraubenziehers leicht zu entfernen war. Dort verbarg sich ein komplettes chirurgisches Besteck, Anaestetica, Desinficientia, Instrumente zur Penetration, zur Öffnung großer Körperhöhlen, Batterien von Hormonpräparaten, die zu injizieren den zweiten Akt der Behandlung darstellte. Äußere wie innere Einzelteile des erst herzustellenden weiblichen Genitals schützte eine durchsichtige sterile

Verpackung: Bei deren Anblick ergriff E. ungewohnte Unruhe. Sorgenfalten, wie vordem nie von mir bemerkt, wellten seine Stirn. Ab und zu überraschte ich ihn, wie er, die Augen nachdenklich geschlossen, mit der Rechten seine Hose unter der Gürtellinie betastete, um anschließend erleichtert aufzuatmen. Klugerweise hatte ich ihm beim Vorlesen der Order den Satz über die Betäubungstropfen unterschlagen, und er, der ignorante Zauderer, hielt es nicht für nötig, selber noch einmal die Anweisung nachzuprüfen. Fahrlässiges Vertrauen: sein Handicap, das alles zwischen uns vorab entschied, was er aber damals noch nicht ahnte.

E. merkte überhaupt nichts und sackte von seinem Sitz, kaum daß er den Pappbecher Kaffee zur Hälfte geleert hatte. Mühsam, den durch seine Schlaffheit schwer beweglichen Körper auf den vorher abgeräumten Tisch zu hieven. Auch das Entkleiden erwies sich als mühseliges Unternehmen. Laut Gebrauchsanweisung schnallte ich ihm die Anästhesie-Maske vors Gesicht und drehte das Ventil bis zu der angegebenen Markierung auf. Dann legte ich mir geschwind die Instrumente zurecht – auf den Griffen blieben Spuren von meinen feuchten Handflächen zurück. Ich mußte ein Seditativ schlucken. Wenn ich jetzt versagte, war alles verspielt: der Kamerad, die Frau, die Familie, die Menschheit! Bevor ich den Zirkelschnitt wagte, befestigte ich mit Klebeband an der Wand die anatomische Aufrißzeichnung, so daß ich die papierne Wiedergabe eines zuerst noch maskulinen, dann femininen Unterleibsinneren vor Augen hatte, sobald ich mich von dem betäubten Original aufrichten würde. Welch ein Glück, daß ich in meiner Jugend ein talentierter Modellbauer gewesen bin. Doch bestand, wie ich bald merken sollte, zwischen dem Bau einer Hanse-Kogge und der Rekonstruktion einer Bauchhöhle ein nervenverschleißender Unterschied. Insbesondere die Verlegung des Harnleiters erwies sich als knifflige Angelegenheit, an der ich schier verzweifelte. Mein eigener Körper dampfte vor Schweiß, da ich vor meiner Metzgerarbeit kauerte, schon jetzt überzeugt, in künftigen Nächten durch diese blutrünstigen Details um den Schlaf gebracht zu werden. Und statt stummer Gebete erfüllte mich Fatalismus: Sollte mein Patient sterben, könnte mich niemand dafür zur Rechenschaft ziehen. Noch ehe ich die bleichen Hautlappen über mein Werk deckte, hielt ich nachdenklich inne. Ob es nicht vielleicht besser wäre, er käme gar nicht mehr zu sich? Kein philantropischer Impuls, nur die Angst vor der endgültigen Einsamkeit hieß mich weitermachen. Und nach den letzten Nähten war ich sogar stolz darauf, es geschafft zu haben.

An E.s Erwachen erinnere ich mich nur zu gut. Noch unter Narkosenachwirkung öffnete er die Augen einen Spalt weit und blinzelte zur Decke, unter der die unverkleideten Versorgungsrohre sich parallel hinzogen, hier und da abknickten, sich abwinkelten, um irgendwohin zu verschwinden, vielleicht nach draußen, in den Raum, der nah und unbetretbar zugleich war. Es bedurfte einiger Anläufe, bis der Erwachte zu Stimme kam und heiser und hustend fragte, was geschehen sei.

»Du bist jetzt meine liebe Frau«, erwiderte ich so zart wie möglich und trocknete seine Stirn, doch er stieß nur ein Wort hervor: »Scheiße!« und wandte sich von mir ab. Aber er gewöhnte sich überraschend schnell an seine Metamorphose, und ich registrierte mit Staunen und Erschütterung, wie sich sein Wesen veränderte, wie er einer Rolle verfiel, die ihm doch fremd sein mußte, ihm nur eine undeutliche Erinnerung sein konnte oder, wie sich auch zeigte, einer falschen Vorstellung von Weiblichkeit folgte. Denn er verharrte stundenlang vor den reflektierenden Skalenscheiben und kämmte sich den Bart, der ihm entgegen meinen Erwartungen und trotz der Hormoninjektionen stärker und stärker sproß und von dem er sich selbst auf mein inständiges Bitten hin nicht trennen mochte.

»Du bist eine so gutaussehende Frau«, schmeichelte ich ihm, »warum versteckst du deinen Liebreiz?« Eine Vokabel, von der ich kaum jemals angenommen hätte, sie könnte mir einmal glatt über die Lippen gehen: »Und was sollen erst deine Kinder von einer vollbärtigen Mutter halten?«

Evam, wie ich sie des maskulinen Reliktes wegen genannt hatte, setzte mir überzeugend auseinander, für diese Kinder wäre aus Mangel an Vergleichsmöglichkeiten eine solche Mutter ganz natürlich. Falls sie jedoch mir persönlich nicht gefalle, schlüge sie eine Trennung von Tisch und Koje vor – eine ihrer oftmals wiederholten Drohungen. Längst hatte sie ihre überlegene Position erkannt und ausgenutzt. Sie zwang mich zu Heuchelei und Täuschung. Tägliche Verpflichtung: ihr Aussehen zu loben und Entzücken zu äußern. Ganz besonders und weil sie wußte, wie ich mich innerlich dagegen wehrte, war ihr daran gelegen, daß ich die Weichheit und Naturkrause ihres Bartes pries – was beides keineswegs zutraf und mich bei jeder Annäherung enorm störte. Ein drahtiges wirres Gespinnst, in dem man verzweifelt nach einem Mund suchte.

Nachdem der Heilungsprozeß abgeklungen und die Schnitte vollkommen vernarbt waren, gemahnte ich Evam an die Ausführung unserer Order, sie hingegen hielt den Zeitpunkt für verfrüht: Wir seien zur Elternschaft noch nicht reif genug!

Ich protestierte: »Erinnere dich an das, was ich dir sagte, bevor ich dich schuf und zum Weibe nahm! Wir machen die Welt neu! Wir sind der Ursprung eines neuen Geschlechts. Wir wiederholen die alten schlimmen Irrtümer kein zweitesmal. Weder werden unsere Kinder Kain und Abel heißen noch jemals diesen Namen charakterlich entsprechen!«

Dennoch stimmte irgend etwas nicht mit uns;

selbst als sie ihr anfängliches Zögern überwunden hatte. Der Kindersegen blieb aus. Monat um Monat hoffte ich, Anzeichen von Schwangerschaft zu entdecken, doch Evams Figur zeigte nicht die kleinste Abweichung von ihrer gewohnten Erscheinung. Sie klebte sich einen Minirock aus aluminiumbeschichteter Folie zusammen und bewegte sich von Zeit zu Zeit mit unbeholfenen Hüftschwüngen in dem schmalen Gang zwischen den Steuergeräten auf und ab, knisternd und stampfend, grelle Lichtreflexe aussendend, manchmal sogar ohne Bekleidung des Oberkörpers. Diese Vorführungen begleitete sie mit der Erklärung, sie sei die große Babylonische, denn sie teilte längst meine Lektüre.

»Es ist wohl die Finsternis«, klagte sie eines Tages leise, kaum daß wir in unseren Kojen lagen, umhüllt von stumpfer Lautlosigkeit, durch kein anderes Geräusch als unser Atmen gegen das Empfinden völliger Taubheit geschützt, »es ist die Finsternis, Kommandant. Sie sickert in unsere Kabine. Irgendwo muß ein Leck sein ...« Und nachdem ich sie getröstet hatte:

»Es war wieder nichts, ich spüre es ganz deutlich. Du hast keine Schuld, Kommandant, du hast nur den Befehl vollzogen, aber die Plastikeinlage läßt sich nicht befehlen. Sie ist insofern menschlicher als wir beide ...«

Mit gespielter Heiterkeit suchte ich ihr die Melancholie auszureden und wußte doch selber nur zu gut, daß es an mir lag, an meiner allerersten Aversion gegen das Implantat: Der Strom des Lebens erreichte es in einem schon abgestorbenen Zustand. Mein Grübeln oder die Nebenwirkung seit Jahren eingenommener Schlaftabletten führten außerdem dazu, daß sich ein zweites Ich zeitweise von meiner Person abspaltete. Immer öfter sah ich Evam und mich in der Kapsel übereinander kriechen, krabbelndes Ungeziefer, doch ich betrachtete uns aus einer Perspektive, als befände ich mich außenbords und Lichtjahre fern im Raum. Innerlich unbeteiligt, beobachtete ich den Vorgang: wie ein Wissenschaftler eine Versuchsanordnung, nur wurde mir nie klar, welches Ergebnis das Experiment eigentlich anstrebte. Meine eigene Absicht blieb mir oder dem Teil von mir, der die Unendlichkeit ausfüllte, unenträtselbar verborgen. Wie es sich für ein Experiment gehörte, sollte doch wohl etwas bestätigt oder verworfen werden, aber trotz angestrengten Nachdenkens kam ich nicht dahinter, worum es sich dabei handeln mochte. Wachend und allein über den Himmelskarten, die Wasserration für den Abend noch unberührt, die Tablette für fünf Stunden Abwesenheit in Bereitschaft, fragte ich mich, wie man denn diesem Nichtwissen abhelfen könne, fand jedoch nie eine befriedigende Antwort.

Ehe ich in meine Koje stieg und mich festschnallte, verharrte ich stets vor Evams Lagerstatt und betrachtete die Schlafende, ihr Altern, das inzwischen wie in einem Zeitraffer abgelaufen zu sein schien.

Weil wir für die Kühlung zuviel Energie verbraucht hätten, ertrugen wir die Hitze und schlummerten unbedeckt. Stumm sprach ich sie jedesmal an, zutraulich: Ach, du, und sogar zärtlicher als im Wachsein: Ach, du mit deinen vielen Falten, dem schütteren Haar und dem unschicklichen Gesicht. An deinem Schlaf ist nichts mehr zu behüten, deine Träume sind trist, du erzählst sie mir ja jeden Morgen, falls du mir nicht etwas vorschwindelst. Vor dem Eingriff warst du mir weniger fremd, weniger unbekannt, als du noch wie ich gewesen bist. Im Glauben an die Berufung von Mann und Frau habe ich dich zu meinem Gegenteil gemacht, dem Rat folgend, den mir das alte gleißnerische und prophetische Buch einflüsterte: daß es nicht gut ist, wenn der Mensch – nun, du hast die Sätze selber gelesen. Dennoch bin ich keinen Deut vollständiger geworden. Etwas ist schiefgegangen mit uns beiden.

Berührungen der schweißigen Haut ersparte ich mir, sie hätten mein Mitgefühl wieder zunichte gemacht. Gewöhnlich wirkte auch schon das Barbiturat und kürzte meinen Monolog ab, so daß ich nie recht zum Schluß meiner Ansprache, zu einem Resümee unseres Verhältnisses kam, weil ich schlaftrunken auf mein Polster sank: Gute Nacht, meine Liebe, gute Nacht ...

Auf Abwegen

Sie waren dabei, sich zu verirren, bald nachdem sie das Hotel verlassen hatten, die erheiterten Blicke anderer Gäste im Rücken: Nur weil sie Wanderkleidung trugen und *zünftig* aussahen. Beide Männer Kniestrümpfe, einmal rot, einmal schottisch gemustert, Kniehosen, Lodenjanker, graue Berghüte, mit einer Kordel versehen, deren Enden auf der Krempe baumelten, ihre Frauen in weitfaltigen Röcken, in grob gestrickten Jacken, derben Schuhen mit Profilsohlen, seitlich mit roten Bändern geschnürt, wie Werbebeauftragte eines Versandhauses. Einzeln hätte keiner von ihnen die Kostümierung gewagt, zu viert ertrugen sie es, daß sich ihnen die Gesichter zuwandten, als sie über die Terrasse schritten, die Treppe hinunter, über die Wiese bis zum Waldrand, von dem sie gnädig aufgenommen wurden. Aber bis dahin spürten sie das ironische Angestarrtsein körperlich, wie unangenehme Berührungen durch eine Substanz, die die Kleidung durchdrang und die Haut antastete. Unterwegs begegnete ihnen aber niemand mehr, der sich über ihren Aufzug hätte wundern können. Und die Bäume, mit ihrem Absterben oder ihrem Überlebenskampf beschäftigt, nahmen so wenig Notiz von den vier Menschen wie die Insekten, die Vögel, das verborgene Kleingetier, das unsichtbar und raschelnd ihre Wanderung begleitete.

Nach zwei Stunden merkten sie, daß der Weg sich verschmälerte. »Badenfeld«, der nächste Ort, auf den sie sich zubewegten, hätte just an dem Fleck sein sollen, wo sie nun anhielten. Schulz, der Mann mit den roten Strümpfen, schaute nach rechts und links in den Wald und von da auf seine Wanderkarte und zuckte die Achseln: Badenfeld hin, Badenfeld her, vielleicht hatte die Forstverwaltung neue Wanderwege angelegt, schließlich mußte man irgendwo ankommen, und im nächsten Dorf könnte man die richtige Richtung erfragen. Aber es geschah, daß der Weg sich ihnen immer mehr entzog. Unerwartet schob sich von beiden Seiten Gras aus dem Unterholz und bedeckte, was längst nur noch ein Pfad war und endgültig zu einer Schneise zwischen Büschen sich verwandelte. Hinter Schulz ertönte gemurmelter Protest, lauter und energischer. Schulz ging weiter, als höre er nichts, um seine Verlegenheit für sich zu behalten. Er hätte gestern abend nicht mit seinem »unfehlbaren Ortsinn« prahlen sollen; auch erhöhte wohl die Wanderkleidung die Selbstsicherheit, so daß man sich allein schon wegen der Strümpfe und des Hutes für einen geborenen Pfadfinder hielt. Hinter ihm rief es, man wolle nicht mehr weiter. Man werde fern der Zivilisation verhungern und verdursten! Das sei nicht zu befürchten, hörte Schulz hinter sich die Stimme seines Freundes: Prost, Schulz! Sich umdrehend, sah er den andern von einer Flasche den Schraubverschluß lösen; wo hatte der sie nur verborgen gehabt, Schulz hätte doch eine Taschenausbuchtung bemerken müssen, und ärgerte sich zum zweiten Male, daß ihm außer Badenfeld auch noch das entgangen war. Die Flasche wurde herumgereicht: Oh, der war stark, neunzigprozentig mindestens. Aber danach lief man erleichtert und entspannt weiter, bis nach etlichen hundert Metern Schulz die Hand hob und Halt signalisierte: Er sähe so etwas wie ein Haus durch die Bäume schimmern – wahrscheinlich Badenfeld. Na endlich!

Auf einmal gesprächig und ihre Bestellungen im Ortsgasthof voraus genießend, beschleunigten sie den Schritt, gelangten jedoch nur auf eine Lichtung, in der ein offenkundig verlassenes Haus stand, eher eine Ruine, das Dach teilweise eingestürzt, die Fenster ohne Rahmen, Brandspuren über den Rechtekken, abgefallener Putz, verkohlte Balken, halb von Farn überwuchert. Die Tür war ausgehängt und an das Mauerwerk gelegt, ein Eingang in nur schattenhaft zu erkennende Zerstörung. Kein Laut, nicht einmal das Geräusch eines Tieres, das drin hausen mochte und nun, aufgestört durch die Annäherung von Menschen, panisch geängstigt entfloh. Schweigend standen sie vor dem toten Gebäude, bis Schulz auf das dunkel drohende Entree zuging, hinter dem sich das Innere in Schwärze verlor. Seine Frau mahnte zur Vorsicht; er lachte und winkte ab und ließ sich nicht zurückhalten. Nachdem er, über klirrenden Ziegelbruch stapfend, verschwunden war, hielt es Alex nicht bei den Frauen: Wer weiß, welche Entdeckungen Schulz machen würde, und obgleich die Art der Fundstücke im Ungewissen blieb, setzte eine zunehmende Neugier seine Beine in Gang und er folgte Schulz mit der gemurmelten Erklärung, er müsse pinkeln, sofort, ganz dringend. Die Frauen blieben murrend zurück, während er schon den Einlaß durchquerte, unter den Schuhsohlen zerknackten Ziegelstücke, und einen Hügel aus Brandschutt überstieg, mehlige, feuchte Asche, durchsetzt mit Gesteinsbrocken, Eisenteilen, unerklärlichem Abfall. Sein Gehör übernahm die Führung, Schulz' Schritte tappten vor ihm durch Zimmer, in denen die Tapeten in Fetzen von den Wänden hingen, Putzflatschen umherlagen; von den Decken hing Rohr in großen Bündeln, und es kam ihm merkwürdig vor, daß es nicht ebenfalls vom Feuer verzehrt worden war. Aus dem letzten Raum, matt erhellt durch Fensteröffnungen, vor denen die Läden nur noch lose in ausgebrochenen Angeln hingen, vernahm er schwaches Plätschern: Schulz stand in einer Ecke, um zu tun, was Alex vorgeschützt hatte, um dem Freund nachgehen zu können. Er stellte sich neben den anderen, zog den Reißverschluß auf und sagt: »Wie in alten Zeiten!«

Schulz hob den Kopf und sog witternd die Luft ein:

»Weißt du, wie es hier riecht?« Alex senkte das Gesicht und schaute auf den Strahl, der zwischen den Bodendielen verrann:

»Nach kaltem Qualm. Nach dem Brand.« Schulz verharrte reglos, leicht vorgebeugt, als fehle ihm die Kraft, nach der Entleerung die Hose zu schließen und in den Urlaubstag zurückzukehren. »Es riecht wie im Krieg«, sagte er still vor sich hin: »Wie nach Luftangriff oder Artilleriebeschuß.« Alex schnüffelte eifrig, während er beobachtete, wie sein Urin über die Tapete floß:

»Ich finde, daß es außerdem nach Scheiße und Pisse riecht. Hier machen sich doch alle aus, die vorbeikommen.«

»Weil diese Ruine so anziehend ist. Kaum hat man sie gesehen, spürt man auch schon den Entleerungsdrang. Man malt sich gleich aus, wie ungeniert man hier in die Ecken kacken kann. Es ist ein heimlicher und heimeliger Platz. Ein Platz der Enthemmung. Für jeden.«

»Auch Gummi rieche ich«, sagte Alex, »angekokelten Gummi: Ein bitterer Geruch, der einem zu Kopf steigt.«

»Der einem ins Gemüt geht«, stimmte Schulz zu: »Schlimme Gerüche. Mörderische Gerüche. Ein todverkündender Gestank, aber er ist wie eine Droge. Verbrannte Balken und von Hitze geborstenes Mauerwerk, wenn Regen drauf fällt, zum Tollwerden. Und der Geruch von Moder und Fäulnis aus der Tiefe, in dem sich die Leichen langsam zersetzen. Und der Geruch von Ekrasit, der in der Nase kitzelt. Ich könnte hier stundenlang bleiben, ich könnte in diesem Geruch, in diesem durchdringenden Aroma Tage verbringen. Ich möchte mein Bett in diesem Raum aufschlagen, nach den ersten Atemzügen käme die Vergangenheit zurück. Hier vereinigen sich die Düfte, von denen man betäubt wurde. Wenn ich mir mit den Nasenflügeln das alles hier ins Gehirn schaufle, durchblicke ich die Zeit. Bis in die Kindheit hinein, wo es nach Kohl in den

Treppenhäusern roch und in den Schränken nach Mottenkugeln, daß man beinahe ohnmächtig davon wurde. Der Geruch von Laubfröschen, eingesperrt in Einweckgläser. Und der von weißen Mäusen im Käfig. Ich habe an der frisch abgelegten Wäsche meiner Cousinen geschnuppert, an Leim, mit dem Möbel geklebt wurden, Knochenleim, wie er hieß, und roch die Gebeine der Toten, als seien sie zu dieser zähen Substanz eingedickt worden. Komisch – an Blumen habe ich nie gerochen. Dafür besuchte ich, so oft ich durfte, in unserer Straße den Tierausstopfer: In seinem Fenster hockte ein räudiger Mops und starrte mich mit Glasaugen an, als wolle er mich einladen: Ich betrat den Laden immer wieder mit lügenhaften Fragen, nur um diesen unheimlichen Geruch einzusaugen. Formalin und Äther und irgendwelche Beimengungen, die ich für verrottendes Fleisch hielt, und ich dachte damals, daß so der Tod riechen müsse.«

Er schloß mit zitternden Fingern seine Hose und hockte sich auf die undefinierbare Masse, die sich aus der Wand wölbte:

Verzögerte Bewegungen, tastend, um nicht umzusinken; ein Schwächeanfall, den der andere mit einem seitlichen Blick wahrnahm: »Du wirst dich dreckig machen, Schulz!« Schulz schwieg. »Ist dir nicht gut, Schulz?«

»Es war nur zu stark«, raunte der Sitzende, »es kam zu plötzlich.«

»Du meinst den Schnaps?!« fragte Alex erstaunt und brachte seine Physis wie seine Bekleidung in jene Ordnung, die früher in den gußeisernen Pissoirs auf augenfälligen Emailleschildern von allen Benutzern gefordert wurde.

»Man kann sich an Gerüche nicht erinnern. An gewesene Vorgänge ja, an Gerüche nie. Erst wenn man wieder in ihren Bereich gerät, lebt alles auf, was sich mit ihnen verbindet«, sagte Schulz leise. »Der Geruch ist mythisch, falls du verstehst, was ich meine, Alex.« Er schob die Rechte in den Lodenjanker und knetete oberhalb seiner Hemdtasche den Brustmuskel: »Die Gerüche bringen uns unsere Ewigkeit zurück, Alex. Feuer, Brand, Mord, Kot, alles Ewigkeitswerte ohne inflationäre Tendenzen, alles unverlierbare Besitztümer. Auch mein eigener Geruch, Alex, ich liebe meinen eigenen Geruch, ich bin mein eigener Geruch, und ich verabsäume es hin und wieder willentlich, mich zu duschen, um mich in meinem eigenen Geruch wiederzufinden. Nur Geruch verbindet mich mit der wirklichen Wirklichkeit. Immer die Bilder ringsherum, unfaßbar, unangreifbar, unberührbar. Aber wenn ich mich einem Mädchen wie zufällig über die Schulter beuge und sacht einatme, was mir ihr Körper mitzuteilen hat, dann komme ich mir wie erneuert vor, als sei ich eben in die Welt getreten, von der ich noch nichts weiß und von der ich viel zu erwarten habe ...«

Von draußen rief es undeutlich: »Wo bleibt Ihr?!«, und Alex beugte sich zu dem Freund hinunter und hielt ihm die Hand hin: »Komm, ich helfe dir auf. Sie werden ungeduldig.« Schulz vertraute sich dem kräftigen Griff an und kam wieder auf die Beine. Dabei verrutschte der graue Älplerhut, er schob ihn aus der Stirn zurück.

»Dir fehlt körperliches Training, Schulz«, meinte der andere Mann und spürte befriedigt die Kraft seines Armes, an dem sich Schulz emporhangelte, unwirsch widersprechend:

»Mir fehlt ganz was anderes, mein Lieber, danke. Es geht schon. Geh du voran, ich folge dir.« Das klang, als wiese Schulz ihn aus seinem eigenen Hause, Grund also, sich gekränkt abzuwenden und diesen Leichnam von einem Zimmer zu verlassen. Den Schuttberg im Flur übersteigend, gelangte er durch den Ausgang oder Eingang, wie man es ansehen mochte, ins Freie, wo die beiden Frauen ungeduldig warteten. Ihm schien, als sei während seiner kurzen Abwesenheit der Himmel um eine Tönung dunkler geworden, das matte Blau satter und räumlicher. Das rührt möglicherweise daher, daß nun hinter den Baumkronen eine Wolke aufgetaucht war, die der Flächigkeit da oben von ihrer Dreidimensionalität etwas abgab.

»Wo hast du Schulz gelassen?« fragte dessen Frau, und Alex beruhigte sie: Schulz käme sofort. Als habe der nur auf sein Stichwort gelauert, stand er auf einmal im Türrahmen, der Hut erneut verrutscht, hatte wahrscheinlich einen Balken gestreift, und ging schwerfällig auf sie zu.

»Dann können wir wohl zurückmarschieren«, konstatierte eine der Frauen; welche, wußte Schulz im Moment nicht, da er nun seinerseits die Wolke bemerkte und sie nur zögernd aus den Augen ließ.

»Kommst du, Schulz?!« hieß es dann, wieder aus weiblichem Munde, und als er sich besann, sah er ihre Gestalten bereits von den Stämmen verdeckt und nur wie entfernte Schatten sich bewegen oder wie Gesträuch, das der Wind mit kurzen Stößen zu regerem Leben zu animieren versuchte. Schulz drehte sich um und ging in die Ruine zurück. Und wären die anderen nicht schon so weit entfernt gewesen, hätten sie hören können, wie er mehrmals laut »Heimat! Heimat!« rief.

Inhalt